GUERREIROS DA TEMPESTADE

Obras do autor publicadas pela Editora Record

1356
Azincourt
O condenado
Stonehenge
O forte
Tolos e mortais

Trilogia *As Crônicas de Artur*

O rei do inverno
O inimigo de Deus
Excalibur

Trilogia *A Busca do Graal*

O arqueiro
O andarilho
O herege

Série *As Aventuras de um Soldado nas Guerras Napoleônicas*

O tigre de Sharpe (Índia, 1799)
O triunfo de Sharpe (Índia, setembro de 1803)
A fortaleza de Sharpe (Índia, dezembro de 1803)
Sharpe em Trafalgar (Espanha, 1805)
A presa de Sharpe (Dinamarca, 1807)
Os fuzileiros de Sharpe (Espanha, janeiro de 1809)
A devastação de Sharpe (Portugal, maio de 1809)
A águia de Sharpe (Espanha, julho de 1809)
O ouro de Sharpe (Portugal, agosto de 1810)
A fuga de Sharpe (Portugal, setembro de 1810)
A fúria de Sharpe (Espanha, março de 1811)
A batalha de Sharpe (Espanha, maio de 1811)
A companhia de Sharpe (Espanha, janeiro a abril de 1812)
A espada de Sharpe (Espanha, junho e julho de 1812)
O inimigo de Sharpe (Espanha, dezembro de 1812)

Série *Crônicas Saxônicas*

O último reino
O cavaleiro da morte
Os senhores do norte
A canção da espada
Terra em chamas
Morte dos reis
O guerreiro pagão
O trono vazio
Guerreiros da tempestade
O Portador do Fogo
A guerra do lobo
A espada dos reis
O senhor da guerra

Série *As Crônicas de Starbuck*

Rebelde
Traidor
Inimigo
Herói

BERNARD CORNWELL

GUERREIROS DA TEMPESTADE

Tradução de
Alves Calado

8ª edição

EDITORA RECORD
RIO DE JANEIRO • SÃO PAULO
2025

CIP-BRASIL. CATALOGAÇÃO NA PUBLICAÇÃO
SINDICATO NACIONAL DOS EDITORES DE LIVROS, RJ

C834g
8ª ed.
Cornwell, Bernard, 1944-
Guerreiros da tempestade / Bernard Cornwell; tradução de Ivanir Alves Calado. – 8ª ed. – Rio de Janeiro: Record, 2025.

Tradução de: Warriors of the Storm
Sequência de: O trono vazio
ISBN 978-85-01-07379-2

1. Ficção inglesa. I. Calado, Ivanir Alves. II. Título.

16-32379

CDD: 823
CDU: 821.111-3

Título original:
Warriors of the Storm

Copyright © Bernard Cornwell, 2015

Texto revisado segundo o Acordo Ortográfico da Língua Portuguesa de 1990.

Todos os direitos reservados. Proibida a reprodução, no todo ou em parte, através de quaisquer meios. Os direitos morais do autor foram assegurados.

Editoração eletrônica: Abreu's System

Direitos exclusivos de publicação em língua portuguesa somente para o Brasil adquiridos pela
EDITORA RECORD LTDA.
Rua Argentina, 171 – Rio de Janeiro, RJ – 20921-380 – Tel.: (21) 2585-2000, que se reserva a propriedade literária desta tradução.

Impresso no Brasil

ISBN 978-85-01-07379-2

Seja um leitor preferencial Record.
Cadastre-se no site www.record.com.br e receba informações sobre nossos lançamentos e nossas promoções.

Atendimento e venda direta ao leitor:
sac@record.com.br

Guerreiros da tempestade
é para
Phil e Robert

NOTA DE TRADUÇÃO

Mantive a grafia de muitas palavras como no original, e até deixei de traduzir algumas, porque o autor as usa intencionalmente num sentido arcaico, como Yule (que hoje em dia indica as festas natalinas, mas, originalmente e no livro, é um ritual pagão) ou burh (burgo). Várias foram explicadas nos volumes anteriores. Além disso, mantive como no original algumas denominações sociais, como earl (atualmente traduzida como "conde", mas o próprio autor a especifica como um título dinamarquês — mais tarde equiparado ao de conde, usado na Europa continental), thegn, reeve, ealdorman e outras que são explicadas na série de livros. Por outro lado, traduzi lord sempre como "senhor", jamais como "lorde", que remete à monarquia inglesa posterior e não à estrutura medieval. Hall foi traduzido ora como "castelo", ora como "salão", visto que a maioria dos castelos da época era apenas um enorme salão de madeira coberto de palha, com uma plataforma elevada para a mesa dos comensais do senhor; o resto do espaço tinha o chão de terra simplesmente forrado de juncos. Britain foi traduzido como Britânia (opção igualmente aceita, mas pouco usada) para não confundir com a Bretanha, no norte da França (Brittany), mesmo recurso usado na tradução da série *As crônicas de Artur*, do mesmo autor.

Sumário

Mapa 9

Topônimos 11

Primeira parte
Chamas no rio 13

Segunda parte
A cerca fantasma 161

Terceira parte
A guerra dos irmãos 259

Nota histórica 339

A criação da Inglaterra
O pano de fundo da história de Uhtred 341

Mapa

Topônimos

A GRAFIA DOS TOPÔNIMOS na Inglaterra anglo-saxã era incerta, sem nenhuma consistência ou concordância, nem mesmo quanto ao nome em si. Dessa forma, Londres era grafado como Lundonia, Lundenberg, Lundenne, Lundene, Lundenwic, Lundenceaster e Lundres. Sem dúvida, alguns leitores preferirão outras versões dos nomes listados a seguir, mas em geral empreguei a grafia utilizada no *Oxford Dictionary of English Place-Names* ou no *Cambridge Dictionary of English Place-Names* para os anos mais próximos ou contidos no reinado de Alfredo, entre 871 e 899 d.C., mas nem mesmo esta solução é à prova de erro. A ilha de Hayling, em 956, era grafada tanto como Heilincigae quanto como Hæglingaiggæ. E eu mesmo não fui consistente; preferi a grafia moderna Nortúmbria a Norðhymbralond para evitar a sugestão de que as fronteiras do antigo reino coincidiam com as do condado moderno. Desse modo, a lista, assim como as grafias, é resultado de um capricho.

ALENCESTRE	Alcester, Warwickshire
BEAMFLEOT	Benfleet, Essex
BEBBANBURG	Castelo de Bamburgh, Northumberland
BRUNANBURH	Bromborough, Cheshire
CAIR LIGUALID	Carlisle, Cheshire
CEASTER	Chester, Cheshire
CENT	Kent
COLINA DE ÆSC	Ashdown, Berkshire
CONTWARABURG	Canterbury, Kent
CUMBRALAND	Cúmbria
DUNHOLM	Durham, Condado de Durham

Dyflin	Dublin, Eire
Eads Byrig	Colina Eddisbury, Cheshire
Eoferwic	York, Yorkshire
Fazenda de Hrothwulf	Rocester, Staffordshire
Gleawecestre	Gloucester, Gloucestershire
Hedene	Rio Éden, Cúmbria
Horn	Hofn, Islândia
Jorvik	York, Yorkshire
Ledecestre	Leicester, Leicestershire
Liccelfeld	Lichfield, Staffordshire
Lindcolne	Lincoln, Lincolnshire
Loch Cuan	Strangford Lough, norte da Irlanda
Lundene	Londres
Mærse	Rio Mersey
Mann	Ilha de Man
Sæfern	Rio Severn
Strath Clota	Strathclyde, Escócia
Use	Rio Ouse
Wiltunscir	Wiltshire
Wintanceaster	Winchester, Hampshire
Wirhealum	O Wirral, Cheshire

Primeira parte

Chamas no rio

Um

HAVIA FOGO NA noite. Fogo que cauterizava o céu e empalidecia as estrelas. Fogo que lançava uma fumaça espessa sobre a terra entre os rios.

Finan me acordou.

— Encrenca — foi só o que disse.

Eadith se remexeu, e eu a empurrei para longe.

— Fique aqui — mandei, e rolei, saindo de baixo das peles.

Peguei uma capa de pele de urso e a coloquei em volta dos ombros antes de acompanhar Finan até a rua. Não havia luar, apenas as chamas que se refletiam na grande mortalha de fumaça levada para o interior pelo vento noturno.

— Precisamos de mais homens na muralha.

— Já fiz isso — disse Finan.

Então só me restava xingar. Xinguei.

— É Brunanburh — observou Finan, desolado, e xinguei de novo.

As pessoas se reuniam na rua principal de Ceaster. Eadith havia saído de casa enrolada numa capa enorme e com os cabelos ruivos brilhando à luz das lanternas acesas junto à porta da igreja.

— O que houve? — perguntou, sonolenta.

— Brunanburh — respondeu Finan, carrancudo.

Eadith fez o sinal da cruz. Vislumbrei seu corpo nu quando ela tirou a mão de baixo da capa para tocar a testa, depois voltou a apertar a lã pesada para fechá-la.

— Loki — falei.

Ele é o deus do fogo, não importa o que os cristãos digam. E Loki é o deus mais ardiloso de todos, um trapaceiro que engana, fascina, trai e machuca. O fogo é sua arma de dois gumes que pode nos aquecer, cozinhar, queimar ou matar. Toquei o martelo de Tor pendurado no meu pescoço.

— Æthelstan está lá.

— Se estiver vivo — acrescentou Finan.

Não havia o que fazer na escuridão. A viagem até Brunanburh demorava pelo menos duas horas a cavalo e levaria ainda mais tempo nesta noite escura, na qual tropeçaríamos ao atravessar a floresta e poderíamos cair numa emboscada preparada pelos homens que tinham incendiado o distante burh. Eu só podia ficar observando da muralha de Ceaster, para o caso de um ataque vir ao amanhecer.

Eu não temia um ataque desses. Ceaster fora construída pelos romanos e era uma das fortalezas mais resistentes de toda a Britânia. Os nórdicos precisariam atravessar um fosso inundado e apoiar escadas na alta muralha de pedra, e eles sempre relutaram em atacar fortalezas. Mas Brunanburh estava em chamas, então quem saberia que coisas improváveis o amanhecer poderia trazer? Era nosso mais recente burh, construído por Æthelflaed, que comandava a Mércia. Guardava o rio Mærse, que oferecia aos barcos nórdicos um caminho fácil para a área central da Britânia. Nos anos anteriores, o Mærse estivera movimentado, os remos mergulhando e impulsionando embarcações, os barcos com cabeça de dragão avançando contra a correnteza para trazer novos guerreiros à luta interminável entre nórdicos e saxões, porém Brunanburh havia interrompido esse tráfego. Mantínhamos lá uma frota de doze embarcações, suas tripulações protegidas pelos espessos muros de madeira da fortaleza, e os nórdicos tinham aprendido a temê-la. Agora, se chegassem ao litoral oeste da Britânia, iam para Gales ou então para Cumbraland, o território ermo e selvagem ao norte do Mærse.

Menos esta noite. Esta noite havia chamas junto ao Mærse.

— Vista-se — falei a Eadith. Ninguém dormiria mais esta noite.

Ela tocou a cruz incrustada de esmeraldas pendurada no pescoço.

— Æthelstan — murmurou, como se rezasse por ele enquanto segurava a cruz. Ela havia se afeiçoado ao rapaz.

— Ou ele está vivo ou está morto — declarei rapidamente —, e só vamos saber de manhã.

Partimos pouco antes da alvorada, cavalgamos para o norte sob a luz cinzenta do fim da madrugada, seguindo a estrada pavimentada que atravessava o cemitério romano coberto pelas sombras. Levei sessenta homens, todos em cavalos rápidos e leves, de modo que, se nos deparássemos com um exército de nórdicos barulhentos, poderíamos fugir. Mandei batedores à frente, mas estávamos com pressa, portanto não havia tempo para a precaução costumeira, que era esperar os informes deles antes de prosseguir. Dessa vez, nosso aviso seria a morte dos batedores. Deixamos a estrada romana e seguimos a trilha que tínhamos aberto na floresta. Nuvens haviam chegado do oeste, e caía uma garoa fina, no entanto a fumaça ainda subia à frente. Uma chuva poderia apagar o fogo de Loki, mas não uma garoa, e a fumaça zombava de nós e nos atraía.

Então saímos da floresta onde os campos se transformavam num pântano e o pântano se fundia ao rio, e lá, a oeste de nós, no amplo trecho de água prateada, havia uma frota. Vinte, trinta barcos, talvez mais... Era impossível dizer porque estavam atracados próximos demais uns dos outros, porém mesmo de longe pude ver que as proas eram decoradas com as feras dos nórdicos: águias, dragões, serpentes e lobos.

— Santo Deus — comentou Finan, pasmo.

Apressamo-nos, seguindo uma trilha de gado que serpenteava pelo terreno mais alto na margem sul do rio. O vento batia em nosso rosto, soprando subitamente e causando ondulações no Mærse. Ainda não conseguíamos ver Brunanburh porque o forte ficava atrás de uma encosta coberta de árvores, mas um movimento repentino na borda da floresta indicou a presença de homens, e meus dois batedores viraram os cavalos e galoparam de volta. Quem quer que os tivesse alarmado sumiu entrando na densa folhagem de primavera, e pouco depois uma trombeta soou lúgubre no alvorecer cinzento e úmido.

— Não é o forte que está pegando fogo — declarou Finan, incerto.

Em vez de dizer algo, virei-me para o interior, saindo da trilha para o pasto luxuriante. Os dois batedores se aproximaram, os cascos dos cavalos levantando torrões de terra úmida.

Chamas no rio

— Há homens em meio às árvores, senhor! — gritou um deles. — Pelo menos uns vinte, provavelmente mais!

— E prontos para lutar — informou o outro.

— Prontos para lutar? — perguntou Finan.

— Escudos, elmos, armas — explicou o segundo homem.

Levei meus sessenta guerreiros para o sul. O cinturão de novas árvores formava uma barreira entre nós e Brunanburh, e, se algum inimigo esperasse, certamente estaria impedindo o caminho pela trilha. Se seguíssemos por ela, poderíamos cavalgar direto para sua parede de escudos escondida entre as árvores, mas, ao me virar para o interior, eu iria obrigá-los a se mover, a se desorganizar. Apressei o passo, instigando o cavalo até um meio galope. Meu filho avançava ao meu lado esquerdo.

— Não é o forte que está pegando fogo! — gritou ele.

A fumaça se dissipava. Ainda subia por trás das árvores, uma mancha cinzenta que se misturava às nuvens baixas. Parecia vir do rio, e suspeitei que Finan e meu filho estivessem certos: não era o forte que queimava, e sim os barcos. Nossos barcos. Mas como os inimigos haviam chegado àquelas embarcações? Se tivessem vindo à luz do dia, seriam vistos, os defensores do forte ocupariam os barcos e iriam desafiá-los, e vir à noite era impossível. O Mærse era raso e interrompido por bancos de terra. Nenhum comandante teria esperanças de conduzir uma embarcação até tão fundo no interior em meio à escuridão de uma noite sem luar.

— Não é o forte! — gritou Uhtred para mim outra vez.

Ele fez com que isso parecesse uma boa notícia, mas meu temor era de que o forte tivesse caído em mãos inimigas e que sua paliçada espessa estivesse protegendo uma horda nórdica. Por que eles queimariam o que poderiam defender com facilidade?

O terreno se elevava. Eu não conseguia ver nenhum inimigo entre as árvores. Isso não significava que não estivessem lá. Quantos eram? Trinta embarcações? Com facilidade poderiam ser mil homens e deviam saber que viríamos de Ceaster. Se eu fosse o líder deles, estaria esperando logo atrás das árvores, e isso sugeria que eu devia avançar mais lentamente e mandar os batedores à frente outra vez, mas em vez disso instiguei o cavalo a avançar. Meu escudo estava às costas e não o peguei, apenas afrouxando Bafo de Serpente na bainha. Eu agia com raiva e de forma imprudente, mas o instinto me dizia que nenhum inimigo aguardava logo depois da floresta. Os nórdicos podiam ter esperado na trilha, mas ao me virar para o interior eu lhes dera pouco tempo para reorganizar uma parede de escudos no terreno mais elevado. O cinturão de árvores ainda escondia o que estivesse depois dele, e eu virei o cavalo e segui para o oeste outra vez. Mergulhei no meio das folhas, abaixei-me ao passar por um galho, deixei o cavalo escolher o caminho pela floresta e logo havia passado pelas árvores. Puxei as rédeas, diminuindo a velocidade, observando, parando.

Nenhum inimigo.

Meus homens passaram rapidamente pelo mato baixo e pararam atrás de mim.

— Graças a Deus — disse Finan.

O forte não tinha sido tomado. O estandarte do cavalo branco da Mércia ainda tremulava acima da fortificação, e ao lado dele estava a bandeira do ganso, de Æthelflaed. Um terceiro estandarte pendia na muralha, um novo, que eu havia ordenado que fosse feito pelas mulheres de Ceaster. Mostrava o dragão de Wessex, segurando um relâmpago numa garra levantada. Era o símbolo do príncipe Æthelstan. O garoto pedira uma cruz cristã em sua bandeira, mas ordenei que em vez disso fosse bordado o relâmpago.

Eu chamava Æthelstan de garoto, mas agora ele era um homem, com 14 ou 15 anos. Tinha ficado alto, e seu ar travesso de menino fora mitigado pela experiência. Havia homens que desejavam sua morte, e ele sabia disso, então seus olhos tinham se tornado vigilantes. E era bonito, ou pelo menos Eadith me dizia isso; aqueles olhos vigilantes e cinzentos num rosto de traços marcados, sob os cabelos pretos como as asas de um corvo. Eu o chamava de príncipe Æthelstan, e os homens que desejavam sua morte o chamavam de bastardo.

E muitas pessoas acreditavam nas mentiras deles. Æthelstan era filho de uma linda garota de Cent que morrera durante o parto, mas seu pai era Eduardo, filho do rei Alfredo e agora rei de Wessex. Depois disso, Eduardo se casou com uma jovem saxã ocidental e se tornou pai de outro filho, o que fazia de Æthelstan uma inconveniência, especialmente por causa do boato

19
Chamas no rio

de que ele não era ilegítimo, já que o casamento de Eduardo com a garota de Cent era um segredo. Verdade ou não — e eu tinha bons motivos para saber que a história do primeiro casamento era totalmente verdadeira —, isso não importava, porque para muitos, no reino de seu pai, Æthelstan era o filho indesejado. Ele não havia crescido em Wintanceaster, como os outros filhos de Eduardo, e sim na Mércia. Eduardo dizia gostar do garoto, mas o ignorava, e na verdade Æthelstan era um incômodo. Era o filho mais velho do rei, o ætheling, mas tinha um meio-irmão mais novo, cuja mãe vingativa desejava sua morte porque ele se interpunha entre o filho dela e o trono de Wessex. Mas eu gostava de Æthelstan. Gostava o suficiente para querer que ele chegasse ao trono que era seu por direito de nascimento. No entanto, para ser rei, ele precisava primeiro conhecer as responsabilidades de um homem, por isso eu tinha lhe dado o comando do forte e da frota em Brunanburh.

E agora a frota não existia mais. Estava queimada. Saía fumaça dos cascos junto aos restos carbonizados do píer que havíamos passado um ano construindo. Tínhamos cravado fileiras de estacas de olmo que avançavam água adentro e estendêramos a passarela para além da marca da maré baixa, formando um atracadouro onde uma frota de batalha poderia estar sempre a postos. O atracadouro havia sido destruído, assim como os barcos esguios de proa alta. Quatro deles estavam à deriva acima da marca da maré e ainda fumegavam, o restante não passava de costelas enegrecidas na água rasa, e, na extremidade do píer, três embarcações com cabeça de dragão estavam atracadas nas estacas chamuscadas. Outras cinco se encontravam um pouco além, usando os remos para se manter contra a correnteza do rio e a maré vazante. O restante da frota inimiga se encontrava quase um quilômetro rio acima.

E, em terra, entre nós e o cais incendiado, havia homens. Homens usando cotas de malha, homens com escudos e elmos, homens com lanças e espadas. Deviam ser uns duzentos, tinham arrebanhado os poucos bois e vacas que encontraram e os estavam levando para a margem do rio, onde os animais eram mortos para que a carne pudesse ser carregada. Olhei de relance para o forte. Æthelstan comandava cento e cinquenta homens, e eu os vi em grande número sobre a paliçada, mas ele não parecia tentar impedir a retirada do inimigo.

— Vamos matar alguns desgraçados — falei.

— Senhor? — perguntou Finan, cauteloso com o inimigo em maior número.

— Eles vão fugir — declarei. — Querem a segurança das embarcações, não um combate em terra.

Desembainhei Bafo de Serpente. Os nórdicos que desembarcaram estavam todos a pé e espalhados. A maioria se encontrava perto da extremidade do cais incendiado, onde poderiam formar facilmente uma parede de escudos, mas dezenas estavam ocupados com o gado. Fui na direção destes.

E estava com raiva. Eu comandava a guarnição de Ceaster, e Brunanburh fazia parte dela. Era um forte avançado e tinha sido pego de surpresa, seus barcos foram queimados e eu estava com raiva. Queria sangue ao amanhecer. Beijei o punho de Bafo de Serpente e esporeei o cavalo. Descemos a encosta baixa a pleno galope, as espadas desembainhadas e as lanças estendidas. Desejei ter trazido uma lança, mas era tarde demais para lamentar. Os homens que arrebanhavam o gado nos viram e tentaram fugir, mas estavam na área pantanosa e o gado começou a entrar em pânico, e os cascos dos nossos cavalos retumbavam no terreno úmido de orvalho. O grupo maior de inimigos formava uma parede de escudos onde os restos carbonizados do píer encontravam a terra seca, mas eu não tinha intenção de lutar com eles.

— Quero prisioneiros! — gritei para meus homens. — Quero prisioneiros!

Um dos barcos nórdicos veio em direção à praia, como reforço para os homens em terra ou para oferecer uma possibilidade de fuga. Mil pássaros brancos subiram da água cinzenta, chilreando, voando em círculos acima do pasto onde a parede de escudos havia se formado. Vi um estandarte acima dos escudos entrelaçados, mas não tive tempo de olhar com atenção, porque meu cavalo atravessou a trilha ribombando e desceu o barranco até a linha de maré.

— Prisioneiros! — gritei de novo.

Passei por um novilho morto, cujo sangue escorria grosso e preto na lama. Os homens tinham começado a retalhá-lo, mas fugiram. Logo eu estava no meio desses fugitivos. Usei a parte chata da lâmina de Bafo de Serpente para derrubar um deles. Virei-me. Meu cavalo escorregou na lama, empinou, e, quando retomou o equilíbrio, usei seu peso para cravar a espada no peito de outro homem. A lâmina perfurou o ombro dele, afundando-se na carne. Sua

Chamas no rio

boca se encheu de sangue, e instiguei o garanhão à frente para arrancar a lâmina pesada do homem agonizante. Finan me ultrapassou, em seguida meu filho passou galopando, empunhando sua espada Bico de Corvo e se curvando na sela para enfiá-la nas costas de um homem que corria. Um norueguês de olhos arregalados tentou me acertar com o machado, mas me esquivei com facilidade. Então a ponta da lança de Berg Skallagrimmrson entrou nas costas do sujeito, passou pelas tripas e surgiu reluzente e coberta de sangue na barriga. Berg cavalgava com a cabeça descoberta, seus cabelos longos e loiros como os de uma mulher eram enfeitados com falanges e fitas. Ele riu para mim enquanto soltava o cabo da lança e desembainhava a espada.

— Estraguei a cota de malha dele, senhor!

— Quero prisioneiros, Berg!

— Primeiro vou matar uns desgraçados, tudo bem?

Ele esporeou o cavalo e se afastou, ainda sorrindo. Era um guerreiro norueguês, devia ter uns 18 ou 19 verões de idade, mas já havia remado um barco até Horn, na ilha de fogo e gelo que ficava distante, no Atlântico, e lutado na Irlanda, na Escócia e em Gales. E contava histórias de quando remou terra adentro através das florestas de bétula que, segundo ele, cresciam a leste das terras norueguesas. Dizia que lá havia gigantes de gelo e lobos do tamanho de garanhões.

— Quase morri mil vezes, senhor — contou, mas agora só vivia porque eu tinha salvado sua vida. Ele se tornou meu vassalo, era jurado a mim, e a meu serviço arrancou a cabeça de um fugitivo com apenas um golpe de espada.

— É! — gritou para trás, para mim. — Eu afio bem a lâmina!

Finan estava à beira d'água, suficientemente perto para um homem na embarcação que se aproximava atirar uma lança na direção dele. A arma se cravou na lama, e Finan se curvou com desprezo para pegá-la. Em seguida, esporeou o cavalo e foi até um homem caído que sangrava na lama. Voltou a olhar para o barco, certificando-se de que era visto, depois ergueu a lança, pronto para enfiá-la na barriga do ferido. Então parou e, para minha surpresa, jogou a lança para o lado. Apeou e se ajoelhou perto do ferido, falou por um momento e depois se levantou.

— Prisioneiros! — gritou ele. — Precisamos de prisioneiros!

Uma trombeta soou no forte e eu me virei, vendo homens se lançando do portão de Brunanburh. Vinham com escudos, lanças e espadas, prontos para formar uma parede que impeliria a força inimiga para o rio, no entanto os invasores já partiam e não precisavam de nossa ajuda. Vadeavam perto das estacas chamuscadas e passavam pelos barcos fumegantes para subir nas embarcações mais próximas. A embarcação que se aproximava parou, revolvendo a água rasa com seus remos. Relutava em enfrentar meus homens, que gritavam insultos e esperavam na beira do rio com espadas em punho e lanças cobertas de sangue. Mais inimigos vadeavam na direção dos barcos com cabeças de dragão.

— Deixem! — gritei.

Antes, eu queria sangue no alvorecer, mas não havia vantagem em trucidar um punhado de homens nos baixios do Mærse e perder talvez uns dez. A frota principal do inimigo, que devia conter outras centenas de guerreiros, já remava rio acima. Para enfraquecê-la, eu precisava matar aquelas centenas, e não somente uns poucos.

As tripulações das embarcações mais próximas gritavam, zombando de nós. Observei enquanto mais homens eram levados a bordo e me perguntei de onde teria vindo aquela frota. Fazia anos que eu não via tantos barcos do norte. Instiguei meu cavalo para ir até a beira d'água. Um homem atirou uma lança, que caiu longe. Embainhei Bafo de Serpente para mostrar ao inimigo que aceitava o fim da luta, e vi um homem de barba cinzenta bater no cotovelo de um rapaz que pretendia atirar outra lança. Acenei com a cabeça para o barba cinzenta, que ergueu a mão em reconhecimento.

Quem seriam eles? Os prisioneiros nos diriam logo, e tínhamos capturado quase uns vinte deles, que agora eram despojados das cotas de malha, dos elmos e dos bens valiosos. Finan se ajoelhava outra vez perto do homem ferido, falando com ele. Instiguei meu cavalo a avançar até lá, depois parei, atônito, porque Finan tinha se levantado e agora mijava no sujeito, que tentava debilmente golpeá-lo com a mão enluvada.

— Finan? — chamei.

Ele me ignorou. Falou com o prisioneiro em sua língua irlandesa e o sujeito respondeu com raiva no mesmo idioma. Finan gargalhou, então pareceu xingá-lo, entoando palavras com brutalidade e clareza, com os dedos estendidos na direção do rosto molhado de mijo como se lançasse um feitiço. Admiti que o que quer que estivesse acontecendo não era da minha conta e olhei de novo para os barcos na extremidade do cais arruinado, bem a tempo de ver o porta-estandarte do inimigo entrar na última embarcação de proa alta que restava. O homem usava cota de malha e teve dificuldade para subir pela lateral, até que entregou o estandarte e ergueu os dois braços para ser puxado a bordo por outros dois guerreiros. Reconheci o estandarte e mal ousei acreditar no que via.

Haesten?

Haesten.

Se algum dia este mundo já conteve a personificação de um pedaço de bosta humana inútil, traiçoeiro e coberto de gosma, esse alguém era Haesten. Eu o conhecia desde sempre; na verdade tinha salvado sua vida miserável e ele havia jurado lealdade a mim, apertando minhas mãos, que, por sua vez, apertavam o punho de Bafo de Serpente. Ele chorou lágrimas de gratidão enquanto prometia ser meu vassalo, me defender, me servir, e em troca receber meu ouro, minha lealdade. Em poucos meses tinha violado o juramento e passado a lutar contra mim. Havia jurado paz a Alfredo e violara também esse juramento. Comandara exércitos para devastar Wessex e a Mércia, até que, por fim, em Beamfleot, eu havia acuado seus homens e escurecido os riachos e os pântanos com o sangue deles. Enchemos fossos com seus mortos. Naquele dia os corvos se refestelaram, mas Haesten tinha escapado. Ele sempre escapava. Perdera o exército, mas não a astúcia, e veio de novo, dessa vez a serviço de Sigurd Thorrson e Cnut Ranulfson, que morreram em outro massacre, mas de novo Haesten escapara.

Agora ele estava de volta, e seu estandarte era um crânio preso numa estaca. Aquela coisa zombava de mim no barco mais próximo, que agora se afastava impelido pelos remos. Os homens a bordo gritavam insultos, e o porta-estandarte balançava o crânio de um lado para o outro. Para além dessa embarcação estava outra maior, com um grande dragão na proa que erguia a boca cheia de dentes, e na popa vi um homem com capa, usando um elmo de prata encimado pelas asas pretas de um corvo. Ele tirou o elmo e me fez uma reverência zombeteira, e vi que era Haesten. Ele ria. Tinha queimado meus barcos e roubado algumas cabeças de gado, e para Haesten isso era vitória suficiente. Não era vingança por Beamfleot: para equilibrar essa balança de sangue ele precisaria me matar e matar todos os meus homens, mas nos fizera parecer imbecis e abrira o Mærse para uma grande frota nórdica que agora remava rio acima. Uma frota de inimigos que vinha tomar nossa terra, comandados por Haesten.

— Como um desgraçado feito Haesten comanda tantos homens? — perguntei.

— Não comanda. — Meu filho havia conduzido seu cavalo até a água rasa e puxou as rédeas perto de mim.

— Não?

— Quem comanda é Ragnall Ivarson.

Não falei nada, mas senti um arrepio atravessar meu corpo. Ragnall Ivarson era um nome que eu conhecia, um nome que todos nós conhecíamos, um nome que havia espalhado medo por todo o mar da Irlanda. Era um norueguês que se dizia Rei do Mar, pois suas terras se espalhavam por onde quer que ondas ferozes quebrassem em pedra ou areia. Governava onde as focas nadavam e os papagaios-do-mar voavam, onde os ventos uivavam e as embarcações eram destroçadas, onde o frio cortava como faca e as almas dos afogados gemiam na escuridão. Seus homens tinham capturado as ilhas ermas no litoral da Escócia, conquistado terras no litoral da Irlanda e escravizado pessoas em Gales e na ilha de Mann. Era um reino sem fronteiras, uma vez que sempre que um inimigo ficava forte demais os homens de Ragnall entravam em seus barcos compridos e navegavam para outro litoral deserto. Eles atacaram o litoral de Wessex, levando escravos e gado, e até subiram o rio Sæfern para ameaçar Gleawecestre, embora a muralha da fortaleza os tenha desencorajado. Ragnall Ivarson. Eu nunca o havia encontrado, mas o conhecia. Conhecia sua reputação. Nenhum homem comandava melhor uma embarcação, nenhum homem lutava com mais ferocidade, nenhum homem causava mais temor. Era um selvagem, um pirata, um rei louco de lugar nenhum, e minha filha, Stiorra, havia se casado com o irmão dele.

Chamas no rio

— E Haesten jurou lealdade a Ragnall. — Meu filho observava os barcos se afastarem. — Ragnall Ivarson desistiu das terras na Irlanda. — Uhtred continuou olhando para a frota. — Ele disse aos seus homens que o destino havia lhe garantido o domínio da Britânia.

Haesten era insignificante, pensei. Era um rato aliado a um lobo, um pardal sem penas empoleirado no ombro de uma águia.

— Ragnall abandonou as terras na Irlanda? — perguntei.

— Foi o que o sujeito disse. — Meu filho apontou para os prisioneiros.

Resmunguei. Eu sabia pouco sobre o que acontecia na Irlanda, mas nos últimos anos chegavam notícias de nórdicos sendo expulsos da região. Embarcações tinham cruzado o mar com sobreviventes de combates ferozes, e homens que pensaram em ocupar terras na Irlanda agora as estavam procurando em Cumbraland ou no litoral de Gales, e alguns iam mais longe ainda, até a Nêustria ou a Francia.

— Ragnall é poderoso — comentei. — Por que simplesmente abandonaria a Irlanda?

— Porque os irlandeses o convenceram a ir embora.

— Convenceram?

Meu filho deu de ombros.

— Eles têm feiticeiros, feiticeiros cristãos que veem o futuro. Disseram que, se sair da Irlanda, Ragnall será rei de toda a Britânia, e lhe deram homens para ajudar. — Uhtred indicou a frota com a cabeça. — Há cem guerreiros irlandeses naqueles barcos.

— Rei de toda a Britânia?

— Foi o que o prisioneiro disse.

Cuspi. Ragnall não era o primeiro a sonhar que governaria toda a ilha.

— Quantos homens ele tem?

— Mil e duzentos.

— Tem certeza?

Meu filho sorriu.

— O senhor me ensinou bem, pai.

— O que eu ensinei?

— Que uma ponta de lança no fígado de um prisioneiro é muito persuasiva.

Observei os últimos barcos se afastarem para o leste. Logo sumiriam de vista.

— Beadwulf! — chamei.

Era um homem pequeno e magro com o rosto enfeitado com linhas de tinta como um dinamarquês, embora fosse saxão. Era um dos meus melhores batedores, capaz de atravessar uma campina como um fantasma. Indiquei com a cabeça os barcos que desapareciam.

— Pegue doze homens e siga os desgraçados. Quero saber onde vão desembarcar.

— Senhor — assentiu ele, e começou a se virar.

— Beadwulf! — gritei, e ele olhou para mim de novo. — Tente ver quais estandartes estão nos barcos. Procure um que tenha um machado vermelho! Se vir um machado vermelho, quero saber, rápido!

— Machado vermelho, senhor — repetiu ele, e se afastou rapidamente.

O machado vermelho era o símbolo de Sigtryggr Ivarson, marido da minha filha. Agora os homens o chamavam de Sigtryggr Caolho, porque eu havia arrancado seu olho direito com a ponta de Bafo de Serpente. Ele atacara Ceaster e fora derrotado, mas na derrota havia levado Stiorra. Ela não tinha partido como prisioneira, e sim como amante, e de vez em quando eu recebia notícias suas. Stiorra e Sigtryggr possuíam terras na Irlanda, e ela me escrevia cartas porque eu a fizera aprender a ler e escrever. "Cavalgamos na areia e através das colinas", tinha escrito. "É lindo aqui. Eles nos odeiam." Ela teve uma filha, minha primeira neta, e a havia chamado de Gisela, o nome de sua mãe. "Gisela é linda, e os padres irlandeses nos amaldiçoam. À noite gritam suas maldições e parecem pássaros selvagens morrendo. Adoro este lugar. Meu marido manda lembranças."

Os homens sempre consideraram Sigtryggr o mais perigoso dos dois irmãos. Diziam que era mais inteligente que Ragnall e que sua habilidade com a espada era lendária, mas a perda do olho ou talvez o casamento com Stiorra o havia acalmado. Segundo boatos, Sigtryggr estava contente em cuidar de seus campos, pescar em seus mares e defender suas terras, mas será que ficaria contente caso o irmão mais velho estivesse capturando a Britânia? Por isso mandei Beadwulf procurar o machado vermelho. Queria saber se o marido da minha filha tinha virado meu inimigo.

O príncipe Æthelstan me encontrou enquanto a última embarcação inimiga desaparecia de vista. Chegou com seis homens, todos montando grandes garanhões.

— Senhor — gritou ele. — Sinto muito!

Sinalizei para que fizesse silêncio, com a atenção de novo em Finan, que discutia furiosamente com o sujeito caído aos seus pés. O homem ferido gritava também, e eu não precisava falar nada da estranha língua irlandesa para saber que os dois trocavam insultos. Eu raramente vira Finan com tanta raiva. Ele cuspia, arengava, gritava, as palavras ritmadas caíam com o peso de golpes de martelo. Elas golpeavam o oponente, que, já ferido, parecia enfraquecer sob os insultos. Os homens olhavam para os dois, pasmos diante daquele ódio. Então Finan se virou e pegou a lança que havia deixado de lado. Voltou para a vítima, falou mais alguma coisa e tocou o crucifixo pendurado no pescoço. Então, como se fosse um sacerdote levantando a hóstia, ergueu a lança com as duas mãos, a ponta virada para baixo, e a manteve no alto. Fez uma pausa, depois disse em inglês:

— Que Deus me perdoe.

Em seguida, baixou a lança violentamente, gritando com o esforço de fazer a ponta atravessar a cota de malha e o osso até o coração, e o homem se arqueou num espasmo. O sangue jorrou de sua boca, os braços e as pernas se agitaram durante alguns instantes de agonia, então não houve mais agonia e ele estava morto, a boca aberta, preso à margem do rio com uma lança que havia atravessado seu coração até se cravar no solo abaixo.

Finan chorava.

Instiguei meu cavalo até lá e me curvei para tocar seu ombro. Ele era meu amigo, o mais antigo, meu companheiro de uma centena de paredes de escudos.

— Finan? — chamei, mas ele não olhou para mim. — Finan! — repeti.

E desta vez ele me olhou. Havia lágrimas em seu rosto e sofrimento nos olhos.

— Acho que ele era meu filho — disse Finan.

— Era o quê? — perguntei, pasmo.

— Filho ou sobrinho, não sei. Que Deus me ajude, não faço ideia. Mas eu o matei.

Ele se afastou.

— Sinto muito — repetiu Æthelstan, parecendo tão arrasado quanto Finan. Ele encarou a fumaça que pairava lentamente sobre o rio. — Eles vieram à noite, e só soubemos quando vimos as chamas. Desculpe. Fracassei com o senhor.

— Não seja idiota — falei com rispidez. — Você não poderia impedir aquela frota!

Acenei a mão para a curva do rio onde a última embarcação do Rei do Mar havia desaparecido atrás de algumas árvores. Um dos nossos barcos em chamas se sacudiu, então houve um chiado enquanto o vapor engrossava a fumaça.

— Eu queria lutar contra eles — declarou Æthelstan.

— Então você é um idiota — retruquei.

Ele franziu a testa, depois indicou as embarcações em chamas e a carcaça retalhada de um bezerro.

— Eu queria impedir isso.

— Você deve escolher suas batalhas — falei com aspereza. — Você estava em segurança atrás dos muros, então por que perder homens? Não poderia impedir a frota. Além do mais, eles queriam que você saísse para lutar, e não é sensato fazer o que o inimigo quer.

— Foi o que eu disse a ele, senhor — interveio Rædwald.

Rædwald era um mércio mais velho, um homem cauteloso que eu tinha posto em Brunanburh para aconselhar Æthelstan. O príncipe comandava a guarnição, mas ele era jovem, por isso eu havia lhe dado seis homens mais velhos e mais sábios para impedi-lo de cometer os erros da juventude.

— Eles queriam que nós saíssemos? — perguntou Æthelstan, intrigado.

— Onde eles prefeririam lutar? — questionei. — Tendo você atrás dos muros? Ou em terreno aberto, parede de escudos contra parede de escudos?

— Eu disse isso, senhor! — exclamou Rædwald. Ignorei-o.

— Escolha suas batalhas — vociferei para Æthelstan. — Você tem esse espaço entre as orelhas para pensar! Se simplesmente atacar quando vir um inimigo, vai ganhar uma sepultura antes da hora.

— Foi isso... — começou Rædwald.

— Foi isso que você disse, eu sei! Agora, fique quieto!

Olhei rio acima, para a água sem barcos. Ragnall tinha trazido um exército à Britânia, mas o que faria com esses homens? Precisava de terras para alimentar seus homens, precisava de fortalezas para protegê-los. Tinha passado por Brunanburh, mas será que planejava dar meia-volta e atacar Ceaster? A muralha romana transformava a cidade numa ótima base mas também num obstáculo formidável. Então para onde ele iria?

— Mas foi isso que o senhor fez! — exclamou Æthelstan, interrompendo meus pensamentos.

— Fiz o quê?

— Atacou o inimigo! — Ele parecia indignado. — Agora mesmo! O senhor desceu o morro e atacou, apesar de eles estarem em maior número.

— Eu precisava de prisioneiros, sua paródia miserável de homem.

Eu queria saber como Ragnall tinha subido o rio no escuro. Ou fora um golpe de sorte incrível sua enorme frota se deslocar em meio aos bancos de terra do Mærse sem que nenhum barco encalhasse, ou então ele era um comandante ainda melhor do que sua reputação sugeria. Esse era um feito de navegação impressionante mas também desnecessário. Sua frota era gigantesca, e tínhamos apenas uns doze barcos. Ele poderia ter atravessado nossas forças sem que pudéssemos impedir, mas tinha decidido atacar à noite. Por que correr esse risco?

— Ele não queria que bloqueássemos o canal — sugeriu meu filho, e essa provavelmente era a resposta.

Mesmo que tivéssemos apenas algumas horas de aviso, poderíamos afundar nossas embarcações no canal principal do rio. Ragnall acabaria passando mesmo assim, porém seria obrigado a esperar pela maré alta, e suas embarcações mais pesadas teriam dificuldade para passar. Nesse meio-tempo, mandaríamos mensageiros rio acima para garantir que mais barricadas bloqueassem o Mærse e mais homens esperassem para receber suas embarcações. Em vez disso, ele havia passado por nós despercebido e já avançava para o interior.

— Foram os frísios — disse Æthelstan, desanimado.

— Frísios?

— Três barcos mercantes chegaram ontem à noite, senhor. Ancoraram no rio. Estavam transportando peles de Dyflin.

— Você os inspecionou?

Ele fez que não com a cabeça.

— Eles disseram que estavam carregando a peste, senhor.

— Então você não subiu a bordo?

— Com a peste, não, senhor.

A guarnição de Brunanburh tinha o dever de inspecionar cada embarcação que entrava no rio, principalmente para cobrar uma taxa sobre qualquer carga transportada, mas ninguém subiria num barco que tivesse a doença a bordo.

— Eles disseram que estavam carregando peles, senhor — repetiu Æthelstan —, e pagaram as taxas.

— E você os deixou em paz?

Ele assentiu, arrasado. Os prisioneiros me contaram o resto. Os três barcos mercantes haviam ancorado na área mais estreita do canal do Mærse, o lugar onde uma frota enfrentaria o maior perigo de encalhar, e acenderam lanternas que guiaram as embarcações de Ragnall para longe do perigo. A maré havia feito o resto. Se uma embarcação for deixada à deriva, ela geralmente seguirá a corrente mais rápida pelo canal mais fundo. E, assim que passou pelos três barcos mercantes, Ragnall simplesmente deixou o fluxo da maré carregá-lo até nosso cais. Lá queimou o cais e os barcos, de modo que agora suas embarcações podiam usar o rio em segurança. Agora poderiam vir reforços de seu reino marítimo. Ele havia rasgado nossa defesa do Mærse e estava à solta na Britânia com um exército.

Deixei Æthelstan decidir o que fazer com os prisioneiros. Eram quatorze, e o garoto resolveu que seriam executados.

— Espere a maré baixa — ordenou ele a Rædwald —, depois os amarre nas estacas. — Em seguida, indicou com a cabeça as toras chamuscadas que se projetavam em ângulos desajeitados no rio agitado. — Deixe que se afoguem quando a maré subir.

Chamas no rio

Eu já havia mandado Beadwulf para o leste, mas não esperava ter notícias dele durante pelo menos um dia. Ordenei que Sihtric enviasse homens para o sul.

— Eles devem cavalgar depressa e contar à senhora Æthelflaed o que está acontecendo. Diga que quero homens, muitos homens, todos os homens dela!

— Em Ceaster? — perguntou Sihtric.

Meneei a cabeça, pensando.

— Diga para mandá-los a Liccelfeld. E diga que eu vou para lá. — Virei-me e apontei para Æthelstan. — E você vem comigo, senhor príncipe. Traga a maior parte da guarnição de Brunanburh. E você — olhei para Rædwald — vai ficar aqui. Defenda o que restou. Pode ficar com cinquenta homens.

— Cinquenta! Isso não é o suficiente...

— Quarenta — vociferei. — E se perder o forte eu arranco seus rins e os como.

Estávamos em guerra.

Finan estava à beira d'água, sentado num grande tronco trazido pela maré. Sentei-me ao lado dele.

— Conte o que foi aquilo — pedi, indicando com a cabeça o cadáver ainda fixado pela lança.

— O que o senhor quer saber?

— O que você quiser contar.

Ficamos em silêncio. Gansos voavam acima, as asas batendo na manhã. Uma pancada de chuva veio e passou rapidamente. Um dos cadáveres peidou.

— Vamos para Liccelfeld — avisei.

Finan assentiu com a cabeça.

— Por que Liccelfeld? — perguntou depois de um tempo. A pergunta era respeitosa. Ele não estava pensando em Ragnall, nos noruegueses nem em qualquer coisa além do cadáver atravessado pela lança à beira do rio.

— Porque eu não sei para onde Ragnall vai — respondi. — Mas a partir de Liccelfeld podemos ir com facilidade para o norte ou para o sul.

Guerreiros da tempestade

— Norte ou sul — repetiu ele com a voz embotada.

— O desgraçado precisa de terras e vai tentar tomá-las no norte da Mércia ou no sul da Nortúmbria. Precisamos impedi-lo depressa.

— Ele vai para o norte — disse Finan, mas estava desatento. Deu de ombros. — Por que arranjaria briga com a Mércia?

Suspeitei que ele estivesse certo. A Mércia havia se tornado poderosa, as fronteiras protegidas por burhs, cidades fortificadas, e ao norte ficavam as terras conturbadas da Nortúmbria. Era território dinamarquês, mas os senhores dinamarqueses discutiam e lutavam entre si. Um homem forte como Ragnall poderia uni-los. Eu dissera repetidamente a Æthelflaed que deveríamos marchar para o norte e tomar as terras dos dinamarqueses divididos, mas ela não invadiria a Nortúmbria enquanto seu irmão Eduardo não trouxesse o exército saxão ocidental para ajudar.

— Não importa se Ragnall vai para o norte ou vem para o sul — declarei. — Esta é a hora de enfrentá-lo. Ele acabou de chegar. Não conhece o território. Haesten conhece, claro, mas até que ponto Ragnall confia naquela merda de fuinha? E, pelo que os prisioneiros disseram, o exército de Ragnall jamais lutou junto, por isso vamos golpeá-lo com força agora, antes que ele tenha chance de encontrar um refúgio e antes de se sentir seguro. Vamos agir como os irlandeses, vamos fazer com que ele se sinta indesejado.

Silêncio de novo. Olhei para os gansos, procurando um presságio em seu número, mas eram pássaros demais para contar. No entanto, o ganso era o símbolo de Æthelflaed, de modo que sua presença devia ser um bom sinal, não? Toquei o martelo pendurado no pescoço. Finan viu o gesto e franziu a testa. Depois pegou o crucifixo no pescoço e, com uma expressão de desagrado, puxou-o com força suficiente para arrebentar a tira de couro. Ele olhou para o badulaque de prata por um momento e em seguida o jogou na água.

— Eu vou para o inferno — murmurou.

Por um momento eu não soube o que dizer.

— Pelo menos ainda estaremos juntos — falei, por fim.

— É — concordou ele, sem sorrir. — Um homem que mata alguém de seu próprio sangue está condenado.

— Os padres cristãos dizem isso?

33

Chamas no rio

— Não.

— Então como você sabe?

— Eu sei. Foi por isso que meu irmão não me matou, tanto tempo atrás. Em vez disso, ele me vendeu para aquele traficante de escravos desgraçado.

Foi como Finan e eu nos conhecemos, acorrentados como escravos num banco e puxando remos compridos. Ainda carregávamos na pele a marca do traficante de escravos, mas o próprio traficante estava morto havia muito tempo, trucidado por Finan numa orgia de vingança.

— Por que seu irmão quis matá-lo? — perguntei, sabendo que pisava num terreno perigoso.

Em todos os longos anos de nossa amizade eu jamais soubera por que Finan tinha sido exilado de sua Irlanda.

Ele fez uma careta.

— Uma mulher.

— Que surpresa — falei ironicamente.

— Eu era casado — continuou ele, como se eu não tivesse dito nada. — Uma boa mulher, filha do rei dos Uí Néills. E eu era príncipe do meu povo. Meu irmão também. O príncipe Conall.

— Conall — falei depois de algum tempo de silêncio.

— Os reinos da Irlanda são pequenos — prosseguiu ele, soturno, olhando por cima da água. — Reinos pequenos e reis grandiosos, e nós lutamos. Meu Deus, como adoramos lutar! Os Uí Néills, é claro, são o clã mais importante, pelo menos no norte. Éramos vassalos deles. Pagávamos tributos. Lutávamos por eles quando exigiam, bebíamos com eles e nos casávamos com suas boas mulheres.

— E você se casou com uma mulher Uí Néill? — instiguei.

— Conall é mais novo que eu — disse ele, ignorando a pergunta. — Eu deveria ser o próximo rei, mas Conall conheceu uma donzela dos Ó Domhnaills. Por Deus, senhor, ela era linda! Pelo nascimento não era nada! Não era filha de nenhum chefe tribal, era uma garota que cuidava de vacas. E era adorável. — Ele falava em tom pensativo, os olhos úmidos brilhando. — Tinha cabelos escuros como a noite, olhos como estrelas e um corpo gracioso como um anjo em pleno voo.

— E como se chamava? — indaguei.

Guerreiros da tempestade

Ele balançou a cabeça abruptamente, rejeitando a pergunta.

— E, Deus nos ajude, nós nos apaixonamos. Fugimos. Pegamos cavalos e partimos para o sul. Só a esposa de Conall e eu. Pensamos que iríamos cavalgar, nos esconder e nunca seríamos encontrados.

— E Conall perseguiu vocês?

— Os Uí Néills nos perseguiram. Deus sabe que foi uma caçada. Todo cristão na Irlanda sabia de nós, sabia do ouro que ganharia se nos encontrasse, e sim, Conall cavalgava com os homens dos Uí Néills.

Não falei nada. Esperei.

— Nada é secreto na Irlanda — continuou Finan. — É impossível se esconder. Os duendes veem você. As pessoas veem você. Encontre uma ilha num lago e eles sabem que você está lá. Vá para o topo de uma montanha e eles vão encontrá-lo, esconda-se numa caverna e eles vão caçá-lo. Deveríamos ter pegado uma embarcação, mas éramos jovens. Não sabíamos.

— Eles encontraram vocês.

— Encontraram, e Conall prometeu que tornaria minha vida pior que a morte.

— Vendendo você a Sverri? — Sverri era o traficante que nos marcou com ferro em brasa.

Ele assentiu.

— Tiraram meu ouro, fui chicoteado, obrigado a me arrastar na merda dos Uí Néills, depois fui vendido a Sverri. Sou o rei que nunca foi rei.

— E a garota?

— E Conall ficou com minha esposa Uí Néill. Os padres permitiram, encorajaram, e ele criou meus filhos como se fossem seus. Eles me amaldiçoaram, senhor. Meus próprios filhos me amaldiçoaram. Aquele ali — ele indicou com a cabeça o cadáver — me amaldiçoou agora mesmo. Eu sou o traidor, o amaldiçoado.

— E ele é seu filho? — perguntei delicadamente.

— Ele não quis dizer. Pode ser. Ou pode ser de Conall. Tem o meu sangue, de qualquer modo.

Fui até o morto, pus o pé direito na barriga dele e puxei a lança. Foi difícil, e o cadáver fez um som de sucção obsceno quando arranquei a ponta larga. Havia uma cruz ensanguentada no peito do morto.

Chamas no rio

— Os padres vão enterrá-lo — eu disse. — Vão fazer orações por ele. — Joguei a lança na água rasa e me virei de novo para Finan. — O que aconteceu com a garota?

Ele voltou os olhos vazios para o rio que estava com manchas escuras das cinzas dos nossos barcos.

— Durante um dia deixaram os guerreiros dos Uí Néills fazerem o que quisessem com ela. E me obrigaram a olhar. Depois tiveram misericórdia, senhor. Eles a mataram.

— E o seu irmão mandou homens para ajudar Ragnall?

— Os Uí Néills mandaram homens para ajudar Ragnall. E sim, meu irmão está no comando.

— E por que fizeram isso?

— Porque os Uí Néills querem ser os reis de todo o norte. Da Irlanda e da Escócia, do norte inteiro. Ragnall pode ficar com as terras dos saxões. Esse é o acordo. Ele os ajuda, eles o ajudam.

— E ele começa pela Nortúmbria?

— Ou pela Mércia — sugeriu Finan, dando de ombros. — Mas eles não vão parar por lá, porque querem tudo.

Era o sonho antigo, o sonho que havia assombrado minha vida inteira, o sonho dos nórdicos, de conquistar a Britânia. Eles tentaram com frequência e chegaram muito perto do sucesso, mas nós, os saxões, ainda vivíamos e lutávamos, de modo que agora metade da ilha era nossa outra vez. No entanto, deveríamos ter perdido! Os nórdicos eram violentos, vinham com fúria, e seus exércitos escureciam a terra, mas tinham uma fraqueza fatal. Eram como cães que brigavam uns com os outros, e a invasão só era perigosa quando um cão era mais forte e conseguia rosnar, morder e obrigar os outros a cumprir suas ordens. Porém, uma derrota despedaçava seus exércitos. Seguiam um homem enquanto ele tivesse sucesso, mas, se esse homem demonstrasse fraqueza, o abandonavam aos montes para encontrar presas mais fáceis.

E Ragnall havia comandado um exército até aqui. Um exército de noruegueses, dinamarqueses e irlandeses, e isso significava que ele tinha unido nossos inimigos. Isso o tornava perigoso.

Só que Ragnall não obrigara todos os cães a obedecer.

Descobri outra coisa pelos prisioneiros. Sigtryggr, o marido da minha filha, tinha se recusado a navegar com o irmão. Ele ainda estava na Irlanda. Beadwulf chegaria a outra conclusão porque veria a bandeira do machado vermelho, imaginando que ela pertencia a Sigtryggr, porém dois prisioneiros me contaram que os irmãos compartilhavam o símbolo. Era a bandeira do falecido pai dos dois, o machado vermelho e sangrento de Ivar, mas o de Sigtryggr, pelo menos por enquanto, estava descansando. O de Ragnall havia aberto um buraco sangrento nas nossas defesas, porém meu genro continuava na Irlanda. Toquei meu martelo e rezei para que Sigtryggr permanecesse por lá.

— Temos de ir — falei com Finan.

Porque precisávamos fustigar Ragnall até derrotá-lo.

E pensei que cavalgaríamos para o leste.

Dois

O<small>S PADRES VIERAM</small> me procurar na manhã seguinte. Eram quatro, comandados pelos mércios Ceolnoth e Ceolberht, irmãos gêmeos que me odiavam. Eu os conhecia desde a infância e não sentia mais amor por eles do que eles por mim, mas pelo menos agora conseguia diferenciá-los. Durante anos eu jamais soubera com qual dos gêmeos falava, eram tão parecidos quanto dois ovos, mas uma das nossas discussões havia terminado quando eu arrancara os dentes de Ceolberht com um chute, de modo que agora sabia que ele era o que sibilava ao falar. E, além disso, babava.

— O senhor vai voltar a tempo da Páscoa? — perguntou ele. Estava sendo respeitoso, talvez porque ainda lhe restassem um ou dois dentes e ele queria mantê-los.

— Não — respondi, depois instiguei meu cavalo a dar um passo. — Godwin! Ponha os peixes em sacos!

— Sim, senhor! — gritou Godwin em resposta.

Godwin era meu serviçal, e junto de outros três homens havia trazido barris, rolando-os desde um dos armazéns de Ceaster. Os barris estavam cheios de peixe defumado, e os homens tentavam fazer alças de corda para que cada cavalo de carga levasse dois barris. Godwin franziu a testa.

— Temos sacos, senhor?

— Há vinte e dois sacos cheios de lã tosquiada no meu armazém. Diga ao meu administrador que os esvazie! — Olhei de volta para o padre Ceolberht. — Não vamos conseguir tirar toda a lã dos sacos — eu disse a ele —, e parte dela vai ficar grudada nos peixes e depois deve ficar presa nos nossos dentes.

— Sorri. — Se tivermos dentes.

— Quantos homens serão deixados para defender Ceaster? — perguntou seu irmão, sério.

— Oitenta.

— Oitenta!

— E metade deles é de enfermos — acrescentei. — De modo que vocês terão quarenta homens em boas condições e os outros serão aleijados.

— Não é o suficiente! — protestou ele.

— É claro que não — vociferei. — Mas preciso de um exército para acabar com Ragnall. Ceaster vai ter de se arriscar.

— Mas se os pagãos vierem... — sugeriu, nervoso, o padre Wissian.

— Os pagãos não vão saber o tamanho da guarnição, mas saberão como a muralha é forte. Deixar um número tão pequeno de homens aqui é um risco, mas é um risco que vou correr. E vocês terão homens do fyrd. Godwin! Use os sacos para o pão também!

Iria levar pouco mais de trezentos homens, mal deixando uma tropa suficiente para defender as fortificações de Ceaster e Brunanburh. Pode parecer simples dizer que eu comandava trezentos homens, como se tudo que tivéssemos de fazer fosse montar nos cavalos, deixar Ceaster e ir para o leste, no entanto organizar um exército leva tempo. Precisávamos carregar comida. Viajaríamos por um território onde alimentos poderiam ser comprados, mas jamais em quantidade suficiente para todos. Os nórdicos roubariam o que quisessem, mas nós pagávamos porque percorríamos nosso próprio reino. Por isso eu tinha um cavalo de carga entulhado de moedas de prata vigiado por dois dos meus guerreiros. E seríamos bem mais de trezentas pessoas, porque muitos homens levariam serviçais, alguns levariam as mulheres que não conseguiam deixar para trás, e havia os meninos para conduzir os cavalos de reserva e os animais com a carga de armaduras, armas e os sacos de carne salgada, peixe defumado, pão duro e queijo de casca grossa.

— O senhor sabe o que acontece na Páscoa! — instigou, sério, Ceolnoth.

— Claro que sei — respondi. — Fazemos bebês.

— Essa é a coisa mais ridícula... — começou a protestar Ceolberht, depois ficou em silêncio quando seu irmão o encarou, irritado.

— É minha festa predileta — continuei, animado. — A Páscoa é o dia de fazer bebês!

— É a festa mais solene e jubilosa do ano cristão — repreendeu Ceolnoth. — Solene porque lembramos a agonia da morte de nosso Salvador, e jubilosa por causa de Sua ressurreição.

— Amém — disse o padre Wissian.

Wissian era outro mércio, um rapaz com um tufo de cabelo prematuramente branco. Eu gostava bastante de Wissian, mas ele era dominado pelos gêmeos. O padre Cuthbert permanecia ao seu lado, cego e sorridente. Ele tinha ouvido essa discussão antes e estava gostando. Olhei, irritado, para os sacerdotes.

— Por que chamamos a Páscoa de *Easter* em inglês? — perguntei.

— Porque nosso Senhor morreu e ressuscitou no leste, é claro — respondeu Ceolnoth.

— Besteira — reagi. — Ela é chamada de *Easter* porque é a festa de Eostre, e vocês sabem muito bem disso.

— Não é... — começou Ceolberht, indignado.

— Eostre! — falei, interrompendo-o. — Deusa da primavera! Deusa de fazer bebês! Vocês, cristãos, roubaram o nome e a festa dela!

— Ignorem-no — disse Ceolnoth, mas ele sabia que eu estava certo.

Eostre é a deusa da primavera, e é uma deusa alegre, o que significa que muitos bebês nascem em janeiro. Os cristãos, claro, tentam impedir a diversão, dizendo que o nome *Easter* tem a ver com o leste. Mas, como sempre, vomitam absurdos. *Easter* é a festa de Eostre, e, apesar de todos os sermões insistirem que era uma festividade solene e sagrada, a maioria das pessoas tinha alguma lembrança dos seus deveres para com Eostre, por isso os bebês chegavam direitinho a cada inverno. Nos três anos que vivera em Ceaster eu sempre insistira em realizar uma feira para celebrar a festa da deusa. Havia homens que andavam sobre o fogo, malabaristas, músicos e acrobatas, lutas e corridas a cavalo. Havia barracas vendendo de tudo, desde cerâmicas até joias, e havia danças. Os padres desaprovavam as danças, mas as pessoas o faziam mesmo assim, e as danças garantiam que os bebês chegassem na hora certa.

Chamas no rio

Mas neste ano seria diferente. Os cristãos tinham decidido criar um bispo de Ceaster e estabeleceram a Páscoa como a data de sua subida ao trono. O novo bispo se chamava Leofstan, e eu não o conhecia e sabia pouco a seu respeito, a não ser que vinha de Wessex e tinha exagerada reputação de devoto. Era um erudito, segundo me disseram, e era casado, mas ao ser nomeado bispo fez um juramento famoso de jejuar três dias da semana e se tornar celibatário. Cuthbert, o padre cego que adorava os absurdos, tinha me contado do juramento do novo bispo, sabendo que isso me divertiria.

— Ele fez o quê? — perguntei.

— Jurou que deixaria de dar prazer à esposa, senhor.

— Talvez ela seja velha e feia.

— Os homens dizem que é bonita — retrucou o padre Cuthbert em tom dúbio —, mas nosso futuro bispo diz que nosso Senhor abriu mão de Sua vida por nós, e que o mínimo que podemos fazer é abrir mão dos prazeres carnais por Ele.

— Ele é um idiota.

— Não posso concordar com o senhor — disse Cuthbert maliciosamente. — Mas sim, senhor, Leofstan é um idiota.

A consagração do idiota era o que havia trazido Ceolnoth e Ceolberht a Ceaster. Eles estavam planejando as cerimônias e tinham convidado abades, bispos e sacerdotes de toda a Mércia, de Wessex e até mesmo da distante Francia.

— Precisamos garantir a segurança deles — insistiu Ceolnoth. — Prometemos que a cidade seria defendida contra qualquer ataque. Oitenta homens não são o suficiente! — completou com desprezo.

Fingi preocupação.

— Está dizendo que todos os seus homens da Igreja podem ser trucidados se os dinamarqueses vierem?

— É claro! — Então ele viu meu sorriso e isso apenas aumentou sua fúria. — Precisamos de quinhentos homens! O rei Eduardo pode vir! Com certeza a senhora Æthelflaed vai estar aqui!

— Não vai — falei. — Ela estará comigo, lutando contra Ragnall. Se os nórdicos vierem, é melhor que vocês simplesmente rezem. Seu deus supostamente faz milagres, não é?

Guerreiros da tempestade

Eu sabia que Æthelflaed viria para o norte assim que meus mensageiros chegassem a Gleawecestre. Então esses mesmos mensageiros ordenariam a construção de novas embarcações nas oficinas ao longo do Sæfern. Eu preferia que comprássemos barcos de Lundene, onde os estaleiros empregavam hábeis construtores frísios, mas por enquanto compraríamos três embarcações dos construtores navais do Sæfern.

— Digam que quero barcos menores — ordenei aos mensageiros. — Não mais de trinta remos de cada lado!

Os homens do Sæfern construíam barcos pesados, largos e fundos, capazes de atravessar os mares revoltos até a Irlanda, mas essas embarcações seriam desajeitadas num rio raso. Não havia pressa. Os homens que os tripulariam estavam cavalgando para o leste comigo, e ordenei que Rædwald começasse a reconstruir o cais em nossa ausência. Ele realizaria um bom serviço, ainda que vagarosamente.

Eu tinha mandado meu filho à frente, com cinquenta homens, todos em cavalos leves e rápidos. Eles partiram na véspera e seu trabalho era perseguir o inimigo, atacar as equipes de forrageiros e emboscar os batedores. Beadwulf já estava seguindo os homens de Ragnall, mas sua tarefa era simplesmente me informar onde o exército desembarcaria, o que deveria acontecer logo, porque o rio deixava de ser navegável após alguns quilômetros. Assim que desembarcasse, eles iriam se espalhar para encontrar cavalos, comida e escravos, e meu filho fora mandado para retardá-los, irritá-los e, se fosse sensato, evitar um grande combate.

— E se Ragnall for para o norte? — perguntou Finan.

— Eu disse para Uhtred não sair das terras saxãs.

Eu sabia o que Finan estava perguntando. Se Ragnall optasse por levar seus homens para o norte, entraria na Nortúmbria, região dominada pelos dinamarqueses. E, se meu filho e seu bando de guerreiros os seguissem, iriam parar em território inimigo em desvantagem numérica e cercados.

— E o senhor acha que ele vai obedecer? — perguntou Finan.

— Ele não é idiota.

Finan deu um sorrisinho.

— Ele é igual ao senhor.

Chamas no rio

— O que isso significa?

— Significa que ele é igual ao senhor, e assim provavelmente perseguiria Ragnall até metade do caminho até a Escócia antes de perceber o que estava fazendo. — Ele se inclinou para apertar a barrigueira da sela. — Além disso, como é possível saber onde termina a Mércia e começa a Nortúmbria?

— Ele vai ser cuidadoso.

— É melhor que seja, senhor. — Finan pôs o pé no estribo e montou na sela, onde se acomodou, recolheu as rédeas e se virou a fim de olhar para os quatro sacerdotes. Eles estavam conversando, cabeças baixas, mãos gesticulando. — O que eles queriam?

— Que eu deixasse um exército aqui para proteger seus malditos bispos.

Finan deu um risinho de desprezo, depois se virou e olhou para o norte.

— A vida é um pote de merda, não é? — comentou com amargura.

Não falei nada, só observei Finan afrouxando sua espada, Ladra de Almas, na bainha. Ele havia enterrado o filho ou o sobrinho perto do rio, cavando a sepultura e marcando-a com uma pedra.

— Famílias — falou com amargura. — Agora vamos matar mais daqueles desgraçados.

Montei na sela. O sol havia nascido, mas ainda estava baixo no leste, amortalhado por nuvens cinzentas. Um vento frio soprava do mar da Irlanda. Os homens montavam em suas selas e as últimas lanças eram amarradas aos cavalos de carga quando uma trombeta soou perto do portão norte. Essa trombeta só era tocada se as sentinelas vissem algo que merecesse minha atenção, por isso instiguei o cavalo pela rua principal, e meus homens, achando que íamos embora, me seguiram. A trombeta soou de novo enquanto eu deslizava da sela e subia a escada de pedra que levava à plataforma sobre o arco do portão.

Uns dez cavaleiros se aproximavam, esporeando os garanhões pelo cemitério romano, vindo o mais rápido que podiam. Reconheci o cavalo cinzento do meu filho, depois vi Beadwulf com ele. Todos pararam pouco antes do fosso e meu filho olhou para cima.

— Eles estão em Eads Byrig — gritou ele.

— Uns mil desgraçados — acrescentou Beadwulf.

Olhei instintivamente para o leste, mesmo sabendo que não era possível ver Eads Byrig de cima do portão. Mas ficava perto. Não era uma distância maior, para o leste, do que a de Brunanburh, a oeste.

— E parece que vão ficar! — gritou meu filho.

— O que foi? — Finan tinha se juntado a mim na plataforma.

— Ragnall não vai para o norte — respondi. — Nem para o sul.

— Então para onde vai?

— Ele está aqui — eu disse, ainda olhando para o leste. — Ele vem para cá. Para Ceaster.

Eads Byrig ficava numa serra de colinas baixas que corre de norte a sul. A colina era simplesmente uma parte mais alta da serra, um calombo coberto de capim se erguendo como uma ilha acima dos carvalhos e dos sicômoros que cresciam densos ao redor da base. As encostas eram em sua maioria baixas, uma caminhada fácil, porém o povo antigo que vivia na Britânia muito antes de os meus ancestrais atravessarem o mar — na verdade, antes mesmo da chegada dos romanos — tinha cercado a colina com muros e fossos. Não eram muralhas de pedra, como os romanos fizeram em Lundene e Ceaster, nem paliçadas de madeira, como nós construíamos, e sim muros de terra. Eles cavaram um fosso profundo ao redor do alto da colina e jogaram a terra para cima, formando um barranco íngreme na parte interna do fosso, depois fizeram um segundo fosso com um muro dentro do primeiro. E, embora os longos anos e a chuva forte tivessem erodido o muro duplo e preenchido em parte os dois fossos, as defesas ainda eram formidáveis. O nome da colina significava fortaleza de Ead. Sem dúvida algum saxão chamado Ead tinha vivido ali e usado os muros para defender seus rebanhos e sua casa, mas a fortaleza era muito mais antiga do que seu nome sugeria. Existiam fortalezas cobertas de capim, como essa, por toda a Britânia, prova de que os homens lutavam por essa terra desde que viviam aqui, e às vezes me pergunto se daqui a mil anos as pessoas ainda farão muros na Britânia e colocarão sentinelas na noite para vigiar os inimigos ao alvorecer.

Era difícil se aproximar da fortaleza de Ead. A floresta era densa e seria fácil demais sofrer uma emboscada no meio das árvores. Os homens do meu filho

Chamas no rio

conseguiram chegar perto do terreno elevado antes que os homens de Ragnall os forçassem a se afastar demais. Haviam recuado para os pastos a oeste da floresta, onde os encontrei vigiando o bosque denso.

— Eles estão aprofundando os fossos — disse um dos homens de Beadwulf, me cumprimentando. — Pudemos ver os desgraçados jogando pás de terra, senhor.

— Cortando árvores também, senhor — acrescentou Beadwulf.

Dava para ouvir os machados trabalhando. Soavam distantes, abafados pela folhagem da primavera.

— Ele está fazendo um burh — falei. As tropas de Ragnall aprofundariam os fossos antigos e aumentariam os muros de terra, em cima dos quais construiriam uma paliçada de madeira. — Onde os barcos atracaram? — perguntei a Beadwulf.

— Perto das armadilhas para peixes, senhor. — Ele indicou o norte com a cabeça, mostrando o lugar, depois se virou quando um grande estrondo anunciou a queda de uma árvore. — Eles desembarcaram antes. Demoraram bastante para tirar as embarcações da lama.

— Os barcos ainda estão lá?

Ele deu de ombros.

— Ao amanhecer estavam.

— Devem estar sendo vigiados — advertiu Finan. Ele suspeitou que eu pensava em atacar e queimar os barcos de Ragnall, mas essa era a última coisa que eu tinha em mente.

— Eu preferiria que eles voltassem para a Irlanda — expliquei. — Portanto, deixem as embarcações em paz. Não quero prender o desgraçado aqui. — Fiz uma expressão de desagrado. — Parece que os padres terão o que desejam.

— O quê? — perguntou meu filho.

— Se Ragnall ficar aqui, nós também devemos ficar.

Eu tinha pensado em levar meus trezentos homens para o leste, até Liccelfeld, onde poderia encontrar as forças que Æthelflaed mandaria de Gleawecestre, mas, se Ragnall ia ficar em Eads Byrig, então eu deveria permanecer para proteger Ceaster. Mandei todos os cavalos de carga de volta para a cidade e enviei mais mensageiros ao sul, com o objetivo de avisar aos

Guerreiros da tempestade

reforços que abandonassem a marcha até Liccelfeld e viessem a Ceaster. E então esperei.

Estava esperando Æthelflaed e seu exército da Mércia. Eu contava com trezentos homens, e Ragnall, mais de mil, e mais homens ainda se juntavam a ele todo dia. Era frustrante. Era de enlouquecer. A guarnição de Brunanburh não podia fazer nada além de observar enquanto os barcos com feras na proa subiam remando pelo Mærse. No primeiro dia foram dois, três no segundo, e mais ainda a cada dia que passava, embarcações pesadas de homens vindos das ilhas mais distantes dominadas por Ragnall. Outros guerreiros chegavam por terra, viajando das propriedades dinamarquesas na Nortúmbria, atraídos para Eads Byrig pela promessa de prata, terras e escravos saxões. O exército de Ragnall aumentava, e eu não podia fazer nada.

Ele estava em maior número, numa relação de pelo menos três para um. Para atacá-lo, eu precisava levar homens por entre as árvores que cercavam Eads Byrig, e essa floresta era uma armadilha mortal. Uma velha estrada romana passava ao sul da colina, mas as árvores a tinham invadido, e assim que entrássemos na folhagem densa não seríamos capazes de enxergar uma distância maior que trinta ou quarenta passos. Mandei um grupo de batedores para as árvores e somente três dos quatro voltaram. O quarto foi decapitado, e seu corpo nu foi jogado no pasto. Meu filho quis levar todos os nossos homens e atravessar a floresta em busca de combate.

— De que isso vai adiantar? — perguntei a ele.

— Eles devem ter homens vigiando os barcos — respondeu Uhtred —, e outros construindo o muro novo.

— E daí?

— E daí que não teremos de lutar contra todos os homens dele. Talvez só com metade.

— Você é um idiota, porque é exatamente isso que ele quer que a gente faça.

— Ele quer atacar Ceaster — insistiu meu filho.

— Não. Isso é o que *eu* quero que ele faça.

E essa era a armadilha mútua que Ragnall e eu tínhamos criado um para o outro. Ele podia estar em maior número, mas mesmo assim relutaria em

47

Chamas no rio

atacar Ceaster. Seu irmão mais novo havia tentado tomar a cidade e perdera o olho direito e a maior parte do exército. As muralhas de Ceaster eram formidáveis. Os homens de Ragnall precisariam atravessar um fosso profundo, inundado e cheio de estacas de olmo, depois subir uma muralha com o dobro da altura de um homem enquanto disparávamos uma chuva de lanças, machados, pedras e baldes de merda. Ele perderia. Seus homens morreriam sob nossa fortificação. Eu queria que Ragnall viesse para a cidade, queria que ele atacasse nossa muralha, queria matar seus homens junto às defesas de Ceaster, e ele sabia que eu desejava isso, motivo pelo qual não vinha.

Mas também não podíamos atacá-lo. Mesmo se eu conseguisse atravessar a floresta com cada homem em condições de percorrer o caminho, ainda precisaria subir até Eads Byrig, cruzar o fosso profundo e escalar o barranco de terra onde um novo muro estava sendo feito, e os noruegueses e os irlandeses de Ragnall estariam em superioridade numérica, fariam uma grande carnificina que seus poetas transformariam numa triunfante canção de batalha. Como iriam chamá-la? A Canção de Ragnall, o Poderoso? Ela falaria sobre lâminas atacando, inimigos morrendo, um fosso cheio de sangue e sobre Uhtred, o grande Uhtred, morto em sua glória de batalha. Ragnall queria essa canção, queria que eu o atacasse, e eu sabia que ele ansiava por isso, motivo pelo qual não realizaria seu desejo. Aguardei.

Não ficamos à toa. Pus homens cravando novas estacas afiadas no fosso ao redor de Ceaster e outros cavalgando para o sul e para o leste com o objetivo de convocar o fyrd, o exército de agricultores e homens livres capaz de guarnecer os muros de um burh, ainda que não pudesse lutar contra uma parede de escudos norueguesa. E todo dia eu mandava uma centena de cavaleiros rodear Eads Byrig, cavalgando bem ao sul da grande floresta e depois virando para o norte. No terceiro dia comandei essa patrulha, o mesmo dia em que mais quatro embarcações subiram pelo Mærse, cada uma levando pelo menos quarenta guerreiros.

Usávamos cotas de malha e carregávamos armas, porém deixamos os escudos pesados para trás. Eu usava uma cota de malha enferrujada e um velho elmo sem adornos. Portava Bafo de Serpente, mas deixei meu porta-estandarte em Ceaster. Eu não cavalgava com toda a minha glória de combate porque não estava procurando uma batalha. Fazíamos reconhecimento, procurávamos as equipes de forrageiros de Ragnall e sua patrulha de batedores. Ele não havia mandado homens na direção de Ceaster, então o que estava fazendo?

Atravessamos a serra uns sete ou oito quilômetros ao sul da colina de Ragnall. Esporeei meu cavalo até o alto de um outeiro e olhei para o norte, mas não pude ver quase nada do que acontecia na colina distante. Eu sabia que a paliçada estava sendo construída, que homens cravavam troncos de carvalho no topo do barranco de terra, e com a mesma certeza Ragnall sabia que eu não desperdiçaria a vida dos meus homens atacando aquele muro. Então o que ele esperava? Que eu fosse idiota, perdesse a paciência e atacasse de qualquer modo?

— Senhor.

Sihtric interrompeu meus pensamentos. Ele apontava para o nordeste, e vi doze cavaleiros a cerca de um quilômetro e meio. Havia outros mais longe, talvez uns vinte, todos seguindo para o leste.

— Então eles encontraram cavalos — observei.

Pelo que tínhamos visto e a partir do interrogatório de prisioneiros, o inimigo trouxera pouquíssimos cavalos nas embarcações. Mas as equipes de forrageiros — presumi que os cavaleiros eram isso — mostravam que tinham conseguido capturar alguns, e esses alguns, por sua vez, poderiam se afastar mais ainda para encontrar outros, embora a essa altura as pessoas já estivessem alertadas da presença deles. Havia poucas propriedades rurais por ali, uma vez que este era um território de fronteira, terra que não pertencia nem aos dinamarqueses da Nortúmbria nem aos saxões da Mércia, e as pessoas que viviam na região já teriam deixado as casas e levado seus animais para o burh mais próximo, ao sul. Agora o medo governava esta terra.

Fomos para o leste, descendo do terreno elevado e chegando a uma região de floresta, onde seguimos uma trilha de criadores de gado coberta de mato. Não enviei batedores à frente, acreditando que os homens de Ragnall não teriam cavalos suficientes para mandar um bando de guerreiros nos confrontar. E não vimos o inimigo, nem quando viramos para o norte e entramos na pastagem onde havíamos vislumbrado os cavaleiros antes.

— Eles estão se mantendo longe do nosso caminho — comentou Sihtric, parecendo desapontado.

— Você não faria o mesmo?

— Quanto mais dos nossos ele matar, senhor, menos serão para lutar na muralha de Ceaster.

Ignorei essa resposta tola. Ragnall não tinha intenção de enviar seus homens para a morte diante da muralha de Ceaster, pelo menos por enquanto. Então o que estaria planejando? Olhei para trás intrigado. A manhã estava seca, ou pelo menos não chovia, ainda que o ar estivesse úmido, e o vento, frio, mas chovera forte à noite, e o terreno estava encharcado, no entanto eu não tinha visto marcas de cascos atravessando a trilha de gado. Se Ragnall quisesse cavalos e comida, encontraria as propriedades mais ricas ao sul de onde estávamos, no interior da Mércia, mas pelo visto ele não tinha mandado homens nessa direção. Talvez eu não tivesse percebido as pegadas, porém eu duvidava de que deixaria de notar algo tão óbvio. E Ragnall não era idiota. Ele sabia que receberíamos reforços do sul, mas parecia não ter enviado patrulhas à procura desses novos inimigos.

Por quê?

Porque ele não se preocupava com nossos reforços, pensei. Eu estava olhando para o norte, sem ver nada além de florestas densas e campos úmidos, e pensava no que Ragnall havia conseguido. Ele destruíra nossa pequena frota, o que significava que não poderíamos atravessar o Mærse com facilidade, a não ser que fôssemos mais para o leste ainda e encontrássemos um ponto de travessia sem vigilância. Estava construindo uma fortaleza em Eads Byrig, um forte praticamente inexpugnável até que tivéssemos homens suficientes para suplantar seu exército. E só existia um motivo para fortificá-la: ameaçar Ceaster. No entanto, ele não mandava patrulhas na direção da cidade nem tentava impedir que algum reforço chegasse à guarnição.

— Há água em Eads Byrig? — perguntei a Sihtric.

— Há uma fonte a sudeste da colina — respondeu ele, parecendo em dúvida. — Mas é só um fio d'água, senhor. Não basta para um exército inteiro.

— Ele não tem força suficiente para atacar Ceaster — pensei em voz alta —, e sabe que não vamos desperdiçar homens contra os muros de Eads Byrig.

Guerreiros da tempestade

— Ele só quer uma luta! — observou Sihtric, sem dar importância.

— Não, não quer. Pelo menos não conosco.

Havia uma ideia na minha cabeça. Eu não podia dizê-la em voz alta porque ainda não a entendia, mas tinha uma noção do que Ragnall estava fazendo. Eads Byrig era uma distração, pensei, e nós não éramos o inimigo, pelo menos por enquanto. Com o tempo seríamos, mas, por enquanto, não. Virei-me para Sihtric.

— Leve os homens de volta a Ceaster — ordenei. — Vá pelo mesmo caminho por onde viemos. Deixe que os desgraçados os vejam. E mande Finan patrulhar a borda da floresta amanhã.

— Senhor? — perguntou ele de novo.

— Diga a Finan que deve ser uma patrulha grande! Pelo menos cento e cinquenta homens! Deixem que Ragnall os veja! Diga para patrulhar desde a estrada até o rio, faça-o pensar que estamos planejando um ataque a partir do oeste.

— Um ataque a partir do... — começou ele.

— Só faça isso — vociferei. — Berg! Você vem comigo!

Ragnall tinha impedido que atravessássemos o rio e estava fazendo com que concentrássemos toda a atenção em Eads Byrig. Ele parecia estar se comportando com cautela, construindo uma grande fortaleza e deliberadamente sem nos provocar mandando bandos de guerreiros para o sul, mas tudo que eu sabia sobre Ragnall sugeria que ele não era nem um pouco cauteloso. Era um guerreiro. Ele se movia rápido, atacava com força e se dizia rei. Um doador de ouro, um senhor, um patrono de guerreiros. Os homens iriam segui-lo enquanto suas espadas e lanças tomassem cativos e capturassem terras férteis, e nenhum homem ficava rico construindo uma fortaleza numa floresta e convidando um ataque.

— Diga a Finan que voltarei amanhã ou depois de amanhã — expliquei a Sihtric, então chamei Berg e fui para o leste. — Amanhã ou depois de amanhã! — gritei para Sihtric ao me virar para trás.

Berg Skallagrimmrson era um norueguês que havia jurado lealdade a mim, uma lealdade que ele provara nos três anos desde que eu salvara sua vida numa praia em Gales. Ele poderia ter ido para o norte quando quisesse, para o reino da Nortúmbria, e lá encontraria um dinamarquês ou outro norueguês que desse boas-vindas a um guerreiro jovem e forte, mas permaneceu fiel. Era um rapaz de rosto fino e olhos azuis, sério e pensativo. Usava o cabelo comprido como um norueguês, e tinha persuadido a filha de Sihtric a fazer um desenho em sua bochecha esquerda com tinta de noz de galha e uma agulha.

— O que é isso? — eu perguntara a ele enquanto as cicatrizes ainda se recuperavam.

— É uma cabeça de lobo, senhor!

Ele tinha parecido indignado. A cabeça de lobo era meu símbolo, e o desenho era seu modo de demonstrar lealdade, mas, mesmo quando a pele voltou ao normal, ficou parecendo mais uma cabeça de porco manchada.

Nós dois fomos para o leste. Eu ainda não temia nenhum bando de guerreiros inimigos porque suspeitava do que Ragnall desejava de fato, e foi essa suspeita que nos manteve cavalgando até a tarde, quando viramos para o norte e seguimos uma estrada romana para a Nortúmbria. Ainda estávamos bem a leste de Eads Byrig. À medida que a tarde se esvaía, subimos um morro baixo. Vi uma ponte que levava a estrada romana para o outro lado do rio, e lá, agrupados perto de duas cabanas construídas na margem norte do Mærse, havia homens usando cotas de malha. Homens com lanças.

— Quantos? — perguntei a Berg, cujos olhos eram mais jovens que os meus.

— Pelo menos quarenta, senhor.

— Ele não quer que atravessemos o rio, não é? — sugeri. — O que significa que precisamos atravessar.

Cavalgamos para o leste durante uma hora, mantendo o olhar atento a algum inimigo, e ao crepúsculo viramos para o norte e chegamos à região onde o Mærse corria vagaroso entre pastagens.

— Seu cavalo nada? — perguntei a Berg.

— Vamos descobrir, senhor.

O rio era largo naquela área, pelo menos cinquenta passos, e as margens eram barrancos de terra. A água era turva, mas senti que estava funda. Assim, para não nos arriscarmos nadando com os animais, fomos de novo na direção da nascente até descobrirmos um local onde uma trilha lamacenta vinda do sul levava ao rio e depois outra subia pela margem norte, sugerindo que aquilo era um vau. Certamente não era um ponto de travessia importante, e sim um lugar descoberto por algum fazendeiro onde podia cruzar com o gado, mas suspeitei que geralmente o rio estivesse mais raso. O volume de água nele era maior por causa da chuva.

— Precisamos atravessar — declarei, e esporeei o cavalo até a água.

O rio chegou às minhas botas, depois acima delas, e senti o cavalo lutando contra a correnteza. Ele escorregou uma vez e eu fui sacudido. Achei que poderia ser jogado na água, mas de algum modo o garanhão conseguiu se firmar e prosseguiu, impelido mais pelo medo que por minha insistência. Berg veio atrás e instigou seu cavalo mais rápido, de modo que me ultrapassou e saiu do rio antes de mim. Seu cavalo subiu a margem oposta jogando água e lama para todo lado.

— Odeio atravessar rios — resmunguei, juntando-me a ele.

Encontramos um pequeno bosque de freixos um quilômetro e meio depois do rio e passamos a noite lá, os cavalos amarrados enquanto tentávamos dormir. Sendo mais jovem, Berg dormiu como um bebê, mas eu passei a maior parte da noite acordado, escutando o vento nas folhas. Não tinha ousado acender uma fogueira. Essa região, como o território ao sul do Mærse, parecia deserta, mas isso não significava que não houvesse inimigos por perto, por isso passei a noite tremendo de frio. Dormi um sono entrecortado enquanto o alvorecer chegava, e quando acordei vi Berg cortando cuidadosamente um pão.

— Para o senhor — disse ele, estendendo o pedaço maior.

Peguei o menor, depois me levantei, com todos os ossos doendo. Fui até a beira das árvores e olhei para o cinza. Céu cinza, terra cinza, névoa cinza. Era a luz cinzenta do lobo, do alvorecer. Ouvi Berg se mover atrás de mim.

— Devo encilhar os cavalos, senhor?

— Ainda não.

Ele se aproximou de mim.

— Onde estamos, senhor?

— Na Nortúmbria. Tudo ao norte do Mærse é Nortúmbria.

— Seu reino, senhor.

— Meu reino — concordei.

Nasci na Nortúmbria e espero morrer nela, mas meu nascimento foi no litoral leste, longe desses campos amortalhados de névoa junto ao Mærse. Minha terra é Bebbanburg, a fortaleza junto ao mar que foi roubada de forma traiçoeira pelo meu tio. Apesar de ele estar morto há muito tempo, a grande fortaleza continuava sob o domínio de seu filho. Um dia eu trucidaria meu primo e retomaria o que era meu por direito. Era uma promessa que eu fazia todos os dias da minha vida.

Berg olhou para a umidade cinzenta.

— Quem reina aqui?

Dei um leve sorriso diante da pergunta.

— Diga: já ouviu falar de Sygfrothyr?

— Não, senhor.

— Knut Maneta?

— Não, senhor.

— Halfdan Othirson?

— Não, senhor.

— Eowels, o Forte?

— Não, senhor.

— Eowels não era tão forte assim — zombei —, porque foi morto por Ingver Espada-Brilhante. Já ouviu falar de Ingver?

— Não, senhor.

— Sygfrothyr, Knut, Halfdan, Eowels e Ingver — repeti os nomes. — E nos últimos dez anos cada um desses homens se declarou rei de Jorvik. E só um deles está vivo: Ingver. Sabe onde Jorvik fica?

— Ao norte, senhor. É uma cidade.

— Já foi uma grande cidade — observei, soturno. — Construída pelos romanos.

— Como Ceaster, senhor? — perguntou ele, sério.

Berg conhecia pouco da Britânia. Tinha servido a Rognvald, um norueguês que morreu num enorme derramamento de sangue em uma praia galesa. Desde então serviu a mim, morando em Ceaster e lutando contra os ladrões de gado que vinham da Nortúmbria ou dos reinos galeses. Mas era ávido por conhecimento.

Guerreiros da tempestade

— Jorvik é como Ceaster. E, como Ceaster, sua força está nas muralhas. Ela vigia um rio, mas o homem que governa Jorvik pode se dizer rei da Nortúmbria. Ingver Espada-Brilhante é rei de Jorvik, mas se declara rei da Nortúmbria.

— E é?

— Ele finge que é. Mas na verdade não passa de um chefe tribal na cidade. No entanto, ninguém mais pode se proclamar rei da Nortúmbria se não controlar Jorvik.

— Mas a cidade não é forte?

— As muralhas de Eoferwic são fortes — expliquei, usando o nome saxão para Jorvik. — São muito fortes! São formidáveis! Meu pai morreu atacando essas muralhas. E a cidade fica numa região rica. O homem que comanda Eoferwic pode dar ouro aos seus homens, comprar guerreiros, distribuir propriedades, criar cavalos, comandar um exército.

— E é isso que o rei Ingver faz?

— Ingver não seria capaz de mandar um cachorro mijar — zombei. — Ele deve ter uns duzentos guerreiros. E do lado de fora das muralhas? Não tem nada. Outros homens governam fora das muralhas, e um dia um deles vai matar Ingver, assim como Ingver matou Eowels, e o novo sujeito vai se proclamar rei. Sygfrothyr, Knut, Halfdan e Eowels, todos se declararam reis da Nortúmbria e todos foram mortos por um rival. A Nortúmbria não é um reino, é um buraco de ratos e cachorros.

— Como a Irlanda.

— Como a Irlanda?

— Um território de pequenos reis. — Berg franziu a testa por um momento. — Às vezes um deles se proclama rei supremo. E talvez seja, mas continuam existindo muitos reis menores, e eles brigam feito cachorros. Seria de se imaginar que esses cães são mortos com facilidade, mas, quando você os ataca... eles se juntam.

— Não existe rei supremo na Nortúmbria. Pelo menos por enquanto.

— Vai haver?

— Ragnall — respondi.

— Ah! — Ele entendeu. — E um dia devemos tomar esta terra?

— Um dia.

Chamas no rio

E eu desejava que esse dia chegasse logo, mas Æthelflaed, que comandava a Mércia, insistia em que primeiro expulsássemos os dinamarqueses de seu reino. Ela queria restaurar a antiga fronteira da Mércia e só então comandar um exército para o interior da Nortúmbria. E mesmo assim não a invadiria sem a bênção do irmão. Mas agora Ragnall tinha vindo e ameaçava tornar a conquista do norte ainda mais difícil.

Arreamos os cavalos e partimos lentamente para o oeste. O Mærse fazia grandes curvas preguiçosas à esquerda, serpenteando por campinas pantanosas cobertas de mato. Ninguém plantava nessas terras. Antigamente houvera colonos dinamarqueses e noruegueses, propriedades fartas numa terra farta, mas nós os empurramos para o norte, para longe de Ceaster, e agora os cardos cresciam altos onde o gado havia pastado. Duas garças voaram rio abaixo. Uma chuva fraca veio do oceano distante.

— A senhora Æthelflaed vem, senhor? — perguntou Berg enquanto fazíamos os cavalos atravessarem uma abertura em uma cerca viva abandonada, depois um fosso cheio de água. A névoa se dissipara, mas havia resquícios dela acima das amplas curvas do rio.

— Ela vem! — respondi, e me surpreendi sentindo uma nítida pontada de prazer ao pensar que veria Æthelflaed outra vez. — Ela vem de qualquer modo, por causa dessa bobagem do bispo novo.

O entronamento era o tipo de cerimônia da qual ela gostava, ainda que eu não conseguisse entender como alguém suportava três ou quatro horas de monges cantando e padres arengando, assim como não entendia por que os bispos precisavam de tronos. Daqui a pouco iriam exigir coroas.

— Agora ela vai trazer também todo o seu exército.

— E vamos lutar contra Ragnall?

— Ela vai querer expulsá-lo da Mércia, e, se ele ficar atrás de seus novos muros, esse vai ser um trabalho sangrento.

Eu tinha me virado para o norte, em direção a uma colina baixa da qual me lembrava por causa dos ataques que tínhamos feito atravessando o rio. A colina era coberta por um bosque de pinheiros, e do topo podia-se ver Ceaster num dia límpido. Nesse dia cinzento não havia chance de enxergar a cidade, mas dava para ver Eads Byrig se erguendo verde acima das árvores do outro lado do rio e a madeira crua da nova paliçada em cima do barranco do forte. E muito mais perto dava para ver a frota de Ragnall agrupada numa grande curva do Mærse.

E vi uma ponte.

A princípio não tive certeza do que via, mas perguntei a Berg, cujos olhos eram muito mais jovens que os meus. Ele observou por um tempo, franziu a testa e por fim assentiu.

— Estão fazendo uma ponte com os barcos, senhor.

Era uma ponte grosseira, feita de cascos de embarcações atracados uns aos outros, de modo que se estendessem cruzando o rio com uma rústica passarela de pranchas sobre os conveses. Tantos cavalos e homens já haviam atravessado a ponte improvisada que eles abriram uma nova trilha com o desgaste dos campos deste lado do rio, um risco lamacento que se destacava escuro do pasto claro e depois se abria num leque de riscos menores que seguia para o norte. Havia homens cavalgando nas trilhas, três pequenos grupos esporeavam os animais para longe do Mærse, penetrando na Nortúmbria, e um grande bando de cavaleiros viajava para o sul, na direção do rio.

E na margem sul do rio, onde as árvores cresciam densas, havia fumaça. A princípio achei que era um adensamento da névoa, mas, quanto mais olhava, mais me convencia de que eram fogueiras de acampamento na floresta. Várias fogueiras lançando fumaça acima das folhas, e essa fumaça me dizia que Ragnall mantinha muitos homens ao lado do Mærse. Havia uma guarnição em Eads Byrig, uma guarnição que construía uma paliçada, mas lá não tinha água suficiente para todo o exército. E, em vez de fazer trilhas para o sul, na Mércia, esse exército abria novos caminhos para o norte.

— Agora podemos ir para casa — falei.

— Já? — Berg pareceu surpreso.

— Já. — Porque eu sabia o que Ragnall estava fazendo.

Voltamos pelo caminho pelo qual viemos. Íamos devagar, poupando os cavalos. Uma chuva fraca caía às nossas costas, carregada por um vento frio vindo do mar da Irlanda, e isso fez com que eu me lembrasse das palavras de Finan, de que Ragnall tinha feito um pacto com os Uí Néills. Os irlandeses raramente atravessavam o mar, a não ser para fazer comércio e, de vez em quando, procurar escravos na costa oeste da Britânia. Eu sabia que havia assentamentos irlandeses na Escócia e até mesmo alguns no desolado litoral oeste da Nortúmbria, mas nunca tinha visto guerreiros irlandeses na Mércia ou em Wessex. Tivéramos problemas suficientes com dinamarqueses e noruegueses, não precisávamos dos irlandeses ainda por cima. Era verdade que Ragnall tinha apenas uma tripulação de irlandeses, mas Finan dizia que uma tripulação de seus conterrâneos valia três de qualquer outra tribo.

— Nós lutamos feito cães loucos — dissera com orgulho. — Se houver uma batalha, Ragnall colocará os irlandeses na frente. Ele vai soltá-los em cima de nós.

Eu tinha visto Finan lutar com frequência e acreditava nele.

— Senhor! — Berg me assustou. — Atrás de nós, senhor!

Virei-me e vi três cavaleiros nos seguindo. Estávamos em terreno aberto, sem ter onde nos esconder, mas me xinguei pelo descuido. Estivera devaneando, tentando decidir o que Ragnall faria, e não olhara para trás. Se os tivéssemos visto antes, poderíamos ter entrado num bosque ou num matagal, mas agora não havia como evitar os cavaleiros, que vinham rápido.

— Vou falar com eles — avisei a Berg, depois virei o cavalo e esperei.

Os três eram jovens, nenhum com mais de 20 anos. Seus cavalos eram bons, ariscos e rápidos. Os três usavam cota de malha, mas nenhum tinha escudo nem elmo. Eles se espalharam conforme se aproximavam, depois contiveram os cavalos a cerca de dez passos de distância. Usavam o cabelo comprido e tinham desenhos no rosto que indicavam que eram nórdicos, mas o que eu esperava deste lado do rio?

— Bom dia — saudei com educação.

O rapaz do centro instigou o cavalo. Sua cota de malha era boa, a bainha da espada era adornada com placas de prata, e o martelo pendurado no pescoço reluzia com ouro. Tinha o cabelo preto e comprido, penteado com óleo e preso na altura da nuca com uma fita preta. Ele olhou para meu cavalo, depois para mim, em seguida para Bafo de Serpente.

— É uma boa espada, vovô.

— É uma boa espada — concordei, afável.

— Velhos não precisam de espadas — declarou ele, e os dois companheiros riram.

— Meu nome — continuei falando baixinho — é Hefring Fenirson, e esse é o meu filho, Berg Hefringson.

— Diga, Hefring Fenirson, por que está indo para o oeste? — perguntou o rapaz.

— Por que não?

— Porque o jarl Ragnall está convocando homens, e você cavalga para longe dele.

— O jarl Ragnall não precisa de mais velhos.

— É verdade, mas precisa de jovens. — Ele olhou para Berg.

— Meu filho não tem habilidade com armas — expliquei. Na verdade, Berg era de uma rapidez mortal com uma espada, mas havia em seu rosto uma inocência sugerindo que talvez ele não gostasse de lutar. — E quem é você? — perguntei respeitosamente.

Ele hesitou, nitidamente relutando em dizer seu nome, depois deu de ombros, como se sugerisse que isso não importava.

— Othere Hardgerson — respondeu.

— Você veio da Irlanda com os barcos?

— De onde viemos não é da sua conta. Você jura lealdade ao jarl Ragnall?

— Não juro lealdade a homem nenhum — respondi, e era verdade. Æthelflaed tinha meu juramento.

Othere zombou disso.

— Será que você é um jarl?

— Sou um fazendeiro.

— Um fazendeiro não precisa de um cavalo bom — reagiu ele com desprezo. — Não precisa de uma espada. Não precisa de uma cota de malha, nem mesmo dessa cota enferrujada. E, quanto ao seu filho — o rapaz instigou o cavalo à frente, passando pelo meu para encarar Berg —, se não pode lutar, não precisa de cota de malha, espada ou cavalo.

— Você quer comprá-los? — indaguei.

— Comprar! — Othere gargalhou diante da sugestão. — Eu lhe dou uma escolha, velho — disse, virando-se para mim. — Vocês podem cavalgar conosco e jurar lealdade ao jarl Ragnall ou podem nos dar seus cavalos, suas armas e suas cotas de malha e seguir seu caminho. O que vai ser?

Chamas no rio

Eu conhecia o tipo de Othere. Era um guerreiro jovem, criado para o combate e ensinado a desprezar qualquer homem que não ganhasse a vida com uma espada. Ele estava entediado. Tinha atravessado o mar com a promessa de terras e saques, e, ainda que a cautela atual de Ragnall fosse justificada, ela havia frustrado Othere. Ele era obrigado a esperar enquanto Ragnall reunia mais homens, e esses homens evidentemente eram recrutados na Nortúmbria, entre dinamarqueses e noruegueses que se estabeleceram nesse território despedaçado. Com a ordem de fazer o trabalho monótono de patrulhar a margem norte do rio à procura de qualquer incursão saxã através do Mærse, Othere queria iniciar a conquista da Britânia, e, se Ragnall não o levasse à batalha, ele procuraria uma luta sua. Além disso, Othere era um valentão jovem e confiante demais, e o que tinha a temer da parte de um velho?

Acho que eu era velho. Minha barba tinha ficado grisalha e meu rosto evidenciava os anos, mas, mesmo assim, Othere e seus dois companheiros deveriam ter sido mais cautelosos. Que fazendeiro montaria um cavalo rápido? Ou andaria com uma espada longa? Ou usaria cota de malha?

— Eu lhe dou uma escolha, Othere Hardgerson — declarei. — Você pode ir embora e agradecer a qualquer deus que cultue por eu tê-lo deixado viver ou pode tirar minha espada de mim. A escolha é sua, garoto.

Ele me olhou por um instante, parecendo não acreditar no que tinha acabado de ouvir, depois gargalhou.

— A cavalo ou a pé, velho?

— A escolha é sua, garoto — repeti, e desta vez investi a palavra "garoto" de puro escárnio.

— Ah, você está morto, velho — retrucou Othere. — A pé, seu velho desgraçado.

Em seguida, ele escorregou da sela com facilidade e saltou agilmente no capim úmido. Presumi que tivesse optado por lutar a pé porque seu cavalo não era treinado para batalha, mas isso me servia. Também apeei, mas lentamente, como se os ossos velhos e os músculos doloridos atrapalhassem.

— Minha espada se chama Bebedora de Sangue — disse Othere. — Um homem deve saber o nome da arma que o envia para a sepultura.

— Minha espada...

— Por que preciso saber o nome da sua espada? — interrompeu ele, depois gargalhou de novo enquanto desembainhava Bebedora de Sangue. Othere era destro. — Vou ser rápido, velho. Está pronto?

A última pergunta foi em tom de zombaria. Othere não se importava em saber se eu estava pronto. Em vez disso, caçoava porque eu desembainhei Bafo de Serpente e a estava segurando sem jeito, como se ela fosse pouco familiar na minha mão. Até mesmo tentei segurá-la com a esquerda antes de empunhá-la com a direita, tudo isso para sugerir que eu não era treinado. Fui tão convincente que ele baixou a espada e balançou a cabeça.

— Você está sendo idiota, velho. Não quero matá-lo, só me dê a espada.

— Com todo o prazer — respondi, e fui na direção dele.

Othere estendeu a mão esquerda e eu ergui Bafo de Serpente com um movimento do pulso, afastando a mão dele. Em seguida, voltei com a lâmina com força, mandando Bebedora de Sangue para o lado, depois estoquei uma vez tentando perfurar o peito do rapaz. Acertei a cota de malha acima do esterno, impelindo-o para trás. Othere quase tropeçou e rugiu de raiva enquanto desferia um arco com a espada, como se cortasse feno, um golpe que deveria ter arrancado minha cabeça, mas eu já estava com Bafo de Serpente levantada para aparar o ataque. As lâminas se chocaram, dei mais um passo à frente e acertei o punho da espada no rosto dele. O rapaz conseguiu se virar um pouco, de modo que o golpe acertou o malar, e não o nariz.

Ele tentou cortar meu pescoço, mas não tinha espaço para o movimento. Dei um passo para trás, erguendo Bafo de Serpente com velocidade, de modo que a ponta cortou seu queixo, mas não com muita força. Tirou sangue, e isso deve ter instigado um de seus companheiros a desembainhar a espada. Ouvi, mas não vi, um choque de lâminas, e soube que Berg estava lutando. Houve um som ofegante atrás de mim, outro choque intenso de aço contra aço, e os olhos de Othere se arregalaram ao ver o que estava acontecendo.

— Venha, garoto — falei. — Você está lutando comigo, não com Berg.

— Então vá para o túmulo, velho.

Othere rosnou e deu um passo adiante, descrevendo um arco com a espada, e o aparei facilmente. Ele não tinha muita habilidade. Provavelmente era mais rápido que eu; afinal, era jovem, mas eu tinha uma vida inteira de

Chamas no rio

experiência com uma espada. Ele me pressionou, tentando desferir cortes seguidos, e eu aparava cada golpe. Só depois de seis ou sete ataques violentos recuei de súbito, baixando minha lâmina, e sua espada passou sibilando por mim. Isso o desequilibrou, e eu avancei com Bafo de Serpente, espetando seu ombro direito, perfurando a cota de malha e ferindo a carne. Vi seu braço baixar. Girei minha lâmina até encostar em seu pescoço e a mantive parada, com o sangue escorrendo pelo gume.

— Meu nome, garoto, é Uhtred de Bebbanburg e esta espada se chama Bafo de Serpente.

— Senhor! — Ele tombou de joelhos, incapaz de erguer o braço. — Senhor — repetiu. — Eu não sabia!

— Você é sempre metido a valente com homens velhos?

— Eu não sabia! — implorou ele.

— Segure firme a espada, garoto — ordenei —, e me procure no Valhala. — E fiz uma expressão de desagrado ao desferir um corte em seu pescoço. Ele deu um gemido enquanto o sangue esguichava longe no pasto úmido. Othere pareceu engasgar. — Segure Bebedora de Sangue! — vociferei. Pareceu assentir, depois a luz desapareceu de seus olhos e ele caiu para a frente. A espada ainda estava em sua mão, por isso eu iria encontrá-lo de novo na taverna dos deuses.

Berg havia desarmado um dos cavaleiros que restavam, enquanto o outro já se encontrava a duzentos passos de distância, esporeando a montaria freneticamente.

— Devo matar esse, senhor? — perguntou Berg.

Neguei com um movimento de cabeça.

— Ele pode levar uma mensagem. — Fui até o cavalo do rapaz e o puxei com força para baixo. Ele caiu da sela e se esparramou no chão. — Quem é você?

Ele deu um nome, que agora já não me lembro. Era um garoto, mais novo que Berg, e respondeu às nossas perguntas de boa vontade. Ragnall estava construindo um grande muro em Eads Byrig mas também tinha montado um acampamento junto ao rio, onde os barcos formavam a ponte. Ele reunia homens lá, montando um novo exército.

— E para onde o exército vai?

— Tomar a cidade saxã — respondeu ele.

— Ceaster?

Ele deu de ombros. Não sabia o nome.

— A cidade próxima, senhor.

— Vocês estão fazendo escadas?

— Escadas? Não, senhor.

Tiramos a cota de malha do cadáver de Othere, pegamos sua espada e seu cavalo, depois fizemos o mesmo com o garoto que Berg havia desarmado. Ele não estava muito ferido, mais apavorado que machucado, e tremia enquanto nos observava montar de novo.

— Diga a Ragnall que os saxões da Mércia estão vindo — ordenei. — Diga que os mortos dele serão milhares. Diga que a morte dele está apenas alguns dias à frente. Diga que essa promessa vem de Uhtred de Bebbanburg.

Ele assentiu, apavorado demais para falar.

— Fale meu nome em voz alta, garoto, para que eu saiba que você consegue repeti-lo para Ragnall.

— Uhtred de Bebbanburg — gaguejou ele.

— Bom garoto.

Depois fomos para casa.

Três

O BISPO LEOFSTAN CHEGOU no dia seguinte. Claro que ele ainda não era bispo, por enquanto era apenas o padre Leofstan, mas todos o chamavam de bispo, empolgados, e diziam uns aos outros que ele era um santo vivo e um erudito. A chegada do santo vivo foi anunciada por Eadger, um dos meus homens que estava com uma equipe de trabalho na pedreira ao sul do rio Dee, onde colocavam numa carroça as pedras que eventualmente seriam empilhadas sobre as muralhas de Ceaster como saudação para qualquer nórdico que tentasse subi-las. Eu tinha quase certeza de que Ragnall não planejava um ataque desses, mas, se ele perdesse a cabeça e tentasse, eu queria que tivesse uma recepção adequada.

— São pelo menos oitenta desgraçados — avisou Eadger.

— Padres?

— Tem muitos padres — respondeu ele em tom azedo —, mas o restante? — Eadger fez o sinal da cruz. — Sabe lá Deus o que são, senhor, mas são pelo menos uns oitenta, e estão chegando.

Fui até a muralha sul e olhei para a estrada depois da ponte romana, mas não vi nada. O portão da cidade estava fechado de novo. Todos os portões de Ceaster ficariam fechados até que os homens de Ragnall saíssem da região, mas a notícia da chegada do bispo se espalhava pela cidade, e o padre Ceolnoth veio correndo pela rua principal, apertando à cintura as saias de seu manto comprido.

— Devemos abrir os portões! — gritou. — Eis que ele chegou à porta do meu povo! Chegou a Jerusalém!

Olhei para Eadger, que deu de ombros.

— Parece coisa da escritura, senhor.

— Abram os portões! — berrou Ceolnoth, ofegante.

— Por quê? — gritei da plataforma de combate, acima do arco.

Ceolnoth parou abruptamente. Ele não tinha me visto lá em cima. Fez uma careta.

— O bispo Leofstan está chegando!

— Os portões permanecem fechados — declarei, depois me virei para olhar por cima do rio. Agora podia ouvir cânticos.

Finan e meu filho se juntaram a mim. O irlandês olhou para o sul, franzindo a testa.

— O padre Leofstan está chegando — expliquei a empolgação. Uma multidão se reunia na rua, todos olhando para os grandes portões fechados.

— Foi o que ouvi dizer — observou Finan, lacônico.

Hesitei. Queria dizer algo reconfortante, mas o que se diz a um homem que matou alguém do próprio sangue? Finan deve ter sentido meu olhar, porque resmungou.

— Pare de se preocupar comigo, senhor.

— Quem disse que eu estava preocupado? — tentei despistar.

Ele deu um leve sorriso.

— Vou matar alguns homens de Ragnall. Depois vou matar Conall. Isso vai curar o que me aflige. Jesus! O que é aquilo?

Sua pergunta foi motivada pelo surgimento de crianças. Elas estavam na estrada ao sul da ponte e, pelo que dava para ver, todas vestiam mantos brancos. Deviam ser umas vinte, cantando enquanto andavam. Algumas agitavam pequenos ramos ao ritmo da música. Atrás vinha um grupo de padres usando mantos pretos e, no fim, uma multidão trôpega.

O irmão gêmeo do padre Ceolnoth se juntara a ele, e os dois subiram ao topo da muralha, de onde olharam para o sul com uma expressão de êxtase nos rostos feios.

— Que homem santo! — comentou Ceolnoth.

— Os portões devem ser abertos! — insistiu Ceolberht. — Por que os portões não estão abertos?

— Porque não ordenei que fossem abertos — respondi rispidamente. — Por isso.

Os portões permaneceram fechados.

A estranha procissão atravessou o rio e se aproximou da muralha. As crianças balançavam galhos de salgueiro no ritmo da canção, mas os ramos baixaram e o canto falhou quando elas chegaram ao fosso inundado e perceberam que não podiam avançar mais. Então as vozes morreram por completo enquanto um jovem sacerdote abria caminho pelo coro vestido de branco e gritava para nós.

— Os portões! Abram os portões!

— Quem são vocês? — gritei.

O padre pareceu ultrajado.

— O padre Leofstan chegou!

— Que Deus seja louvado — disse o padre Ceolnoth. — Ele chegou!

— Quem? — perguntei.

— Ah, meu Jesus! — exclamou Ceolberht atrás de mim.

— O padre Leofstan! — gritou o jovem sacerdote. — O padre Leofstan é o seu...

— Quieto! Silêncio!

Um padre magricela, montado num jumento, gritou a ordem. Era tão alto e o jumento era tão pequeno que seus pés quase se arrastavam no chão.

— Os portões precisam permanecer fechados porque há pagãos por perto! — gritou para o jovem padre raivoso. Em seguida, meio que caiu do jumento e veio mancando pela ponte de madeira por cima do fosso. Ele olhou para nós, sorrindo. — Saudações em nome de Deus!

— Padre Leofstan! — gritou Ceolnoth, e acenou.

— Quem é você? — perguntei.

— Sou Leofstan, um humilde servo de Deus — respondeu o padre magricela. — E o senhor deve ser o senhor Uhtred.

Assenti em resposta.

— E peço humildemente sua permissão para entrar na cidade, senhor Uhtred.

Olhei para o coro vestido com mantos sujos, depois para a multidão trôpega, e estremeci. Leofstan esperou com paciência. Ele era mais novo do que eu

Chamas no rio

esperava, de rosto largo e pálido, lábios grossos e olhos escuros. Sorriu. Tive a impressão de que ele sempre sorria. Leofstan esperou pacientemente, ainda sorrindo, apenas me olhando.

— Quem são essas pessoas? — perguntei, apontando para os maltrapilhos que o seguiam.

E eram maltrapilhos mesmo. Eu nunca tinha visto tantas pessoas esfarrapadas. Deviam ser quase cem; aleijados, corcundas, cegos e um grupo de homens e mulheres evidentemente loucos, que se sacudiam, falavam algaravias e babavam.

— Esses pequeninos — Leofstan pôs as mãos nas cabeças de duas crianças — são órfãos que foram postos sob meus humildes cuidados, senhor Uhtred.

— E os outros? — indaguei, indicando com a cabeça a multidão que babava.

— São filhos de Deus! — respondeu Leofstan, todo feliz. — São os coxos, os aleijados, os cegos! São mendigos e párias! São os famintos, os nus e os que não têm amigos! São os filhos de Deus!

— E o que estão fazendo aqui?

Leofstan deu um risinho, como se minha pergunta fosse fácil demais.

— Nosso querido Senhor ordena que cuidemos dos desamparados, senhor Uhtred. O que nos diz o abençoado Mateus? Que quando eu estava com fome tu me alimentaste! Quando estava com sede tu me deste de beber, quando eu era um estrangeiro tu me deste abrigo, quando estava nu tu me vestiste e quando eu estava doente tu me visitaste! Vestir os nus e ajudar os pobres, senhor Uhtred, é obedecer a Deus! Essas pessoas queridas — com um movimento de braço ele indicou a multidão desamparada — são minha família!

— Meu Deus do céu — murmurou Finan, parecendo se divertir pela primeira vez em dias.

— Que Deus seja louvado — disse Ceolnoth, mas sem muito entusiasmo.

— Você sabe que há um exército de nórdicos a menos de meio dia de marcha daqui? — gritei para Leofstan.

— Os pagãos nos perseguem! — exclamou o padre. — Eles se enfurecem ao nosso redor! Mas Deus nos preservará!

— E esta cidade estará sitiada em breve — insisti.

— O Senhor é minha força!

— E, se estivermos sitiados — retruquei, com raiva —, como vou alimentar sua família?

— Deus há de prover!

— O senhor não vai vencer esse aí — comentou Finan baixinho.

— E onde eles vão morar? — perguntei, irritado.

— A Igreja tem propriedades aqui, pelo que me disseram — respondeu gentilmente Leofstan. — Portanto, a Igreja irá abrigá-los. Eles não chegarão perto dos senhores!

Resmunguei, Finan riu e Leofstan continuou sorrindo.

— Abram os malditos portões — ordenei, depois desci a escada de pedra. Cheguei à rua no momento em que o novo bispo passava mancando pelo longo arco do portão. Assim que estava dentro de Ceaster, ele se ajoelhou e beijou o chão da rua.

— Abençoado seja este lugar — entoou —, e abençoadas sejam as pessoas que aqui vivem. — Ele se esforçou para ficar de pé e sorriu para mim. — É uma honra conhecê-lo, senhor Uhtred.

Passei os dedos no martelo pendurado no meu pescoço, mas nem esse símbolo de paganismo tirou o sorriso do rosto dele.

— Um desses sacerdotes — indiquei os gêmeos — vai lhe mostrar onde morar.

— Há uma bela casa esperando o senhor, padre — avisou Ceolnoth.

— Não preciso de uma bela casa! — exclamou Leofstan. — Nosso Senhor não morava numa mansão! As raposas têm tocas e os pássaros do céu têm seus ninhos, e algo humilde bastará para nós.

— Nós? — perguntei. — Todos vocês? Seus aleijados também?

— Para minha querida esposa e eu — respondeu Leofstan, e fez um gesto para que uma mulher se adiantasse do meio dos padres que o acompanhavam. Pelo menos presumi que fosse uma mulher, porque estava enrolada em tantas capas e mantos que ficava difícil dizer o que era. Não se conseguia ver seu rosto à sombra de um capuz profundo. — Essa é minha querida esposa, Gomer — apresentou ele, e a trouxa de mantos assentiu com a cabeça para mim.

— Gomer? — Pensei ter ouvido mal, porque era um nome que nunca havia escutado.

— É um nome tirado das escrituras! — explicou Leofstan cheio de animação. — E o senhor deve saber que minha querida esposa e eu fizemos voto de pobreza e castidade. Uma choupana vai nos bastar, não é, querida?

A querida assentiu, e um leve guincho veio de baixo do monte de capuzes, mantos e capas.

— Eu não fiz nenhum desses votos — falei veementemente. — Vocês dois são bem-vindos — acrescentei de má vontade, porque essas palavras não eram sinceras. — Porém, mantenha sua maldita família fora do caminho dos meus soldados. Temos trabalho a fazer.

— Rezaremos por vocês! — Ele se virou. — Cantem, crianças, cantem! Balancem os ramos com alegria! Façam um som de júbilo para o Senhor enquanto entramos na cidade dele!

E assim o bispo Leofstan chegou a Ceaster.

— Eu odeio o desgraçado — declarei.

— Não odeia, não — disse Finan. — Você só não gosta do fato de que gosta dele.

— Ele é um desgraçado sorridente e escorregadio.

— É um erudito famoso, um santo vivo e um ótimo sacerdote.

— Espero que ele tenha vermes e morra.

— Dizem que ele fala grego e latim!

— Você já conheceu algum romano? Ou um grego? Qual é o sentido de falar essas malditas línguas?

Finan gargalhou. A chegada de Leofstan e meu ódio visceral do sujeito pareciam tê-lo alegrado, e agora nós dois comandávamos cento e trinta homens em cavalos rápidos para patrulhar a borda da floresta que cercava e protegia Eads Byrig. Até então havíamos percorrido os limites sul e leste das árvores porque essas eram as direções que os homens de Ragnall tomariam se quisessem invadir a Mércia, mas nenhum dos nossos batedores tinha visto qualquer evidência de um ataque desse tipo. Hoje, na manhã após a chegada de Leofstan, estávamos junto à borda oeste da floresta e cavalgávamos para o norte em direção ao Mærse. Não víamos nenhum inimigo, mas eu tinha

Guerreiros da tempestade

certeza de que eles nos viam. Com certeza havia homens montando guarda na borda da floresta densa.

— O senhor acha que é verdade que ele é celibatário? — perguntou Finan.

— Como é que eu vou saber?

— A mulher dele provavelmente parece um nabo murcho, coitado. — Finan deu um tapa numa mutuca no pescoço de seu garanhão. — Qual é o nome dela?

— Gomer.

— Nome feio, mulher feia. — Ele riu.

Ventava, e nuvens altas eram levadas rapidamente para o interior. Nuvens mais pesadas se aglomeravam acima do mar distante, mas agora um raio de sol matinal reluziu na água do Mærse, cerca de um quilômetro e meio à frente. Outros dois barcos nórdicos tinham subido o rio no dia anterior, um com mais de quarenta homens a bordo e o outro menor; porém, mesmo assim, estava apinhado de guerreiros. O tempo feio que ameaçava a oeste provavelmente significava que nenhum barco viria hoje, mas mesmo assim as forças de Ragnall aumentavam. O que ele faria com esses homens?

Para encontrar a resposta havíamos trazido uns vinte cavalos sem cavaleiros. Todos estavam arreados. Qualquer um que olhasse da floresta presumiria que eram montarias de reserva, mas seu objetivo era bem diferente. Deixei meu cavalo diminuir a velocidade de modo que Beadwulf me alcançasse.

— Você não precisa fazer isso — observei.

— Vai ser fácil, senhor.

— Tem certeza?

— Vai ser fácil, senhor — repetiu ele.

— Estaremos de volta amanhã nesse horário — prometi.

— No mesmo lugar?

— No mesmo lugar.

— Então vamos em frente, senhor — sugeriu ele, rindo.

Eu queria saber o que estava acontecendo tanto em Eads Byrig quanto na travessia do rio ao norte da colina. Tinha visto a ponte de barcos cruzando o Mærse, e a densidade da fumaça que saía da floresta na margem sul do rio sugeria que o acampamento principal de Ragnall ficava lá. Se fosse o caso, como ele era protegido? E até que ponto os novos muros de Eads Byrig estavam terminados? Poderíamos ter reunido um bando de guerreiros e seguido a trilha romana que atravessava a floresta, depois viraríamos para o norte, seguindo para o alto da serra. Eu não tinha dúvida de que poderíamos chegar ao cume pouco elevado de Eads Byrig, no entanto Ragnall estaria esperando uma incursão dessas. Seus batedores alertariam sobre nossa aproximação e seus homens inundariam a floresta. Nossa retirada seria uma luta desesperada entre as árvores densas contra um inimigo em maior número. Mas Beadwulf poderia fazer o reconhecimento da colina e do acampamento junto ao rio como um fantasma, e o inimigo jamais saberia que ele estava lá.

O problema era colocar Beadwulf na floresta sem que os inimigos vissem sua chegada, e esse era o motivo para termos trazido as montarias sem cavaleiros.

— Saquem as espadas! — gritei aos meus homens enquanto desembainhava Bafo de Serpente. — Agora!

Esporeamos os cavalos, conduzindo-os para o leste e galopando na direção das árvores, como se planejássemos atravessar a floresta até a colina distante. Mergulhamos no meio das árvores, mas, em vez de irmos direto para Eads Byrig, viramos subitamente para o sul, de modo que ficássemos entre as árvores da borda. Uma trombeta soou atrás de nós. Três vezes, e devia ser uma das sentinelas de Ragnall dando o aviso de que tínhamos entrado na grande floresta, embora na verdade estivéssemos meramente passando depressa por suas margens. Um homem correu de um bosque denso à nossa esquerda, e Finan virou o cavalo, baixou a espada e um esguicho vermelho e brilhante manchou as folhas verdes de primavera. Nossas montarias galoparam para a luz do sol enquanto cruzávamos uma clareira cheia de samambaias. Em seguida, estávamos de novo em meio aos troncos grossos, passando sob os galhos baixos, e outro batedor de Ragnall saiu de sua cobertura. Meu filho o alcançou, cravando a espada nas costas do sujeito.

Galopei por entre de um bosque de aveleiras novas e sabugueiros.

— Ele já foi! — gritou Sihtric atrás de mim, e vi o cavalo de Beadwulf sem cavaleiro à minha direita.

Continuamos durante pouco menos de um quilômetro, mas não vimos outras sentinelas. A trombeta ainda soava, e era respondida por uma outra distante, presumivelmente na colina. Os homens de Ragnall estariam vestindo cotas de malha e afivelando cinturões de espadas, mas, muito antes de qualquer um conseguir nos alcançar, tínhamos retornado ao pasto aberto e às trilhas de gado que nos levariam de volta a Ceaster. Paramos numa área pintalgada de luz do sol, pegamos os cavalos sem cavaleiros e aguardamos, porém nenhum inimigo apareceu na borda da floresta. Pássaros que entraram em pânico e voaram das copas quando passamos entre as árvores retornaram aos ninhos. As trombetas haviam se silenciado, e a floresta estava calma outra vez.

Os batedores de Ragnall tinham visto um bando de guerreiros entrar na floresta e depois sair dela. Se Beadwulf tivesse simplesmente descido da sela para encontrar um esconderijo, o inimigo poderia ter notado que um cavalo perdera o cavaleiro entre as árvores, mas eu tinha certeza de que nenhuma sentinela se incomodaria em contar as montarias sem homens. Uma a mais não seria percebida. Eu tinha certeza de que Beadwulf estava escondido em segurança no meio dos nossos inimigos. Uma sombra de nuvens veio correndo nos engolfar e uma gota pesada de chuva caiu no meu elmo.

— Hora de ir para casa — declarei, e assim voltamos a Ceaster.

Æthelflaed chegou naquela tarde. Ela comandava mais de oitocentos homens e estava bastante mal-humorada, algo que não melhorou ao ver Eadith. O dia estava tempestuoso, o rabo comprido e a crina de Gast, a égua de Æthelflaed, se agitavam ao vento forte, assim como os cabelos ruivos de Eadith.

— Por que ela usa os cabelos soltos? — perguntou Æthelflaed sem nenhuma saudação.

— Porque ela é virgem — respondi, e observei Eadith correr pela chuva em direção à casa que compartilhávamos na rua principal de Ceaster.

Æthelflaed franziu a testa.

— Ela não é donzela. É... — E mordeu o lábio, interrompendo o que ia dizer.

— Uma puta? — sugeri.

— Diga a ela que prenda os cabelos de modo adequado.

— Há um modo adequado para uma puta prender os cabelos? A maior parte das que eu conheci preferem deixá-lo solto, mas havia uma garota de cabelos pretos em Gleawecestre, em quem o bispo Wulfheard gostava de montar quando a mulher dele não estava na cidade, que ele obrigava a enrolar os cabelos em volta da cabeça, como se fossem cordas. Fazia com que ela primeiro trançasse o cabelo e depois insistia que...

— Basta — reagiu ela rispidamente. — Diga à sua mulher que ela pode ao menos tentar parecer respeitável.

— Pode lhe dizer isso pessoalmente, senhora, e bem-vinda a Ceaster.

Ela franziu a testa novamente, depois apeou de Gast. Æthelflaed odiava Eadith, cujo irmão havia tentado matá-la, e isso sem dúvida era motivo suficiente para a aversão pela garota, porém a maior parte do ódio era proveniente do simples fato de que Eadith compartilhava minha cama. Æthelflaed também havia sentido aversão por Sigunn, que fora minha amante por anos, mas que tinha sucumbido a uma febre dois invernos atrás. Chorei por ela. Æthelflaed também havia sido minha amante e talvez ainda fosse, mas com o humor que azedava sua chegada era mais provável que ela fosse minha inimiga.

— Todos os nossos barcos foram perdidos! — exclamou ela. — E há mil nórdicos acampados a menos de meio dia de marcha!

— Agora já devem ser dois mil — falei —, e pelo menos cem guerreiros irlandeses loucos por uma batalha.

— E esta guarnição está aqui para impedir que isso aconteça! — cuspiu ela.

Os padres que a acompanhavam me lançaram olhares acusatórios. Æthelflaed estava quase sempre acompanhada por sacerdotes, mas pelo jeito havia um número maior que o normal. Então me lembrei de que faltavam poucos dias para a festa de Eostre e que iríamos desfrutar da emoção de consagrar o humilde e sempre sorridente Leofstan.

— O que vamos fazer? — perguntou Æthelflaed.

— Não tenho ideia — respondi. — Não sou cristão. Acho que vocês empurram o pobre coitado para dentro da igreja, enfiam o sujeito num trono e fazem a gritaria de sempre, não é?

Guerreiros da tempestade

— Do que você está falando?

— Honestamente não sei por que precisamos de um bispo. Já temos um número suficiente de bocas inúteis para alimentar, e Leofstan, essa criatura desgraçada, trouxe metade dos aleijados da Mércia.

— O que vamos fazer com relação a Ragnall! — exclamou ela rispidamente.

— Ah, ele! — falei, fingindo surpresa. — Bom, nada, é claro.

Ela me encarou.

— Nada?

— A não ser que a senhora pense em alguma coisa — sugeri. — Eu não consigo pensar em nada!

— Santo Deus! — Æthelflaed cuspiu as palavras para mim, depois sentiu um arrepio quando uma rajada de vento trouxe uma pancada de chuva fria para a rua. — Vamos conversar no grande salão. E leve Finan!

— Finan está em patrulha.

— Graças a Deus alguém está fazendo alguma coisa aqui — vociferou ela, e foi andando para o grande salão, uma monstruosa construção romana no centro da cidade.

Os padres a seguiram rapidamente, me deixando com dois amigos íntimos que haviam acompanhado Æthelflaed para o norte. Um deles era Osferth, seu meio-irmão e filho ilegítimo do rei Alfredo. Ele fora meu vassalo durante anos, um dos meus melhores comandantes, mas tinha se juntado à corte de Æthelflaed como conselheiro.

— Você não deveria provocá-la — reprovou ele, sério.

— Por quê?

— Porque ela está mal-humorada — respondeu Merewalh, apeando e rindo para mim.

Ele era comandante das tropas domésticas de Æthelflaed e um dos homens mais confiáveis que já conheci. Bateu os pés, espreguiçou-se e em seguida deu um tapinha no pescoço do cavalo.

— Ela está num humor completamente abominável.

— Por quê? Por causa de Ragnall?

— Porque pelo menos metade dos convidados para o entronamento do padre Leofstan disse que não viria — respondeu Osferth, soturno.

Chamas no rio

— Os idiotas estão com medo?

— Não são idiotas — explicou ele, com paciência —, e sim respeitados homens da Igreja. Nós lhes prometemos uma celebração sagrada da Páscoa, uma chance de companheirismo jubiloso, e em vez disso temos guerra. Não se pode esperar que pessoas como o bispo Wulfheard se arrisquem a ser capturadas! Ragnall Ivarson é conhecido por sua crueldade.

— As garotas do Feixe de Trigo vão ficar satisfeitas com a permanência de Wulfheard em Gleawecestre — comentei.

Osferth deu um suspiro pesado e partiu atrás de Æthelflaed. O Feixe de Trigo era uma ótima taverna em Gleawecestre, que empregava algumas prostitutas igualmente ótimas, e a maioria compartilhava a cama do bispo sempre que a esposa dele estava ausente. Merewalh riu de novo para mim.

— O senhor também não deveria provocar Osferth.

— Ele está cada dia mais parecido com o pai.

— É um homem bom!

— É mesmo.

Eu gostava de Osferth, apesar de ele ser um sujeito solene e cheio de censuras. Para ele, a condição de bastardo era uma maldição, e lutava para superá-la levando uma vida ilibada. Fora um bom soldado, corajoso e prudente, e eu não duvidava de que era um bom conselheiro para a meia-irmã, com quem compartilhava não apenas o pai mas também uma devoção profunda. Caminhei ao lado de Merewalh em direção ao grande salão.

— Então Æthelflaed está chateada por que um bando de bispos e monges não pôde vir testemunhar Leofstan virando bispo?

— Ela está chateada porque sente um carinho especial por Ceaster e Brunanburh. A senhora Æthelflaed considera esses lugares como conquistas, e não está feliz com a ameaça dos pagãos.

Merewalh parou abruptamente e franziu a testa. Não para mim, e sim para um rapaz de cabelo preto que passou galopando, os cascos do garanhão lançando lama e água da chuva. O rapaz fez o animal parar com um movimento extravagante e saltou da sela, deixando que um serviçal pegasse o cavalo suado. Em seguida, girou uma capa preta, cumprimentou Merewalh casualmente e caminhou para o grande salão.

— Quem é? — perguntei.

— Cynlæf Haraldson — respondeu Merewalh, lacônico.

— É um dos seus?

— Um dos dela.

— Amante de Æthelflaed? — perguntei, atônito.

— Meu Deus, não. Provavelmente é amante da filha dela, mas Æthelflaed finge que não sabe.

— Amante de Ælfwynn!

Continuei surpreso, mas na verdade ficaria mais surpreso se Ælfwynn não tivesse arranjado um amante. Ela era uma jovem bonita e distraída que já devia ter se casado há uns três ou quatro anos, mas por algum motivo sua mãe não havia encontrado um marido que servisse. Durante um tempo todos presumiram que Ælfwynn se casaria com meu filho, porém esse casamento não tinha provocado entusiasmo, e as palavras seguintes de Merewalh sugeriram que jamais provocaria.

— Não se surpreenda se eles se casarem logo — disse ele amargamente.

O garanhão de Cynlæf bufou ao passar perto de mim, e vi que o animal tinha um grande C e um H marcados na anca.

— Ele faz isso com todos os cavalos?

— Com os cachorros também. Provavelmente a pobre Ælfwynn vai terminar com o nome dele gravado a fogo nas nádegas.

Olhei para Cynlæf, que havia parado entre as grandes colunas da fachada do salão e dava ordens a dois serviçais. Era um rapaz bonito, de rosto longo e olhos escuros, com uma cota de malha cara e um cinturão de espada espalhafatoso de onde pendia uma bainha de couro vermelho cravejada de ouro. Reconheci a bainha. Pertencera ao senhor Æthelred, marido de Æthelflaed. Era um presente generoso, pensei. Cynlæf me viu olhando para ele e me cumprimentou baixando a cabeça, antes de se virar e desaparecer pela grande porta romana.

— De onde ele veio? — perguntei.

— É saxão ocidental. Era guerreiro do rei Eduardo, mas depois de conhecer Ælfwynn se mudou para Gleawecestre. — Merewalh fez uma pausa e deu um leve sorriso. — Parece que Eduardo não se incomodou em perdê-lo.

— Ele é nobre?

— Filho de um thegn — respondeu meu amigo sem dar importância. — Mas ela acha que a luz do sol sai do cu dele.

Gargalhei.

— Você não gosta do sujeito.

— Ele é um pedaço de cartilagem inútil e metido a besta, mas a senhora Æthelflaed não pensa assim.

— Ele sabe lutar?

— Muito bem. — Merewalh pareceu admitir com relutância. — Não é covarde. E é ambicioso.

— Não é algo ruim.

— É, quando ele quer o meu trabalho.

— Ela não vai substituir você — falei, confiante.

— Não tenha tanta certeza — resmungou ele, soturno.

Seguimos Cynlæf e entramos no salão. Æthelflaed havia se acomodado numa cadeira atrás da mesa alta. Cynlæf ocupava a banqueta ao seu lado direito, Osferth estava à esquerda dela, e Æthelflaed indicou que Merewalh e eu deveríamos nos juntar a eles. O fogo na lareira central soltava fumaça, e o vento forte que soprava pelo buraco no teto romano fazia com que ela se agitasse na enorme câmara. O salão se encheu aos poucos. Muitos dos meus homens, os que não estavam cavalgando com Finan ou montando guarda na alta muralha de pedra, vieram escutar as notícias trazidas por Æthelflaed. Mandei chamar Æthelstan, e ele recebeu a ordem de se juntar a nós à mesa alta, onde os padres gêmeos Ceolnoth e Ceolberht também ocuparam lugares. Os guerreiros de Æthelflaed encheram o restante do salão enquanto serviçais traziam água e panos para que os recém-chegados à mesa alta pudessem lavar as mãos. Outros serviçais trouxeram cerveja, pão e queijo.

— E o que está acontecendo aqui? — perguntou Æthelflaed enquanto a cerveja era distribuída.

Deixei que Æthelstan contasse a história do incêndio dos barcos em Brunanburh. Ele estava sem graça com a narrativa, certo de que havia frustrado a tia com sua falta de vigilância, mas mesmo assim contou a história com clareza e não tentou se eximir da responsabilidade. Senti orgulho dele, e

Æthelflaed o tratou com gentileza, dizendo que ninguém poderia esperar que embarcações fossem subir o Mærse à noite.

— Mas por que não fomos avisados sobre a chegada de Ragnall? — perguntou ela com aspereza.

Ninguém respondeu. O padre Ceolnoth começou a dizer alguma coisa, olhando para mim, mas depois decidiu ficar em silêncio. Æthelflaed entendeu o que ele queria dizer e me olhou.

— Sua filha é casada com o irmão de Ragnall. — Havia desaprovação em sua voz.

— Sigtryggr não está apoiando o irmão — expliquei —, e presumo que não aprove o que Ragnall está fazendo.

— Mas ele devia saber o que Ragnall planejava, não é?

Hesitei.

— Sim — admiti por fim.

Era impensável que Sigtryggr e Stiorra não soubessem, e eu só podia presumir que eles não quisessem me mandar um aviso. Talvez agora minha filha desejasse uma Britânia pagã. Mas, se fosse o caso, por que Sigtryggr não tinha participado da invasão?

— E seu genro não mandou nenhum aviso? — perguntou Æthelflaed.

— Talvez tenha mandado, mas o mar da Irlanda é traiçoeiro. Talvez o mensageiro tenha se afogado.

Essa explicação débil foi recebida com uma fungada de desprezo do padre Ceolnoth.

— Talvez sua filha preferisse... — começou ele, mas Æthelflaed o interrompeu antes que o padre pudesse falar mais alguma coisa.

— Contamos principalmente com a Igreja para receber notícias da Irlanda — disse ela com acidez. — Vocês pararam de se corresponder com os clérigos e os mosteiros daquela terra?

Observei enquanto ela ouvia as desculpas esfarrapadas dos homens da Igreja. Æthelflaed era a filha mais velha do rei Alfredo, a mais inteligente de sua grande prole. Quando criança era esperta, feliz e ruiva bastante. Cresceu e se tornou uma beldade com cabelos de um dourado claro e olhos reluzentes, mas o casamento com Æthelred, senhor da Mércia, havia deixado marcas

Chamas no rio

profundas em seu rosto. A morte dele tinha levado boa parte de sua infelicidade embora, mas agora ela era governante da Mércia, e os cuidados desse reino acrescentaram fios grisalhos aos seus cabelos. Atualmente era mais admirável que bela, de rosto sério e fino, sempre vigilante. Vigilante porque havia quem acreditasse que nenhuma mulher deveria estar no poder, ainda que a maior parte dos homens da Mércia a amassem e a seguissem de boa vontade. Æthelflaed tinha a inteligência do pai, assim como sua devoção. Eu sabia que ela era passional, mas, à medida que envelhecia, se tornava cada vez mais dependente dos padres para garantir que o deus pregado dos cristãos estivesse do seu lado. E talvez estivesse, porque ela se saía bem como governante da Mércia. Vínhamos afastando os dinamarqueses, tomando as terras antigas que eles haviam roubado da Mércia, mas agora Ragnall chegava para ameaçar tudo que ela conseguira.

— Não é um acidente ele ter vindo na Páscoa! — insistiu o padre Ceolnoth. Não vi a importância disso, e aparentemente Æthelflaed também não.

— Por que na Páscoa, padre? — perguntou ela.

— Nós reconquistamos terras, construímos burhs para protegê-las e contamos com guerreiros para manter os burhs em segurança. — Essa última declaração foi acompanhada por um olhar rápido e cheio de ódio na minha direção. — Mas a terra não estará realmente segura até que a Igreja tenha posto a mão guardiã de Deus sobre as novas pastagens! Foi o que o salmista disse! O Senhor é o meu pastor e nada me faltará.

— Bééééé — falei, e fui recompensado com um olhar selvagem de Æthelflaed.

— Então você acha — ela claramente me ignorou — que Ragnall quer impedir a consagração?

— Foi por isso que ele veio agora, e é por isso que devemos impedir sua intenção maligna elevando Leofstan ao trono! — explicou Ceolnoth.

— Você acredita que ele vai atacar Ceaster? — perguntou Æthelflaed.

— Por que outro motivo ele está aqui? — insistiu Ceolnoth acaloradamente. — Ele trouxe mais de mil pagãos para nos destruir.

— Já são dois mil — corrigi. — E alguns cristãos também.

— Cristãos? — perguntou Æthelflaed enfaticamente.

— Ele tem irlandeses no exército — lembrei.

— Dois mil pagãos? — Cynlæf falou pela primeira vez.

Ignorei-o. Se ele queria que eu respondesse, precisaria ser mais cortês, mas tinha feito uma pergunta sensata, e Æthelflaed também queria a resposta.

— Dois mil? Tem certeza de que são tantos assim? — perguntou ela.

Levantei-me e dei a volta na mesa até ficar diante do tablado.

— Ragnall trouxe mais de mil guerreiros — falei —, e os usou para ocupar Eads Byrig. Desde então pelo menos outros mil se juntaram a ele, vindo pelo mar ou pelas estradas que seguem para o sul, através da Nortúmbria. Ele está se fortalecendo! Mas, apesar dessa força, não mandou um único homem para o sul. Nenhuma vaca foi roubada da Mércia, nenhuma criança foi escravizada. Ele nem chegou a queimar uma aldeia ou uma igreja! Não mandou batedores vigiarem Ceaster. Ele nos ignorou.

— Dois mil? — De novo Æthelflaed ecoou a pergunta de Cynlæf.

— Em vez disso, ele fez uma ponte sobre o Mærse e seus homens têm ido para o norte — continuei. — O que fica ao norte? — Deixei a pergunta pairar no salão enfumaçado.

— A Nortúmbria — respondeu alguém, solícito.

— Homens! — expliquei. — Dinamarqueses! Nórdicos! Homens que possuem terras e temem que as tomemos. Homens que não têm rei a não ser que se leve em consideração aquele fracote em Eoferwic. Homens, senhora, que estão procurando um líder capaz de mantê-los em segurança. Ele está recrutando homens da Nortúmbria, de modo que sim, seu exército cresce a cada dia.

— Todos estão em Eads Byrig? — perguntou Æthelflaed.

— Uns trezentos ou quatrocentos — respondi. — Não há água suficiente para um número maior, porém o restante está acampado perto do Mærse, onde Ragnall fez uma ponte de barcos. Acho que é onde ele está reunindo o exército, e na semana que vem já terá três mil homens.

Os padres fizeram o sinal da cruz.

— Como, em nome de Deus, vamos lutar contra uma horda assim? — perguntou Ceolberht baixinho.

Continuei falando sem remorso, diretamente para Æthelflaed.

Chamas no rio

— Ragnall comanda o maior exército inimigo visto na Britânia desde os dias do seu pai. E a cada dia esse exército fica maior.

— Devemos confiar no Senhor nosso Deus! — O padre Leofstan falava pela primeira vez. — E no senhor Uhtred também! — acrescentou com malícia.

O bispo eleito fora convidado a se juntar a Æthelflaed no tablado, mas tinha preferido se sentar a uma das mesas mais baixas. Abriu seu sorriso para mim e depois balançou um dedo, desaprovando.

— O senhor está tentando nos amedrontar, senhor Uhtred!

— O jarl Ragnall é um homem amedrontador — expliquei.

— Mas nós temos o senhor! E o senhor esmaga os pagãos!

— Eu sou pagão!

Ele riu disso.

— Deus há de prover!

— Então talvez alguém possa me dizer — eu me virei novamente para a mesa alta — como Deus há de prover para derrotarmos Ragnall.

— O que foi feito até agora? — perguntou Æthelflaed.

— Convoquei o fyrd e mandei para os burhs todas as pessoas que quisessem refúgio — respondi. — Aprofundamos o fosso aqui, afiamos as estacas no fosso, empilhamos pedras nas muralhas e enchemos os armazéns. E temos agora um batedor na floresta, explorando o novo acampamento e Eads Byrig.

— Então agora é o momento de esmagarmos Ragnall! — exclamou o padre Ceolnoth com entusiasmo.

Cuspi na direção dele.

— Alguém, por favor, quer dizer a esse idiota babão por que não podemos lutar contra Ragnall?

Finalmente o silêncio foi rompido por Sihtric.

— Porque ele está protegido pelos muros de Eads Byrig.

— Não os homens que estão junto ao rio! — observou Ceolnoth. — Eles não estão protegidos.

— Não sabemos — falei —, e por isso meu batedor está na floresta. Mas, mesmo que eles não tenham uma paliçada, têm as árvores. Se levarmos um exército para lá, ele será emboscado.

Guerreiros da tempestade

— Vocês podem atravessar o rio a leste e atacar a ponte a partir do norte.

— O padre Ceolnoth decidiu me oferecer aconselhamento militar.

— E por que eu faria isso, seu idiota manco? Quero a ponte lá! Se eu destruir a ponte, vou deixar três mil nórdicos isolados na Mércia. Eu os quero fora da Mércia! Quero os desgraçados do outro lado do rio. — Fiz uma pausa e decidi falar o que meu instinto dizia ser a verdade, uma verdade que eu esperava ser confirmada por Beadwulf. — E é isso que eles querem.

Æthelflaed franziu a testa para mim, perplexa.

— Eles querem ficar do outro lado do rio?

Ceolnoth murmurou alguma coisa indicando que a ideia era absurda, mas Cynlæf tinha entendido o que eu sugeria.

— O senhor Uhtred — começou ele, investindo respeito ao dizer meu nome — acredita que o que Ragnall pretende de fato é invadir o norte. Ele quer ser o rei da Nortúmbria.

— Então por que está aqui? — perguntou Ceolberht em tom queixoso.

— Para fazer com que os nortumbrianos acreditem que as ambições dele estão aqui — explicou Cynlæf. — Ele está enganando seus inimigos pagãos. Ragnall não deseja invadir a Mércia...

— Ainda... — intervim enfaticamente.

— Ele quer ser rei do norte — terminou Cynlæf.

Æthelflaed olhou para mim.

— Ele está certo?

— Acho que sim — respondi.

— Então Ragnall não vem para Ceaster?

— Ele sabe o que fiz com o irmão dele aqui.

Leofstan pareceu intrigado.

— Irmão dele?

— Sigtryggr atacou Ceaster — contei ao padre. — Nós trucidamos os homens dele, e eu arranquei seu olho direito.

O padre Ceolnoth não resistiu a dizer:

— E ele levou sua filha como esposa!

— Pelo menos ela é montada pelo marido — disparei, ainda olhando para Leofstan. Em seguida, virei-me de novo para Æthelflaed. — Ragnall não está

Chamas no rio

interessado em atacar Ceaster — garanti. — Pelo menos por um ou dois anos. Um dia? Sim, se puder, mas não por enquanto. Portanto, não — insisti com firmeza para tranquilizá-la —, ele não vem para cá.

E veio na manhã seguinte.

Os nórdicos saíram da floresta em seis torrentes enormes. Ainda não tinham cavalos suficientes, um número muito grande vinha a pé, mas todos vieram com cota de malha e elmo, carregando escudos com desenhos de águias e machados, dragões e corvos, barcos e relâmpagos. Algumas bandeiras ostentavam a cruz cristã, e presumi que eram dos irlandeses de Conall, mas um dos estandartes era o emblema simples de Haesten: um crânio humano preso no alto de uma estaca. A maior bandeira era a do machado vermelho-sangue de Ragnall, tremulando ao vento forte sobre um grupo de homens montados à frente da grande horda que se moveu lentamente até formar uma enorme linha de batalha voltada para as fortificações no lado leste de Ceaster. Uma trombeta soou três vezes nas fileiras inimigas, como se eles achassem que, de algum modo, não tínhamos notado sua chegada.

Finan havia retornado antes do inimigo, me alertando de que tinha visto movimento na floresta. Agora se juntou a mim e ao meu filho na plataforma sobre a muralha e olhou para o vasto exército que havia emergido das árvores distantes e nos encarava a quase um quilômetro de terreno aberto.

— Nenhuma escada — avisou ele.

— Não que eu veja.

— Os pagãos são poderosos! — O padre Leofstan também tinha vindo para cima da muralha e gritou para nós, a alguns passos de distância. — No entanto, venceremos! Não está certo, senhor Uhtred?

Ignorei-o.

— Nenhuma escada — observei a Finan. — Portanto isso não é um ataque.

— Mas é impressionante — disse meu filho, observando o exército enorme.

Ele se virou quando uma voz fraca guinchou nos degraus que levavam à plataforma. Era a esposa do padre Leofstan, ou pelo menos era uma trouxa de capas, mantos e capuzes que lembrava a trouxa com quem ele havia chegado.

— Gomer, querida! — exclamou o padre Leofstan, e foi correndo ajudar a trouxa a subir os degraus íngremes. — Cuidado, meu querubim, cuidado!

— Ele se casou com um gnomo — disse meu filho.

Gargalhei. O padre Leofstan era tão alto e a trouxa era tão pequena que, enrolada em mantos daquele jeito, lembrava mesmo um pequeno gnomo gorducho. Ela estendeu uma das mãos, e o marido a ajudou a subir os últimos degraus desgastados. Gomer guinchou de alívio quando chegou ao topo, depois ofegou ao ver o exército de Ragnall, que agora avançava pelo cemitério romano. Ficou perto do marido, a cabeça mal chegando à cintura dele, e apertou o manto do sacerdote como se temesse despencar do topo da muralha. Tentei ver seu rosto, mas o grande capuz lançava sombras demais nele.

— Eles são pagãos? — perguntou ela com a voz baixinha.

— Tenha fé, querida — disse o padre Leofstan, animado. — Deus nos mandou o senhor Uhtred e Deus garantirá a vitória. — Em seguida, levantou o rosto largo para o céu e ergueu as mãos. — Derramai vossa fúria sobre os pagãos, ó Senhor! — rezou ele. — Fazei com que sofram sob vossa ira e os derrotai com vossa raiva!

— Amém — guinchou a esposa.

— Coitadinha — murmurou Finan ao olhá-la. — Deve ser feia como uma sapa embaixo de todas aquelas roupas. Ele provavelmente fica aliviado por não precisar meter nela.

— Talvez ela esteja aliviada — comentei.

— Ou talvez ela seja uma beldade — disse meu filho, desejoso.

— Aposto dois xelins de prata que ela é uma sapa — insistiu Finan.

— Eu aceito! — Meu filho estendeu a mão para selar a aposta.

— Não sejam tão idiotas — vociferei. — Tenho problemas suficientes com a maldita da sua Igreja sem que vocês deem em cima da mulher do bispo.

— Você quer dizer do gnomo dele — contrapôs meu filho.

— Só fique com as mãos sujas longe dela — ordenei, depois me virei e vi onze cavaleiros se adiantando a partir da enorme parede de escudos. Vinham sob três estandartes e cavalgavam na direção da nossa plataforma. — É hora de ir.

Hora de encontrar o inimigo.

Chamas no rio

Quatro

Nossos cavalos esperavam na rua onde Godric, meu serviçal, segurava meu belo elmo com o lobo no alto, um escudo recém-pintado e minha capa de pele de urso. Meu porta-estandarte desfraldou a grande flâmula da cabeça de lobo enquanto eu montava na sela. Ia cavalgar Tintreg, um novo garanhão preto como a noite, enorme e selvagem. Seu nome significava tormenta, e ele era presente do meu velho amigo Steapa, que havia sido comandante das tropas domésticas do rei Eduardo até que se retirou para suas terras em Wiltunscir. Tintreg, como Steapa, era treinado para a batalha e mal-humorado. Eu gostava dele.

Æthelflaed já esperava junto ao portão norte. Montava Gast, sua égua branca, e usava a cota de malha polida sob uma capa branca como a neve. Merewalh, Osferth e Cynlæf estavam com ela, assim como o padre Fraomar, seu confessor e capelão.

— Quantos homens vêm da parte dos pagãos? — perguntou-me Æthelflaed.

— Onze.

— Traga mais um homem — ordenou ela a Merewalh.

Esse homem que ela acrescentou, sob seu porta-estandarte e o meu, além do meu filho e de Finan como meus companheiros, somaria o mesmo número que Ragnall trazia em nossa direção.

— Traga o príncipe Æthelstan! — pedi a Merewalh.

Merewalh olhou para Æthelflaed, que acenou positivamente com a cabeça.

— Mas diga a ele que venha depressa! — acrescentou ela rapidamente.

— Faça os desgraçados esperarem — vociferei, um comentário que Æthelflaed ignorou.

Æthelstan já estava vestido para a batalha, com cota de malha e elmo, de modo que o único atraso foi enquanto seu cavalo era encilhado. Ele riu para mim ao montar, depois fez uma reverência respeitosa para a tia.

— Obrigado, senhora!

— Só fique em silêncio — ordenou Æthelflaed, depois levantou a voz. — Abram os portões.

Os enormes portões estalaram, guincharam e rasparam no chão ao serem empurrados para fora. Homens ainda subiam os degraus de pedra até o topo da muralha enquanto nossos dois porta-estandartes iam à frente, pelo longo túnel em arco. Erguemos o estandarte do ganso segurando a cruz, símbolo de Æthelflaed, e o da cabeça de lobo, o meu, sob um fraco sol de primavera ao passarmos estrondeando pela ponte que atravessava o fosso inundado. Em seguida, esporeamos os animais em direção a Ragnall e seus homens, parados a uns trezentos metros de distância.

— A senhora não precisa estar aqui — falei a Æthelflaed.

— Por que não?

— Porque vão ser apenas insultos.

— Você acha que tenho medo de palavras?

— Acho que ele vai tentar insultá-la e ofendê-la, e que a vitória dele será a raiva da senhora.

— Nossa escritura ensina que os tolos são cheios de palavras! — disse o padre Fraomar. Ele era um rapaz bastante agradável e intensamente leal a Æthelflaed. — Então deixe o desgraçado falar e revelar sua tolice.

Virei-me na sela para olhar para a muralha de Ceaster. Estava apinhada de homens, o sol reluzindo em pontas de lanças ao longo de toda a sua extensão. O fosso fora limpado e recentemente crivado de estacas afiadas, e a muralha tinha incontáveis estandartes pendurados, a maioria ostentando santos cristãos. As defesas pareciam formidáveis, pensei.

— Se ele tentar atacar a cidade, é um idiota — comentei.

— Então por que veio? — perguntou Æthelflaed.

— Nesta manhã? Para nos amedrontar, insultar e provocar.

— Quero vê-lo — disse ela. — Quero ver que tipo de homem ele é.

— Do tipo perigoso — observei, e imaginei quantas vezes tinha cavalgado em minha glória de batalha para conhecer um inimigo antes do combate. Era um ritual. Para mim, o ritual não significava nada, não mudava nada e não decidia nada, mas evidentemente Æthelflaed estava curiosa com relação ao inimigo, por isso fizemos a vontade de Ragnall, indo suportar seus insultos.

Paramos a alguns passos dos nórdicos. Eles carregavam três estandartes. O do machado vermelho, de Ragnall, era o maior, e ao lado havia uma bandeira que mostrava um barco velejando num mar de sangue e o crânio de Haesten em sua estaca. Haesten estava em seu cavalo, posicionado abaixo do crânio, e riu para mim como se fôssemos antigos amigos. Ele parecia velho, mas acho que eu também. Seu elmo era enfeitado com prata e tinha um par de asas de corvo no alto. Obviamente estava se divertindo, diferentemente do homem cujo estandarte ostentava um barco num mar de sangue. Ele também era mais velho, de rosto fino e barba grisalha, com uma cicatriz atravessando uma bochecha. Usava um belo elmo que emoldurava o rosto e que tinha no alto uma comprida cauda de cavalo que descia por suas costas. O elmo era circundado por uma faixa de ouro, era o elmo de um rei. Ele usava uma cruz por cima da cota de malha, uma cruz de prata cravejada de âmbar, mostrando que era o único cristão em meio aos inimigos que nos encaravam. Mas o que o diferenciava naquela manhã era o olhar assassino dirigido a Finan. Olhei para Finan e vi que o rosto do irlandês também estava tenso de raiva. Então o homem do elmo com faixa de ouro e cauda de cavalo tinha de ser Conall, o irmão de Finan. Dava para sentir o ódio mútuo. Bastaria uma palavra de qualquer um dos dois e espadas seriam desembainhadas.

— Anões! — O silêncio foi rompido pelo homem corpulento embaixo da bandeira do machado vermelho, que instigou seu grande garanhão a dar um passo à frente.

Então esse era Ragnall Ivarson, o Rei do Mar, Senhor das Ilhas e aspirante a rei da Britânia. Usava uma calça de couro justa enfiada em botas altas enfeitadas com insígnias de ouro, as mesmas placas de ouro que cravejavam seu cinturão, do qual pendia uma espada monstruosa. Não usava cota de malha nem elmo. Em vez disso, o peito nu era cruzado por duas tiras de couro sob as quais seus músculos se avolumavam. Seu peito era peludo, e sob os pelos

Chamas no rio

havia marcas feitas com tinta; águias, serpentes, dragões e machados que se retorciam do ventre ao pescoço, em volta do qual havia uma corrente de ouro torcida. Os braços estavam cheios de braceletes de prata e ouro, símbolos de conquistas, e o cabelo comprido, castanho-escuro, era enfeitado com argolas de ouro. Seu rosto era largo, duro e sério, e na testa havia a tatuagem de uma águia, com asas abertas e garras feitas por agulha nos malares.

— Anões — zombou ele de novo. — Vieram entregar sua cidade?

— Você tem alguma coisa a nos dizer? — perguntou Æthelflaed em dinamarquês.

— Isso aí é uma mulher usando uma cota de malha? — Ragnall dirigiu a pergunta a mim, talvez porque eu fosse o maior homem do nosso grupo, ou então porque meus adornos de batalha fossem os mais elaborados. — Já vi muitas coisas — disse em tom casual. — Vi luzes estranhas brilharem no céu do norte, vi embarcações engolidas por redemoinhos, vi pedras de gelo do tamanho de montanhas flutuando no mar, vi baleias partirem um barco ao meio e vi fogo se derramar de uma colina como vômito, mas nunca vi uma mulher usando cota de malha. Essa é a criatura que supostamente governa a Mércia?

— A senhora Æthelflaed lhe fez uma pergunta — falei.

Ragnall a encarou, ergueu-se um palmo da sela e soltou um peido alto e longo.

— Essa é a resposta — disse, evidentemente achando isso divertido, enquanto se acomodava de novo. Æthelflaed deve ter demonstrado alguma aversão, porque ele gargalhou. — Disseram-nos — ele voltou a olhar para mim — que quem governava a Mércia era uma mulher bonita. Essa aí é a avó dela?

— Ela é a mulher que vai lhe dar um pedaço de terra do tamanho da sua sepultura — respondi.

Era uma resposta débil, mas eu não queria igualar insulto com insulto. Tinha consciência demais do ódio entre Finan e Conall e temia que esse ódio pudesse irromper numa luta.

— Então é a mulher governante! — zombou Ragnall. Em seguida, estremeceu, fingindo horror. — E é tão feia!

— Ouvi dizer que nenhuma cabra, porca ou cadela está a salvo de você — falei, afrontado a ponto de demonstrar raiva. — Então o que você sabe sobre beleza?

Ele ignorou meu comentário.

— É feia — repetiu. — Mas comando homens que não se importam com a aparência de uma mulher, e eles me dizem que uma bota velha é mais confortável que uma nova. — Em seguida indicou Æthelflaed com um aceno de cabeça. — E ela parece velha e gasta, então imagine como eles vão gostar de usá-la! Talvez ela goste também, não é? — E me olhou como se esperasse resposta.

— Você fez mais sentido quando peidou — observei.

— E você deve ser o senhor Uhtred — disse ele —, o fabuloso senhor Uhtred! — Ragnall estremeceu de repente. — Você matou um dos meus homens, senhor Uhtred.

— O primeiro de muitos.

— Othere Hardgerson. — Ele disse o nome lentamente. — Vou vingá-lo.

— Vai acompanhá-lo até uma sepultura.

Ele balançou a cabeça, fazendo os anéis de ouro do cabelo tilintarem baixinho.

— Eu gostava de Othere Hardgerson. Ele era bom nos dados e resistente à bebida.

— Não tinha habilidade com a espada — falei. — Será que aprendeu com você?

— Daqui a um mês, senhor Uhtred, estarei bebendo cerveja mércia numa taça feita com seu crânio. Minhas mulheres vão usar seus ossos grandes para mexer o cozido e meus bebês vão brincar com as falanges dos seus dedos.

— Seu irmão fez o mesmo tipo de fanfarronice — retruquei —, e o sangue dos homens dele ainda mancham nossas ruas. Dei o olho direito dele para os meus cachorros, e o gosto fez com que eles vomitassem.

— Mas mesmo assim ele levou sua filha — disse Ragnall, maliciosamente.

— Nem os porcos vão comer sua carne rançosa.

— E é uma filha bem bonita — comentou ele, pensativo. — Boa demais para Sigtryggr!

Chamas no rio

— Vamos queimar seu corpo, o que restar dele, e o fedor da fumaça fará os deuses virarem as costas com nojo.

Ele gargalhou disso.

— Os deuses amam o meu fedor. Adoram. Os deuses me amam! E me deram esta terra. Portanto — ele indicou com a cabeça as muralhas de Ceaster —, quem comanda esse lugar?

— A senhora Æthelflaed — respondi.

Ragnall olhou para seus seguidores à direita e à esquerda.

— O senhor Uhtred nos diverte! Diz que uma mulher comanda guerreiros! — Seus homens gargalharam, obedientes, menos Conall, que continuou encarando com um olhar maligno o irmão. Ragnall se virou de novo para mim. — Todos vocês mijam agachados?

— Se ele não tem nada de útil a dizer — a voz de Æthelflaed estava cheia de raiva —, vamos retornar à cidade. — Em seguida, puxou as rédeas de Gast com força desnecessária.

— Estão fugindo? — zombou Ragnall. — E eu lhe trouxe um presente, senhora. Um presente e uma promessa.

— Uma promessa? — perguntei. Æthelflaed virou sua égua para ele e estava escutando.

— Deixem a cidade amanhã ao crepúsculo — disse Ragnall —, e eu serei misericordioso. Vou poupar suas vidas miseráveis.

— E se não o fizermos? — A pergunta veio de Æthelstan. Sua voz era desafiadora e lhe rendeu um olhar furioso de Æthelflaed.

— O cachorrinho late! — exclamou Ragnall. — Se vocês não saírem da cidade, garotinho, meus homens vão atravessar sua muralha como uma tempestade. Suas jovens serão meu prazer, seus filhos serão meus escravos e suas armas serão meus brinquedos. Seus cadáveres vão apodrecer, suas igrejas vão queimar e suas viúvas vão chorar. — Ele fez uma pausa e indicou seu estandarte. — Pode pegar essa bandeira — ele falava comigo — e colocar acima da cidade. Então saberei que vocês vão embora.

— Vou levar sua bandeira de qualquer modo e usá-la para limpar a bunda — falei.

— Vai ser mais fácil se vocês simplesmente forem embora. — Ele falou comigo como se eu fosse uma criancinha. — Partam para outra cidade! Vou encontrá-los lá de qualquer modo, não se preocupem, mas pelo menos viverão um pouquinho mais.

— Venham até nós amanhã — reagi no mesmo tom. — Tentem atravessar nossa muralha, aceitem nosso convite e sua vida será um pouco mais curta.

Ele deu um risinho.

— Vai ser um deleite matá-lo, senhor Uhtred. Meus poetas vão cantar sobre isso! Como Ragnall, Senhor do Mar e rei de toda a Britânia, fez o grande senhor Uhtred choramingar feito criança! Como Uhtred morreu implorando misericórdia. Como chorou enquanto eu o estripava. — As últimas palavras foram ditas com súbita veemência, mas então sorriu de novo. — Quase me esqueci do presente! — Em seguida chamou um dos seus homens e apontou para o capim entre nossos cavalos. — Ponha ali.

O homem apeou e trouxe um baú de madeira que colocou no capim. Era quadrado, mais ou menos do tamanho de um caldeirão, enfeitado com relevos pintados. A tampa tinha uma imagem da crucificação e as laterais mostravam homens com halos sobre a cabeça, e reconheci o baú como um dos que provavelmente guardavam um livro do evangelho cristão ou então uma das relíquias que os cristãos tanto reverenciavam.

— Esse é o meu presente — disse Ragnall —, e vem junto com minha promessa de que, se não tiverem partido amanhã ao crepúsculo, ficarão aqui para sempre como cinzas, como ossos e como comida para os corvos.

Ele virou o cavalo de modo abrupto e o golpeou violentamente com as esporas. Senti-me aliviado quando Conall, o rei Conall de barba grisalha e olhos escuros, virou-se e foi atrás.

Haesten fez uma pausa por um momento. Ele não tinha dito nada. Parecia velho demais, mas de fato era velho. Seu cabelo era grisalho, a barba era grisalha, mas o rosto ainda mantinha um humor deturpado. Eu o conhecia desde que ele era jovem, e a princípio havia confiado em Haesten, mas descobri que ele violava juramentos com a mesma facilidade com que uma criança quebra ovos. Tinha tentado ser rei na Britânia e eu impedi cada tentativa até que, em Beamfleot, destruí seu último exército. Agora ele parecia próspero, cheio de ouro, com uma cota de malha brilhante, os arreios cravejados de ouro e a capa marrom com borda de pele grossa. Mas tinha vindo como vassalo de Ragnall, e, se um dia comandara milhares, agora liderava algumas dezenas de homens. Haesten devia me odiar, mas sorriu para mim como se acreditasse que eu ficaria feliz em vê-lo. Olhei-o com fúria, desprezando-o, e ele pareceu surpreso com isso. Por um instante achei que iria falar, mas então puxou as rédeas e esporeou a montaria, indo atrás dos cavaleiros de Ragnall.

— Abra isso — ordenou Æthelflaed a Cynlæf, que desceu do cavalo e foi até a caixa. Parou, ergueu a tampa e se encolheu.

A caixa continha a cabeça de Beadwulf. Olhei para ela. Seus olhos haviam sido arrancados, a língua tirada e as orelhas cortadas.

— Desgraçado — sibilou meu filho.

Ragnall chegou à sua parede de escudos. Deve ter gritado uma ordem, porque as densas fileiras se dissolveram e os lanceiros voltaram na direção das árvores.

— Amanhã cavalgaremos até Eads Byrig — anunciei em voz alta.

— E vamos morrer na floresta? — perguntou Merewalh, ansioso.

— Mas você disse... — começou Æthelflaed.

— Amanhã — interrompi-a rudemente — vamos cavalgar até Eads Byrig. Amanhã.

A noite estava calma e iluminada pela lua. Existia um toque de prata na terra. O tempo chuvoso havia ido para o leste, e o céu brilhava com estrelas. Um vento fraco vinha do mar distante, mas não trazia nenhuma tempestade.

Eu estava na muralha de Ceaster, olhando para o nordeste e rezando para que meus deuses dissessem o que Ragnall estaria fazendo. Eu pensava que sabia, mas as dúvidas sempre se esgueiram, por isso procurava um presságio. As sentinelas tinham se afastado para me dar espaço. Tudo estava silencioso na cidade atrás de mim, embora mais cedo eu tivesse ouvido uma briga na rua. Não havia durado muito. Sem dúvida eram dois bêbados brigando e em seguida sendo apartados antes que pudessem se matar. Agora Ceaster estava silenciosa, e eu não ouvia nada além do vento fraco sobre os telhados, do choro de uma criança, do ganido de um cachorro, do arrastar de pés sobre a muralha e de um cabo de lança batendo na pedra. Nada disso era um sinal dos deuses. Eu queria ver o fim de uma estrela, fulgurando na morte luminosa por cima da escuridão lá no alto, mas as estrelas permaneciam teimosamente vivas.

E pensei que Ragnall também estaria tentando ouvir ou ver algum sinal. Rezei para que a coruja piasse em seus ouvidos e o deixasse conhecer o medo desse som que antevê a morte. Prestei atenção e não escutei nada além dos pequenos ruídos noturnos.

Então ouvi o som de palmas. Baixo e rápido. Começou e parou. Tinha vindo dos campos ao norte, do pasto irregular que ficava entre o fosso de Ceaster e o cemitério romano. Alguns dos meus homens queriam cavar a terra do cemitério e jogar os mortos numa fogueira, mas eu havia proibido que o fizessem. Eles temiam os mortos, achando que antigos fantasmas com armaduras de bronze viriam assombrar seu sono, porém os fantasmas construíram esta cidade, fizeram as fortes muralhas que nos protegiam, e agora nós lhes devíamos proteção.

O som de palmas voltou.

Eu deveria ter contado a Ragnall sobre os fantasmas. Seus insultos foram melhores que os meus, ele tinha vencido aquele ritual de abusos, mas, se eu tivesse pensado nas sepulturas romanas com suas pedras misteriosas, poderia ter falado sobre um exército invisível de mortos que se erguia à noite com espadas afiadas e lanças malignas. Ele zombaria da ideia, é claro, mas ela iria se alojar em seus temores. De manhã, pensei, deveríamos derramar vinho nos túmulos como agradecimento pelos mortos protetores.

As palmas recomeçaram, seguidas por um zumbido. Não era desagradável mas também não era afinado.

— Está cedo no ano para um curiango — disse Finan atrás de mim.

— Não escutei você chegar — reagi, surpreso.

— Eu me movo como um fantasma. — Ele pareceu achar isso divertido. Aproximou-se de mim e ouviu as palmas súbitas. Era o som produzido pelas asas compridas do pássaro batendo uma na outra no escuro. — Ele quer uma fêmea.

— É essa época do ano. A festa de Eostre.

Ficamos num silêncio solidário por um tempo.

— Então vamos mesmo a Eads Byrig amanhã? — perguntou ele por fim.

— Vamos.

— Pela floresta?

— Pela floresta até Eads Byrig — respondi. — Depois para o norte, até o rio.

Finan assentiu. Durante um tempo não falou nada, só observou o brilho distante do luar sobre o Mærse.

— Ninguém mais deve matá-lo. — Ele rompeu o silêncio com ferocidade.

— Conall?

— Ele é meu.

— Ele é seu — concordei, ouvindo o curiango. — Hoje de manhã achei que você iria matá-lo.

— Eu teria feito isso. Gostaria de ter feito. Vou fazer. — Ele tocou o peito, onde antes ficava o crucifixo. — Rezei por isso, rezei para que Deus me mandasse Conall. — Finan parou e sorriu. Não foi um sorriso agradável. — Amanhã, então.

— Amanhã.

Ele deu um tapa na muralha e riu.

— Os rapazes precisam de uma luta. Por Deus, eles precisam. Há pouco estavam tentando se matar.

— Eu escutei. O que aconteceu?

— O jovem Godric arranjou briga com Heargol.

— Godric! — O garoto era meu serviçal. — Ele é um idiota!

— Heargol estava bêbado demais. Ficou dando socos no ar.

— Mesmo assim, um dos socos dele poderia matar o jovem Godric.

Heargol era um dos guerreiros domésticos de Æthelflaed, um brutamontes que adorava o trabalho apertado numa parede de escudos.

— Eu levei o desgraçado para longe antes que ele pudesse fazer algum mal, depois dei um tapa em Godric. Falei para ele crescer. — Finan deu de ombros. — Não aconteceu nada.

— Por que eles brigaram?

— Tem uma garota nova no Penico.

Guerreiros da tempestade

O Penico era uma taverna. Seu nome verdadeiro era Pelicano, e tinha um pintado na placa, mas por algum motivo todos chamavam o lugar de Penico. Vendia cerveja boa e mulheres ruins. Os gêmeos santos, Ceolnoth e Ceolberht, haviam tentado fechar a taverna, chamando-a de antro de iniquidades, e era mesmo, motivo pelo qual eu queria mantê-la aberta. Eu comandava uma guarnição de jovens guerreiros e eles precisavam de tudo que o Penico fornecia.

— Ratinha — disse Finan.

— Ratinha?

— É o nome dela.

— É mesmo?

— O senhor deveria ir vê-la. — Finan riu. — Santo Deus, senhor, vale a pena ser vista.

— Ratinha — repeti.

— O senhor não vai se arrepender!

— Ele não vai se arrepender do quê? — perguntou uma voz feminina, e me virei e vi que Æthelflaed tinha subido ao topo da muralha.

— Ele não vai se arrepender de cortar os grandes salgueiros rio abaixo de Brunanburh, senhora — respondeu Finan. — Precisamos de madeira nova para escudos. — Ele fez uma reverência respeitosa.

— E você precisa dormir se quiser ir a Eads Byrig amanhã. — Æthelflaed enfatizou o "se".

Finan sabia quando estava sendo dispensado. Fez outra reverência e disse:

— Desejo boa-noite aos dois.

— Cuidado com os camundongos — alertei.

Finan riu.

— Vamos nos reunir ao amanhecer?

— Todos nós — respondi. — Cotas de malha, escudos, armas.

— É hora de matarmos alguns desgraçados — disse Finan. Em seguida, hesitou, querendo um convite para ficar, mas isso não aconteceu e ele se afastou.

Æthelflaed ocupou o lugar de Finan e observou durante um tempo a terra prateada de luar.

Chamas no rio

— Você vai mesmo a Eads Byrig?

— Vou. E a senhora deveria mandar Merewalh e seiscentos homens comigo.

— Para morrer na floresta?

— Eles não vão morrer — respondi, e esperei não estar mentindo.

Será que o curiango tinha sido o presságio que eu desejava? Não sabia como interpretar o som de palmas. A direção para onde um pássaro voa tem significado, assim como o mergulho de um falcão ou o pio de uma coruja, mas um rufar no escuro? Então ouvi aquilo de novo e algo me fez pensar nas pancadas dos escudos enquanto os homens formavam a parede. Era o presságio que eu buscava.

— Você nos disse! — insistia Æthelflaed. — Disse que, assim que estivessem entre as árvores, não poderiam ver onde estaria o inimigo. Que ele pode vir pela retaguarda. Que vocês seriam emboscados! Então o que mudou? — Ela fez uma pausa, e, como não respondi, ficou com raiva. — Ou será que isso é estupidez? Você deixou Ragnall nos insultar e agora precisa atacá-lo?

— Ele não estará lá.

Ela franziu a testa.

— Não estará?

— Por que ele nos deu um dia inteiro para abandonar a cidade? Por que não mandou sairmos ao amanhecer? Por que não disse para sairmos imediatamente?

Ela pensou nas perguntas, mas não encontrou resposta.

— Diga — exigiu.

— Ragnall sabe que não vamos sair, mas quer que pensemos que temos um dia inteiro antes de ele nos atacar. Ele precisa desse dia porque está indo embora. Está indo para o norte, pela ponte de barcos, e não quer que interfiramos nisso. Ele não tem intenção de atacar Ceaster. Tem um exército novo em folha e não quer perder duzentos ou trezentos homens tentando atravessar esta muralha. Ragnall quer levar o exército para Eoferwic porque precisa ser rei da Nortúmbria antes de atacar a Mércia.

— Como você sabe?

— Um curiango me contou.

— Você não pode ter certeza!

— Não tenho — admiti —, e talvez isso seja um ardil para nos convencer a entrar na floresta amanhã e ser mortos. Mas creio que não seja o caso. Ragnall quer que o deixemos em paz para se retirar, e, se é isso que ele quer, não devemos lhe dar.

Æthelflaed passou o braço pelo meu, e o gesto me disse que havia aceitado meu argumento e meu plano. Ela ficou em silêncio por um longo tempo.

— Deveríamos atacá-lo na Nortúmbria, não é? — disse por fim com a voz baixa e fraca.

— Venho dizendo há meses que deveríamos invadir a Nortúmbria.

— Para que você possa retomar Bebbanburg?

— Para expulsarmos os dinamarqueses.

— Meu irmão diz que não deveríamos.

— Seu irmão não quer que você seja a defensora dos saxões. Ele próprio quer ser reconhecido dessa forma.

— Ele é um homem bom.

— É cauteloso — declarei.

E era mesmo. Eduardo de Wessex também quisera ser rei da Mércia, mas cedeu aos desejos dos mércios quando estes escolheram sua irmã, Æthelflaed, para governar. Talvez tivesse esperado que ela fracassasse, mas havia se desapontado. Agora os exércitos dele estavam ocupados na Ânglia Oriental, expulsando os dinamarqueses para o norte daquela terra, e tinha insistido para que a irmã não fizesse nada além de retomar as antigas terras mércias. Para conquistar o norte, segundo ele, precisaríamos dos exércitos de Wessex e da Mércia, e talvez estivesse certo. Eu achava que deveríamos invadir de qualquer modo e reconquistar algumas cidades no sul da Nortúmbria, no entanto Æthelflaed aceitara os desejos do irmão. Dizia que precisava do apoio dele. Precisava do ouro que Wessex dava à Mércia e dos guerreiros saxões ocidentais que guarneciam os burhs do leste da Mércia.

— Dentro de um ou dois anos — falei —, Eduardo terá dominado a Ânglia Oriental e então virá para cá com seu exército.

— Isso é bom. — Æthelflaed pareceu cautelosa. Não porque não quisesse que seu irmão juntasse forças com ela, mas porque sabia que eu acreditava que deveria atacar o norte muito antes de seu irmão estar preparado.

Chamas no rio

— E ele vai comandar o seu exército e o dele para o interior da Nortúmbria.

— É bom — insistiu ela.

E essa invasão tornaria o sonho real. Era o sonho do pai de Æthelflaed, o rei Alfredo, de que todos os povos falantes da língua inglesa vivessem num reino sob um único rei. Haveria um novo reino, a Inglaterra, e Eduardo queria ser o primeiro homem a carregar o título de rei dessa terra.

— Só existe um problema — falei, desanimado. — Neste momento, a Nortúmbria é fraca. Não tem um rei forte e pode ser tomada por partes. Mas daqui a um ano? Ragnall será rei, e ele é forte. Conquistar a Nortúmbria será muito mais difícil assim que Ragnall for o rei da região.

— Não somos fortes o bastante para conquistar a Nortúmbria sozinhos — insistiu Æthelflaed. — Precisamos do exército do meu irmão.

— Dê-me Merewalh e seiscentos homens e estarei em Eoferwic em três semanas. Daqui a um mês verei a senhora ser coroada rainha da Nortúmbria e vou lhe trazer a cabeça de Ragnall numa caixa para guardar o evangelho.

Æthelflaed riu do meu comentário, achando que eu estava brincando. Não estava. Ela apertou meu braço.

— Eu gostaria de ter a cabeça dele como presente, mas agora você precisa dormir. E eu também.

E torci para que a mensagem do curiango fosse verdadeira.

Eu descobriria no dia seguinte.

Quando saímos de Ceaster, o sol havia subido num céu de nuvens esgarçadas e com rajadas de vento. Setecentos homens cavalgavam em direção a Eads Byrig.

Os cavaleiros se lançavam do portão norte de Ceaster, uma torrente de cotas de malha e armas, cascos retumbando nas pedras do túnel do portão, as pontas das lanças brilhantes erguidas ao sol intermitente enquanto seguíamos a estrada romana para o nordeste.

Æthelflaed insistiu em nos acompanhar. Montava Gast, sua égua branca, e era seguida por seu porta-estandarte, por uma guarda pessoal de dez guerreiros e cinco padres, dentre eles o bispo Leofstan. Formalmente, ele ainda não era bispo, mas logo seria. Montava um capão ruano, um cavalo plácido.

— Não gosto de cavalgar quando posso andar — disse-me.

— Você pode andar se preferir, padre.

— Eu manco.

— Notei.

— Recebi um coice de um potro quando tinha 10 anos — explicou ele. — Foi um presente de Deus!

— Seu deus dá presentes estranhos.

Ele riu.

— O presente, senhor Uhtred, foi a dor. Ela me permite entender os aleijados, permite que eu compartilhe um pouco da agonia deles. É uma lição de Deus! Mas hoje devo cavalgar, caso contrário não verei sua vitória.

Ele cavalgava ao meu lado, logo à frente do grande estandarte de cabeça de lobo.

— O que o faz pensar que será uma vitória? — perguntei.

— Deus vai lhe conceder a vitória! Rezamos por isso hoje de manhã. — Leofstan sorriu.

— Vocês rezaram ao meu deus ou ao seu?

Ele riu, então subitamente se encolheu. Vi uma expressão de dor em seu rosto, uma careta enquanto ele se curvava para a frente na sela.

— O que foi isso? — perguntei.

— Nada. Às vezes Deus me aflige com dor. Ela vem e vai. — Leofstan se empertigou e sorriu para mim. — Pronto! Já passou!

— Que deus estranho esse que causa dor aos seus adoradores! — comentei maliciosamente.

— Ele deu uma morte cruel ao próprio filho. Por que não deveríamos sofrer um pouco de dor? — Leofstan riu de novo. — O bispo Wulfheard me alertou sobre o senhor! Ele o chama de cria de Satã! Disse que o senhor se oporia a tudo que eu tentasse. É verdade, senhor Uhtred?

— Deixe-me em paz, padre, e eu o deixo em paz — falei com azedume.

— Vou rezar pelo senhor! O senhor não pode ser contra isso! — Ele me olhou como se esperasse uma resposta, mas não falei nada. — Não sou seu inimigo, senhor Uhtred — observou ele delicadamente.

Chamas no rio

— Considere-se afortunado por isso — eu disse, sabendo que estava sendo chato.

— Eu me considero! — Leofstan não tinha se ofendido. — Minha missão aqui é ser como Cristo! Alimentar os famintos, vestir os nus, curar os doentes e ser pai dos órfãos. Sua tarefa, se a entendo bem, é nos proteger! Deus nos deu missões diferentes. O senhor cumpre com a sua e eu cumpro com a minha. Não sou o bispo Wulfheard! — Ele disse isso com uma ironia surpreendente. — Não vou interferir no que o senhor tiver de fazer! Eu não sei nada sobre guerra!

Dei um grunhido que ele poderia interpretar como um agradecimento por suas palavras.

— O senhor acha que eu desejava esse fardo? — perguntou ele. — Tornar-me bispo?

— Você não deseja?

— Santo Deus, não! Eu estava feliz, senhor Uhtred! Labutava na corte do rei Eduardo como um humilde sacerdote. Meu trabalho era desenhar mapas e escrever as cartas do rei, mas meu júbilo estava em traduzir *A cidade de Deus*, de Santo Agostinho. É tudo que já desejei na vida. Um tinteiro, um feixe de penas e um padre da Igreja para guiar meus pensamentos. Sou um estudioso, e não um bispo!

— Então por que... — comecei.

— Deus me chamou — respondeu ele antes que eu terminasse a pergunta. — Andei pelas ruas de Wintanceaster e vi homens chutando mendigos, vi crianças forçadas à escravidão, vi mulheres degradadas, vi crueldade, vi aleijados morrendo nas valas. Aquela não era a cidade de Deus! Para aquelas pessoas era o inferno, e a Igreja não fazia nada! Bom, um pouquinho! Havia conventos e mosteiros que cuidavam dos doentes, mas não em número suficiente! Por isso comecei a pregar, tentei alimentar os famintos e ajudar os desamparados. Preguei dizendo que a Igreja deveria gastar menos com prata e ouro e mais com comida para os famintos e roupas para os nus.

Dei um leve sorriso.

— Imagino que isso não o tenha tornado popular.

— Claro que não tornou! Por que o senhor acha que me mandaram para cá?

Guerreiros da tempestade

— Para ser o bispo. É uma promoção!

— Não, é um castigo — disse ele, rindo. — Deixe o idiota do Leofstan lidar com o senhor Uhtred!

— Esse é o castigo? — perguntei com curiosidade.

— Santo Deus, é. Todos eles sentem pavor do senhor!

— E você não? — Eu estava achando aquilo divertido.

— Meu tutor em Cristo foi o padre Beocca.

— Ah.

Beocca tinha sido meu tutor também. Pobre padre Beocca, aleijado e feio, mas homem melhor jamais caminhou nesta terra.

— Ele gostava do senhor — comentou Leofstan. — E também sentia orgulho do senhor.

— Sentia?

— E me dizia com frequência que o senhor é o tipo de homem que tenta esconder a própria gentileza.

Resmunguei de novo.

— Beocca só falava...

— Coisas sábias — interrompeu Leofstan, enfático. — Portanto, não, não tenho medo do senhor e vou rezar pelo senhor.

— E eu vou impedir que os nórdicos trucidem você.

— Por que acha que eu rezo pelo senhor? — perguntou Leofstan, rindo. — Agora vá, tenho certeza de que o senhor tem coisas mais prementes que falar comigo. E que Deus esteja consigo.

Bati os calcanhares no meu cavalo, cavalgando até a frente da coluna. Maldição, pensei, agora eu gostava de Leofstan. Ele se juntaria àquele pequeno grupo de padres como Beocca, Willibald, Cuthbert e Pyrlig que eu admirava e de quem gostava, um grupo em número muitíssimo menor do que o de clérigos corruptos, venais e ambiciosos que comandavam a Igreja com tanta desconfiança.

— O que quer que você faça — falei a Berg, o cavaleiro que ia à frente —, jamais acredite nos cristãos quando dizem que ame seus inimigos.

Ele pareceu perplexo.

— Por que eu iria querer amar meus inimigos?

Chamas no rio

— Não sei! É só uma merda cristã. Viu algum inimigo?
— Nada.

Eu não tinha enviado batedores à frente. Logo Ragnall saberia que estávamos a caminho e iria reunir seus homens para se opor a nós ou, se eu estivesse certo, iria se recusar a entrar em combate. Eu logo saberia qual era a opção. Mesmo tendo decidido confiar no meu instinto, Æthelflaed temia que eu estivesse sendo impetuoso, e eu não tinha tanta certeza de que ela estava errada, por isso tentara convencê-la a permanecer em Ceaster.

— E o que os homens pensarão de mim — havia perguntado Æthelflaed — se eu me encolher atrás de muros de pedra enquanto eles cavalgam para lutar contra os inimigos da Mércia?

— Vão achar que é uma mulher sensata.

— Sou a soberana da Mércia. Os homens não me seguirão a não ser que eu os lidere.

Seguimos pela estrada romana, que eventualmente levaria a uma encruzilhada onde construções de pedra em ruínas se erguiam acima de buracos profundos cavados nas camadas de sal que antigamente tornavam essa região rica. Velhos se lembravam de ter descido pelas longas escadas de madeira para chegar à rocha branca, mas agora os buracos ficavam na terra incerta entre os saxões e os dinamarqueses, e assim as construções romanas estavam em decadência.

— Se pusermos uma guarnição em Eads Byrig, poderemos reabrir as minas — eu disse a Æthelflaed enquanto cavalgávamos. Um burh na colina protegeria um território de quilômetros ao redor. — Sal de mina é muito mais barato que o das panelas de fogo.

— Primeiro vamos capturar Eads Byrig — disse ela, séria.

Não fomos até os antigos poços da mina, mas viramos para o norte alguns quilômetros antes da encruzilhada e mergulhamos na floresta. Ragnall já devia saber que estávamos a caminho, e não fizemos nada para tentar esconder o avanço. Fomos pelo alto da serra, seguindo uma trilha antiga de onde eu via as encostas verdes de Eads Byrig se erguendo acima do mar de árvores, e avistei a madeira crua e clara da nova paliçada. Então a trilha mergulhou nas árvores e eu perdi a colina de vista, até que irrompemos no grande espaço que

Guerreiros da tempestade

Ragnall havia limpado ao redor do antigo forte. As árvores foram cortadas, deixando tocos, aparas de madeira e galhos decepados. Nosso surgimento naquela terra devastada fez com que os defensores do forte zombassem de nós. Um deles chegou a atirar uma lança, que caiu cem passos antes do nosso cavaleiro mais próximo de Eads Byrig. Grandes estandartes tremulavam acima da paliçada, o maior deles ostentava o machado de Ragnall.

— Merewalh! — chamei.

— Senhor?

— Mantenha cem homens aqui! Apenas vigie o forte! Não comece uma luta. Se eles saírem do forte para nos seguir, venha à frente deles e se junte a nós!

— Senhor? — questionou ele.

— Apenas vigie! Não lute! — gritei, e fui em frente, seguindo pela borda do flanco oeste da colina. — Cynlæf!

O saxão ocidental me alcançou.

— Senhor? — A vistosa bainha vermelha com placas de ouro balançava à sua cintura.

— Mantenha a senhora Æthelflaed na retaguarda!

— Ela não vai...

— Faça isso! — vociferei. — Segure as rédeas dela se for necessário, mas não deixe que ela vá para o meio da luta.

Acelerei o passo e desembainhei Bafo de Serpente, e a visão da lâmina longa instigou meus homens a sacarem suas espadas.

Ragnall não tinha nos enfrentado em Eads Byrig. Certo, havia homens na paliçada do forte, mas não seu exército inteiro. As pontas das lanças estavam espaçadas, e não apinhadas, e isso me indicava que a maioria dos seus homens se encontrava ao norte. Ele encalhara as embarcações nas margens do Mærse e depois reforçara Eads Byrig para enganar seu verdadeiro inimigo, para convencer o débil rei de Eoferwic de que suas ambições estavam na Mércia, mas a Nortúmbria era uma presa muito mais fácil. Dezenas de jarls da Nortúmbria já haviam se juntado a Ragnall, alguns sem dúvida acreditando que ele iria levá-los para o sul, mas a essa altura os teria inflamado com entusiasmo para o ataque ao norte. Seriam atraídos com promessas de ouro, de terras tomadas do rei Ingver e de seus apoiadores, e, sem dúvida, com a perspectiva de um ataque renovado à Mércia assim que a Nortúmbria estivesse garantida.

Pelo menos era nisso que eu acreditava. Talvez estivesse errado. Talvez Ragnall estivesse marchando para Ceaster ou esperando junto ao rio com uma parede de escudos. Seu estandarte tremulava sobre Eads Byrig, mas isso, pensei, era um disfarce destinado a fazer com que pensássemos que ele estava dentro da nova paliçada. Um formigamento do instinto me dizia que ele estava atravessando o rio. Por que, então, havia deixado homens em Eads Byrig? Essa pergunta precisaria esperar. Então me esqueci dela por completo, porque de repente vi um grupo de homens correndo à minha frente. Não usavam cota de malha. Seguíamos por uma trilha recém-aberta entre as árvores, uma trilha que devia ir de Eads Byrig até a ponte de barcos, e os homens à frente carregavam sacos e barris. Suspeitei que fossem serviçais, mas, quem quer que fossem, espalharam-se no mato baixo quando nos viram. Fomos em frente, baixando-nos sob os galhos, e mais homens fugiam de nós. E de repente as sombras verdes sob as árvores clarearam, e vi um terreno aberto, com abrigos improvisados esparsos e restos de fogueiras. Soube então que tínhamos chegado ao local, junto ao rio, onde Ragnall montara seu acampamento temporário.

Esporeei Tintreg para a luz do sol. Agora o rio estava a cem passos de distância, e uma multidão esperava para atravessar a ponte de barcos. A margem oposta já estava cheia de homens e cavalos, uma horda cuja maior parte já marchava para o norte, mas deste lado do rio havia mais homens com cavalos, gado, famílias e serviçais. Meu instinto estivera certo. Ragnall ia para o norte.

E então atacamos.

Ragnall com certeza sabia que estávamos a caminho, mas devia ter presumido que iríamos direto para Eads Byrig e ficaríamos lá, atraídos por seu grande estandarte e acreditando que ele estava no interior dos muros. E nossa cavalgada súbita e rápida para o norte pegou sua retaguarda de surpresa.

Seria gentileza chamar aquilo de retaguarda. O que restava na margem sul do Mærse eram cerca de duzentos guerreiros, seus serviçais, algumas mulheres e crianças e um bocado de porcos, cabras e ovelhas.

— Por aqui! — gritei, virando-me para a esquerda.

Eu não queria atacar diretamente a multidão em pânico que agora lutava para chegar à ponte. Em vez disso, queria cortar seu caminho, por isso passei ao largo e esporeei Tintreg ao longo da margem do rio, na direção da ponte. Pelo menos doze homens permaneceram atrás de mim. Uma criança gritou. Um homem tentou nos impedir, atirando uma lança pesada que passou perto do meu elmo. Ignorei-o, mas um dos meus guerreiros deve tê-lo golpeado, porque ouvi um som característico de um matadouro, de uma lâmina acertando osso. Tintreg bateu os dentes enquanto mergulhava no meio das pessoas mais próximas da ponte. Elas tentavam escapar, algumas subindo no barco mais próximo, algumas pulando no rio ou procurando desesperadamente voltar para a floresta. Então puxei as rédeas e girei na sela.

— Não! — Uma mulher tentava proteger duas crianças pequenas, mas eu a ignorei.

Fui até onde as pranchas da ponte se estendiam para a margem lamacenta e fiquei ali de pé. Um a um, meus homens se juntaram a mim. Tiramos os escudos das costas e juntamos os aros de ferro.

— Larguem as armas! — gritei para a multidão em pânico.

Eles não tinham mais como escapar. Centenas dos meus cavaleiros saíram das árvores, e eu estava com uma parede de escudos impedindo o caminho através do Mærse. Eu queria impedir mais do que aquela centena de maltrapilhos, porém Ragnall devia ter marchado mais cedo e tínhamos saído de Ceaster tarde demais.

— Eles estão queimando os barcos! — gritou Finan.

Ele havia se juntado a mim, porém continuava montado. Mulheres berravam, crianças gritavam, e meus homens ordenavam que os inimigos encurralados largassem as armas. Virei-me e vi que a enorme frota de Ragnall estava encalhada ou ancorada na margem oposta do Mærse, e que homens jogavam tições nos cascos. Outros homens ateavam fogo nas embarcações que sustentavam a grosseira pista de pranchas. Os barcos foram preparados para se incendiar, os cascos cheios de gravetos e encharcados de piche. Algumas embarcações estavam rio acima, todas amarradas com cabos compridos a mastros enfiados na lama, e imaginei que essas eram as poucas que seriam salvas das chamas.

Chamas no rio

— Meu Deus do céu — disse Finan, descendo do cavalo. — É uma fortuna pegando fogo.

— Vale a pena perder uma frota para ganhar um reino — retruquei.

— A Nortúmbria.

— A Nortúmbria, Eoferwic, Cumbraland, ele vai tomar tudo. Vai tomar toda a região norte, daqui até a Escócia! Tudo isso sob o comando de um rei forte.

A fumaça se revolvia enquanto as chamas intensas saltavam de uma embarcação para a outra. Eu tinha pensado em salvar alguma delas, mas a pista de tábuas estava muito bem-amarrada aos barcos que, por sua vez, estavam amarrados uns aos outros. Não havia tempo para cortar as cordas e separar as tábuas pregadas, logo a ponte viraria cinzas. Enquanto eu olhava para ela, vi um cavaleiro atravessar a fumaça. Era alto, com o peito despido e cabelos compridos, montado num grande garanhão preto. Era Ragnall cavalgando na ponte em chamas. Chegou a trinta passos de nós, com a fumaça se revirando ao redor. Ele desembainhou a espada, e a lâmina longa refletiu as chamas que o cercavam.

— Eu vou voltar, senhor Uhtred! — gritou ele.

Em seguida, fez uma pausa, como se esperasse resposta. Um mastro desmoronou atrás de Ragnall, lançando fagulhas e causando uma explosão de fumaça mais escura. Ele continuou esperando, mas, como não falei nada, virou o cavalo e desapareceu no meio do fogo.

— Espero que você queime — vociferei.

— Mas por que ele deixou homens em Eads Byrig? — perguntou Finan.

A retaguarda digna de pena junto ao rio não se defendeu. Os homens estavam em número tremendamente inferior ao nosso e as mulheres gritavam para que eles largassem as armas. Atrás de mim a ponte se quebrou, e barcos incendiados começaram a descer o rio. Embainhei Bafo de Serpente, montei de novo e forcei Tintreg para o meio da massa de inimigos apavorados. Agora a maior parte dos meus homens estava a pé, recolhendo espadas, lanças e escudos, porém o jovem Æthelstan continuava a cavalo e, como eu, abria caminho em meio à multidão derrotada.

— O que vamos fazer com eles, senhor? — gritou para mim.

— Você é um príncipe — respondi. — Então diga.

Æthelstan deu de ombros e olhou para as mulheres amedrontadas, para as crianças chorando e para os homens carrancudos. Enquanto o olhava, pensei em como ele havia crescido, transformando-se de uma criança travessa em um rapaz forte e bonito. Æthelstan deveria ser rei, pensei. Era o filho mais velho de seu pai, era filho de um rei de Wessex, um homem que deveria ser rei.

— Matar os homens — sugeriu ele —, escravizar as crianças e pôr as mulheres para trabalhar?

— Isso é o usual — respondi. — Mas esta terra pertence à sua tia. É ela quem decide.

Percebi que Æthelstan olhava para uma garota e movi meu cavalo para vê-la melhor. Era uma coisinha bonita, com uma massa de cabelos claros desgrenhados, olhos de um azul profundo e pele clara e sem manchas. Ela segurava a saia de uma mulher mais velha, com certeza sua mãe.

— Qual é o seu nome? — perguntei à jovem em dinamarquês.

A mãe dela começou a gritar e implorar, depois se ajoelhou e virou o rosto molhado de lágrimas para mim.

— Ela é tudo que eu tenho, senhor. Tudo que eu tenho!

— Quieta, mulher — bradei. — Você não sabe como sua filha tem sorte. Qual é o nome dela?

— Frigga, senhor.

— Quantos anos ela tem?

A mãe hesitou, talvez tentada a mentir, mas eu rosnei e ela desembuchou:

— Vai fazer 14 no dia de Baldur, senhor.

A festa de Baldur era o solstício de verão, portanto a garota tinha idade mais que suficiente para se casar.

— Traga-a aqui — ordenei.

Æthelstan franziu a testa, achando que eu ia pegar Frigga para mim, e confesso que fiquei tentado, mas, em vez disso, chamei o serviçal do príncipe.

— Amarre a garota ao rabo do seu cavalo — mandei. — Ela não deve ser tocada! Não deve ser ferida! Proteja-a, entendeu?

— Sim, senhor.

— E você? — Olhei de volta para a mãe. — Sabe cozinhar?

Chamas no rio

— Sim, senhor.

— Costurar?

— Claro, senhor.

— Então fique com sua filha. — Virei-me para Æthelstan. — Sua casa aumentou em duas pessoas — falei, e, quando olhei novamente para Frigga, pensei em como ele era um bastardo sortudo, embora não fosse bastardo, e sim o filho legítimo de um rei.

Gritos de comemoração soaram em meio aos cavaleiros que olhavam do sul. Passei com Tintreg entre os prisioneiros e vi que o padre Fraomar, o confessor de Æthelflaed, tinha feito algum pronunciamento. Ele montava uma égua cinzenta, cuja cor combinava com seus cabelos brancos. Estava perto de Æthelflaed, que sorria enquanto eu me aproximava.

— Boas notícias — gritou ela.

— Que notícias?

— Que Deus seja louvado — disse, feliz, o padre Fraomar. — Os homens de Eads Byrig se renderam!

Eu me senti desapontado. Estava ansioso por um combate. Ragnall parecia ter deixado uma parte substancial do seu exército atrás dos muros de Eads Byrig, presumivelmente porque desejava manter o forte recém-construído, e eu queria que a morte dessa guarnição fosse um aviso para o restante de seus seguidores.

— Eles se renderam?

— Que Deus seja louvado, sim.

— Então Merewalh está dentro do forte?

— Ainda não!

— Como assim "ainda não"? Eles se renderam!

Fraomar sorriu.

— Eles são cristãos, senhor Uhtred! A guarnição é cristã!

Franzi a testa.

— Não me importa se eles adoram gorgulhos. Se eles se renderam, nossas forças deveriam estar dentro do forte. Elas estão?

— Estarão — disse o padre Fraomar. — Foi combinado.

— O que foi combinado? — perguntei.

Æthelflaed pareceu perturbada.

— Eles concordaram em se render — esclareceu ela, olhando para o confessor em busca de confirmação. Fraomar assentiu. — E nós não lutamos contra cristãos.

— Eu luto — declarei com selvageria, depois chamei meu serviçal. — Godric! Toque a trombeta!

Godric olhou para Æthelflaed como se buscasse aprovação, e eu dei um tapa no braço esquerdo dele.

— A trombeta! Toque!

Ele tocou apressadamente, e meus homens, que estavam desarmando os inimigos, correram para montar nos cavalos.

— Senhor Uhtred! — protestou Æthelflaed.

— Se eles se renderam, o forte é nosso. Se o forte não é nosso, eles não se renderam. — Olhei para ela e em seguida para Fraomar. — Qual é a opção?

Nenhum dos dois respondeu.

— Finan! Traga os homens! — gritei, e, ignorando Æthelflaed e Fraomar, esporeei o cavalo de volta para o sul.

De volta a Eads Byrig.

Cinco

Eu devia ter adivinhado. Era Haesten. Ele tinha uma língua capaz de transformar bosta em ouro e a estava usando com Merewalh.

Encontrei os dois, cada um seguido de doze companheiros, a cem passos do forte, sob seus respectivos estandartes. Merewalh, claro, tinha a bandeira de Æthelflaed, que mostrava o ganso de santa Werburga, ao passo que Haesten, em vez de seu crânio usual na ponta de uma estaca, usava um novo estandarte, uma bandeira cinzenta com uma cruz branca costurada.

— Ele não tem vergonha! — gritei para Finan enquanto esporeava Tintreg encosta acima.

Finan gargalhou.

— É um desgraçado ardiloso, senhor.

O desgraçado ardiloso falava animadamente quando saímos das árvores, e, assim que me viu, ficou em silêncio e voltou para a companhia protetora de seus homens. Ele me cumprimentou dizendo meu nome, mas eu o ignorei, posicionando Tintreg no espaço entre os dois lados, depois deslizei da sela.

— Por que você não ocupou o forte? — perguntei a Merewalh enquanto jogava as rédeas do garanhão para Godric.

— Eu... — começou ele, depois olhou para além de mim.

Æthelflaed e seu séquito se aproximavam depressa, e ele obviamente preferiu esperar pela chegada deles antes de responder.

— O desgraçado se rendeu? — indaguei.

— O jarl Haesten... — Merewalh começou de novo, depois deu de ombros como se não soubesse o que dizer nem entendesse o que estava acontecendo.

— É uma pergunta fácil! — exclamei em tom de ameaça.

Merewalh era um homem bom e um guerreiro corajoso, mas parecia desesperadamente desconfortável, o olhar indo depressa para os padres ao seu redor. O padre Ceolnoth e seu gêmeo banguela Ceolberht estavam ali, assim como Leofstan, todos parecendo extremamente incomodados com minha chegada súbita.

— Ele se rendeu? — perguntei de novo, devagar e em voz alta.

Merewalh foi salvo da pergunta pela chegada de Æthelflaed. Ela passou com sua égua entre os padres.

— Se tem algo a dizer, senhor Uhtred — interveio ela em tom gélido, de cima da sela —, diga a mim.

— Só quero saber se esse monte de merda se rendeu — falei, apontando para Haesten.

Quem respondeu foi o padre Ceolnoth.

— Senhora — disse ele, me ignorando —, o jarl Haesten concordou em jurar lealdade à senhora.

— Ele fez o quê? — questionei.

— Quieto! — ordenou Æthelflaed rispidamente. Ela ainda estava em sua sela, numa posição dominante. Seus homens, pelo menos cento e cinquenta, a seguiram desde a margem do rio e agora estavam com os cavalos mais abaixo na encosta. — Diga o que vocês combinaram — ordenou ao padre Ceolnoth.

Ceolnoth me lançou um olhar nervoso, depois se virou de novo para Æthelflaed.

— O jarl Haesten é cristão, senhora, e busca a sua proteção.

Ao menos três de nós começamos a falar ao mesmo tempo, mas Æthelflaed bateu palmas ordenando silêncio.

— É verdade? — perguntou ela a Haesten.

Haesten fez uma reverência, depois segurou a cruz de prata que usava sobre a cota de malha.

— Graças a Deus, senhora, é verdade. — Ele falava baixinho, humilde, com uma sinceridade convincente.

— Desgraçado mentiroso — vociferei.

Ele me ignorou.

— Encontrei a redenção, senhora, e venho à senhora como suplicante.

— Ele se redimiu, senhora — disse com firmeza um homem alto parado perto de Haesten. — Estamos preparados, senhora... Não, estamos *ansiosos* para jurar lealdade. E, como companheiros cristãos, imploramos sua proteção.

Ele falava inglês e de forma respeitosa, fazendo uma leve reverência a Æthelflaed ao terminar. Ela pareceu surpresa, e não era de se espantar, porque o homem alto parecia um sacerdote cristão, ou pelo menos usava um manto longo e preto amarrado com uma corda na cintura, e tinha uma cruz de madeira pendurada no peito.

— Quem é você? — perguntou Æthelflaed.
— Padre Haruld, senhora.
— Dinamarquês?
— Nasci aqui na Britânia, mas meus pais vieram do outro lado do mar.
— E você é cristão?
— Pela graça de Deus, sim.

Haruld era sério, moreno, com as têmporas grisalhas. Não era o primeiro dinamarquês que eu conhecia a ter se convertido, nem era o primeiro a se tornar padre cristão.

— Sou cristão desde a infância — disse a Æthelflaed. Ele parecia solene e confiante, mas notei que sua mão se fechava e se abria compulsivamente. Estava nervoso.

— E está me dizendo que esse pedaço de lagarto rançoso é cristão também? — falei, virando a cabeça na direção de Haesten.

— Senhor Uhtred! — alertou-me Æthelflaed.

— Eu mesmo o batizei — respondeu Haruld com dignidade. — Graças a Deus.

— Amém — entoou Ceolnoth em voz alta.

Olhei nos olhos de Haesten. Eu o conhecia desde que se tornara um homem. Na verdade, ele me devia a vida adulta porque eu a havia salvado. Na época, tinha me jurado lealdade e eu acreditara, porque Haesten tinha um rosto digno de confiança e uma postura séria, mas ele violara cada juramento feito. Era um sujeito ardiloso, esperto e mortal. Suas ambições eram muito maiores que suas conquistas, e ele me culpava porque o destino havia decretado que eu iria atrapalhá-lo repetidas vezes. A última tinha sido em Beamfleot, onde destruí seu exército e queimei sua frota, mas o destino dele era escapar

Chamas no rio

de todo desastre. E ali estava Haesten de novo, aparentemente encurralado em Eads Byrig, mas sorrindo para mim como se fôssemos antigos amigos.

— Ele não é mais cristão que eu — vociferei.

— Senhora. — Haesten olhou para Æthelflaed e então, espantosamente, se ajoelhou. — Juro pelo sacrifício de Nosso Salvador que sou um cristão verdadeiro. — Ele falou humildemente, tremendo com um sentimento intenso. Havia até lágrimas em seus olhos. De repente, abriu os braços e virou o rosto para o céu. — Que Deus me mate neste momento se estiver mentindo!

Desembainhei Bafo de Serpente, a lâmina raspando ruidosamente na saída da bainha.

— Senhor Uhtred! — gritou Æthelflaed, alarmada. — Não!

— Eu ia fazer o serviço do seu deus e matá-lo. A senhora iria me impedir?

— Deus pode fazer o serviço dele — respondeu Æthelflaed, irritada, depois voltou a olhar para o sacerdote dinamarquês. — Padre Haruld, você está convencido da conversão do jarl Haesten?

— Estou, senhora. Ele derramou lágrimas de contrição e de júbilo no batismo.

— Que Deus seja louvado — sussurrou o padre Ceolnoth.

— Chega! — exclamei. Ainda empunhava Bafo de Serpente. — Por que nossos homens não estão dentro do forte?

— Eles estarão! — disse Ceolnoth, irascível. — Foi combinado!

— Combinado? — A voz de Æthelflaed estava muito resguardada, e ficou claro que ela suspeitava que os padres tinham ultrapassado sua autoridade ao fazer qualquer acordo sem sua aprovação. — O que foi combinado?

— O jarl Haesten implorou para jurar lealdade à senhora na missa de Páscoa — respondeu Ceolnoth com muito cuidado. — Ele deseja isso para que o júbilo da ressurreição de Nosso Senhor consagre esse ato de reconciliação.

— Não me importo nem um pouco se ele esperar até a festa de Eostre — falei. — Contanto que ocupemos o forte agora.

— Ele será entregue no domingo de Páscoa — explicou Ceolnoth. — Isso foi combinado!

— Na Páscoa? — indagou Æthelflaed, e qualquer um que a conhecesse suficientemente bem poderia detectar a insatisfação em sua voz. Ela não era idiota mas também não estava pronta para descartar a esperança de que Haesten fosse mesmo cristão.

— Será motivo de regozijo — instigou Ceolnoth.

— E quem é você para fazer esse acordo? — questionei.

— É uma questão para ser decidida pelos cristãos — insistiu Ceolnoth, olhando para Æthelflaed com esperança de obter apoio dela.

Æthelflaed, por sua vez, olhou para mim, depois para Haesten.

— Por que não deveríamos ocupar o forte agora? — perguntou.

— Eu fiz um acordo... — começou Ceolnoth debilmente.

— Senhora — interveio Haesten, arrastando-se de joelhos à frente —, é minha vontade mais sincera que todos os meus homens sejam batizados na Páscoa. Mas alguns, uns poucos, estão relutantes. Preciso de tempo, o padre Haruld precisa de tempo! Precisamos de tempo para convencer esses poucos relutantes da graça salvadora de Nosso Senhor Jesus Cristo.

— Canalha maldito — falei.

Ninguém disse nada por um tempo.

— Juro que é verdade — insistiu Haesten humildemente.

— Sempre que ele diz isso — olhei para Æthelflaed —, dá para ver que está mentindo.

— E, se o padre Ceolnoth nos visitasse — continuou Haesten — ou, melhor ainda, o padre Leofstan, e fosse pregar a nós, seria uma ajuda e uma bênção, senhora.

— Eu ficaria feliz em... — começou Ceolnoth, mas parou quando Æthelflaed ergueu a mão. Ela não disse nada durante um tempo, apenas olhou para Haesten. — Você propõe um batismo em massa?

— Todos os meus homens, senhora! — respondeu Haesten, ansioso. — Todos aceitando a misericórdia de Cristo e seu serviço.

— Quantos homens, seu cagalhão? — perguntei a Haesten.

— São só uns poucos que persistem no paganismo, senhor Uhtred. Vinte homens, talvez, ou trinta. Mas com a ajuda de Deus iremos convertê-los!

— Quantos homens estão no forte, seu canalha miserável?

Ele hesitou, depois percebeu que a hesitação era um erro e sorriu.

— Quinhentos e oitenta, senhor Uhtred.

— Tantos assim! — exultou o padre Ceolnoth. — Será uma luz para iluminar os gentios! — E implorou a Æthelflaed: — Imagine, senhora, uma conversão em massa dos pagãos! Podemos batizá-los no rio!

— Você pode afogar os desgraçados — murmurei.

— E, senhora... — Ainda de joelhos, Haesten juntou as mãos olhando para Æthelflaed. Seu rosto estava tremendamente confiável e a voz muito séria. Era o melhor mentiroso que eu já havia encontrado em toda a minha vida. — Eu a convidaria para ir ao forte agora! Rezaria com a senhora lá, cantaria louvores a Deus ao seu lado! Mas aqueles poucos homens ainda estão amargos. Podem resistir. Só peço um pouquinho de tempo, um pouquinho de tempo para que a graça de Deus atue naquelas almas amargas.

— Sua gosma de bunda traiçoeira — vociferei para ele.

— E, se isso servir para convencê-la — disse Haesten com humildade, me ignorando —, jurarei lealdade à senhora agora, neste instante!

— Que Deus seja louvado — ciciou o padre Ceolberht.

— Há um probleminha — eu disse, e todos olharam para mim. — Ele não pode fazer um juramento à senhora.

Æthelflaed me olhou incisivamente.

— Por quê?

— Porque ele jurou lealdade a outro senhor, e esse senhor ainda não o liberou do juramento.

— Eu fui liberado do juramento ao jarl Ragnall quando dei minha aliança ao Deus todo-poderoso! — exclamou Haesten.

— Mas não do juramento que fez a mim — observei.

— Mas o senhor também é pagão, senhor Uhtred — declarou Haesten, astuto. — E Jesus Cristo me absolve de todas as alianças com os pagãos.

— É verdade! — comentou o padre Ceolnoth, empolgado. — Ele abandonou o diabo, senhora! Ele recusou o diabo e todas as suas obras! Um cristão recém-convertido é absolvido de todos os juramentos feitos aos pagãos, a Igreja insiste nisso.

Æthelflaed continuou ponderando. Por fim, olhou para Leofstan.

— O senhor não falou, padre.

Leofstan deu um leve sorriso.

— Prometi ao senhor Uhtred que não interferiria em seu trabalho se ele não interferisse no meu. — E deu um sorriso de desculpas ao padre Ceolnoth. — Sinto júbilo com a conversão dos pagãos, senhora, mas quanto ao destino de uma fortaleza? Infelizmente isso está fora da minha competência. A César o que é de César, senhora, e o destino de Eads Byrig é coisa de César ou, mais estritamente, sua.

Æthelflaed assentiu abruptamente e fez um gesto para Haesten.

— Mas você acredita nesse homem?

— Se acredito? — Leofstan franziu a testa. — Posso interrogá-lo?

— Faça isso — ordenou Æthelflaed.

Leofstan foi mancando até Haesten e se ajoelhou diante dele.

— Dê-me suas mãos — pediu baixinho, e esperou enquanto Haesten obedecia. — Agora diga em que você acredita — continuou o futuro bispo com a voz suave.

Haesten piscou para conter as lágrimas.

— Acredito em um Deus, o Pai todo-poderoso, Criador do céu e da terra. — Ele falava com pouco mais que um sussurro. — E num Senhor Jesus Cristo, filho unigênito de Deus, gerado pelo Pai; Deus de Deus, Luz da Luz! — Sua voz tinha se erguido enquanto ele pronunciava as últimas palavras, e depois pareceu embargar. — Eu acredito, padre! — implorou, e as lágrimas escorreram de novo pelo seu rosto. Haesten balançou a cabeça. — O senhor Uhtred está certo, ele está certo! Fui um pecador. Violei juramentos. Ofendi o céu! Mas o padre Haruld rezou comigo, rezou por mim, e minha esposa rezou, e, que Deus seja louvado, eu acredito!

— Que Deus seja louvado, de fato — disse Leofstan.

— Ragnall sabe que você é cristão? — perguntei com aspereza.

— Foi necessário enganá-lo — respondeu Haesten com modéstia.

— Por quê?

As mãos de Haesten ainda eram seguradas por Leofstan.

— Fui obrigado a me refugiar em Mann. — Ele estava respondendo à minha pergunta, mas olhava para Æthelflaed. — E foi naquela ilha que o padre Haruld me converteu. Mas estávamos cercados de pagãos que nos matariam se soubessem. Eu rezei! — Ele olhou novamente para Leofstan. — Rezei pedindo orientação! Devo ficar e converter os pagãos? Mas a resposta de Deus foi trazer meus seguidores para cá e oferecer nossas espadas ao serviço de Cristo.

— Ao serviço de Ragnall — falei com aspereza.

— O jarl Ragnall exigiu meu serviço. — Haesten falava com Æthelflaed outra vez. — Mas enxerguei a vontade de Deus nessa exigência! Deus tinha nos oferecido um modo de sair da ilha! Eu não tinha barcos, tinha apenas fé em Jesus Cristo e na santa Werburga.

— Santa Werburga! — exclamou Æthelflaed.

— Minha querida esposa reza a ela, senhora — disse Haesten, parecendo inocente demais. De algum modo o desgraçado escorregadio soubera da veneração de Æthelflaed à espantadora de gansos.

— Seu desgraçado mentiroso — acusei.

— O arrependimento dele é sincero — insistiu Ceolnoth.

— Padre Leofstan? — perguntou Æthelflaed.

— Quero acreditar nele, senhora! — respondeu Leofstan, sério. — Quero acreditar que isso é um milagre para acompanhar minha entronização! Que na Páscoa teremos o júbilo de trazer uma horda pagã para o serviço de Jesus Cristo!

— Isso é obra de Cristo! — exclamou o padre Ceolberht por entre as gengivas banguelas.

Æthelflaed ainda pensava, olhando para os dois homens ajoelhados. Uma parte sua, com certeza, sabia que eu estava certo, mas ela também se sentia impelida pela devoção que herdara do pai. E pela ânsia de Leofstan em acreditar. Leofstan foi sua escolha. Ela havia persuadido o arcebispo de Contwaraburg a nomeá-lo, escrevera cartas aos bispos e abades louvando a sinceridade e a fé reluzente de Leofstan e tinha mandado dinheiro a templos e igrejas, tudo isso para induzir a opinião a favor dele. A Igreja poderia preferir um homem mais mundano, que pudesse expandir as propriedades da sé e extorquir mais dinheiro dos nobres do norte da Mércia, mas Æthelflaed queria um santo. E agora esse santo considerava a conversão de Haesten como um sinal de aprovação divina à sua escolha.

— Pense, senhora. — Por fim, Leofstan soltou as mãos de Haesten e, ainda de joelhos, virou-se para Æthelflaed. — Pense no júbilo que haverá quando um pagão levar seus homens para o trono de Cristo!

E essa ideia também a seduziu. Seu pai sempre perdoara os dinamarqueses que se convertiam, e até mesmo permitia que alguns se estabelecessem em Wessex. Com frequência Alfredo declarava que a luta não era para estabelecer um reino unificado, e sim para converter os pagãos a Cristo. Æthelflaed via essa conversão em massa de dinamarqueses pagãos como um sinal do poder de Deus.

Ela fez Gast dar um passo à frente.

— Você vai jurar lealdade a mim neste momento?

— Com júbilo, senhora — respondeu Haesten. — Com júbilo!

Cuspi na direção do desgraçado traiçoeiro, afastei-me, embainhei Bafo de Serpente e montei em Tintreg.

— Senhor Uhtred! — chamou a senhora Æthelflaed, ríspida. — Aonde você vai?

— Voltar ao rio — respondi peremptoriamente. — Finan! Sihtric! Todos vocês! Comigo!

Fomos embora, afastando-nos da farsa que estava para acontecer do lado de fora de Eads Byrig.

Éramos cento e vinte e três. Passamos a cavalo por entre as fileiras dos seguidores de Æthelflaed, depois viramos para o norte e fomos na direção do rio.

Mas, assim que estávamos entre as árvores e bem escondidos dos idiotas que cercavam Æthelflaed, virei meus homens para o leste.

Porque estava decidido a fazer a obra do deus cristão.

E matar Haesten.

Fomos depressa, os cavalos serpenteando entre as árvores. Finan esporeou sua montaria para ficar ao meu lado.

— O que vamos fazer?

— Tomar Eads Byrig, é claro.

— Meu Deus!

Não falei nada enquanto Tintreg descia para uma ravina cheia de samambaias e depois subia a encosta baixa do outro lado. Quantos homens Haesten comandava? Ele tinha dito quinhentos e oitenta, mas eu não acreditava nisso. Haesten havia perdido seu exército em Beamfleot junto de sua reputação.

Chamas no rio

Ele não estivera presente naquela batalha, mas, se tivesse sequer cem seguidores, eu ficaria surpreso, porém, sem dúvida, Ragnall devia ter deixado alguns homens na fortaleza.

— Qual é o tamanho da fortaleza? — perguntei a Finan.

— Eads Byrig? É grande.

— Se você andasse em volta dos muros, quantos passos?

Ele pensou na resposta. Eu tinha me virado ligeiramente para o norte, levando Tintreg até uma encosta longa que subia por entre os carvalhos e os sicômoros.

— Novecentos? — supôs Finan. — Talvez mil.

— É o que eu acho.

— É um lugar grande, sem dúvida.

O rei Alfredo havia tentado reduzir a vida a regras. A maioria dessas regras, é claro, vinha das escrituras cristãs, mas existiam outras. As cidades que ele construía eram medidas, e cada terreno era examinado cuidadosamente. As muralhas da cidade também eram medidas para descobrir a altura, a profundidade e a extensão, o que determinava quantos homens eram necessários para defendê-la. Esse número fora deduzido por sacerdotes inteligentes que, com os dedos, faziam bolas de madeira percorrer fios de arame, e eles concluíram que todo burh precisava de quatro defensores para cada cinco passos de muralha. No reino de Alfredo, Wessex havia se tornado uma guarnição, as fronteiras foram cravejadas com os burhs recém-construídos e as muralhas passaram a ser defendidas pelo fyrd. Toda cidade grande tinha sido murada, de modo que os dinamarqueses, penetrando no fundo de Wessex, fossem frustrados pelas fortificações, que eram defendidas pelo número exato de homens correspondente ao comprimento total da muralha. Isso havia funcionado, e agora a Mércia também era assim. Enquanto conquistava as terras ancestrais da Mércia, Æthelflaed as havia reforçado com burhs como Ceaster e Brunanburh e garantido que a guarnição pudesse fornecer quatro homens para cada cinco passos de muralha. Ao primeiro sinal de problema, as pessoas podiam se retirar para o burh mais próximo, levando seus animais. Era necessário um exército inteiro para capturar um burh, e os dinamarqueses jamais foram bem-sucedidos. Para eles, a guerra significava penetrar fundo num território para capturar escravos e gado; e um exército que permanecia parado, que acampava do lado de fora das muralhas de um burh, logo era acometido por doenças. Além disso, nenhuma força inimiga se mostrara suficientemente grande para cercar um burh e fazê-lo sucumbir à fome. A estratégia dos burhs tinha dado certo.

Mas dava certo porque havia homens para defendê-los. Cada homem com mais de 12 anos devia lutar. Podiam não ser guerreiros treinados como os que agora eu comandava pelo terreno íngreme e coberto de árvores, mas eram capazes de segurar uma lança, jogar uma pedra ou brandir um machado. O fyrd podia não usar cotas de malha ou carregar escudos de tília, mas seus homens podiam ficar nas muralhas de um burh e golpear os inimigos até a morte caso eles tentassem escalar a fortificação. Um machado de lenhador nas mãos de um homem forte é uma arma temível, assim como uma foice afiada, se for brandida com ferocidade suficiente. Quatro homens a cada cinco passos, e Eads Byrig tinha mil passos de comprimento. Isso significava que Haesten precisaria de pelo menos setecentos homens para defender toda a extensão dos muros.

— Eu ficaria surpreso se ele tiver duzentos homens — comentei com Finan.

— Então por que ele ficou aqui?

E essa era uma boa pergunta. Por que Ragnall tinha deixado uma guarnição em Eads Byrig? Eu não acreditava nem por um segundo que Haesten tivesse decidido ficar ao sul do Mærse para buscar a proteção de Æthelflaed. Ele só estava ali porque Ragnall queria que estivesse. Agora tínhamos diminuído o passo, os cavalos subiam a colina, os cascos fazendo barulho nas folhas secas. Então por que Ragnall tinha deixado Haesten para trás? Haesten não era o melhor guerreiro do exército de Ragnall, podia muito bem ser o pior, mas com certeza era o melhor mentiroso, e de repente entendi. Eu havia pensado que Eads Byrig era um ardil contra o fraco rei em Eoferwic, mas não era. Era contra nós. Contra mim.

— Ele vai ficar porque Ragnall vai voltar — expliquei a Finan.

— Primeiro ele precisa tomar Eoferwic — argumentou Finan secamente.

Contive Tintreg e ergui a mão para fazer meus homens pararem.

— Fiquem montados — ordenei, depois desci da sela e joguei as rédeas para Godric. — Mantenha Tintreg aqui.

Finan e eu subimos a colina lentamente.

123

Chamas no rio

— Ingver vai perder o apoio que tem — expliquei a Finan. — Ele é fraco. Primeiro Ragnall vai se tornar rei de Eoferwic sem combate. Os jarls já devem estar correndo para ele, levando homens, jurando aliança. Ragnall nem precisa ir a Eoferwic! Pode mandar trezentos homens tomarem a cidade de Ingver, dar meia-volta e vir para cá. Ele só quer que pensemos que está indo para lá.

As árvores rareavam, e eu vislumbrei a madeira nova e crua da paliçada leste de Eads Byrig. Nós nos abaixamos e nos arrastamos para a frente, cautelosos com qualquer sentinela no alto muro de troncos.

— E Ragnall precisa recompensar seus seguidores — continuei. — Que presente melhor do que terras ao norte da Mércia?

— Mas Eads Byrig? — Finan parecia incerto.

— É um pé fincado na Mércia e uma base para atacar Ceaster. Ele precisa de uma grande vitória, algo para sinalizar que é um vencedor. Ragnall quer que ainda mais homens atravessem o mar, e para trazê-los precisa dar um golpe violento. Capturar Eoferwic não conta. O lugar teve uns seis reis em uns seis anos. Mas e se ele tomar Ceaster?

— Se... — disse Finan, ainda irresoluto.

— Se capturar Ceaster, ele destrói a reputação de Æthelflaed. Ganha território. Controla o Mærse e o Dee. Ragnall tem burhs para nos atrapalhar. Vai perder homens no ataque, porém ele tem homens a perder. Mas, para fazer isso, precisa de Eads Byrig. É a base dele. Assim que estiver dentro de Eads Byrig, nunca iremos tirá-lo. Porém, se controlarmos Eads Byrig, Ragnall vai achar tremendamente difícil sitiar Ceaster.

A essa altura estávamos na borda das árvores, onde nos agachamos no mato baixo e olhamos para o muro novo, acima. Era mais alto que um homem e protegido pelo fosso externo.

— Quantos homens você vê aí? — perguntei.

— Nenhum.

Era verdade. Não havia um único homem e nenhuma ponta de lança visível acima do muro leste de Eads Byrig.

— Não há plataforma de combate — observei.

Finan franziu a testa. Estava pensando. Ali, a apenas cem passos de nós, havia uma paliçada, mas sem nenhum defensor visível. Tinha de haver sentinelas, mas, se não existiam plataformas de combate, esses homens estavam olhando através das frestas entre os troncos recém-derrubados, e esses troncos eram irregulares, os topos ainda não estavam alinhados. A paliçada fora construída às pressas.

— É um blefe — comentou ele.

— Tudo é um blefe! A conversão de Haesten é um blefe. Ele só está ganhando tempo até que Ragnall possa voltar. Quatro dias? Cinco?

— Tão rápido assim?

— Ele provavelmente já está voltando.

Agora parecia óbvio. Ragnall havia queimado sua ponte de barcos para nos fazer pensar que tinha abandonado a Mércia, mas para voltar só precisava marchar alguns quilômetros para leste e seguir a estrada romana em direção ao sul, até onde uma ponte atravessava o Mærse. Ele vinha, eu tinha certeza.

— Mas quantos desgraçados estão dentro dessa paliçada? — perguntou Finan.

— Só há um modo de descobrir.

Ele deu um risinho.

— E o senhor vive dizendo ao jovem Æthelstan que tenha cuidado antes de começar uma batalha.

— Há tempo para a cautela e tempo para simplesmente matar os desgraçados.

Finan assentiu.

— Mas como vamos atravessar esse muro? Não temos escadas.

Então eu lhe disse.

Doze dos meus homens mais jovens lideraram o ataque. Meu filho estava entre eles.

O truque era chegar ao muro rápido e atravessá-lo depressa. Não dispúnhamos escadas e o muro media algo em torno de três metros de altura, mas tínhamos cavalos.

Fora assim que havíamos capturado Ceaster. Meu filho tinha ficado de pé na sela do cavalo e subira no portão. Foi o que eu mandei os doze rapazes fazerem. Cavalgar direto à paliçada e usar a altura do cavalo para chegar ao topo. O restante de nós iria logo atrás. Eu gostaria de liderar os doze, porém não era mais tão ágil como antigamente. Esse era um serviço para jovens.

— E se houver duzentos desgraçados esperando do outro lado? — perguntou Finan.

— Então eles não atravessam o muro — respondi.

— E se a senhora Æthelflaed tiver acabado de concordar com uma trégua?

Ignorei a pergunta. Suspeitava que os felizes cristãos estivessem concordando em deixar Haesten no topo da colina até a Páscoa, mas eu não fazia parte desse acordo porque ele era meu vassalo. Tinha jurado lealdade a mim. Esse juramento podia ter sido feito muito tempo atrás e Haesten o violara repetidamente, mas um juramento ainda era um juramento e ele me devia obediência. Os cristãos podiam declarar que um juramento feito a um pagão não tinha força, mas eu não me sentia compelido a acreditar nisso. Haesten era meu vassalo, gostando ou não, e não tinha direito de fazer uma trégua com Æthelflaed a não ser que eu concordasse, e eu queria o desgraçado morto.

— Vá — ordenei ao meu filho. — Vá!

Os doze homens esporearam os cavalos, atravessando rapidamente o mato baixo e chegando à clareira. Deixei que se distanciassem vinte ou trinta passos, depois instiguei Tintreg.

— Todos vocês — gritei. — Comigo!

Meu filho estava à frente dos outros, seu cavalo subia rapidamente a encosta. Vi seu garanhão descer no fosso e se esforçar para subir do outro lado, onde Uhtred ergueu as mãos para o alto da paliçada. Ele se impulsionou com os pés e passou uma perna por cima do muro. Logo os outros doze subiram nos troncos. Um deles tombou para trás e rolou para o fosso. Os cavalos abandonados simplesmente ficaram lá, do nosso lado.

E então o muro caiu.

Eu acabara de chegar ao fosso, que era raso porque os homens de Haesten não tiveram tempo de aprofundá-lo de novo. Não havia estacas fincadas nem obstáculos, só uma margem baixa e íngreme que ia até o topo do barranco onde os troncos foram enfiados, mas não fundo o suficiente. O peso dos homens os derrubava. Tintreg refugou por causa do barulho, mas eu o fiz voltar para o muro. Cavaleiros passaram por mim, sem se incomodar em apear, apenas esporeando os garanhões barranco acima e chegando aos troncos caídos.

— Apeiem! — gritou Finan.

Um cavalo escorregou e caiu nos troncos. O animal sacudia as patas e relinchava, impelindo outros homens para as bordas do fosso, que não era largo o bastante para a massa de cavalos amedrontados e homens com pressa.

— Apeiem! — gritou Finan outra vez. — Sigam a pé! Escudos! Escudos! Eu quero escudos!

Essa era a ordem para formar uma parede de escudos. Os homens se lançavam das selas e avançavam sobre o muro caído. Fiz o mesmo e puxei Tintreg pelas rédeas.

— Fique com seu cavalo! — gritei para Berg.

À minha frente estavam os troncos que ficaram inclinados na direção do fosso interno, para além do qual ficava o segundo barranco de terra. Nada disso era um obstáculo formidável. Meus homens passavam por cima do muro caído já desembainhando as espadas. Diante de nós havia três grandes cabanas, recém-construídas, com paredes de madeira rústica e palha que ainda reluzia de tão nova, e para além das cabanas havia homens, mas eles estavam longe, na outra extremidade do forte. Pelo que dava para ver, não havia sentinelas deste lado de Eads Byrig.

— Parede de escudos! — gritei.

— A mim! — Finan estava parado logo depois das três cabanas, os braços abertos para mostrar onde queria que a parede de escudos se formasse.

— Berg! Me ajude! — gritei, e Berg juntou as mãos e me ajudou a subir na sela de Tintreg. Desembainhei Bafo de Serpente. — Monte e me siga — berrei para Berg.

Esporeei o cavalo e passei pela extremidade da nossa parede de escudos formada às pressas. Agora eu conseguia ver o restante do forte. Duzentos homens? Duvidava que houvesse mais de duzentos. Estavam reunidos na outra extremidade de Eads Byrig, sem dúvida esperando ouvir que acordo tinha sido feito com Æthelflaed, e agora estávamos atrás deles. Porém, mais perto de nós e em maior número ainda, havia uma multidão de mulheres e crianças. Elas corriam. Tinha um punhado de homens junto, todos fugindo da nossa invasão súbita pela extremidade leste do forte.

— Precisamos impedir que eles fujam — falei a Berg. — Venha! — E esporeei Tintreg.

127

Chamas no rio

Eu era Uhtred, senhor de Bebbanburg, em minha glória de guerra. Os braceletes de inimigos mortos reluziam em meus antebraços, meu escudo recém-pintado com a cabeça de lobo rosnando, símbolo de minha casa, e outro lobo, este de prata, agachado no alto do meu elmo polido. Minha cota de malha era justa, polida com areia; o cinturão da espada, a bainha, o bridão e a sela eram cravejados de prata, uma corrente de ouro no pescoço, minhas botas tinham placas de prata, minha espada era cinza com as marcas de sua feitura correndo do punho até a ponta faminta. Eu era o senhor da guerra montado num grande cavalo negro, e juntos causaríamos pânico.

Avancei até estar no meio das pessoas em fuga, fazendo Tintreg passar diante de uma mulher com uma criança no colo. Um homem ouviu o som dos cascos e tentou atacar com um machado. Tarde demais. Bafo de Serpente bebeu o primeiro sangue do dia e a mulher gritou. Berg atravessava a multidão, empunhando baixo a espada desembainhada. Meu filho havia montado de novo e conduzia outros três cavaleiros para o meio do caos.

— Cortem o caminho deles! — gritei, e levei Tintreg até os fugitivos que iam à frente. Eu queria mantê-los entre minha parede de escudos e o grupo maior de inimigos que corria para formar sua própria parede na outra ponta da fortaleza. — Traga-os de volta! — berrei para meu filho. — De volta, na direção de Finan!

Em seguida, galopei atravessando a frente da multidão com a espada baixa e ameaçadora. Estava causando pânico, mas havia um propósito nisso. Arrebanhávamos mulheres e crianças na direção da nossa parede de escudos. Cachorros uivavam e crianças berravam, mas todos voltavam, desesperados para escapar dos cascos e das espadas reluzentes enquanto nossos cavalos cruzavam de um lado para o outro diante deles.

— Agora avance! — gritei para Finan. — Mas venha devagar!

Fiquei perto da multidão, que, aterrorizada com nossos grandes cavalos, recuou na direção da parede de escudos de Finan, que avançava. Mandei Berg vigiar minha retaguarda enquanto eu observava o restante do forte. Mais cabanas se estendiam pelo flanco sul, porém a maior parte do interior de Eads Byrig era coberta de capim esmagado onde enormes troncos estavam empilhados. Haesten começara a construir um salão na outra extremidade,

Guerreiros da tempestade

onde agora seus homens formavam a parede de escudos. Tinha três fileiras e era mais larga que a nossa. Mais larga e mais profunda, e acima dela estava o antigo estandarte de Haesten, o crânio branco sobre a longa estaca. A parede de escudos parecia formidável, no entanto o pânico dos homens de Haesten era quase tão intenso quanto o das mulheres e crianças. Alguns gritavam e apontavam para nós, obviamente querendo avançar e lutar, mas outros olhavam para trás, para a paliçada distante que, pelo que dava para ver, era o único trecho de muro com plataformas de combate. Os guerreiros da plataforma vigiavam as tropas de Æthelflaed. Um homem gritava para a parede de escudos, porém estava longe demais para que eu escutasse o que dizia.

— Finan! — chamei.

— Senhor?

— Queime aquelas cabanas!

Eu queria que os homens de Æthelflaed ameaçassem a paliçada daquele lado, mantendo a atenção do inimigo nas duas direções. A fumaça deveria ao menos mostrar a eles que havia algum problema na fortaleza de Haesten.

— E venha mais rápido! — Apontei Bafo de Serpente para a linha inimiga.

— Vamos matá-los!

Finan deu a ordem, e sua parede de escudos acelerou o passo. Os homens começaram a bater nos escudos com as espadas enquanto avançavam, impelindo os fugitivos à frente.

— Deixe-os avançar — gritei para meu filho —, mas os mantenha no centro do forte! — Ele entendeu meu plano imediatamente e virou o cavalo, levando seus homens para o lado norte da fortaleza. — Berg? — chamei. — Vamos cuidar do flanco sul.

— O que estamos fazendo, senhor?

— Permitindo que mulheres e crianças corram para seus homens, mas vamos fazer com que sigam numa linha reta.

Romper uma parede de escudos é uma tarefa difícil e sangrenta. Duas fileiras de homens devem se chocar e tentar quebrar a outra com machados, lanças e espadas, mas, para cada inimigo derrubado, há outro pronto para ocupar o lugar. Quem comandava os homens de Haesten no forte tinha três fileiras de guerreiros à nossa espera, ao passo que Finan tinha apenas duas.

Chamas no rio

Nossa parede de escudos era fina demais, estávamos em menor número, mas, se pudéssemos romper a linha deles, deixaríamos o chão da colina escuro com seu sangue. E era por isso que eu arrebanhava mulheres e crianças direto para a parede de escudos do inimigo. Esses fugitivos estariam num frenesi para escapar do ruído assustador das nossas espadas batendo ritmadamente nos escudos pintados e abririam caminho pela parede de Haesten, o pânico afetaria seus homens, as tentativas desesperadas de escapar das nossas armas abririam buracos na parede de Haesten, e nós usaríamos as brechas para parti-la em pequenos grupos que poderiam ser trucidados.

E assim nossos poucos cavaleiros galoparam para as laterais do espaço entre as duas paredes de escudos, e mulheres e crianças, vendo uma rota de fuga, correram para o refúgio dos escudos de seus homens. Berg e eu garantimos que elas não pudessem dar a volta na parede inimiga, e dessa forma seguiam direto para os escudos de Haesten. Vendo o que estava acontecendo, Finan acelerou ainda mais o passo. Meus homens entoavam gritos de guerra, batiam as espadas nas tábuas de salgueiro, comemoravam.

E eu soube que tínhamos uma vitória fácil.

Eu sentia o cheiro do medo do inimigo e via seu pânico. Eles foram deixados ali por Ragnall com a ordem de manter Eads Byrig a salvo até seu retorno, e Haesten contava com ardis e mentiras para que o forte permanecesse em segurança. A nova paliçada parecia formidável, mas era uma farsa. Os troncos não tinham sido cravados suficientemente fundo, por isso ela havia caído. Agora estávamos dentro do forte, e Æthelflaed tinha muitos homens lá fora. Os guerreiros de Haesten viam a aniquilação se aproximando. Suas famílias tentavam abrir caminho, desesperadas para separar os escudos travados e ficar atrás da parede. Finan viu as aberturas surgindo e ordenou o ataque.

— Matem os homens! — gritei.

Somos cruéis. Agora que estou velho e até mesmo o mais intenso raio de sol não tem o mesmo brilho, quando o rugido das ondas quebrando nas pedras soa abafado, penso em todos os homens que mandei para o Valhala. Bancos e mais bancos cheios deles, homens corajosos, lanceiros dinamarqueses, guerreiros implacáveis, pais e maridos cujo sangue derramei e cujos ossos despedacei. Quando me lembro daquela batalha no alto da colina de Eads

Byrig, sei que poderia ter exigido a rendição, que o estandarte do crânio poderia ter caído, que as espadas seriam jogadas no chão. Mas estávamos lutando contra Ragnall, o Cruel. Essa era a alcunha pela qual ansiava, e uma mensagem precisava ser enviada a ele, ou melhor, aos seus homens: deveríamos ser mais temidos que o norueguês. Sabia que teríamos de lutar contra ele, que eventualmente nossas paredes de escudos teriam de se encontrar, e eu queria que seus homens tivessem medo no coração quando nos encarassem.

E assim matamos. O pânico do inimigo rompeu sua própria parede de escudos. Homens, mulheres e crianças fugiram para o portão. Eram muitos para passar pela entrada estreita, por isso se amontoaram, e meus homens os mataram ali. Somos cruéis, somos selvagens, somos guerreiros.

Deixei Tintreg escolher o caminho. Alguns poucos homens tentaram escapar escalando a paliçada e eu os arranquei de cima dos troncos com Bafo de Serpente. Mais feri que matei. Queria homens mortos mas também queria feridos que se arrastassem para o norte e levassem um recado para Ragnall. Os gritos rasgavam meus ouvidos. Alguns inimigos tentaram se abrigar no salão inacabado, mas os guerreiros de Finan estavam inclinados a causar uma carnificina. Lanças se cravavam nas costas dos homens. Crianças viam seus pais morrerem, mulheres berravam pelos maridos, e meus guerreiros continuavam matando, golpeando com espadas e machados, estocando com lanças. Nossa parede de escudos tinha saído de formação, porém não havia necessidade de mantê-la porque o inimigo não estava lutando, e sim tentando fugir. Uns poucos homens tentaram lutar. Vi dois se virando para Finan; o irlandês gritou para que os companheiros recuassem, então jogou o escudo no chão e provocou ambos. Aparou seus ataques desajeitados e usou a velocidade para primeiro acertar um na cintura e mergulhar a lâmina bem fundo, depois se esquivou do golpe violento do outro, puxou a espada presa ao primeiro e a cravou, com as duas mãos, na garganta do segundo. Ele fez com que isso parecesse fácil.

Um lanceiro veio na minha direção com o rosto retorcido de fúria, gritando que eu era um monte de merda. Ele apontou a lança para a barriga de Tintreg, sabendo que, se derrubasse o garanhão, eu seria uma presa fácil para sua arma. Pelo meu elmo, pelo ouro e pela prata que adornavam meu cinto, os arreios, as botas e a bainha da espada, ele sabia que eu era um guerreiro renomado,

Chamas no rio

mas me matar, ainda que morresse no processo, traria glória ao seu nome. Um poeta poderia até cantar sobre ele, sobre a morte de Uhtred, e eu o deixei vir, então bati os calcanhares em Tintreg, que saltou para a frente. O lanceiro foi obrigado a brandir a arma que, em vez de abrir a barriga do garanhão, fez um corte sangrento em seu flanco. Desferi um ataque para trás com Bafo de Serpente, quebrando o cabo de freixo da lança. O homem pulou na minha direção, agarrando minha perna direita e tentando me arrancar da sela. Estoquei com a espada, a lâmina raspou a borda do elmo do lanceiro e rasgou seu rosto, decepando o nariz e estraçalhando o queixo. Seu sangue encharcou minha bota direita enquanto ele se retorcia para trás de dor, me soltando, e eu lhe dei outro golpe, desta vez rachando o elmo. Ele emitiu um som gorgolejante, apertando o rosto destruído com as mãos enquanto eu instigava Tintreg.

Homens se rendiam. Eles jogavam os escudos no chão, largavam as armas e se ajoelhavam no capim. As mulheres os protegiam, berrando para meus matadores pararem o massacre, e decidi que estavam certas. Tínhamos matado o suficiente.

— Finan! — gritei. — Faça prisioneiros!

E a trombeta soou do outro lado do portão.

A luta que havia começado tão repentinamente terminou de forma abrupta, quase como se a trombeta fosse um sinal para os dois lados. Ela soou de novo, ansiosa, e vi a multidão junto ao portão voltar para o forte, abrindo caminho.

O bispo Leofstan apareceu, montado em seu capão com as pernas quase se arrastando no chão. Um grupo de guerreiros muito mais impressionante comandado por Merewalh seguia o padre, todos em torno de Æthelflaed. Haesten e seus homens vinham em seguida, e atrás deles ainda mais mércios de Æthelflaed.

— O senhor violou a trégua! — acusou o padre Ceolnoth, com mais tristeza que raiva. — Senhor Uhtred, o senhor violou a promessa solene que fizemos!

Ele olhou para os corpos esparramados no chão, corpos estripados, os intestinos misturados com cotas de malha rasgadas, corpos com miolos escorrendo de elmos rachados, corpos vermelhos de sangue que já atraíam moscas.

— Fizemos uma promessa diante de Deus — disse Ceolnoth com tristeza.

Guerreiros da tempestade

O padre Haruld, com o rosto tenso de raiva, se ajoelhou e pegou a mão de um homem agonizante.

— O senhor não tem honra — disse rispidamente para mim.

Instiguei Tintreg e baixei a ponta de Bafo de Serpente coberta de sangue até tocar o pescoço do padre dinamarquês.

— Você sabe como me chamam? — perguntei. — Me chamam de matador de padres. Fale de honra comigo outra vez e faço você comer sua própria bosta.

— O senhor... — começou ele, mas bati em sua cabeça com força usando a parte chata da lâmina, derrubando-o no chão.

— Você mentiu, padre — eu disse. — Você mentiu, portanto não me fale de honra.

Ele ficou em silêncio.

— Finan — gritei. — Desarme todos eles!

Æthelflaed instigou sua égua até a frente dos nórdicos derrotados.

— Por quê? — perguntou amargamente. — Por quê?

— Eles são inimigos.

— O forte teria se rendido na Páscoa.

— Senhora, Haesten nunca disse uma única verdade na vida — falei, cansado.

— Ele me fez um juramento!

— E eu nunca o liberei do juramento que ele me fez — reagi rispidamente, com súbita raiva. — Haesten é meu vassalo, jurado a mim! Não existe um número de padres ou de orações capaz de mudar isso!

— E você é jurado a mim — retrucou ela. — Portanto, seus vassalos são meus vassalos, e eu fiz um pacto com Haesten.

Virei meu cavalo. O bispo Leofstan tinha se aproximado, mas recuou para longe. Tintreg e eu estávamos sujos de sangue, fedíamos a sangue, a lâmina da minha espada brilhava com sangue. Levantei-me nos estribos e gritei para os homens de Haesten, para os que sobreviveram.

— Todos os cristãos, deem um passo à frente! — Esperei. — Depressa! — gritei. — Quero todos os cristãos aqui! — Apontei a espada para um trecho de terreno vazio entre duas pilhas de troncos.

Chamas no rio

Haesten abriu a boca para falar e eu apontei Bafo de Serpente para ele.

— Uma palavra sua e corto sua língua! — avisei. Ele fechou a boca. — Cristãos! — gritei. — Aqui, agora!

Quatro homens se moveram. Quatro homens e talvez trinta mulheres. Só isso.

— Agora olhe para o restante — eu disse a Æthelflaed, apontando para os homens que não tinham se movido. — Vê o que está pendurado no pescoço deles, senhora? Está vendo cruzes ou martelos?

— Martelos — respondeu ela em voz baixa.

— Ele mentiu — declarei. — Disse à senhora que todos os seus homens, a não ser uns poucos, eram cristãos. Disse que estava esperando a festa de Eostre para converter os outros, mas olhe para eles! São pagãos como eu. Haesten mente. Ele sempre mente. — Levei Tintreg por entre os homens dela, falando enquanto avançava. — Ele recebeu ordem de manter Eads Byrig até o retorno de Ragnall, e isso vai acontecer logo. E mentiu porque é incapaz de falar a verdade. A língua dele é retorcida. Haesten viola juramentos, senhora, e jura que preto é branco e que branco é preto, e os homens acreditam porque ele tem mel nessa língua retorcida. Mas eu o conheço, senhora, porque ele é meu vassalo, fez um juramento a mim.

E, com isso, inclinei-me na sela, segurei a cota de malha, a camisa e a capa de Haesten e o puxei para cima. Ele era muito mais pesado do que eu esperava, mas o puxei por cima da sela e depois fiz Tintreg voltar.

— Eu o conheço desde sempre, senhora, e em todo esse tempo ele jamais falou uma única palavra verdadeira. Ele se retorce como uma cobra, mente como uma doninha e tem a coragem de um camundongo.

Bruna, a mulher de Haesten, começou a gritar comigo do fundo da multidão, depois abriu caminho com seus grandes punhos. Chamava-me de assassino, pagão, criatura do diabo, e ela era cristã, eu sabia. Haesten tinha até mesmo encorajado sua conversão porque isso persuadiria o rei Alfredo a tratá-lo com leniência. Ele se virou na minha sela e bati na sua bunda com o punho pesado de Bafo de Serpente.

— Uhtred — gritei para meu filho —, se essa cadela gorda puser um dedo no meu cavalo, quebre o maldito pescoço dela.

Guerreiros da tempestade

— Senhor Uhtred! — Leofstan tinha avançado para me impedir, depois olhou para o sangue em Bafo de Serpente e no flanco de Tintreg e recuou.

— O que foi, padre?

— Ele sabia o credo — argumentou Leofstan, hesitante.

— Eu sei o credo, padre. Isso faz de mim cristão?

Leofstan pareceu desolado.

— Ele não é?

— Não — respondi. — E vou provar. Olhe. — Joguei Haesten de cima do cavalo, depois apeei. Joguei as rédeas para Godric, em seguida assenti com a cabeça para Haesten. — Você tem sua espada, desembainhe-a.

— Não, senhor — recusou-se ele.

— Você não vai lutar?

O desgraçado se virou para Æthelflaed.

— Nosso Senhor não ordena que amemos nossos inimigos? Que devemos dar a outra face? Se vou morrer, senhora, morro como cristão. Morro como Cristo morreu, voluntariamente. Morro como testemunha de...

Do que quer que ele fosse testemunha, não chegou a dizer, porque eu o acertei na parte de trás do elmo com o lado chato de Bafo de Serpente. O golpe o fez cair estatelado no chão.

— Levante-se — ordenei.

— Senhora. — Ele olhou para Æthelflaed.

— Levante-se! — gritei.

— De pé — ordenou Æthelflaed a ele. Ela olhava com muita atenção.

Haesten se levantou.

— Agora lute, seu bosta gosmento — falei.

— Não vou lutar — respondeu ele. — Eu o perdoo. — Em seguida fez o sinal da cruz e teve a audácia de se ajoelhar e segurar a cruz de prata com as duas mãos diante do rosto, como se estivesse rezando. — Santa Werburga — gritou —, orai por mim agora e na hora de minha morte!

Brandi Bafo de Serpente num golpe tão violento que Æthelflaed ofegou. A lâmina assobiou no ar, na direção do pescoço de Haesten. Foi um golpe insano, exagerado e rápido, e o contive no último instante, de modo que a lâmina sangrenta parou quase na pele de Haesten. E ele fez o que eu sabia que

135

Chamas no rio

iria fazer. Sua mão direita, que antes segurava a cruz, baixou para o punho da espada. Ele o apertou, mas não fez nenhuma menção de desembainhá-la.

Encostei a lâmina de Bafo de Serpente em seu pescoço.

— Está com medo de não ir para o Valhala? — perguntei. — Foi por isso que segurou a espada?

— Deixe-me viver e eu conto o plano de Ragnall — implorou ele.

— Eu sei o que Ragnall planeja. — Forcei a lâmina de Bafo de Serpente na lateral de seu pescoço e ele estremeceu. — Você não é digno de lutar comigo — declarei, e olhei para o sobrinho de Æthelflaed, que estava atrás dela. — Príncipe Æthelstan! Venha cá!

Æthelstan olhou para a tia, mas ela apenas assentiu com a cabeça e ele deslizou da sela.

— Você vai lutar contra Haesten porque é hora de matar um jarl, mesmo que seja um jarl patético feito esse aí — falei a Æthelstan e afastei a espada do pescoço de Haesten. — Levante-se — ordenei.

Haesten ficou de pé. Ele olhou para Æthelstan.

— O senhor vai me fazer lutar contra um garoto?

— Se derrotar o garoto, você vive — prometi.

Æthelstan era pouco mais que um garoto, magro e jovem, ao passo que Haesten tinha a experiência de muitas guerras, mas ele devia saber que eu não arriscaria a vida de Æthelstan a não ser que confiasse na vitória do garoto. E, sabendo disso, tentou trapacear. Desembainhou a espada e correu na direção Æthelstan, que esperava minha ordem de iniciar a luta. Haesten rosnou ao atacar, depois desferiu um arco com sua lâmina, porém Æthelstan era rápido. Ele se esquivou do ataque e desembainhou a espada. Desviou com sua lâmina o golpe que Haesten deu ao se virar para encará-lo de frente, e escutei o clangor das espadas. Vi Haesten se virar para atacar empunhando a espada acima da cabeça, para tentar partir o crânio de Æthelstan em dois, mas o rapaz apenas se inclinou para trás, deixando a lâmina passar no vazio, e em seguida zombou do inimigo mais velho gargalhando. Baixou sua espada, convidando outro ataque, mas agora Haesten estava cauteloso. Ele se contentou em andar ao redor de Æthelstan, que acompanhava seu movimento, mantendo a espada virada para o inimigo.

Eu tinha motivos para deixar Æthelstan lutar e vencer. Ele podia ser o filho mais velho do rei Eduardo e, portanto, o ætheling de Wessex, mas tinha um meio-irmão mais novo, e no reino havia homens poderosos que preferiam o menino mais novo como seu próximo rei. Não porque ele fosse melhor, mais forte ou mais sábio, mas simplesmente porque era neto do ealdorman mais poderoso de Wessex. Para lutar contra a influência desses homens ricos, eu precisaria dar ouro a um poeta para que fizesse uma canção sobre essa luta. E não importava que a canção não tivesse nenhuma semelhança com a luta, bastaria transformar Æthelstan num herói que havia lutado contra um chefe dinamarquês até a morte nas florestas do norte da Mércia. Em seguida, eu mandaria o poeta para Wessex, no sul, cantar a música em tavernas iluminadas pelo fogo de modo que os homens e as mulheres soubessem que Æthelstan era valoroso.

Meus homens zombavam de Haesten, gritando que ele estava com medo de um menino, instigando-o a atacar, mas Haesten permaneceu cauteloso. Então Æthelstan avançou um passo e tentou desferir um corte no dinamarquês — um movimento quase casual, mas estava avaliando a velocidade das reações do outro e gostou do que descobriu, porque começou a atacar com movimentos curtos e rápidos, forçando Haesten a recuar. Ainda não tentava feri-lo, simplesmente forçava para que Haesten desse passos para trás, sem lhe dar tempo para atacar. De repente, recuou, encolhendo-se como se tivesse pinçado um músculo, e Haesten estocou. Æthelstan se esquivou para a esquerda e golpeou com força, de cima para baixo, um ataque cruel, um movimento rápido como a batida da asa de uma andorinha. A lâmina acertou o joelho direito de Haesten com uma força selvagem. O velho cambaleou, e Æthelstan golpeou de novo de cima para baixo, cortando a malha do ombro do dinamarquês e fazendo-o cair. Vi o júbilo da batalha no rosto de Æthelstan e ouvi Haesten gritar em desespero enquanto o jovem se aproximava dele com a espada erguida para o golpe mortal.

— Espere! — gritei. — Espere. Para trás!

Meus homens, que olhavam, ficaram em silêncio. Æthelstan pareceu perplexo, mas mesmo assim obedeceu e recuou do inimigo derrotado. Haesten

Chamas no rio

se encolhia de dor, mas conseguiu se levantar com dificuldade. Cambaleou inseguro com a perna direita ferida.

— Vai poupar minha vida, senhor? — perguntou. — Serei seu vassalo!

— Você é meu vassalo — respondi, e segurei seu braço direito.

Então ele entendeu o que eu ia fazer e seu rosto ficou distorcido com o desespero.

— Não! — gritou. — Por favor, não!

Agarrei seu pulso, depois arranquei a espada de sua mão.

— Não! — Ele gemeu. — Não! Não!

Joguei a espada longe e dei um passo para trás.

— Termine o serviço — ordenei a Æthelstan.

— Devolva minha espada! — gritou Haesten, e deu um passo manco na direção da arma caída, mas fiquei em seu caminho.

— Para que você vá para o Valhala? — zombei. — Acha que pode compartilhar cerveja com os homens bons que me esperam no salão dos ossos? Com aqueles homens corajosos? E por que um cristão acredita no Valhala?

Ele não disse nada. Olhei para Æthelflaed, depois para Ceolnoth.

— Ouviram? — perguntei. — Esse bom cristão quer ir para o Valhala. Ainda acham que ele é cristão? — Æthelflaed assentiu para mim, aceitando a prova, mas Ceolnoth não quis me encarar.

— Minha espada! — pediu Haesten com lágrimas no rosto, mas eu simplesmente sinalizei para Æthelstan e fiquei de lado. — Não! — uivou Haesten. — Minha espada! Por favor! — E olhou para Æthelflaed. — Senhora, dê-me minha espada!

— Por quê? — perguntou ela com frieza, e Haesten não teve resposta.

Æthelflaed assentiu para o sobrinho. Æthelstan enfiou sua lâmina em Haesten, cravando o aço na barriga do dinamarquês, atravessando cota de malha, pele, tendão e carne. Em seguida, puxou a espada para cima, grunhindo devido ao esforço enquanto olhava nos olhos do inimigo, e o sangue jorrou junto das tripas do sujeito, derramando-se na relva de Eads Byrig.

Assim morreu Haesten, o dinamarquês.

E Ragnall estava a caminho.

Seria mais difícil matá-lo.

Seis

Tínhamos feito prisioneiros demais, e muitos deles eram guerreiros que, se vivessem, provavelmente lutariam contra nós outra vez. A maioria era seguidora de Ragnall, alguns foram homens de Haesten, mas todos eram perigosos. Se simplesmente os soltássemos, eles se juntariam de novo ao exército de Ragnall, que já era suficientemente poderoso, por isso meu conselho foi matar absolutamente todos. Não podíamos alimentar quase duzentos homens, quanto mais suas famílias, e nas minhas fileiras eu tinha jovens que precisavam treinar o uso de lança ou espada. Mas Æthelflaed não queria uma chacina. Não era uma mulher fraca, longe disso, e no passado testemunhara, impassível, prisioneiros sendo mortos, mas agia de forma misericordiosa, ou talvez melindrosa.

— Então o que deseja que eu faça com eles? — perguntei.

— Os cristãos podem ficar na Mércia — respondeu ela, franzindo a testa na direção dos poucos que confessaram sua fé.

— E o restante?

— Simplesmente não os mate — mandou ela bruscamente.

Assim, no fim, mandei meus homens deceparem as mãos que os prisioneiros usavam para segurar as espadas e as recolhemos em sacos. Além disso, havia quarenta e três mortos no topo da colina. Ordenei que seus cadáveres fossem decapitados e que as cabeças cortadas fossem entregues a mim. Em seguida, os prisioneiros foram soltos, junto dos cativos mais velhos, e todos foram mandados para o leste pela estrada romana. Eu lhes disse que iriam encontrar uma encruzilhada depois de meio dia de caminhada, e que, se virassem para o norte, atravessariam o rio e voltariam à Nortúmbria.

— Vocês vão encontrar seu senhor vindo da direção oposta — falei. — E podem lhe dar um recado. Se ele voltar a Ceaster, vai perder mais que uma das mãos.

Ficamos com as mulheres e as crianças. A maior parte seria mandada para os mercados de escravos em Lundene, mas umas poucas provavelmente encontrariam novos maridos entre meus homens.

Pusemos todas as armas capturadas em carroças que mandamos para Ceaster, onde seriam entregues ao fyrd e substituiriam foices e pás afiadas. Depois derrubamos o muro recém-construído em Eads Byrig. Ele caiu com facilidade, e usamos os troncos para fazer uma grande pira funerária onde queimamos os corpos sem cabeça. Os cadáveres se encolheram no fogo, enrolando-se enquanto diminuíam de tamanho, lançando o fedor de morte para o leste com a nuvem de fumaça. Ragnall veria a fumaça e pensaria que ela era um presságio? Será que isso iria detê-lo? Duvidei. Sem dúvida ele perceberia que era Eads Byrig que ardia de maneira tão feroz, mas sua ambição iria convencê-lo a ignorar o presságio. Ele viria.

E eu queria recebê-lo, por isso deixei quarenta e três troncos de pé, como colunas, espaçados no perímetro de Eads Byrig, e prendemos uma cabeça decepada em cada um deles. No dia seguinte, mandei que as mãos ensanguentadas fossem pregadas nas árvores que ladeavam a estrada romana, de modo que, quando retornasse, Ragnall fosse recebido primeiro pelas mãos, depois pelas cabeças bicadas por corvos ao redor do forte arrasado.

— Você acha mesmo que ele virá? — perguntou Æthelflaed.

— Ele vem — respondi com convicção.

Ragnall precisava de uma vitória, e, para derrotar a Mércia, ainda mais Wessex, tinha de capturar um burh. Havia outros que ele poderia atacar, mas Ceaster devia tentá-lo. Controlando Ceaster, ele comandaria as vias marítimas para a Irlanda e dominaria todo o noroeste da Mércia. Seria uma vitória custosa, mas Ragnall tinha homens para desperdiçar. Ele viria.

Era noite, dois dias depois de termos tomado Eads Byrig, e estávamos de pé acima do portão norte de Ceaster, olhando para um céu cheio de estrelas brilhantes.

— Se ele quer tanto Ceaster, por que não veio para cá assim que desembarcou? — perguntou Æthelflaed depois de um momento de silêncio. — Por que ir primeiro para o norte?

— Porque, tomando a Nortúmbria, ele dobrou o tamanho do exército. E Ragnall não quer um inimigo às costas. Se ele tivesse nos sitiado sem tomar a Nortúmbria, daria tempo para Ingver reunir tropas.

— Ingver de Eoferwic é fraco — argumentou ela com desprezo.

Resisti à tentação de perguntar por que, se acreditava nisso, havia se recusado resolutamente a invadir a Nortúmbria. Eu sabia qual era a resposta. Æthelflaed queria primeiro garantir o restante da Mércia e não invadiria o norte sem o apoio do irmão.

— Ele pode ser fraco — falei em vez disso —, mas ainda é o rei de Jorvik.

— Eoferwic — corrigiu Æthelflaed.

— E as muralhas de Jorvik são formidáveis — continuei —, e Ingver ainda tem seguidores. Se Ragnall lhe desse tempo, Ingver provavelmente poderia reunir mil homens. Indo para o norte, Ragnall deixa Ingver em pânico. Os homens da Nortúmbria estão diante de uma escolha: Ingver ou Ragnall; e você sabe quem eles vão escolher.

— Ragnall — disse ela baixinho.

— Porque ele é uma fera e um lutador. Eles o temem. Se Ingver ainda tiver algum bom senso, deve estar num barco agora, voltando para a Dinamarca.

— E você acha que Ragnall vem para cá?

— Em menos de uma semana. Talvez amanhã mesmo.

Æthelflaed se virou para o brilho do fogo ao leste no horizonte. Aquelas fogueiras tinham sido acesas por nossos homens que ainda estavam em Eads Byrig. Eles precisavam terminar a destruição da fortaleza e, depois, eu esperava, encontrar um modo de capturar o punhado de embarcações que Ragnall deixara na margem norte do Mærse. Eu tinha posto o jovem Æthelstan no comando daqueles homens, mas me certifiquei de que houvesse homens mais velhos para aconselhá-lo. Porém, mesmo assim, toquei o martelo pendurado no pescoço e rezei aos deuses para que ele não fizesse nenhuma idiotice.

— Eu deveria transformar Eads Byrig num burh — disse Æthelflaed.

141

Chamas no rio

— Deveria mesmo, mas não terá tempo antes que Ragnall chegue lá.
— Eu sei — afirmou ela, impaciente.
— Mas sem Eads Byrig ele terá problemas.
— O que vai impedi-lo de construir um muro novo?
— Nós vamos impedi-lo — declarei com firmeza. — Você sabe quanto tempo demora para construir um muro de verdade em volta daquele topo de morro? Não aquela coisa falsa que Haesten armou, e sim um muro de verdade. Vai demorar o verão inteiro! E o restante do seu exército está vindo para cá, além de termos o fyrd. Em uma semana estaremos em maior número que ele e não vamos lhe dar paz. Vamos atacar, matar, assombrar. Ragnall não pode construir muros se seus homens estiverem constantemente de cota de malha e esperando serem atacados. Vamos trucidar suas equipes de forrageiros, vamos mandar grandes bandos de guerreiros para a floresta, vamos tornar sua vida um inferno. Ele vai durar no máximo dois meses.
— Ragnall vai nos atacar aqui.
— Eventualmente, sim, e espero que ataque! Ele vai fracassar. Esta muralha é forte demais. Eu ficaria mais preocupado com Brunanburh. Ponha mais homens lá e cave o fosso mais fundo. Se ele tomar Brunanburh, terá uma fortaleza e nós teremos problemas.
— Estou reforçando Brunanburh — disse ela.
— Cave o fosso mais fundo — repeti. — Mais fundo e mais largo, e ponha mais duzentos homens na guarnição. Ele jamais irá capturá-lo.
— Tudo isso será feito — afirmou Æthelflaed. Em seguida tocou meu cotovelo e sorriu. — Você parece muito confiante.
— No fim do verão terei a espada de Ragnall — falei em tom vingativo —, e ele terá um túmulo na Mércia.
Toquei o martelo pendurado no pescoço, imaginando se ao dizer isso em voz alta eu teria provocado as três Nornas que tecem nosso destino ao pé da Yggdrasil. A noite não estava fria, mas eu tremi.
Wyrd bið ful aræd.

Na véspera da festa de Eostre houve outra confusão do lado de fora do Penico. Um frísio a serviço de Æthelstan foi morto, e um segundo homem, um dos meus, perdeu um olho. Mais de dez ficaram muito feridos antes que meu filho e Sihtric conseguissem acabar com a briga. Foi meu filho quem me trouxe a notícia, acordando-me no meio da noite.

— Conseguimos parar a briga, mas chegou muito perto de ser uma chacina.

— O que aconteceu?

— A Ratinha aconteceu — respondeu ele sem emoção.

— Ratinha?

— Ela é bonita demais, e os homens brigam por ela.

— Quantos até agora? — perguntei rispidamente.

— Três noites seguidas, mas essa é a primeira morte.

— E não será a última a não ser que a gente faça a cadela parar.

— Que cadela? — perguntou Eadith. Ela havia acordado e se sentou apertando as peles da cama junto ao peito.

— Ratinha — respondeu ele.

— Ratinha?

— É uma prostituta — expliquei, e olhei para o meu filho. — Portanto diga a Byrdnoth que, se houver outra briga, eu fecho a maldita taverna dele!

— Ela não trabalha mais para Byrdnoth — disse meu filho próximo à porta, onde ele não passava de uma sombra contra a escuridão do pátio. — E os homens da senhora Æthelflaed querem que a luta continue.

— A Ratinha não trabalha mais para Byrdnoth? — Eu havia saído da cama e estava tateando alguma coisa no chão em busca de algo para vestir.

— Não mais. Ela trabalhava, mas disseram que as outras putas não gostam dela. Era popular demais.

— Então, se as outras garotas não gostam dela, o que ela estava fazendo no Penico?

— Não estava. Ela exerce a magia num alpendre ao lado.

— A magia? — zombei, depois vesti um calção e uma túnica fedorenta.

— Um alpendre vazio. — Meu filho ignorou minha pergunta. — É um daqueles velhos depósitos de feno que pertencem à Igreja de São Pedro.

Uma construção da Igreja! Não era uma surpresa. Æthelflaed dava metade das propriedades de Ceaster à Igreja, e metade dessas construções não era usada. Presumia que Leofstan colocaria seus órfãos e aleijados em algumas,

Chamas no rio

mas eu planejava usar a maior parte dos abrigos para o fyrd que guarneceria Ceaster. Muitos homens do fyrd já haviam chegado, homens e meninos camponeses trazendo machados, lanças, pás e arcos de caça.

— Uma puta numa propriedade da Igreja? — perguntei, enquanto calçava as botas. — O novo bispo não vai gostar.

— Talvez ele adore — disse meu filho, achando divertido. — Ela é muito talentosa. Mas Byrdnoth quer que ela saia do alpendre. Ele diz que ela está arruinando seu negócio.

— E por que não devolve o trabalho a ela? Por que não coloca as outras garotas na linha e contrata a puta?

— Agora ela não quer ser contratada. Diz que odeia Byrdnoth, as outras garotas e o Penico.

— E os idiotas feito você a mantêm ocupada — falei com selvageria.

— Ela é uma coisinha linda — disse ele, pensativo. Eadith deu um risinho.

— É cara? — perguntei.

— Nem um pouco! Basta lhe dar um ovo de pata e ela faz você subir pelas paredes do alpendre.

— Você está com hematomas, não é? — perguntei. Uhtred não respondeu. — Então estão brigando por causa dela agora?

Ele deu de ombros.

— Estavam. — E olhou para trás. — Ela parece gostar mais dos nossos homens do que dos de Æthelflaed, e isso causa os problemas. Sihtric está com doze homens apartando-os, mas por quanto tempo?

Eu havia coberto as roupas com uma capa, mas agora hesitei.

— Godric! — gritei, depois gritei de novo até que o garoto veio correndo. Ele era meu serviçal, e era bom no que fazia, mas eu precisava arranjar outro porque, com a idade que tinha, Godric devia ficar na parede de escudos.

— Traga minha cota de malha, minha espada e um elmo.

— O senhor vai lutar? — Meu filho ficou atônito.

— Vou amedrontar aquela ratazana. Se ela está jogando nossos homens contra os da senhora Æthelflaed, está fazendo o serviço de Ragnall.

* * *

Havia um grupo enorme de homens do lado de fora do Penico, os rostos furiosos iluminados por tochas presas à parede da taverna. Eles zombavam de Sihtric que, com doze homens, vigiava o beco que aparentemente levava ao alpendre da Ratinha. A turba ficou em silêncio quando cheguei. Merewalh apareceu no mesmo instante e olhou de esguelha para minha cota de malha, meu elmo e minha espada. Ele vestia roupas sóbrias, pretas, com uma cruz de prata no pescoço.

— A senhora Æthelflaed me mandou — explicou. — E ela não está feliz.

— Nem eu.

— Ela está na vigília, é claro. Eu também estava.

— Na vigília?

— A vigília da véspera da Páscoa — respondeu ele, franzindo a testa. — Rezamos na igreja durante a noite inteira e recebemos o amanhecer cantando.

— Que vida caótica vocês, cristãos, levam! — falei, em seguida olhei para a multidão. — Todos vocês, vão para a cama! — gritei. — A diversão acabou!

Um homem com mais cerveja que bom senso quis protestar, mas fui até ele com a mão no punho de Bafo de Serpente e seus companheiros o arrastaram para longe. Parei, impiedoso e irritado, esperando que a multidão se dispersasse, depois me virei para Sihtric.

— A garota desgraçada ainda está no alpendre?

— Sim, senhor. — Ele parecia aliviado com minha chegada.

Eadith também chegara, alta e impressionante num vestido longo e verde, com os cabelos cor de chamas preso frouxamente no alto da cabeça. Chamei-a para o beco e meu filho veio atrás. Antes havia mais de dez homens esperando no espaço estreito, mas eles sumiram assim que ouviram minha voz. Havia cinco ou seis alpendres no fundo do beco, e todos eram construções baixas, de madeira, usadas para guardar feno, mas apenas uma estava com um brilho de luz. Não tinha porta, só uma abertura por onde passei me abaixando e parei.

Porque, pelos deuses, a Ratinha era linda.

Beleza verdadeira é algo raro. A maioria de nós sofre de sífilis, por isso tem o rosto marcado de cicatrizes. Os dentes que nos restam ficam amarelos, a pele tem verrugas, cistos e carbúnculos, e fedemos como cocô de ovelha.

Qualquer garota que sobreviva até a idade adulta com dentes e pele limpa é considerada uma beldade, mas essa tinha muito mais. Tinha um brilho. Pensei em Frigg, a jovem muda que havia se casado com Cnut Ranulfson e agora vivia na propriedade do meu filho, apesar de ele achar que eu não sabia. Frigg era gloriosa e linda; porém, enquanto ela era morena e esbelta, essa garota era loira e voluptuosa. Estava totalmente nua, as pernas erguidas, e a pele impecável parecia reluzir de saúde. Os seios eram fartos, mas não caídos, os olhos azuis eram vivos, os lábios carnudos e o rosto cheio de júbilo, até que tirei o homem do meio das suas pernas.

— Vá mijar num fosso — vociferei para ele.

Era um dos meus guerreiros. Ele levantou o calção e saiu do alpendre como se vinte demônios estivessem na sua bunda.

A Ratinha tombou para trás no feno. Quicou, rindo.

— Bem-vindo de novo, senhor Uhtred — disse ao meu filho, que não respondeu nada. Havia um lampião empoleirado numa pilha de feno, e vi meu filho ruborizar à luz fraca e tremeluzente.

— Fale comigo — eu disse rispidamente. — E não com ele.

Ela se levantou e espanou a palha da pele perfeita. Não havia nenhuma cicatriz nem mancha, mas, quando se virou para mim, vi uma marca de nascença na testa, uma marquinha vermelha em forma de maçã. Foi quase um alívio ver que ela não era perfeita, porque nem mesmo as mãos tinham defeitos. As mãos das mulheres envelhecem rápido, queimadas por panelas, gastas por rocas de fiar e raladas em carne viva de tanto esfregar roupas, no entanto as mãos da Ratinha pareciam as de um bebê, macias e perfeitas. Ela parecia completamente despreocupada com a própria nudez. Sorriu para mim e baixou um pouco a cabeça, respeitosamente.

— Saudações, senhor Uhtred — falou com recato, os olhos demonstrando estar se divertindo com minha raiva.

— Quem é você?

— Chamam-me de Ratinha.

— Que nome seus pais lhe deram?

— Encrenca — respondeu ela, ainda sorrindo.

— Então escute, Encrenca. Você tem uma escolha: ou trabalha para Byrdnoth no Pelicano, aí ao lado, ou vai embora de Ceaster. Entendeu?

Ela franziu a testa e mordeu o lábio inferior como se fingisse pensar, depois me lançou de novo seu sorriso luminoso.

— Eu só estava celebrando a festa de Eostre como disseram que o senhor gosta que ela seja celebrada — disse com timidez.

— O que eu não gosto é de saber que um homem morreu brigando por sua causa esta noite — retruquei, engolindo a irritação diante de sua inteligência.

— Eu digo para eles não brigarem — reagiu ela, de olhos arregalados e inocente. — Não quero que eles briguem! Quero que eles...

— Eu sei o que você quer — interrompi rispidamente. — Mas o que importa é o que eu quero! E estou dizendo a você que trabalhe para Byrdnoth ou vá embora de Ceaster.

Ela torceu o nariz.

— Eu não gosto de Byrdnoth.

— Vai gostar ainda menos de mim.

— Ah, não — disse ela, e gargalhou. — Ah, não, senhor, nunca!

— Você trabalha para Byrdnoth ou vai embora! — insisti.

— Não vou trabalhar para ele, senhor. Ele é tão gordo e nojento.

— A escolha é sua, puta — declarei, e estava tendo dificuldade para manter o olhar longe daqueles peitos lindos e fartos e do corpo pequeno que era ao mesmo tempo compacto e voluptuoso. Ela percebeu que eu estava com problemas, e isso a divertia.

— Por que Byrdnoth?

— Porque ele não vai deixar que você cause problemas. Você vai fornicar com quem ele mandar.

— Inclusive com ele próprio — disse ela. — E é nojento! É como ser montada por um porco engordurado. — A Ratinha estremeceu com horror.

— Se você não trabalhar no Pelicano — ignorei seu tremor exagerado —, vai sair de Ceaster. Não me importa para onde vai, mas vai embora.

— Sim, senhor — concordou ela humildemente, depois olhou para Eadith. — Posso me vestir, senhor? — perguntou a mim.

Chamas no rio

— Vista-se — respondi de forma grosseira. — Sihtric?

— Senhor?

— Você vai vigiá-la esta noite. Tranque-a num dos depósitos de grãos e a coloque na estrada para o sul amanhã.

— É Páscoa amanhã, senhor, ninguém vai viajar — explicou ele, nervoso.

— Então faça com que ela fique quieta até que alguém vá para o sul! Depois a coloque para fora e garanta que nunca mais volte.

— Sim, senhor.

— E amanhã — virei-me para meu filho — você vai derrubar esses alpendres.

— Sim, pai.

— E, se você voltar — olhei de novo para a garota —, vou chicotear as suas costas até as costelas aparecerem, entendeu?

— Entendi, senhor — disse ela com a voz pesarosa.

A garota sorriu para Sihtric, seu carcereiro, e se curvou num espaço entre as pilhas de feno. Suas roupas tinham sido largadas negligentemente ali, e ela ficou de quatro para pegá-las.

— Já vou me vestir e não vou causar nenhum problema para o senhor! Prometo.

E, com essas palavras, ela pulou de repente para a frente e sumiu através de um buraco na parede dos fundos do barracão. Uma pequena mão voltou rapidamente e pegou uma capa ou um vestido, e então ela sumiu.

— Atrás dela! — ordenei.

Ela havia passado pelo buraco minúsculo, deixando para trás uma pequena pilha de moedas e lascas de prata ao lado do lampião. Eu me abaixei, mas percebi que o buraco era pequeno demais para mim, por isso voltei ao beco. Não havia caminho para os fundos do alpendre, e, quando passamos pela casa vizinha, ela desaparecera havia muito tempo. Fiquei parado na entrada de um beco, olhando para uma rua vazia, e xinguei, frustrado.

— Alguém deve saber onde a puta mora.

— Ela é uma ratinha — comentou meu filho. — O senhor precisa de um gato.

Rosnei. Pelo menos, pensei, eu tinha amedrontado a garota, de modo que talvez ela parasse com aquela bobagem. E por que ela preferia meus homens

Guerreiros da tempestade

aos de Æthelflaed? Os meus não eram mais limpos nem mais ricos. Achei que a Ratinha era apenas uma encrenqueira que gostava de ver os homens brigando por ela.

— Você vai derrubar os alpendres amanhã e procurar a puta — ordenei ao meu filho. — Encontre-a e a prenda.

Eadith e eu voltamos para casa.

— Ela é linda — comentou Eadith, pensativa.

— Com aquela marca de nascença na testa? — perguntei, numa tentativa desesperançada de fingir que não concordava.

— Ela é linda — insistiu Eadith.

— Você também é — contrapus, e era mesmo.

Eadith sorriu diante do elogio, mas seu sorriso era obediente, até mesmo tocado pela tristeza.

— Ela tem quantos anos? Dezesseis? Dezessete? Quando você a encontrar, deve se casar com ela.

— Que homem se casaria com uma puta como ela? — perguntei com violência, pensando que o que eu desejava de verdade era levar a puta para a cama e arar seu corpinho maduro.

— Talvez um marido a controle — sugeriu Eadith.

— Talvez eu devesse me casar com você — falei impulsivamente.

Eadith parou e me olhou. Estávamos do lado de fora da grande igreja onde acontecia a vigília de Páscoa. Um facho de luz de velas atravessou a porta aberta cobrindo de sombras seu rosto e fazendo brilhar as lágrimas nas bochechas. Ela levantou as mãos e segurou as abas do meu elmo, depois ficou nas pontas dos pés para me beijar.

Deus, como as mulheres nos fazem de idiotas!

Sempre gostei de fazer algo especial na festa de Eostre, contratando malabaristas, músicos e acrobatas, mas o surgimento de Ragnall alguns dias antes havia impedido que essas pessoas chegassem a Ceaster. O mesmo medo fez com que muitos convidados para o entronamento de Leofstan também tivessem deixado de comparecer, mas ainda assim a Igreja de São Pedro estava cheia.

Entronamento? Quem essas pessoas achavam que eram, afinal? Reis se sentavam em tronos. A senhora Æthelflaed deveria ter um trono, e às vezes usava o trono do marido morto em Gleawecestre. E, quando eu fazia julgamentos, no meu papel de senhor, usava um trono. Não por ser um rei, mas porque representava a justiça real. Mas um bispo? Por que um bispo com cérebro de fuinha precisava de um trono? Wulfheard tinha um trono maior que o do rei Eduardo, uma cadeira de espaldar alto esculpido com santos imbecis e anjos berrando. Uma vez perguntei ao idiota por que ele precisava de uma cadeira tão grande para seu traseiro magricela, e ele disse que era o representante de Deus em Hereford.

— O trono é de Deus, e não meu — dissera em tom pomposo, mas eu tinha notado que ele guinchava de raiva se qualquer outra pessoa ousasse pousar a bunda no assento esculpido.

— Seu deus costuma visitar Hereford? — perguntei.

— Ele é onipresente; portanto, sim, ele se senta no trono.

— Então você se senta no colo dele? Que ótimo!

De algum modo eu duvidava que o deus cristão fosse visitar Ceaster, porque Leofstan tinha escolhido um banquinho de ordenha como trono. Era um banquinho de três pernas que ele havia comprado na feira e agora o estava esperando diante do altar. Eu queria ter entrado escondido na igreja na noite anterior à festa de Eostre para serrar uns dois centímetros de duas pernas, mas a vigília atrapalhou esse plano.

— Um banquinho? — perguntei a Æthelflaed.

— Ele é um homem humilde.

— Mas o bispo Wulfheard diz que é o trono do seu deus.

— Deus é humilde também.

Um deus humilde! É o mesmo que ter um lobo banguela! Os deuses são os deuses, regendo o trovão e comandando tempestades, são os senhores da noite e do dia, do fogo e do gelo, os responsáveis pelos desastres e pelos triunfos. Até hoje não entendo por que as pessoas se tornam cristãs, a não ser que seja porque os outros deuses apreciam uma piada. Com frequência suspeitava que Loki, o deus trapaceiro, havia inventado o cristianismo, porque essa crença tem todo o seu fedor malicioso. Posso imaginar os deuses sentados em Asgard uma noite, todos entediados e provavelmente bêbados, e Loki os diverte com uma demonstração típica de seus absurdos: "Vamos inventar um carpinteiro", sugere, "e dizer aos idiotas que ele era filho do único deus, que morreu e voltou à vida, que curou a cegueira com pedaços de argila e que andou sobre a água!" Quem acreditaria num absurdo desses? Mas o problema é que Loki sempre leva suas pilhérias longe demais.

A rua do lado de fora da igreja tinha pilhas de armas, escudos e elmos pertencentes aos homens que assistiam ao entronamento. Eles precisavam estar armados, ou pelo menos permanecer perto de suas armas, porque nossos batedores tinham voltado do alto Mærse dizendo que o exército de Ragnall se aproximava. Viram suas fogueiras à noite, e o amanhecer havia trazido a visão de fumaça manchando o céu a leste. Nesse momento eu achava que ele estaria descobrindo os restos de Eads Byrig. Em seguida, viria para Ceaster, mas nós iríamos vê-lo se aproximar, e as pilhas de armas e escudos bem-arrumadas estavam prontas para os homens dentro da igreja. Quando ouvissem o alarme, eles precisariam abandonar o sermão do bispo e ir para a muralha.

Houvera algumas notícias boas naquela manhã. Æthelstan fora bem-sucedido em tomar dois barcos dentre os que Ragnall havia deixado na margem norte do Mærse. Ambos eram embarcações de guerra, de cintura larga e proa alta, um com bancos para sessenta remos e o outro para quarenta.

— Os outros estão encalhados e não podemos arrastá-los — informou Æthelstan.

— Não eram vigiados?

— Provavelmente sessenta ou setenta homens, senhor.

— Quantos você tinha?

— Sete de nós cruzamos o rio, senhor.

— Sete!

— Nenhum dos outros sabia nadar.

— Você sabe?

— Como um arenque, senhor!

Æthelstan e seis companheiros se despiram e atravessaram o rio na maré alta, tarde da noite. Conseguiram cortar as cordas das duas embarcações atracadas, que depois desceram o Mærse e agora estavam amarradas em segurança aos restos do píer de Brunanburh. Eu queria colocar Æthelstan de volta no

Chamas no rio

comando daquele forte, mas Æthelflaed insistiu em que Osferth, seu meio-irmão, fosse o comandante, e essa decisão fizera com que Æthelstan, coitado, estivesse agora condenado a suportar o serviço interminável que transformava o padre Leofstan no bispo Leofstan.

Espiei dentro da igreja algumas vezes. Havia os cantos de sempre e uns dez padres balançavam incensórios soltando fumaça. Um abade com uma barba que ia até a cintura fez um sermão exaltado que deve ter durado duas horas e me levou a uma taverna do outro lado da rua. Quando olhei em seguida, vi Leofstan prostrado no chão da igreja com os braços estendidos. Todos os seus aleijados estavam lá; nos fundos da igreja, os doidos tocados pela lua balbuciavam e se coçavam e os órfãos vestidos de branco se remexiam inquietos. A maior parte da congregação estava de joelhos, e pude ver Æthelflaed ao lado da esposa do bispo que, como sempre, permanecia envolta em camadas de roupas e agora se balançava para a frente e para trás com as mãos entrelaçadas, erguidas acima da cabeça como se experimentasse uma visão maravilhosa. Achei que era um modo triste de comemorar a festa de Eostre.

Caminhei até o portão norte, subi ao topo da muralha e olhei para o campo vazio. Meu filho se juntou a mim, porém não disse nada. Nesta manhã ele comandava a guarda, o que significava que tinha licença para não comparecer ao serviço na igreja, e nós dois ficamos parados num silêncio amistoso. Deveria haver uma feira movimentada no trecho de pasto entre o fosso e o cemitério romano, mas, em vez disso, as poucas barracas foram postas na rua principal. Eostre não ficaria satisfeita, mas talvez perdoasse porque não era uma deusa vingativa. Eu tinha ouvido histórias sobre ela quando criança, histórias sussurradas porque deveríamos ser cristãos. Ouvi como ela saltitava pela alvorada espalhando flores, e como os animais a acompanhavam de dois em dois, como os elfos e os gnomos se reuniam com flautas de junco e tambores de frutos de cardo, tocando sua música louca enquanto Eostre recriava o mundo com sua canção. Ela se pareceria com a Ratinha, pensei, lembrando-me do corpo firme, do ardor da pele, do brilho de alegria nos olhos e da malícia no sorriso. Até a lembrança de seu único defeito, a marca de nascença em forma de maçã, parecia atraente.

— Encontrou a garota? — perguntei, rompendo o silêncio.

— Ainda não. — Ele pareceu desconsolado. — Procuramos em toda parte.

— Você não a está escondendo?

— Não, pai, juro.

— Ela tem de viver em algum lugar!

— Nós perguntamos. Procuramos. Ela simplesmente desapareceu! — Uhtred fez o sinal da cruz. — Acho que ela não existe de verdade. Que é uma andarilha da noite.

— Não seja idiota — zombei. — É claro que ela existe! Nós a vimos. E você mais do que viu!

— Mas ninguém a viu ontem à noite, e ela estava nua quando sumiu.

— Ela levou uma capa.

— Mesmo assim, alguém teria visto! Uma jovem seminua correndo pelas ruas? Como pôde simplesmente desaparecer? Mas desapareceu! — Uhtred fez uma pausa, franzindo a testa. — Ela é uma andarilha da noite! Uma sombra.

Uma sombra? Eu havia zombado da ideia, mas as sombras existiam. Eram fantasmas, espíritos e goblins, criaturas malévolas que só apareciam à noite. E a Ratinha era mesmo malévola, pensei. Estava causando problemas, colocando meus homens contra os guerreiros de Æthelflaed. E era perfeita demais para ser real. Então será que era uma aparição enviada pelos deuses para nos provocar? Para me provocar, enquanto eu me lembrava da luz do lampião em seus seios fartos.

— Ela precisa ser impedida — declarei —, a não ser que você queira uma batalha toda noite entre nossos homens e os da senhora Æthelflaed.

— Essa noite ela não vai aparecer de novo — disse meu filho, sem convicção. — Ela não ousaria.

— A não ser que você esteja certo e ela seja uma sombra.

Toquei o martelo pendurado no pescoço.

E mantive a mão nele.

Porque da floresta ao longe, da floresta que amortalhava a terra ao redor da distante Eads Byrig, vinha o exército de Ragnall.

Os homens de Ragnall chegaram em linha. Foi impressionante porque a linha não veio da floresta pela estrada romana numa longa procissão. Em vez

Chamas no rio

disso, apareceu inteira na borda das árvores e preencheu o terreno subitamente. Num momento os campos estavam vazios, então uma grande linha de cavaleiros emergiu da floresta. Deve ter demorado para organizar essa demonstração, que pretendia nos causar assombro.

Um dos meus homens bateu um martelo na barra de ferro pendurada sobre a plataforma de combate do portão. A barra servia como um sino improvisado, e seu som áspero era brutal e alto, chamando os defensores para a muralha.

— Continue batendo — ordenei.

Eu via homens saindo da igreja, correndo para pegar os escudos, os elmos e as armas empilhados na rua.

— Uns quinhentos? — sugeriu meu filho.

Virei-me para olhar para os inimigos. Dividi a linha distante ao meio, depois de novo ao meio e contei os cavalos, em seguida multipliquei o resultado por quatro.

— Seiscentos — supus. — Talvez sejam todos os cavalos que ele tem.

— Mas deve ter mais homens.

— Pelo menos dois mil.

Seiscentos cavaleiros não representavam ameaça para Ceaster, mas mesmo assim mantive o clangor da barra de ferro ressoando pela cidade. Os homens subiam para o topo das fortificações, e Ragnall veria as pontas de nossas lanças se adensando acima da alta muralha de pedra. Desejei que ele atacasse. Não há modo mais fácil de matar um inimigo do que quando ele tenta atacar uma fortificação bem-defendida.

— Ele deve ter passado por Eads Byrig — sugeriu meu filho.

Uhtred estava olhando para o leste, onde a fumaça do fogo que fizemos para queimar os cadáveres ainda manchava o céu. Ele pensava que Ragnall devia estar furioso com as cabeças decepadas que eu havia deixado para recebê-lo, e esperando, acho, que aquelas cabeças ensanguentadas o instigassem a realizar um ataque idiota contra a cidade.

— Ele não vai atacar hoje — falei. — Ragnall pode ser cabeça-dura, mas não é imbecil.

Uma trombeta soou naquela comprida linha de homens que agora avançava devagar pelo pasto. O som era tão grosseiro quanto o clangor da minha barra de ferro. Conseguia ver homens a pé atrás dos cavaleiros, mas ainda assim não havia mais de setecentos inimigos à vista. Nem de longe o suficiente para atacar nossa muralha, porém eu não convocava os defensores porque esperava alguma investida, e sim para mostrar a Ragnall que estávamos preparados para ele. Ambos estávamos representando.

— Eu gostaria que ele atacasse — comentou meu filho, pensativo.

— Hoje, não.

— Se fizer isso, ele vai perder homens! — Uhtred torcia para que eu estivesse errado, para que ele tivesse a chance de matar homens tentando escalar a muralha de pedra.

— Ragnall tem homens para perder — observei secamente.

— Se eu fosse ele... — começou meu filho, e parou.

— Continue.

— Não iria querer perder duzentos homens nesta muralha. Adentraria mais o território da Mércia. Iria para o sul. Há propriedades abastadas para pilhar no sul, e nada aqui.

Confirmei com a cabeça. Ele estava certo, claro. Atacar Ceaster era ir contra uma das fortalezas mais resistentes da Mércia, e o terreno ao redor não seria bom para saques ou para a captura de escravos. As pessoas tinham ido para os burhs mais próximos, levando as famílias e os animais. Estávamos preparados para a guerra, até mesmo querendo lutar, mas uma marcha súbita para o sul, para o coração da Mércia, encontraria fazendas opulentas e saque fácil.

— Ele vai atacar o interior da Mércia — eu disse. — Mas mesmo assim quer Ceaster. Não vai atacar hoje, mas vai atacar.

— Por quê?

— Porque ele não pode ser o rei da Britânia sem capturar os burhs. E porque Ceaster é obra da senhora Æthelflaed. Há muitos homens que ainda pensam que uma mulher não deveria ser a soberana de uma terra, mas não podem questionar o sucesso dela. Ela fortificou toda esta região! Seu marido morria de medo dessa área. Ele não fez absolutamente nada, mas ela expulsou os dinamarqueses. Se não fizer mais nada, Ceaster se mantém como sua vitória! Portanto, se alguém tomar esta cidade, fará com que Æthelflaed pareça fraca. Tomando Ceaster, abre-se todo o oeste da Mércia para a invasão. Se Ragnall

155
Chamas no rio

vencer aqui, ele poderá destruir toda a Mércia, e sabe disso. Ele não quer ser apenas o rei da Nortúmbria. Quer ser o rei da Mércia, e isso vale a perda de duzentos homens.

— Mas sem Eads Byrig...

— Perder Eads Byrig tornou a vida de Ragnall difícil — interrompi. — Mas ele ainda precisa de Ceaster! Os irlandeses estão expulsando os noruegueses da Irlanda, e para onde eles irão? Virão para cá! Mas não podem vir se controlarmos os rios. — Na verdade, nosso fracasso em controlar os rios foi o que havia permitido que Ragnall invadisse a Britânia, para começo de conversa. — Portanto, sim, a batalha que travarmos aqui não é só por Ceaster, mas por tudo! Pela Mércia e, no fim das contas, também por Wessex.

A grande linha de cavaleiros havia parado, e um grupo menor vinha na direção da cidade. Eram cerca de cem homens, seguidos por alguns a pé, todos sob dois grandes estandartes. Um mostrava o machado vermelho de Ragnall, o mesmo símbolo usado por seu irmão Sigtryggr, mas o segundo era novo para mim. Era uma bandeira, e era preta. Apenas isso, uma bandeira preta, só que ela ficava mais lúgubre porque a borda tinha sido rasgada, de modo que tremulava ao vento esfarrapada.

— De quem é aquela bandeira? — perguntei.

— Nunca vi — respondeu meu filho.

Finan, Merewalh e Æthelflaed chegaram ao topo da muralha. Nenhum deles reconheceu a bandeira. O que a tornava estranha era o tamanho, tão grande quanto a do martelo de Ragnall, sugerindo que quem marchava sob a bandeira preta esfarrapada era equivalente a ele.

— Há uma mulher lá — avisou Finan. Ele tinha olhos de águia.

— A mulher de Ragnall? — perguntou Æthelflaed.

— Pode ser — respondeu Merewalh. — Dizem que ele tem quatro.

— É uma mulher de preto — disse Finan. Estava protegendo os olhos enquanto espiava o inimigo se aproximar. — Está no cavalo pequeno bem à frente da bandeira.

— A não ser que seja um padre, não é? — sugeriu Merewalh, inseguro.

A grande linha de cavaleiros tinha começado a bater nos escudos com as espadas, um som ritmado e ameaçador, áspero ao sol quente do dia. Agora eu via a mulher. Estava coberta de preto, com um capuz preto, e montava um pequeno cavalo preto que parecia um anão diante dos garanhões dos homens ao redor.

— Ele não teria um padre ao lado — disse Finan. — É uma mulher, sem dúvida.

Os cavaleiros pararam. Estavam a cerca de duzentos passos, bem além da distância até onde poderíamos disparar uma lança ou um machado. Alguns integrantes do fyrd tinham arcos, mas eram arcos curtos, de caça, sem força suficiente para penetrar em cotas de malha. Esses arcos obrigavam os inimigos a manter o rosto abaixo do escudo e eram úteis em distâncias muito curtas, mas disparar uma flecha a duzentos passos era um desperdício, provocando a zombaria do inimigo. Dois arqueiros dispararam, e eu gritei para largarem as armas.

— Eles vieram falar — gritei. — E não lutar.

— No entanto... — murmurou Finan.

Eu via Ragnall com bastante clareza. Estava espalhafatoso como sempre, o cabelo comprido balançando ao vento e o peito tatuado nu. Ele instigou seu garanhão a dar alguns passos e se levantou nos estribos.

— Senhor Uhtred — gritou —, eu lhe trago presentes!

Em seguida ele se virou para seu estandarte enquanto os homens a pé passavam entre os cavalos e vinham na direção da muralha.

— Ah, não — disse Æthelflaed. — Não!

— Quarenta e três — falei com amargura. Nem precisava contar.

— Quem brinca com fogo acaba se queimando — comentou Finan.

Quarenta e três homens com espadas desembainhadas forçavam quarenta e três prisioneiros a virem em nossa direção. Os homens armados se espalharam numa linha irregular e pararam, depois empurraram os prisioneiros, obrigando-os a ficar de joelhos. Os prisioneiros, todos com as mãos amarradas às costas, eram em sua maioria homens mas também havia mulheres, que olhavam desesperadas para nossos estandartes que pendiam da muralha. Eu não fazia ideia de quem eram os prisioneiros, só que deviam ser saxões e cristãos. Eram vingança.

Ragnall devia ter ouvido falar das quarenta e três cabeças esperando no alto de Eads Byrig, e essa era sua resposta. Não podíamos fazer nada. Tínhamos posto homens nas muralhas de Ceaster, mas eu não havia pensado em colocar homens a cavalo para realizar qualquer investida fora do portão. Tudo que podíamos fazer era ouvir as vítimas chorando e observar as espadas baixarem, enquanto o sangue reluzente espirrava na manhã e as cabeças rolavam na relva. Ragnall zombava de nós com seu belo sorriso enquanto os guerreiros limpavam as espadas nas roupas das vítimas.

E então houve um último presente, um último prisioneiro.

Esse prisioneiro não podia andar. Ele, ou ela, foi trazido jogado nas costas de um cavalo. A princípio não pude ver se era homem ou mulher, só que era uma pessoa vestida de branco, que deslizou do cavalo para o capim molhado de sangue. Nenhum de nós falou. Então notei que era um homem e pensei que estava morto, até que ele rolou vagarosamente. Vi que usava um manto branco de padre, mas o estranho era que a parte da frente da saia tinha uma faixa vermelha brilhante.

— Meu Deus! — ofegou Finan.

Porque não era uma faixa na saia. Ela estava suja de sangue. O homem se curvou como se quisesse esmagar a dor no ventre, e nesse momento a cavaleira vestida de preto esporeou sua montaria.

Aproximou-se, sem se importar com a ameaça de lanças, flechas ou machados. Parou a apenas alguns metros do fosso, baixou o capuz da capa e nos olhou. Era uma velha, o rosto cheio de rugas e severo, os cabelos ralos e brancos, os lábios expressando ódio.

— O que eu fiz com ele farei com vocês! — disse, apontando para o homem ferido, caído atrás dela. — Com todos! Um de cada vez! — De repente, pegou uma faquinha curva. — Vou castrar seus rapazes, suas mulheres serão prostitutas e seus filhos serão escravos, porque vocês estão amaldiçoados. Todos vocês! — Ela berrou a última frase e brandiu a faca de castrar, como se apontasse para todos nós que olhávamos de cima da muralha. — Todos vocês vão morrer! Vocês estão amaldiçoados pelo dia e pela noite, pelo fogo e pela água, pelo destino!

Ela falava nossa língua, a língua inglesa.

Balançou-se para trás e para a frente na sela, como se juntasse forças, e então respirou fundo e apontou a faca para mim.

Guerreiros da tempestade

— E você, Uhtred de Bebbanburg, Uhtred de Nada, morrerá por último, e morrerá mais devagar, porque traiu os deuses. Você está amaldiçoado. Todos vocês estão amaldiçoados! — Então ela deu uma risada, um som ensandecido, antes de apontar a faca de novo para mim. — Os deuses odeiam você, Uhtred! Você era filho deles, o filho predileto, era amado por eles, mas optou por usar seus dons a favor do deus falso, do imundo deus cristão, e agora os deuses de verdade o odeiam e amaldiçoam! Eu falo com os deuses, eles me ouvem, eles vão entregá-lo a mim e eu vou matá-lo tão lentamente que sua morte vai durar até o Ragnarok! — E com isso atirou na minha direção a faquinha, que bateu na muralha e caiu no fosso. A mulher se virou, e todos os inimigos foram junto dela, de volta para as árvores.

— Quem é ela? — perguntou Æthelflaed, a voz pouco acima de um sussurro.

— O nome dela é Brida — respondi.

E o padre castrado virou o rosto em agonia para mim e gritou por socorro.

— Pai!

Era meu filho.

Segunda parte

A cerca fantasma

Sete

B<small>RIDA</small>.

Ela era uma saxã criada como cristã; uma criança selvagem, minha primeira amante, uma garota feita de fogo e paixão. E, como eu, Brida havia encontrado os deuses mais antigos. Contudo, enquanto eu sempre aceitei que o deus dos cristãos tem poder como todos os outros, ela se convenceu de que ele era um demônio e que o cristianismo era um mal que precisava ser erradicado para que o mundo voltasse a ser bom. Ela se casara com meu querido amigo Ragnar, tornara-se mais dinamarquesa que os dinamarqueses, e havia tentado me subornar, me tentar, me convencer a lutar pelos dinamarqueses contra os saxões, e passara a me odiar desde o dia em que eu havia recusado. Agora era viúva, mas ainda governava a grande fortaleza de Ragnar, Dunholm, que, depois de Bebbanburg, era a mais formidável da Nortúmbria. Agora tinha se ligado a Ragnall e, como fiquei sabendo depois, sua declaração de apoio bastou para mandar o pobre rei Ingver para o exílio. Brida havia trazido o exército de Ragnar para o sul, somara seus homens aos de Ragnall, e agora os nórdicos tinham força para atacar Ceaster e aceitar as mortes que encharcariam a muralha romana com sangue nortista.

Cuidado com o ódio de uma mulher.

O amor azeda e vira ódio. Eu a havia amado, mas Brida sentia uma raiva que eu jamais poderia igualar, uma raiva que ela acreditava vir diretamente da fúria dos deuses. Fora Brida quem dera o nome a Bafo de Serpente, quem havia lançado um feitiço sobre a espada porque, mesmo quando era criança, acreditava que os deuses lhe falavam diretamente. Tinha sido uma criança de cabelos pretos, fina feito um graveto, com uma ferocidade que ardia como o fogo que matou Ragnar mais velho e que espiamos juntos do meio das árvores altas. O único filho que Brida carregou era meu, porém o menino nasceu morto e ela jamais teve outro, de modo que agora sua prole eram as canções que ela fazia e as maldições que lançava. O pai de Ragnar, o cego Ravn, profetizara que Brida seria um escaldo e uma bruxa, e ela de fato havia se tornado uma, porém do tipo mais amargo. Era uma feiticeira, agora com os cabelos brancos e cheia de rugas, entoando suas canções de escaldo sobre cristãos mortos e Odin triunfante. Canções de ódio.

— Ela quer pegar seu deus e pregá-lo de volta na árvore — eu disse a Æthelflaed.

— Ele voltou à vida uma vez — apontou ela com devoção —, e iria ressuscitar de novo.

Ignorei isso.

— E ela quer que toda a Britânia adore os deuses antigos.

— Um sonho velho e rançoso — retrucou Æthelflaed com escárnio.

— Só porque já foi sonhado antes não significa que não possa se realizar.

O sonho antigo era a visão da Britânia sendo reinada pelos nórdicos. Repetidamente seus exércitos marcharam e invadiram a Mércia e Wessex, trucidaram os saxões em batalha, mas nunca haviam conseguido tomar toda a ilha. O pai de Æthelflaed, o rei Alfredo, os derrotou, salvou Wessex, e desde então nós, os saxões, vínhamos lutando, empurrando os nórdicos mais para o norte ainda. Agora um novo líder, mais forte que todos os anteriores, nos ameaçava com o sonho antigo.

Para mim, a guerra tinha a ver com terras. Talvez porque meu tio havia roubado as minhas, roubara o território selvagem em volta de Bebbanburg, e, para retomar aquelas terras, eu precisava primeiro derrotar os dinamarqueses que as cercavam. Toda a minha vida estivera relacionada àquela fortaleza castigada pelo vento ao lado do mar, com a terra que é minha e me foi tirada.

Para o rei Alfredo, assim como para seu filho Eduardo e para sua filha Æthelflaed, a guerra também tinha a ver com terras, com os reinos dos saxões. Alfredo havia salvado Wessex e agora sua filha expulsava os nórdicos da Mércia, enquanto o irmão dela, Eduardo de Wessex, tomava de volta as terras da Ânglia Oriental. Mas para os dois havia outra causa pela qual valeria morrer: seu deus. Lutavam pelo deus cristão, e em sua mente a terra pertencia a ele. Eduardo e Æthelflaed só iriam reivindicá-la fazendo a vontade dele. "A Inglaterra será a terra de Deus", dissera uma vez o rei Alfredo. "Se ela existir, existirá por causa d'Ele, porque Ele quer isso." Durante um tempo ele até mesmo a havia chamado de Godland — Terra de Deus —, mas o nome não pegou.

Para Brida, havia apenas uma causa: seu ódio por esse deus cristão. Para ela, a guerra era uma batalha entre os deuses, entre a verdade e a falsidade, e ela teria de bom grado permitido que os saxões matassem cada nórdico se ao menos abandonassem sua religião e voltassem a cultuar os deuses de Asgard. E agora, por fim, tinha encontrado um defensor que usaria espada, lança e machado para lutar por seus deuses. E Ragnall? Duvido que ele se importasse com os deuses. Ele queria terras, todas elas, e queria que os implacáveis guerreiros de Brida viessem da fortaleza em Dunholm para juntar as armas ao seu exército.

E meu filho?

Meu filho.

Eu o havia repudiado, deserdado e afastado, e agora ele me era devolvido por um inimigo e não era mais homem. Estava castrado. O sangue em seu manto formava crostas.

— Ele está morrendo — comentou o bispo Leofstan com tristeza, e fez o sinal da cruz sobre o rosto pálido de Uhtred.

Seu nome havia sido Uhtred, o nome que sempre era dado ao filho mais velho da nossa família, mas eu o tirei dele quando se tornou um sacerdote cristão. Em vez disso lhe dei o nome de Judas, mas ele próprio se chamava de Oswald. Padre Oswald, famoso por sua honestidade e devoção, e também famoso por ser meu filho. Meu filho pródigo. Ajoelhei-me ao lado dele e o chamei por seu antigo nome.

— Uhtred? Uhtred!

Mas ele não conseguia responder. Sua testa estava suada, e ele tremia. Depois daquele grito desesperado — "Pai!" —, ele pareceu incapaz de falar. Tentou, mas nenhuma palavra saiu, só um gemido de dor insuportável.

— Ele está morrendo — repetiu o bispo Leofstan. — Tem a febre da morte, senhor.

— Então o salve — gritei.

— Salvar?

— É isso que você faz, não é? Curar os doentes? Então o cure.

Ele me encarou, subitamente apavorado.

— Minha mulher... — começou, e hesitou.

— O que tem ela?

— Ela cura os doentes, senhor. Ela tem o toque de Deus nas mãos. É o dom dela, senhor.

— Então o leve a ela.

Folcbald, um dos meus guerreiros frísios e um homem de força prodigiosa, pegou Uhtred no colo, como um bebê, e assim o levamos para a cidade, seguindo o bispo, que foi depressa à frente. Levou-nos a uma das maiores casas romanas da rua principal, uma construção com uma entrada em arco profundo que dava num pátio com colunas, onde mais de dez portas levavam a grandes cômodos. Não era muito diferente da minha casa em Ceaster, e eu já ia fazer algum comentário zombeteiro sobre o gosto do bispo pelo luxo quando vi que a arcada em volta do pátio estava cheia de pessoas doentes deitadas em camas de palha.

— Não há espaço para todos lá dentro — explicou o bispo, depois observou o porteiro aleijado pegar uma barra de metal curta e bater numa outra pendurada no teto do túnel do portão. Como meu sino de alarme, ela gerou um som áspero, e o porteiro continuou batendo. Logo vi mulheres com mantos e capuzes entrando rapidamente nas portas cobertas pelas sombras. — As irmãs abjuraram a companhia de homens — explicou o bispo —, a não ser que os homens estejam doentes, morrendo ou feridos.

— São freiras? — perguntei.

— São de uma irmandade laica — respondeu ele. — Uma irmandade que me é muito cara! A maioria é de mulheres pobres que querem dedicar a vida ao serviço de Deus, e outras entre elas são pecadoras. — Leofstan fez o sinal da cruz. — Mulheres caídas. — Fez uma pausa como se não pudesse se obrigar a dizer as palavras seguintes. — Mulheres das ruas, senhor! Dos becos! Mas trouxemos todas essas criaturas queridas de volta para a glória de Deus.

— Prostitutas, você quer dizer.

— Mulheres caídas, senhor, sim.

— E você vive aqui com elas? — perguntei, sarcástico.

— Ah, não, senhor! — Ele reagiu com mais humor do que com ofensa pela pergunta. — Não seria adequado! De jeito nenhum! Minha querida esposa e eu temos uma morada no beco atrás da oficina do ferreiro. Graças a Deus não estou doente, morrendo nem ferido.

Por fim o porteiro pousou a pequena barra de ferro e o último eco do clangor morreu enquanto uma mulher alta e magra vinha andando pelo pátio. Tinha ombros largos, rosto sério e mãos que pareciam pás. Leofstan era alto, mas essa mulher era muito mais.

— Bispo? — perguntou ela com rispidez. Encarou Leofstan com os braços cruzados e expressão irritada.

— Irmã Ymma — saudou Leofstan com humildade, apontando para a figura ensanguentada nos braços de Folcbald. — Aqui está um sacerdote muito ferido. Ele precisa dos cuidados da minha esposa.

A irmã Ymma, que parecia útil numa parede de escudos, olhou em volta e por fim apontou para um canto da colunata.

— Há espaço lá...

— Ele receberá um quarto próprio — interrompi. — E uma cama.

— Ele vai...

— Receber um quarto próprio e uma cama — repeti com aspereza. — A não ser que você queira que meus homens arranquem todos os cristãos desse lugar maldito. Eu comando esta cidade, mulher, e não você.

A irmã Ymma se eriçou e quis protestar, mas o bispo a acalmou.

— Vamos encontrar espaço, irmã!

— Você vai precisar de espaço — avisei. — Na próxima semana terá pelo menos mais cem feridos. — Virei-me e apontei um dedo para Sihtric. — Encontre espaço para o bispo. Duas casas, três! Espaço para os feridos!

— Feridos? — perguntou Leofstan, preocupado.

— Haverá uma batalha, bispo — falei, com raiva. — E não vai ser bonita.

Um quarto foi liberado e meu filho foi carregado pelo pátio, passando por uma porta estreita até um aposento pequeno onde foi posto delicadamente numa cama. Ele murmurou algo e eu me curvei para escutar, mas as palavras não faziam sentido. Em seguida, ele se enrolou, puxando as pernas, e gemeu.

A cerca fantasma

— Cure-o — vociferei para a irmã Ymma.

— Se for a vontade de Deus.

— É a minha vontade!

— A irmã Gomer vai cuidar dele — disse o bispo à irmã Ymma que, pelo jeito, era a única com permissão de confrontar os homens, tarefa que ela evidentemente adorava realizar.

— A irmã Gomer é a sua esposa? — perguntei, lembrando-me do nome estranho.

— Que Deus seja louvado, é sim — respondeu Leofstan. — E é uma criatura adorável.

— Com um nome estranho — falei, olhando para o meu filho, que gemeu na cama, ainda encolhido em sua agonia.

O bispo sorriu.

— A mãe dela lhe deu o nome de Sunngifu, mas, quando as queridas irmãs renascem em Cristo, recebem um nome novo, um nome batismal, e assim minha querida Sunngifu é conhecida agora como irmã Gomer. E com o novo nome Deus lhe concedeu o poder da cura.

— Concedeu mesmo — concordou, séria, a irmã Ymma.

— E ela vai cuidar do seu filho — garantiu o bispo. — E rezaremos por ele!

— Eu também — declarei, e toquei o martelo pendurado no pescoço.

Saí. Virei-me junto ao portão e vi as irmãs com capas e capuzes saírem correndo de seus esconderijos. Duas entraram no quarto do meu filho, e segurei o martelo de novo. Eu pensava que odiava meu filho mais velho, mas não era o caso. E assim o deixei lá, contorcendo-se em volta de seu ferimento cruel, e ele tremia, suava e gemia coisas estranhas durante a febre, mas não morreu naquele dia, nem no seguinte.

E eu me vinguei.

Os deuses me amavam, porque naquela tarde enviaram nuvens soturnas que se revolviam do oeste. Elas escureciam o céu, eram pesadas e pretas, e chegaram de repente, avolumando-se cada vez mais, pairando no céu da tarde até amortalhar o pôr do sol. E com as nuvens chegaram a chuva e o vento.

As nuvens soturnas também trouxeram oportunidade, e com a oportunidade veio a discussão.

A discussão explodiu dentro do grande salão de Ceaster enquanto a rua romana pavimentada lá fora ressoava com o barulho dos cavalos. Era o som de grandes garanhões de guerra batendo os cascos no pavimento de pedra, cavalos relinchando e bufando enquanto homens lutavam para colocar as selas nos animais sob a chuva torrencial. Eu estava reunindo cavaleiros, guerreiros da tempestade.

— Isso vai deixar Ceaster indefesa! — protestou Merewalh.

— O fyrd vai defender a cidade — argumentei.

— O fyrd precisa de guerreiros! — insistiu Merewalh.

Ele raramente discordava de mim. Na verdade, sempre havia sido um dos meus mais ferrenhos apoiadores, mesmo quando servia a Æthelred, que me odiava, porém minha proposta naquela noite de tempestade o deixou alarmado.

— O fyrd pode lutar — admitiu —, mas precisa de homens treinados para ajudá-lo.

— A cidade não será atacada — vociferei.

Trovões estrondeavam no céu noturno fazendo os cães que moravam no grande salão se encolherem nos cantos escuros. A chuva caía no telhado, e havia diversas goteiras nas velhas telhas romanas.

— Por que outro motivo Ragnall voltou, senão para nos atacar? — perguntou Æthelflaed.

— Ele não vai atacar esta noite nem amanhã — retruquei. — O que nos dá uma chance de avançar sobre o desgraçado.

Eu estava vestido para a batalha. Usava um justilho de couro que ia até os joelhos por baixo da minha melhor cota de malha presa por um grosso cinturão de espada, de onde Bafo de Serpente pendia. Meus calções de couro estavam enfiados em botas altas reforçadas por tiras de ferro. Os antebraços estavam cobertos por braceletes de guerreiro. Godric, meu serviçal, segurava o elmo com o lobo no alto, uma lança de cabo grosso e meu escudo com a cabeça de lobo rosnando, o lobo de Bebbanburg, pintado nas tábuas de salgueiro presas com ferro. Eu estava vestido para um massacre, e a maioria das pessoas no salão se encolhia diante dessa perspectiva.

A cerca fantasma

Cynlæf Haraldson, o jovem favorito de Æthelflaed e que, segundo boatos, iria se casar com sua filha, ficou do lado de Merewalh. Até então ele vinha tomando o cuidado de não me antagonizar, usando lisonjas e concordando com tudo para evitar qualquer confronto, mas o que eu sugeria agora o levou a divergir de mim.

— O que mudou, senhor? — perguntou respeitosamente.

— Mudou?

— Quando Ragnall esteve aqui antes, o senhor relutou em levar homens para a floresta.

— O senhor temia uma emboscada — completou Merewalh.

— Os homens dele estavam em Eads Byrig — retruquei. — O lugar era o refúgio dele, sua fortaleza. De que adiantava levar homens através de uma emboscada para morrer diante dos muros?

— Ele ainda tem... — começou Cynlæf.

— Não, não tem! — reagi rispidamente. — Não sabíamos que os muros eram falsos! Achávamos que o lugar era uma fortaleza! Agora não passa de uma colina!

— Ele está em maior número que nós — comentou Merewalh, infeliz.

— E sempre vai estar, até matarmos um número suficiente de seus homens, e então nós é que vamos ficar em maior número.

— A opção segura — começou Æthelflaed, e hesitou.

Ela estava sentada na grande cadeira — na verdade, um trono —, iluminada pelo fogo tremeluzente da lareira central. Vinha escutando com atenção, o olhar indo de um homem que falava ao outro, o rosto preocupado. Havia sacerdotes reunidos atrás dela, e eles também achavam que meus planos eram insensatos.

— A opção segura? — instiguei, mas ela apenas balançou a cabeça, como se sugerisse que havia pensado melhor no que ia dizer.

— A opção segura — começou o padre Ceolnoth com firmeza — é garantir que Ceaster não caia! — Homens murmuraram concordando, e o padre Ceolnoth, encorajado pelo apoio, avançou até ficar à luz do fogo, perto da cadeira de Æthelflaed. — Ceaster é nossa nova diocese! Controla grandes áreas agrícolas! Protege a via marítima. É um baluarte contra os galeses! Protege a Mércia do norte pagão! Não deve ser perdida! — Ele parou abruptamente, talvez se lembrando da violência com a qual eu geralmente recebia os conselhos militares dados por padres.

— Notai bem os seus baluartes — ciciou seu irmão através dos dentes que faltavam — para que o conteis à geração seguinte!

Encarei-o, imaginando se havia perdido os miolos junto dos dentes, mas todos os outros padres murmuraram e assentiram aprovando.

— São palavras do salmista — explicou-me o cego padre Cuthbert. Cuthbert era o único padre a me apoiar, mas ele sempre fora excêntrico.

— Não poderemos contar à geração seguinte se os baluartes forem perdidos! — sibilou o padre Ceolberht — Devemos proteger os baluartes! Não podemos abandonar as muralhas de Ceaster.

— É a palavra do Senhor, louvado seja — declarou Ceolnoth.

Cynlæf sorriu para mim.

— Só um tolo ignora seu conselho — disse com lisonja paternalista. — A derrota de Ragnall é nosso objetivo, claro, mas a proteção de Ceaster é igualmente importante!

— E deixar a muralha indefesa... — disse Merewalh, infeliz, mas não terminou o raciocínio.

Mais um trovão ribombou. A chuva jorrava por um buraco no telhado e sibilava na lareira.

— Deus fala! — exclamou o padre Ceolnoth.

Que deus? Tor era o deus do trovão. Fiquei tentado a lembrá-lo disso, mas dizê-lo iria apenas criar antagonismo.

— Precisamos nos abrigar da tempestade — emendou Ceolberht. — E o trovão é o sinal de que devemos ficar dentro destas muralhas.

— Deveríamos ficar... — começou Æthelflaed, mas foi interrompida.

— Desculpe — disse o bispo Leofstan —, cara senhora. Por favor, desculpe.

Æthelflaed pareceu indignada com a interrupção, mas conseguiu dar um sorriso gentil.

— Bispo?

— O que nosso Senhor disse? — perguntou o bispo, mancando até o espaço aberto próximo à lareira, onde a chuva caía em seu manto. — Nosso

Senhor disse que deveríamos ficar em casa? Encorajou-nos a ficar agachados junto ao fogo na choupana? Disse aos discípulos que fechassem a porta e se encolhessem junto ao fogo? Não! Ele mandou seus seguidores em frente! Dois a dois! E por quê? Porque lhes deu poder sobre o inimigo poderoso! — Leofstan falava de modo passional, e, atônito, percebi que ele me apoiava. — O reino dos céus não se espalha se ficarmos em casa — declarou o bispo com fervor. — E sim avançando como ordenou nosso Senhor!

— São Marcos — sugeriu um padre muito jovem.

— Bem colocado, padre Olbert! — observou o bispo. — A ordem é encontrada de fato no evangelho de Marcos!

Mais um trovão espocou na noite. O vento aumentava, uivando na escuridão enquanto os cães no salão ganiam. A chuva caía mais forte, brilhando à luz do fogo até chiar nas chamas intensas.

— Nós recebemos a ordem de avançar! — exclamou o bispo. — De avançar e conquistar!

— Bispo — começou Cynlæf.

— Os caminhos do Senhor são estranhos. — Leofstan ignorou Cynlæf. — Não sei explicar por que nosso Deus nos abençoou com a presença do senhor Uhtred, mas de uma coisa eu sei: o senhor Uhtred vence batalhas! Ele é um poderoso guerreiro do Senhor!

Leofstan fez uma pausa de repente, encolhendo-se, e me lembrei das dores súbitas que o atingiam. Por um momento ele pareceu em agonia, uma das mãos apertando o manto acima do coração, e então a dor sumiu do rosto.

— Alguém aqui é um guerreiro melhor que o senhor Uhtred? Nesse caso, levante-se! — A maioria dos homens já estava de pé, mas todos pareciam saber o que Leofstan dizia. — Alguém aqui sabe mais sobre guerra que o senhor Uhtred? Alguém aqui provoca mais medo no inimigo?

Ele parou, esperando, mas ninguém falou nem se mexeu.

— Não nego que ele esteja tremendamente equivocado com relação à nossa fé, que ele precisa da graça de Deus e do perdão de Cristo, mas Deus o enviou a nós e não devemos rejeitar o presente. — Leofstan fez uma reverência a Æthelflaed. — Senhora, perdoe minha humilde opinião, mas insisto para que ouça o senhor Uhtred.

Eu poderia beijá-lo.

Æthelflaed olhou ao redor. Um relâmpago iluminou o buraco do telhado, seguido pelo estalo monstruoso de um trovão que abalou o céu. Os homens se mexeram, mas ninguém contradisse o bispo.

— Merewalh — Æthelflaed se levantou para mostrar que a discussão estava encerrada —, você vai ficar na cidade com cem homens. Todos os outros — ela hesitou um momento, olhando-me, depois decidiu — cavalgarão com o senhor Uhtred.

— Partiremos duas horas antes do alvorecer — avisei.

— A vingança é minha! — disse o bispo, animado.

Ele estava errado. Era minha.

Íamos sair de Ceaster para atacar Ragnall.

Levei quase oitocentos homens para a escuridão. Partimos pelo portão norte numa das tempestades mais violentas de que eu me lembrava. Trovões preenchiam o céu, relâmpagos rasgavam as nuvens, a chuva caía intensamente, e o vento uivava como os berros dos condenados. Levei meus homens e os de Æthelflaed, os guerreiros da Mércia, da tempestade, todos montando bons garanhões, todos usando cota de malha e armados com espadas, lanças e machados. O bispo Leofstan tinha ficado na plataforma sobre o portão gritando bênçãos para nós, a voz levada pelo vendaval.

— Vocês fazem a obra do Senhor! — gritou. — O senhor está com vocês, Suas bênçãos estão sobre vocês!

A obra do senhor era derrotar Ragnall. E, claro, era um risco. Talvez agora mesmo os guerreiros de Ragnall estivessem vindo na escuridão em direção a Ceaster, carregando escadas e se preparando para lutar e morrer numa muralha romana. Porém, provavelmente não estavam fazendo isso. Eu não precisava de presságios nem de batedores para me dizer que Ragnall ainda não estava pronto para atacar Ceaster.

Ragnall se movera depressa. Tinha pego seu grande exército e partido em direção a Eoferwic. A cidade, chave para o norte, havia caído sem lutar. E, assim, ele tinha voltado para atacar Ceaster. Seus homens marcharam sem cessar. Estavam cansados. Eles chegaram a Eads Byrig e encontraram o lugar encharcado de sangue e arruinado, e agora estavam diante de uma fortaleza romana apinhada de defensores. Precisavam de um ou dois dias, talvez até mais, para se preparar, fazer as escadas, encontrar forragem e permitir que os retardatários alcançassem o exército.

Merewalh e os outros estavam certos, claro. O modo mais fácil e seguro de preservar Ceaster era ficar dentro dos muros altos e deixar os homens de Ragnall morrerem contra as pedras. E eles morreriam. Boa parte do fyrd havia chegado, trazendo machados, foices e lanças. Trouxeram as famílias e os animais, de modo que as ruas estavam apinhadas de bois e vacas, porcos e ovelhas. Os muros de Ceaster seriam defendidos, mas isso não impediria Ragnall de tentar atravessar a fortificação. No entanto, se apenas ficássemos dentro da muralha e esperássemos essa tentativa, entregaríamos todo o campo ao redor à sua mercê. Ragnall atacaria, e a investida provavelmente fracassaria, mas seu exército era tão grande que ele podia se dar ao luxo de fracassar e atacar de novo. E o tempo inteiro suas tropas estariam adentrando a Mércia, queimando e matando, fazendo escravos e capturando animais, e o exército de Æthelflaed ficaria trancado em Ceaster, impotente para defender a terra que havia jurado proteger.

Por isso eu queria impelir Ragnall para longe de Ceaster. Queria golpear com força e agora.

Eu queria atingi-lo na escuridão do fim da noite, atingi-lo no trovão da tempestade providencial de Tor, atingi-lo sob o açoite dos raios do deus do trovão, atingi-lo no vento e na chuva dos deuses. Eu levaria o caos. Ele esperava encontrar um refúgio em Eads Byrig, mas agora seu único abrigo eram os escudos de seus homens, que deviam estar encolhidos na tempestade, com frio e cansados, e nós cavalgávamos para matá-los.

E para matar Brida. Pensei no meu filho, no meu filho castrado, encolhido de dor. Toquei o punho de Bafo de Serpente e prometi a mim mesmo que a lâmina sentiria o gosto de sangue antes que o sol nascesse. Eu queria encontrar Brida, a feiticeira que havia cortado meu filho, e jurei que faria aquela criatura maligna gritar até que sua voz abafasse até mesmo o ruidoso trovão de Tor.

Cynlæf comandava os homens de Æthelflaed. Eu preferia que fosse Merewalh, mas Æthelflaed queria alguém de confiança para guardar a muralha de Ceaster, e insistira em que ele ficasse. Por isso mandou Cynlæf. Tinha dito ao seu favorito que ele deveria me obedecer. Æthelflaed, claro, queria vir pessoalmente, e pela primeira vez venci essa discussão, dizendo que o caos de uma luta à meia-luz de um alvorecer tempestuoso não era lugar para ela.

— Será uma carnificina, senhora — eu dissera. — Nada além de uma carnificina. E, se a senhora estiver lá, terei de lhe dar guarda-costas, e esses homens não poderão se juntar ao combate. Preciso de todos eles e não preciso me preocupar com sua segurança.

Æthelflaed havia aceitado o argumento relutantemente, enviando Cynlæf em seu lugar, que agora cavalgava perto de mim, sem dizer nada. Íamos devagar, não podíamos ter pressa. A única luz vinha dos clarões intermitentes dos relâmpagos que riscavam o caminho até a terra e prateavam o céu, mas eu não precisava de luz. O que faríamos era simples. Iríamos criar o caos, e para criá-lo só precisávamos chegar à borda da floresta e esperar que a luz do alvorecer revelasse as árvores em meio às sombras noturnas, permitindo que cavalgássemos em segurança para um massacre.

Um relâmpago mostrou quando chegamos ao fim do pasto. À nossa frente tudo estava preto: árvores, arbustos e fantasmas. Paramos, e a chuva nos golpeava. Finan cavalgou até o meu lado. Eu ouvia o estalar de sua sela e as pancadas do garanhão, que batia os cascos no solo.

— Certifique-se de que eles estejam bem espalhados — falei.

— Estão — respondeu Finan.

Eu havia ordenado que os cavaleiros formassem oito grupos. Cada um avançaria sozinho, sem se preocupar com o que os outros fizessem. Éramos um ancinho com oito dentes, um ancinho para riscar a floresta. As únicas regras da manhã eram que os grupos deveriam matar, evitar a inevitável parede de escudos que acabaria se formando e obedecer ao som da trombeta quando esta desse o toque de retirada. Eu planejava retornar a Ceaster para o desjejum.

A não ser que os inimigos soubessem que estávamos a caminho. A não ser que suas sentinelas tivessem visto nossa aproximação, a não ser que os

A cerca fantasma

riscos luminosos dos raios de Tor tivessem mostrado o prateado de nossas armaduras naquela escuridão molhada. A não ser que já estivessem unindo os escudos com bordas de ferro para formar a parede que seria a nossa morte. É durante a espera que a mente se arrasta para uma caverna de covardia e geme para ser poupada. Pensei em tudo que poderia dar errado e senti a tentação de ficar em segurança, de levar as tropas de volta a Ceaster, colocar os homens na muralha e deixar que o inimigo morresse num ataque furioso. Ninguém iria me culpar, e, se Ragnall morresse sob as pedras de Ceaster, sua morte daria outra canção sobre Uhtred, que seria entoada em salões por toda a Mércia. Toquei o martelo pendurado no pescoço. Por toda a borda da floresta os homens tocavam seus talismãs, orando a seu deus ou deuses, sentindo o medo se esgueirar, gelando mais os ossos que a chuva que encharcava as roupas e que o vento que fustigava a pele.

— Quase lá — disse Finan em voz baixa.

— Quase lá — respondi.

A luz do lobo, a luz entre a escuridão e a claridade, entre a noite e o alvorecer. Não há cores, só o cinza de uma lâmina de espada, da névoa, o cinza que engole os fantasmas, os elfos e os goblins. As raposas procuram suas tocas, os texugos vão para baixo da terra, e a coruja voa para casa. Outro estrondo de um trovão abalou o céu, e eu olhei para cima, com a chuva caindo no rosto, e rezei a Tor e a Odin. Faço isso para vocês, falei, para a sua diversão. Os deuses nos observam, nos recompensam e às vezes nos castigam. Ao pé da Yggdrasil as três bruxas observavam e sorriam. Será que estavam afiando a tesoura? Pensei em Æthelflaed, às vezes tão fria e às vezes tão desesperada por afeto. Ela odiava Eadith, que era tão leal a mim e amorosa, e que sentia tanto medo de Æthelflaed. Pensei na Ratinha, a criatura das trevas que enlouquecia os homens. E me perguntei se ela temia alguém, e se, em vez disso, era uma mensageira dos deuses.

Olhei novamente para a floresta, e agora enxergava as formas das árvores, escuras na escuridão, eu via os golpes da chuva.

— Quase lá — repeti.

— Em nome de Deus — murmurou Finan. Vi quando ele fez o sinal da cruz. — Se o senhor vir meu irmão — falou em voz alta —, ele é meu.

— Se eu vir seu irmão, ele é seu — prometi.

Godric me oferecera a lança pesada, mas eu preferia uma espada, por isso desembainhei Bafo de Serpente e a estendi. Pude ver o brilho na lâmina como o tremeluzir da luz enevoada na escuridão. Um cavalo relinchou. Ergui a espada e beijei o aço.

— Por Eostre! Por Eostre e pela Mércia!

E as sombras sob as árvores se dissolveram em formas, em arbustos e troncos, em folhas balançando ao vento. Ainda era noite, mas a luz do lobo havia chegado.

— Vamos — falei com Finan, depois dei um grito: — Vamos!

O tempo de ficarmos escondidos havia passado. Agora era velocidade e barulho. Agachei-me na sela, tomando cuidado com os galhos baixos, deixando que Tintreg escolhesse o caminho, mas o instigando à frente. O dia clareava. A chuva caía nas folhas, a floresta era dominada pelo barulho dos cavalos, o vento sacudia os galhos altos, que pareciam coisas loucas, atormentadas. Eu esperava ouvir uma trombeta soando para convocar nossos inimigos, porém isso não aconteceu. Raios ribombavam ao norte, lançando sombras pretas e nítidas entre as árvores, então um trovão ressoou, e nesse momento vi a luz pálida de uma fogueira adiante. Fogueiras de acampamento! Os homens de Ragnall estavam nas clareiras, e, se ele havia posto sentinelas, estas não tinham nos visto, ou havíamos passado por elas. O tremeluzir das fogueiras lutando contra a chuva torrencial ficou mais claro. Vi sombras em meio às fogueiras. Alguns homens estavam acordados, presumivelmente alimentando as chamas e sem saber que cavalgávamos para sua morte. Então, distante à direita, onde a estrada romana penetrava na floresta, ouvi gritos, e soube que nosso massacre havia começado.

Aquele alvorecer foi violento. Ragnall pensara que estávamos abrigados atrás da muralha de Ceaster, encolhidos por causa do seu ataque na festa de Eostre. Em vez disso, irrompemos sobre seus homens, chegando com o trovão, e eles não estavam preparados. Saí repentinamente das árvores para uma clareira ampla e vi abrigos precários feitos com galhos às pressas. Um homem se arrastou para fora de um, ergueu a cabeça e levou Bafo de Serpente no rosto. A lâmina atingiu o osso e fez meu braço estremecer. Outro homem corria, e cravei a ponta da espada em suas costas. Cavaleiros feriam e matavam por todo lado.

— Continuem — gritei. — Continuem!

Este era apenas um pequeno acampamento numa clareira; o principal ficava adiante. Uma claridade acima das árvores escuras mostrava onde as fogueiras estavam acesas no alto de Eads Byrig, e eu cavalguei para lá.

De novo entre as árvores. A iluminação aumentava, amortalhada por nuvens de tempestade, mas à frente eu conseguia ver a faixa de terra sem árvores que cercava as encostas de Eads Byrig. E era lá, entre os tocos, que a maioria dos homens de Ragnall estava acampada, e foi lá que os matamos. Nós nos lançamos da floresta com espadas cobertas de sangue, cavalgamos em meio a homens em pânico e os matamos. Mulheres gritavam, crianças choravam. Meu filho comandava homens à minha direita, retalhando guerreiros que tentavam fugir das nossas lâminas. Tintreg se chocou contra um homem, jogando-o numa fogueira que irrompeu em fagulhas. O cabelo dele pegou fogo. Ele berrou, e eu brandi Bafo de Serpente, cortando outro homem que corria com os olhos arregalados e carregando a cota de malha nos braços. À minha frente um guerreiro gritou em desafio e esperou meu ataque com uma lança, depois se virou, escutando cascos atrás dele. E morreu sob um machado frísio que fendeu seu crânio. Homens recém-acordados corriam atabalhoadamente, atravessando o primeiro fosso e subindo o barranco. Agora uma trombeta soava no alto do velho forte. Esporeei até um grupo de homens, atacando violentamente com Bafo de Serpente enquanto Godric chegava com sua lança apontada para abrir a barriga de um inimigo. Tintreg mordeu o rosto de um homem, depois continuou avançando enquanto um trovão rasgava o céu. Berg passou galopando por mim, gritando, empolgado, com as tripas de alguém presas na espada. Golpeou, virou o cavalo e golpeou de novo. O homem que Tintreg havia mordido se virou para se afastar, as mãos no rosto dilacerado, o sangue escorrendo pelos dedos. O mais resplandecente naquela luz cinzenta da manhã não eram as fogueiras, e sim o sangue dos inimigos refletindo a claridade súbita dos raios de sol.

Guerreiros da tempestade

Esporeei meu cavalo em direção à entrada do forte em ruínas e vi que uma parede de escudos havia se formado do lado de lá da trilha. Homens corriam para se juntar a ela, abrindo caminho para as fileiras e alinhando os escudos redondos para alargar a parede. Havia estandartes acima deles, mas estavam tão encharcados com a chuva que nem mesmo o vento forte daquele alvorecer conseguia fazê-los tremular. Meu filho passou por mim, indo para a trilha, e eu o chamei.

— Deixe-os!

Havia pelo menos cem homens guardando o caminho de entrada. Cavalos não poderiam rompê-los. Tive certeza de que Ragnall estava lá, assim como Brida, ambos sob seus estandartes encharcados, mas sua morte precisaria esperar outro dia. Tínhamos vindo matar, e não lutar contra uma parede de escudos.

Eu dissera aos meus homens que cada um só precisaria matar um inimigo e que essa morte reduziria quase à metade o exército de Ragnall. Estávamos ferindo mais que matando, porém um homem ferido é mais problemático que um morto. Um cadáver pode ser enterrado ou queimado, pode ser lamentado e abandonado, mas os feridos precisam de tratamento. A visão de homens sem olhos, com a barriga jorrando sangue ou fraturas expostas provoca medo no inimigo. Um exército ferido é um exército lento, aterrorizado, e nós deixamos Ragnall mais lento ainda arrebanhando seus cavalos de volta para a floresta. Arrebanhamos mulheres e crianças também, instigando-as ao matar qualquer um que nos desafiasse. Os homens de Ragnall saberiam que suas mulheres estavam em nossas mãos e que seus filhos estavam destinados aos nossos mercados de escravos. A guerra não é gentil, mas Ragnall a trouxera à Mércia, esperando que uma terra comandada por uma mulher fosse fácil de conquistar. Agora ele descobria o quanto era fácil.

Vi Cynlæf caçar três homens, todos armados com lanças e tentando estripar sua montaria antes de matá-lo. Ele cuidou dos inimigos com facilidade, usando a habilidade com o cavalo e com a espada para ferir dois e matar o terceiro.

— Impressionante — comentou Finan, de má vontade, enquanto víamos o jovem saxão ocidental virar seu garanhão e movimentar a espada rapidamente para abrir o braço de um homem do cotovelo ao ombro. Depois ele usou o peso do cavalo para jogar o último inimigo no chão, onde o finalizou

A cerca fantasma

casualmente, inclinando-se na sela e dando uma estocada. Cynlæf viu que tínhamos observado aquilo e riu para nós.

— Boa caçada nesta manhã, senhor! — gritou ele.

— Toque a trombeta — pedi a Godric, que sorria porque havia matado e sobrevivido.

Era hora de partir. Havíamos rasgado os acampamentos de Ragnall, encharcado de sangue a luz cinzenta do alvorecer e ferido terrivelmente o inimigo. Havia corpos caídos entre as fogueiras que agora morriam sob a chuva. Boa parte do exército de Ragnall tinha sobrevivido, e esses homens estavam no alto de Eads Byrig, de onde só podiam observar enquanto nossos cavaleiros caçavam os poucos sobreviventes dos acampamentos mais baixos. Olhei por entre o aguaceiro e pensei ter visto Ragnall parado perto de uma figura minúscula vestida de preto que podia ser Brida.

— Meu irmão está lá — disse Finan, amargo.

— Você consegue vê-lo?

— Posso ver e sentir o cheiro dele. — Finan embainhou a espada com força. — Outro dia. Ainda vou matá-lo.

Demos meia-volta. Tínhamos vindo, tínhamos matado e agora partimos, arrebanhando cavalos, mulheres e crianças à frente, através da floresta encharcada pela tempestade. Ninguém nos perseguiu. Os homens de Ragnall, imbuídos de confiança por causa da arrogância do líder, haviam se abrigado da tempestade. Tínhamos chegado com o trovão e agora partíamos com o alvorecer.

Perdemos onze homens. Apenas onze. Dois, eu sei, atravessaram os fossos com seus cavalos e foram de encontro à parede de escudos no alto de Eads Byrig, mas o restante? Jamais descobri o que aconteceu com aqueles nove homens, mas foi um preço pequeno a pagar pelo estrago que infligimos ao exército de Ragnall. Tínhamos matado ou ferido de trezentos a quatrocentos homens, e, quando voltamos a Ceaster, descobrimos que havíamos capturado cento e dezessete cavalos, sessenta e oito mulheres e noventa e quatro crianças. Até Ceolberht e Ceolnoth, os padres que me odiavam tanto, aplaudiram enquanto os cativos atravessavam o portão.

— Que Deus seja louvado! — exclamou o padre Ceolnoth.

— Que Ele seja louvado! — sibilou seu irmão através dos dentes que faltavam. Uma cativa gritou com Ceolberht, que deu um passo para lhe dar um tapa na cabeça com força. — Você é uma felizarda, mulher. Está nas mãos de Deus! Agora vai ser cristã!

— Todos os pequeninos trazidos para Cristo! — exclamou o padre Leofstan, olhando, ansioso, para as crianças que choravam.

— Para serem levadas aos mercados de escravos da Francia — murmurou Finan.

Desci da sela de Tintreg, desafivelei o cinto da espada e entreguei Bafo de Serpente a Godric.

— Limpe-a bem — mandei —, e passe gordura. Depois encontre o padre Glædwine e mande que ele venha a mim.

Godric me encarou.

— O senhor quer um padre? — perguntou, incrédulo.

— Quero o padre Glædwine, portanto o chame.

Então fui procurar o desjejum.

O padre Glædwine era um dos sacerdotes de Æthelflaed, um rapaz de testa grande e pálida e um olhar severo. Diziam que era um erudito, produto de uma das escolas do rei Alfredo em Wessex, e Æthelflaed o usava como escrivão. Ele escrevia as cartas dela, copiava as leis e desenhava mapas, mas sua reputação ia muito além dessas tarefas servis. Era um poeta, famoso pelos hinos que compunha. Esses hinos eram cantados por monges na igreja e por harpistas em salões, e eu fora obrigado a ouvir alguns, principalmente quando os harpistas cantavam no palácio de Æthelflaed. Eu achava que seriam chatos, mas o padre Glædwine gostava de contar histórias em suas canções. Apesar da minha aversão, ouvi com prazer. Uma das suas melhores composições falava da ferreira que havia forjado os cravos usados para crucificar o deus pregado. Foram três cravos e três maldições. A primeira fez com que um de seus filhos fosse comido por um lobo, a segunda condenou seu marido a se afogar numa cloaca na Galileia e a terceira lhe causou a doença dos tremores, transformando seu cérebro em mingau. E tudo isso evidentemente provava o poder do deus cristão.

Era uma boa história, e foi por isso que mandei chamar Glædwine, que parecia ter tido o próprio cérebro transformado em mingau quando chegou ao pátio da minha casa, onde Godwin mergulhava minha cota de malha num barril. A água tinha ficado cor-de-rosa.

— Isso é sangue — falei ao nervoso Glædwine.

— Sim, senhor — gaguejou ele.

— Sangue pagão.

— Que Deus seja louvado — começou ele, depois se lembrou de que eu era pagão — pelo senhor ter sobrevivido, senhor — acrescentou de forma rápida e inteligente.

Tirei o justilho de couro que usava por baixo da cota de malha. Fedia. O pátio estava cheio de solicitantes, mas era sempre assim. Os homens vinham pedir justiça, favores ou simplesmente me lembrar de que existiam. Agora esperavam abrigados na passagem coberta ao redor do pátio. Ainda chovia, embora a tempestade já não fosse tão intensa. Vi Gerbruht, o grande frísio, entre os solicitantes. Ele forçava um prisioneiro a ficar de joelhos. Não reconheci o sujeito, mas presumi que fosse um dos homens de Æthelflaed que tivesse sido apanhado roubando. Gerbruht atraiu minha atenção e começou a falar.

— Depois — interrompi-o, e voltei a olhar para o padre pálido. — Você vai escrever uma canção, Glædwine.

— Sim, senhor.

— Uma canção sobre Eads Byrig.

— Claro, senhor.

— A canção vai contar como Ragnall, o Rei do Mar, Ragnall, o Cruel, veio a Ceaster e foi derrotado.

— Foi derrotado, senhor — repetiu Glædwine. Ele piscava enquanto a chuva caía nos seus olhos.

— Você vai contar como os homens dele foram mortos, como suas mulheres foram capturadas e como suas crianças foram escravizadas.

— Escravizadas, senhor.

— E como os homens da Mércia levaram suas armas a um inimigo e o fizeram se arrastar na lama.

— Na lama, senhor.

— Será uma canção de triunfo, Glædwine!

— Claro, senhor — concordou ele, franzindo a testa, depois olhou nervosamente para o pátio ao redor. — Mas o senhor não tem seus próprios poetas? Seus harpistas?

— E o que meus poetas vão cantar sobre Eads Byrig?

Ele balançou as mãos sujas de tinta, pensando em que resposta eu queria.

— Vão contar de sua vitória, senhor, claro...

— E é isso que eu não quero! — interrompi. — Esta será uma canção sobre a vitória da senhora Æthelflaed, entendeu? Deixe-me fora dela! Diga que a senhora Æthelflaed comandou os homens da Mércia no massacre dos pagãos, diga que seu deus a conduziu, inspirou e lhe garantiu o triunfo.

— Meu Deus? — perguntou ele, atônito.

— Quero um poema cristão, seu idiota.

— O senhor quer um... — começou o idiota, depois engoliu o restante da pergunta. — O triunfo da senhora Æthelflaed, sim, senhor.

— E do príncipe Æthelstan — acrescentei. — Mencione-o também. — Æthelstan havia cavalgado com meu filho e se portara bem.

— Sim, senhor, do príncipe Æthelstan também.

— Ele matou dezenas de inimigos! Diga isso! Diga que Æthelstan transformou os pagãos em cadáveres. Esta é uma canção sobre Æthelflaed e Æthelstan, você nem precisa mencionar meu nome. Pode dizer que fiquei em Ceaster com o dedo do pé machucado.

— O dedo do pé machucado, senhor — repetiu Glædwine, franzindo a testa. — Quer que essa vitória seja atribuída ao Deus Todo-Poderoso?

— E a Æthelflaed — insisti.

— E é tempo de Páscoa — comentou Glædwine, quase consigo mesmo.

— Festa de Eostre — corrigi.

— Posso dizer que é a vitória da Páscoa, senhor! — Ele pareceu empolgado.

— Pode ser o que você quiser — falei rispidamente —, mas quero que a canção seja cantada em todos os salões. Quero que seja berrada em Wessex, ouvida na Ânglia Oriental, contada aos galeses e entoada na Francia. Faça com que seja boa, padre, faça com que seja sangrenta, com que seja empolgante!

— Claro, senhor!

— A canção da derrota de Ragnall.

183

A cerca fantasma

Embora, é claro, Ragnall ainda não estivesse derrotado. Ele ainda tinha mais da metade de seu exército, e essa metade provavelmente ainda representava um número maior que o nosso, porém sua vulnerabilidade fora demonstrada. Ragnall atravessara o mar e tomara a maior parte da Nortúmbria com velocidade e ousadia, e as histórias desses feitos se espalhariam até que os homens acreditassem que ele estava destinado a ser um conquistador. Por isso era hora de dizer às pessoas que Ragnall podia e seria derrotado. E era melhor que a ruína de Ragnall fosse Æthelflaed, pois muitos homens não permitiriam que canções sobre Uhtred fossem entoadas em seus salões. Eu era pagão, eles eram cristãos. Mas ouviriam a canção de Glædwine, que daria todo o crédito ao deus pregado e afastaria um pouco do medo que Ragnall causava. E ainda havia idiotas que acreditavam que uma mulher não deveria reinar, portanto que os idiotas ouvissem uma canção sobre o triunfo de uma.

Dei ouro a Glædwine. Como a maioria dos poetas, ele dizia que criava as canções porque não tinha escolha.

— Nunca pedi para ser poeta — dissera-me ele uma vez —, mas as palavras simplesmente vêm a mim, senhor. Elas vêm do Espírito Santo! Ele é minha inspiração! — Podia ser verdade, mas notei que o Espírito Santo ficava muito mais inspirador quando sentia cheiro de ouro ou prata.

— Escreva bem — recomendei, então o dispensei.

Assim que Glædwine correu para o portão, todos os solicitantes avançaram até serem contidos por meus lanceiros. Assenti com a cabeça para Gerbruht.

— Você é o próximo.

Gerbruht chutou seu prisioneiro na minha direção.

— Ele é um nortista, senhor, da escória de Ragnall.

— Então por que ainda tem as duas mãos? — questionei. Tínhamos aprisionado alguns homens junto das mulheres e das crianças, e eu ordenara que suas mãos fossem decepadas antes de terem permissão de partir. — Ele deveria estar de volta em Eads Byrig com um cotoco no lugar do pulso — continuei.

Em seguida, peguei uma caneca de cerveja com uma criada e bebi tudo. Quando voltei a olhar, vi que o prisioneiro chorava. Era um homem bonito, de 20 e poucos anos, o rosto marcado por batalhas e as bochechas com tatuagens de machados. Eu estava acostumado a ver meninos chorando, mas o prisioneiro era um homem de aparência severa e ele soluçava. Isso me intrigou. A maioria dos homens enfrenta a mutilação com coragem ou desafio, mas esse chorava feito criança.

— Espere — falei a Gerbruht, que havia sacado uma faca.

— Eu não ia cortá-lo aqui! — protestou Gerbruht. — Aqui, não. Sua senhora Eadith não gosta de sangue no pátio. Lembra aquela porca que a gente matou na festa de Yule? Ela não ficou nada feliz! — Ele deu um chute no prisioneiro que soluçava. — E nós não capturamos esse aí na fuga de madrugada, senhor. Ele acabou de chegar.

— Acabou de chegar?

— Ele veio a cavalo até o portão, senhor. Havia uns desgraçados o perseguindo, mas ele chegou primeiro.

— Então não vamos decepar a mão dele nem o matar, por enquanto. — Usei a bota para erguer o queixo do prisioneiro. — Diga seu nome.

— Vidarr, senhor — respondeu ele, tentando controlar os soluços.

— Norueguês? Dinamarquês?

— Norueguês, senhor.

— Por que você está aqui, Vidarr?

Ele respirou fundo. Evidentemente Gerbruht achou que Vidarr não iria responder e lhe deu um tapa na cabeça.

— Minha mulher! — exclamou Vidarr apressadamente.

— Sua mulher.

— Minha mulher! — repetiu ele, e seu rosto desmoronou de tristeza. — Minha mulher, senhor. — Ele parecia incapaz de falar qualquer outra coisa.

— Deixe-o em paz — eu disse a Gerbruht, que já ia bater no prisioneiro de novo. — Fale da sua mulher — ordenei a Vidarr.

— Ela é sua prisioneira, senhor.

— E daí?

A voz dele não passava de um sussurro.

— Ela é minha esposa, senhor.

— E você a ama? — perguntei asperamente.

— Sim, senhor.

— Deus do céu — zombou Gerbruht. — Ele a ama! Ela provavelmente já foi...

185
A cerca fantasma

— Quieto — vociferei. Olhei para Vidarr. — A quem você é jurado?

— Ao jarl Ragnall, senhor.

— E o que espera que eu faça? Que devolva sua mulher e deixe você ir embora?

Ele balançou a cabeça.

— Não, senhor.

— Um homem que viola seu juramento não é digno de confiança.

— Eu fiz um juramento a Askatla também, senhor.

— Askatla? É a sua mulher?

— Sim, senhor.

— E esse juramento é maior que o feito ao jarl Ragnall?

Ele sabia a resposta e não queria dizê-la em voz alta, por isso ergueu a cabeça para me encarar.

— Eu a amo, senhor — implorou.

Ele parecia patético e sabia disso, mas tinha sido levado a essa humilhação por amor. As mulheres são capazes disso. Elas têm poder. Todos podemos dizer que o juramento ao nosso senhor é o mais forte, que conduz nossa vida, mas poucos homens não abandonariam os juramentos por causa de uma mulher. Eu violei juramentos. Não sinto orgulho disso, mas quase todos que violei foi por causa de uma mulher.

— Me dê um motivo para que eu não ordene que você seja levado ao fosso e morto — pedi a Vidarr. Ele não disse nada. — Ou para que eu não o mande de volta ao jarl Ragnall — acrescentei.

Não ousamos admitir que as mulheres têm tanto poder, por isso fui duro com ele.

Vidarr apenas balançou a cabeça, sem saber como me responder. Gerbruht ficou rindo alegremente, mas então o norueguês tentou um último apelo desesperado.

— Eu sei por que seu filho foi procurar Ragnall!

— Meu filho?

— O padre, senhor. — Ele me encarou, o desespero evidente no rosto. Não falei nada, e Vidarr confundiu o silêncio com raiva. — O padre que a feiticeira cortou, senhor — acrescentou em voz baixa.

Guerreiros da tempestade

— Sei o que ela fez com ele.

Vidarr baixou o rosto.

— Poupe-me, senhor. — Ele quase sussurrou as palavras. — E servirei ao senhor.

Ele havia me intrigado. Ergui sua cabeça com a mão direita.

— Por que meu filho foi procurar Ragnall?

— Ele era um emissário de paz, senhor.

— Emissário? — Isso fazia pouco sentido. — De quem?

— Da Irlanda, senhor! — respondeu Vidarr num tom que sugeria acreditar que eu já sabia. — Da sua filha.

Por um momento, fiquei atônito demais para falar. Apenas olhei para ele. A chuva caía em seu rosto, mas eu não prestava atenção ao clima.

— Stiorra? — perguntei, por fim. — Por que ela mandaria um emissário de paz?

— Porque eles estão em guerra, senhor!

— Eles?

— Ragnall e o irmão!

Continuei simplesmente o encarando. Vidarr abriu a boca para falar mais, porém eu o silenciei balançando a cabeça. Então Sigtryggr era inimigo de Ragnall também? Meu genro era meu aliado?

Gritei para Godric:

— Traga Bafo de Serpente! Agora!

Ele me entregou a espada. Olhei nos olhos de Vidarr, ergui a lâmina e o vi se encolher, depois baixei a arma com força, de modo que a ponta se cravou na terra macia entre duas pedras do pavimento. Fechei as mãos em volta do punho.

— Jure lealdade a mim — ordenei.

Vidarr envolveu minhas mãos com as dele e jurou ser meu vassalo, ser leal a mim, servir-me e morrer por mim.

— Encontre uma espada para ele — ordenei a Gerbruht — e uma cota de malha, um escudo e a esposa dele.

Então fui atrás do meu filho. Meu filho mais velho.

Wyrd bið ful aræd.

Oito

Mais tarde, naquela manhã, Finan levou duzentos e cinquenta cavaleiros para o território ao sul de Eads Byrig, onde encontraram duas equipes de forrageiros de Ragnall. Eles mataram todos os homens da primeira e fizeram a segunda fugir em pânico, capturando um menino de 11 anos que era filho de um jarl da Nortúmbria.

— Ele vai pagar resgate pelo garoto — previu Finan.

Além disso, eles trouxeram dezesseis cavalos e doze cotas de malha, além de armas, elmos e escudos. Eu havia mandado Vidarr com os homens de Finan para testar a lealdade do recém-chegado.

— É, ele matou muito bem — relatou Finan —, e sabe fazer o serviço.

Por curiosidade eu chamara Vidarr e sua esposa à minha casa, para ver pessoalmente que tipo de mulher levava um homem à traição e às lágrimas. Descobrira que ela era uma criatura pequena e gorducha com olhos redondos e voz estridente.

— A gente vai ganhar terras? — perguntou a mim, e, quando o marido tentou silenciá-la, virou-se para ele feito uma bruxa. — Não me mande ficar quieta, Vidarr Leifson! O jarl Ragnall prometeu terras à gente! Eu não atravessei um oceano para morrer num fosso saxão!

Aquela mulher poderia me levar às lágrimas, mas jamais à traição, no entanto Vidarr a olhava como se ela fosse a rainha de Asgard.

Os cavaleiros exaustos de Finan se sentiam empolgados ao voltar. Sabiam que estavam derrotando a horda de Ragnall e que qualquer resgate e venda de armas capturadas levariam ouro às suas bolsas. Homens imploravam para cavalgar, e naquela tarde Sihtric levou outros cem para esquadrinhar o mesmo território. Eu queria manter Ragnall aguerrido, fazer com que ele soubesse que não haveria paz enquanto permanecesse perto de Ceaster. Nós o tínhamos ferido tremendamente no dia posterior à festa de Eostre, e eu queria que a dor continuasse.

Eu também queria conversar com meu filho, mas ele parecia incapaz de falar. Ficava encolhido em cobertores e peles, suando e tremendo ao mesmo tempo.

— A febre dele deve reduzir — comentou Ymma, a mulher magra que parecia ser a única irmã com permissão de falar com homens. — Ele precisa de orações e suor, muito suor!

O porteiro aleijado havia batido na barra de ferro com a minha chegada para anunciar um visitante do sexo masculino. Houve uma correria de mulheres encapuzadas se escondendo enquanto a irmã Ymma emergia séria de onde quer que se escondesse.

— O sangramento parou, graças a Deus, graças ao pano do seio da santa Werburga — disse ela, fazendo o sinal da cruz.

— Graças ao quê?

— A senhora Æthelflaed nos emprestou — disse Ymma. — É uma relíquia sagrada. — Ela estremeceu. — Tive o privilégio de tocá-lo.

— Pano do seio?

— A bendita santa Werburga amarrava os seios com uma tira de pano — explicou, séria, a irmã Ymma. — Amarrava com força, para não tentar aos homens. E punha espinhos embaixo do pano, como lembrança do sofrimento de Nosso Senhor.

— Ela colocava espinho nos peitos? — indaguei, pasmo.

— É um modo de glorificar a Deus! — respondeu a irmã Ymma.

Jamais vou entender os cristãos. Já vi homens e mulheres se chicotearem até que as costas não passassem de tiras de carne pendendo das costelas expostas, vi peregrinos mancarem com os pés quebrados e cobertos de sangue para adorar o dente da baleia que engoliu Jonas e já vi um homem cravar pregos nos próprios pés. Que deus quer esses absurdos? E por que preferir um deus que quer que você se torture em vez de adorar Eostre, que deseja que você leve uma garota para a floresta e faça bebês?

— O próprio bispo rezou com ele ontem à noite — continuou a irmã Ymma, acariciando a cabeça do meu filho com um toque surpreendentemente gentil. — Ele trouxe a língua de são Cedd e a colocou sobre o ferimento. E, claro, a irmã Gomer cuida dele. Se alguém pode fazer o milagre de Deus, é a irmã Gomer.

— A esposa do bispo.

— Uma santa viva — disse, com reverência, a irmã Ymma.

Meu filho precisava de uma santa viva, ou pelo menos de um milagre. Não estava mais encolhido de dor, mas ainda parecia incapaz de falar. Chamei seu nome e achei que ele o reconheceu, mas não tive certeza. Nem sabia se ele estava acordado.

— Seu maldito idiota — comecei. — O que você estava fazendo na Irlanda?

Claro que ele não respondeu.

— Podemos ter certeza de que ele estava fazendo a obra de Cristo — disse a irmã Ymma, confiante. — E agora ele é um mártir da fé. Tem o privilégio de sofrer por Cristo!

Meu filho sofria, mas parecia que a irmã Gomer de fato realizava milagres, porque na manhã seguinte o bispo me mandou uma mensagem dizendo que ele estava se recuperando. Voltei a casa, esperei enquanto o pátio era liberado das mulheres, depois fui ao quartinho onde Uhtred estava. Só que ele não era mais Uhtred. Agora se chamava de padre Oswald, e o encontrei apoiado nos travesseiros, com as bochechas coradas. Ele me olhou, e eu olhei para ele.

— Seu maldito idiota — falei.

— Bem-vindo, pai — respondeu ele debilmente. Sem dúvida tinha comido, porque havia uma tigela vazia e uma colher de madeira em cima da coberta de pele. Ele segurava um crucifixo.

— Você quase morreu, seu desgraçado estúpido — falei rispidamente.

— O senhor se importaria?

Não respondi, fiquei parado junto à porta olhando, irritado, para o pátio.

— Essas mulheres malditas falam com você?

— Sussurram.

— Sussurram?

— O mínimo possível. O silêncio é o presente delas para Deus.

A cerca fantasma

— Uma mulher silenciosa. Não é uma coisa ruim, acho.

— Elas só estão obedecendo à escritura.

— A escritura?

— Na carta a Timóteo — explicou meu filho com formalidade — São Paulo diz que a mulher deve "ficar em silêncio".

— Ele provavelmente era casado com alguma criatura pavorosa que o irritava — falei, pensando na voz esganiçada da mulher de Vidarr. — Mas por que um deus desejaria o silêncio?

— Porque seus ouvidos são martelados pelas orações. Milhares de orações. Orações dos doentes, dos solitários, dos agonizantes, dos miseráveis, dos pobres e dos necessitados. O silêncio é um presente para essas almas, permitindo que as orações delas cheguem a Deus.

Olhei para os pardais brigando no capim do pátio.

— E você acha que seu deus atende a essas orações?

— Eu estou vivo — respondeu ele simplesmente.

— Eu também — retruquei. — E uma boa quantidade de cristãos malditos rezou pela minha morte.

— Verdade. — Pela voz, ele pareceu ter achado isso divertido, mas, quando me virei, vi que seu rosto expressava dor.

Olhei para meu filho sem saber o que dizer.

— Isso deve doer — comentei por fim.

— Dói — concordou.

— Como você acabou sendo capturado por Ragnall? Foi algo idiota de se fazer!

— Fui a ele com autoridade — disse meu filho, cansado. — Como um emissário. Não fui idiota, ele concordou em me receber.

— Você estava na Irlanda?

— Não quando o encontrei. Mas tinha vindo de lá.

— De Stiorra?

— É.

Uma anã chegou com uma caneca d'água ou cerveja e protestou para atrair minha atenção. Ela queria que eu saísse do caminho da porta.

Guerreiros da tempestade

— Saia — falei rispidamente para ela, depois olhei novamente para o meu filho. — A cadela da Brida cortou seu pau também?

Ele hesitou, depois assentiu.

— Sim.

— Acho que isso não importa. Você é um maldito padre. Pode mijar feito mulher.

Eu estava com raiva. Posso ter repudiado Uhtred, posso tê-lo deserdado e rejeitado, mas ele ainda era meu filho, e um ataque contra ele era um ataque à minha família. Olhei-o com raiva. Seu cabelo estava muito curto. Ele sempre fora um garoto bonito, de rosto fino e sorriso fácil, ainda que sem dúvida seu sorriso tivesse desaparecido junto do pau. Era mais bonito do que meu segundo filho, decidi, que supostamente se parecia comigo, de rosto bruto e cheio de cicatrizes.

Ele me encarou também.

— Ainda honro o senhor como meu pai — declarou depois de uma pausa.

— Me honre como o homem que vai se vingar por você. E diga o que aconteceu com Stiorra.

Ele suspirou, depois se encolheu de dor ao se mover sob as cobertas.

— Ela e o marido estão sitiados.

— Por quem?

— Pelos Uí Néills. — Oswald franziu a testa. — É um clã, uma tribo, um reino da Irlanda. — Fez uma pausa evidentemente querendo dar mais explicações, então apenas deu de ombros, como se qualquer explicação fosse demasiadamente cansativa. — Na Irlanda as coisas são diferentes.

— E eles são aliados de Ragnall?

— São — respondeu com cuidado. — Mas um não confia no outro.

— Quem confiaria em Ragnall? — perguntei violentamente.

— Ele toma reféns. É assim que mantém seus homens leais.

Eu não conseguia compreender o que meu filho tentava dizer.

— Você está dizendo que os Uí Néills entregaram reféns a ele?

Meu filho assentiu.

— Ragnall entregou a eles suas terras na Irlanda, mas parte do preço foi o serviço de uma tripulação durante um ano.

— Eles são mercenários! — exclamei, surpreso.

— Mercenários — repetiu ele. — E o serviço é parte do preço das terras. Mas outra parte era a morte de Sigtryggr. Se os Uí Néills não lhe derem isso...

— Se eles fracassarem, Ragnall tem uma tripulação de homens dos Uí Néills sob seu poder. Acha que ele poderia matá-los como vingança?

— O que o senhor acha? Conall e os homens dele são mercenários mas também são reféns.

E isso, pelo menos, fazia sentido. Nem Finan nem eu entendíamos por que havia guerreiros irlandeses servindo a Ragnall; e nenhum dos prisioneiros que havíamos feito conseguia dar uma explicação. Eram guerreiros contratados, mercenários e uma garantia da morte de Sigtryggr.

— Qual é o motivo da disputa entre Ragnall e o irmão?

— Sigtryggr se recusou a entrar para o exército dele.

— Por quê?

— Os dois não gostam um do outro. O pai deles dividiu a terra entre os dois ao morrer, e Ragnall se ressentiu disso. Acha que tudo deveria ser dele. — Meu filho parou para dar uma risada sem alegria. — E, claro, Ragnall quer Stiorra.

Encarei-o.

— Ele quer o quê?

— Ragnall quer Stiorra — repetiu ele. Continuei encarando-o e não falei nada. — Ela se tornou uma mulher linda.

— Sei o que ela é! E é pagã.

Meu filho assentiu com tristeza.

— Ela diz que é pagã, mas acho que é como o senhor, pai. Só diz isso para irritar as pessoas.

— Eu sou pagão! — declarei com raiva. — E Stiorra também!

— Eu rezo por ela.

— Eu também — vociferei.

— E Ragnall a deseja — comentou ele com simplicidade. — Ele já tem quatro esposas, e agora quer Stiorra também.

— E os Uí Néills devem capturá-la?

— Devem capturá-la e matar Sigtryggr — concordou ele. — Tudo isso faz parte do preço da terra.

Voltei à porta e olhei para o pátio. Um sol fraco lançava as sombras dos restos de um poço ornamental com paredes de pedra que estava sem água havia muito tempo. A borda da parede do poço tinha esculturas de ninfas correndo e homens com pés de bode. A eterna perseguição.

— Finan me disse que os Uí Néills são a tribo mais poderosa da Irlanda — falei à porta. — E você me diz que eles estão perseguindo Stiorra?

— Estavam.

— Estavam? — indaguei, mas ele apenas suspirou de novo e pareceu relutante em falar. Virei-me e olhei para o meu filho. — Estavam? — repeti com aspereza.

— Eles têm medo dela. — Meu filho realmente relutava em falar, incapaz de me encarar.

— Por que uma tribo poderosa temeria Stiorra?

Ele suspirou.

— Eles acreditam que ela é uma feiticeira.

Gargalhei. Minha filha, feiticeira! Senti orgulho dela.

— Então Sigtryggr e Stiorra estão sitiados, mas os Uí Néills não atacam porque acham que Stiorra tem os deuses ao seu lado?

— O diabo, talvez — disse ele de forma afetada.

— Você acha que ela dá ordens a Satã? — perguntei rispidamente.

Meu filho balançou a cabeça.

— Os irlandeses são supersticiosos — comentou com mais energia. — Deus sabe que há superstição demais na Britânia! Pessoas demais não abandonam as crenças antigas...

— Isso é bom.

— Mas na Irlanda é pior! Até alguns padres de lá visitam os templos antigos. De modo que sim, eles temem Stiorra e seus deuses pagãos.

— E como você acabou no meio de tudo isso? Achei que você estava seguro em Wessex.

— Um abade da Irlanda me mandou a notícia. Os mosteiros de lá são diferentes. São maiores, têm mais poder, de certa forma os abades são como

A cerca fantasma

pequenos reis. Ele queria que os Uí Néills saíssem de suas terras porque eles estavam matando seus animais e comendo seus grãos. Eu fui até lá, como ele pediu...

— O que eles acharam que você poderia fazer? — interrompi impacientemente.

— Queriam um pacificador.

— E você fez o quê? Foi se arrastando até Ragnall e implorou que ele fosse bonzinho e deixasse sua irmã em paz? — zombei.

— Levei uma oferta a Ragnall.

— Oferta?

— Sigtryggr ofereceu dois elmos cheios de ouro se Ragnall pedisse aos Uí Néills que interrompessem o cerco.

— E Ragnall cortou seus bagos.

— Ele recusou a oferta. Riu dela. Ia me mandar de volta para a Irlanda com a resposta, mas então Brida de Dunholm chegou ao acampamento.

— Aquela cadela — falei em tom vingativo. Olhei de novo para o pátio. As mulheres deviam ter decidido que minha presença não as corromperia, porque algumas carregavam panos e comida através do capim desgastado.

— Brida foi minha primeira amante, e ela me odeia.

— O amor pode virar ódio.

— Pode? — perguntei com selvageria. Olhei-o de novo. — Ela o cortou porque você é meu filho.

— E porque sou cristão. Ela odeia os cristãos.

— Então ela não é totalmente má — falei, e me arrependi da brincadeira. — Ela odeia os cristãos porque eles estão estragando a terra! — expliquei. — Esta terra pertencia a Tor e Odin, cada riacho, cada rio, cada campo tem um espírito ou uma ninfa. Agora tem um deus estrangeiro.

— O único Deus — disse ele em voz baixa.

— Vou matá-la.

— Pai...

— Não me venha com sua merda cristã sobre o perdão — gritei. — Eu não dou a outra face! Aquela puta cortou você, e eu vou cortá-la. Vou cortar o maldito útero dela e dar de comer aos meus cães. Onde Sigtryggr está?

Guerreiros da tempestade

— Sigtryggr? — Ele não estava perguntando de fato, apenas se recuperando da minha explosão de raiva.

— É, Sigtryggr e Stiorra! Onde eles estão?

— Do outro lado do mar da Irlanda. — Agora meu filho parecia cansado. — Há um grande braço de mar chamado Loch Cuan. No lado ocidental existe uma fortaleza num morro. É quase uma ilha.

— Loch Cuan — repeti o nome estranho.

— Qualquer comandante de embarcação que conheça a Irlanda pode levá-lo ao Loch Cuan.

— Quantos homens Sigtryggr comanda?

— Havia cento e quarenta quando estive lá.

— Eles estão com as mulheres?

— Com as mulheres e as crianças, sim.

Resmunguei e olhei de novo para o pátio onde dois corcundas do bispo abriam pesados lençóis de linho para secar no capim. Assim que eles saíram, um cachorrinho veio das sombras e mijou num lençol.

— Do que o senhor está rindo? — quis saber meu filho.

— Nada. Então deve haver quinhentas pessoas no forte?

— Perto disso, sim, se... — Ele hesitou.

— Se o quê?

— Se tiverem comida suficiente.

— Então os Uí Néills não vão atacar, mas vão fazê-los passar fome?

Ele assentiu.

— Sigtryggr tem comida suficiente para um tempo, e há peixe, claro, e uma fonte no promontório. Não sou soldado...

— O que é uma pena — interrompi.

— Mas o forte de Sigtryggr é defensável. A ligação com a terra é estreita e rochosa. Vinte homens podem sustentar o caminho, segundo ele. Orvar Freyrson atacou com barcos, mas perdeu homens na única praia.

— Orvar Freyrson?

— É um dos comandantes de Ragnall. Ele tem cinco barcos na enseada.

— E Sigtryggr não tem nenhum?

— Nenhum.

A cerca fantasma

— Então no fim ele vai perder. Vai ficar sem comida.

— É.

— E minha neta vai ser trucidada.

— Não se não for a vontade de Deus.

— Eu não confiaria no seu deus nem para salvar um verme. — Olhei para ele. — O que vai acontecer com você agora?

— O bispo Leofstan me ofereceu uma posição como seu capelão, se Deus assim desejar.

— Quer dizer, se você viver?

— Sim.

— E isso significa que você vai ficar em Ceaster?

Ele assentiu com a cabeça.

— Presumo que sim. — E hesitou. — E o senhor comanda a guarnição, pai, por isso presumo que não me queira aqui.

— O que eu quero é o que sempre quis: Bebbanburg.

Ele assentiu.

— Então o senhor não vai ficar aqui. — Ele pareceu esperançoso. — Não vai ficar em Ceaster?

— Claro que não, seu maldito idiota. Eu vou para a Irlanda.

— Você não vai à Irlanda — disse Æthelflaed. Ou, melhor, ordenou.

Era início da tarde. O sol tinha sumido de novo, substituído por outra massa de nuvens baixas e agourentas que prometiam chuva forte antes do anoitecer. Era um dia para ficar em casa, mas em vez disso estávamos bem a leste de Eads Byrig e ao sul da estrada romana, seguindo com trezentos homens saídos de Ceaster. Quase metade era dos meus, o restante era de Æthelflaed. Tínhamos virado para o sul, saindo da estrada, muito antes da área onde ela passava mais perto de Eads Byrig, esperando encontrar mais equipes de forrageiros. Porém não vimos nenhuma.

— Você me escutou? — perguntou Æthelflaed.

— Não sou surdo.

— A não ser quando quer — disse ela, irritada.

Æthelflaed estava montada em Gast, sua égua branca, e vestida para a guerra. Eu não queria que ela viesse, falei que a região ao redor de Ceaster ainda era perigosa demais para quem não fosse um guerreiro, mas, como sempre, ela zombou do conselho.

— Sou a governante da Mércia — dissera ela em tom grandioso —, e vou aonde quiser em meu reino.

— Pelo menos será enterrada no seu próprio reino.

Isso parecia improvável. Se Ragnall tivesse mandado equipes de forrageiros, elas deviam ter ido direto para o leste, porque não havia nenhuma ao sul. Havíamos cavalgado em pastos com capim alto, atravessado riachos e agora estávamos em meio aos restos de um bosque de árvores cortadas, embora devesse fazer pelo menos dez anos desde que o último lenhador viera aparar os carvalhos que estavam ficando cheios de galhos outra vez. Pensava se deveria retornar quando Berg gritou, avisando que um dos nossos batedores vinha do norte. Eu havia mandado seis homens darem outra olhada na estrada romana, mas a tarde parecia tão calma que eu esperava que não encontrassem nada.

Estava errado.

— Eles estão indo embora, senhor! — Grimdahl, um mércio, era o batedor, e gritou a novidade enquanto se aproximava de nós esporeando o cavalo cansado. E ria. — Eles estão indo embora! — gritou de novo.

— Indo embora? — indagou Æthelflaed.

— Todos eles, senhora. — Grimdahl conteve seu cavalo e virou a cabeça para o leste. — Estão pegando a estrada.

Æthelflaed instigou a égua.

— Espere! — gritei, depois avancei à frente dela. — Finan! Vinte e cinco homens. Agora!

Escolhemos homens com os cavalos mais rápidos, e eu os levei por um pasto rico em capim de primavera. Essas terras passaram anos abandonadas porque os nórdicos estavam perto demais, e qualquer um que cultivasse lá enfrentaria incursões e massacres. Era uma terra boa, mas os campos estavam cheios de ervas daninhas e pequenas aveleiras. Seguimos uma trilha de gado com mato alto para o leste; abrimos caminho através de uma floresta densa de espinheiros e saímos num trecho de urzes. Adiante havia outro cinturão

A cerca fantasma

de floresta, e Grimdahl, que cavalgava ao meu lado, indicou com a cabeça a direção das árvores.

— A estrada não fica longe. É logo atrás daqueles pinheiros, senhor.

— Deveríamos atacar! — gritou Æthelflaed. Ela havia nos seguido, esporeando Gast para se aproximar de nós.

— A senhora não deveria estar aqui — falei.

— Você gosta de gastar o fôlego — retrucou ela.

Ignorei-a. Tintreg mergulhou no meio dos pinheiros. Havia poucos arbustos, e, portanto, poucos esconderijos, por isso avancei cautelosamente, fazendo o garanhão seguir a passo até ver a estrada romana. E eles estavam lá. Uma longa fileira de homens, cavalos, mulheres e crianças, todos indo para o leste.

— Deveríamos atacar — repetiu Æthelflaed.

Balancei a cabeça.

— Eles estão fazendo o que queremos que façam. Estão indo embora. Por que incomodá-los?

— Porque eles não deveriam ter vindo, para começo de conversa — retrucou ela em tom vingativo.

Eu deveria falar de novo com o padre Glædwine, pensei. Agora sua canção sobre a vitória de Æthelflaed poderia terminar com o inimigo se arrastando para longe como cães açoitados. Observei o exército de Ragnall recuar para o leste e soube que isso era um triunfo. O maior exército nórdico a invadir a Mércia ou Wessex desde os dias do rei Alfredo viera, alardeara seu poder diante da muralha de Ceaster, e agora fugia. Não havia estandartes tremulando, nenhum desafio, eles abandonavam a esperança de capturar Ceaster. E Ragnall tinha um problema sério, pensei. Seu exército poderia até mesmo se desfazer. Os dinamarqueses e os noruegueses eram inimigos terríveis, temíveis em batalha e guerreiros selvagens mas também eram oportunistas. Quando as coisas iam bem, quando terras, escravos, ouro e animais caíam em suas mãos, eles seguiam um líder de boa vontade; porém, assim que esse líder fracassava, eles se dispersavam. Ragnall teria dificuldades pela frente, pensei. Havia tomado Eoferwic, eu sabia, mas por quanto tempo manteria a cidade? Ele precisava de uma grande vitória e havia levado uma surra.

— Quero matar mais deles — disse Æthelflaed.

Fiquei tentado. Os homens de Ragnall estavam espalhados pela estrada, e seria simples cavalgar no meio deles e trucidar os fugitivos em pânico. Mas ainda se encontravam em solo mércio, e Ragnall devia ter ordenado que marchassem usando cotas de malha, com escudos e armas preparados. Se atacássemos, eles formariam paredes de escudos e receberiam ajuda da frente e da retaguarda da longa coluna.

— Quero que eles vão embora mas também quero que sejam mortos! — insistiu Æthelflaed.

— Não vamos atacá-los — falei, e, quando a vi se eriçar de indignação, ergui uma das mãos para acalmá-la. — Vamos deixar que eles nos ataquem.

— Que eles nos ataquem?

— Espere — falei.

Dava para ver cerca de trinta ou quarenta homens de Ragnall a cavalo, todos seguindo nos flancos da coluna como se arrebanhassem os fugitivos para a segurança. Pelo menos um mesmo número de homens puxava seus cavalos pelas rédeas, e todos esses animais valiam ouro para um exército. Os cavalos permitiam que um exército se movesse rapidamente e eram uma riqueza. Um homem era julgado pela qualidade de seu ouro, de sua armadura, de suas armas, de sua mulher e de seus cavalos. E Ragnall, eu sabia, ainda tinha poucos cavalos, e privá-lo de mais montarias iria feri-lo.

— Grimdahl — virei-me na sela —, volte até Sihtric. Diga a ele que leve todos até a floresta mais adiante. — Apontei para as árvores do outro lado das urzes. — Ele deve trazer todos os homens! E devem ficar escondidos.

— Sim, senhor.

— O restante de vocês! — Ergui a voz. — Não vamos atacá-los! Só insultá-los! Quero que zombem deles, vaiem! Que riam deles! Provoquem! — Baixei a voz. — A senhora pode vir, mas não chegue muito perto da estrada.

Permitir que Æthelflaed se mostrasse tão perto de um inimigo humilhado era um risco, claro, mas achei que sua presença deixaria alguns noruegueses furiosos, ao passo que outros veriam uma chance de capturá-la e com isso obter uma vitória improvável a partir da derrota humilhante. Æthelflaed era minha isca.

— Ouviu? — perguntei. — Quero que a senhora se mostre, mas que esteja pronta para recuar assim que eu der a ordem.

A cerca fantasma

— Recuar? — Ela não gostou da palavra.

— Quer dar as ordens no meu lugar?

Æthelflaed sorriu.

— Vou me comportar, senhor Uhtred — disse com humildade fingida. Ela estava adorando aquilo.

Esperei até ver os homens de Sihtric no meio das árvores distantes e depois levei meus poucos homens e uma mulher para o terreno aberto ao lado da estrada. Os inimigos nos viram, claro, mas a princípio presumiram que éramos apenas uma patrulha que não queria encrenca, mas aos poucos chegamos mais perto da estrada, sempre acompanhando o passo das tropas derrotadas. Assim que chegamos a uma área de onde poderiam nos ouvir, começamos a gritar insultos, zombamos deles, chamamos de meninos medrosos. Apontei para Æthelflaed.

— Vocês foram derrotados por uma mulher! Foram derrotados por uma mulher!

E meus homens começaram a repetir "Derrotados por uma mulher! Derrotados por uma mulher!".

Os inimigos estavam carrancudos. Um ou dois gritaram conosco, mas sem entusiasmo, e nos aproximamos mais ainda, rindo. Um homem esporeou o cavalo e se afastou da coluna empunhando a espada, mas voltou ao ver que ninguém o seguia. No entanto, vi que alguns homens que vinham puxando os cavalos montavam nas selas, e outros cavaleiros retornavam da frente da coluna, enquanto outros, ainda, vinham da retaguarda.

— Berg! — gritei para o jovem norueguês.

— Senhor?

— Fique perto da senhora Æthelflaed e se certifique de que ela se afaste em segurança.

Æthelflaed fungou indignada, mas não discutiu. Meus homens continuavam zombando, porém eu me afastei ligeiramente da estrada e fiz com que eles voltassem, de modo que agora íamos em direção ao local onde os homens de Sihtric estavam escondidos. Tínhamos chegado a uns quarenta passos do exército derrotado, mas agora aumentei a distância enquanto observava os cavaleiros inimigos se reunirem. Calculei que havia mais de cem, mais que o suficiente para trucidar meus vinte e cinco homens, e é claro que eles ficaram tentados. Nós os havíamos ridicularizado, eles estavam fugindo de uma derrota, e nossa morte seria um pequeno consolo.

— Estão vindo — alertou Finan.

— Vá! — gritei para Æthelflaed, depois me virei na sela. — Vamos embora! — berrei para meus homens, e esporeei os flancos de Tintreg. Dei um tapa na anca de Gast para fazê-la saltar para longe.

Agora eram os homens de Ragnall que zombavam. Eles viram que estávamos fugindo e os cavaleiros aceleraram a marcha, em perseguição. Mergulhamos de volta para o meio dos pinheiros e eu vi a égua branca de Æthelflaed disparar com Berg logo atrás. Esporeei Tintreg de novo, colocando-o a pleno galope para passar à frente de Æthelflaed. E, assim que cheguei ao trecho de urzes depois do bosque de pinheiros, levei meus homens em fuga para o oeste, por entre as duas fileiras de árvores. Estávamos uns sessenta ou setenta passos à frente dos perseguidores, que gritavam e comemoravam instigando os cavalos cada vez mais rápido. Olhei brevemente para trás e vi o brilho de aço, a luz do sol se refletindo em espadas e lanças, e então Sihtric saiu das árvores ao sul. A emboscada foi perfeita.

E demos meia-volta, os cascos dos garanhões lançando terra e samambaias para o alto. O inimigo percebeu que havia uma armadilha e que a notara tarde demais. Os homens de Sihtric se lançaram na direção dos inimigos. Espadas baixaram e lanças se cravaram. Esporeei Tintreg para voltar, com Bafo de Serpente empunhada. Um cavalo preto caiu com os cascos se sacudindo. Godric, meu serviçal, que tinha ficado com Sihtric, estava inclinado na sela para cravar uma lança no peito de um cavaleiro caído. Um norueguês o viu e cavalgou em sua direção, pronto para enfiar a espada na espinha dele, mas Finan foi mais rápido, e a lâmina do irlandês sibilou num golpe violento. O norueguês caiu longe.

— Quero os cavalos deles! — berrei. — Peguem os cavalos!

Os homens que estavam na retaguarda dos inimigos em perseguição conseguiram dar meia-volta e tentavam escapar, mas um grupo dos meus homens os alcançou e as espadas golpearam de novo. Procurei Æthelflaed, mas não consegui vê-la. Um homem com a cabeça sangrando puxava seu cavalo para o norte e eu o alcancei, deixando Tintreg pisoteá-lo. Peguei as rédeas de seu cavalo e fiz o animal voltar, depois dei uma pancada com Bafo de Serpente em sua anca, mandando-o para as árvores ao sul. Foi então que vi o brilho de aço em meio à vegetação rasteira e densa e instiguei meu cavalo a seguir para o bosque.

Berg estava a pé, lutando com dois homens que também tinham apeado. As árvores e os arbustos eram densos demais, e os galhos baixos demais para que se lutasse montado. Os dois viram Æthelflaed entrar na floresta e a perseguiram. Ela estava logo atrás de Berg, ainda montada em Gast.

— Vá embora! — gritei para ela.

Æthelflaed me ignorou. Berg desviou um golpe de espada e foi atingido pelo segundo homem com uma estocada que arrancou sangue de sua perna. E logo eu estava em cima deles. Bafo de Serpente deu um golpe de cima para baixo, e o homem que havia ferido Berg se afastou cambaleando para longe com o elmo rachado. Fui atrás dele, tirando um galho baixo da frente do rosto, e golpeei de novo, desta vez rasgando seu pescoço com minha lâmina. Puxei-a com violência, passando o gume através de sangue e carne, e ele tombou no tronco de um carpino. Desci da sela. Eu estava furioso — não por causa do inimigo, mas por causa de Æthelflaed —, e minha fúria fez com que eu atacasse o homem que estava ferido demais para resistir. Ele era meio velho, sem dúvida um guerreiro experiente. Murmurava algo que depois suspeitei ser um pedido de misericórdia. Ele tinha uma barba densa salpicada de branco, três braceletes e uma cota de malha muito bem-feita. Era uma malha cara, mas eu estava com raiva e descuidado. Estripei-o, cravando a espada com violência e puxando-a para cima com as duas mãos, um movimento que arruinou a armadura do homem. Gritei com ele, golpeei desajeitadamente sua cabeça coberta pelo elmo e por fim o matei com uma estocada no pescoço. O sujeito morreu com a espada na mão, e soube que ele estaria me esperando no Valhala, outro inimigo que me daria as boas-vindas no salão de festas e tomaria cerveja enquanto contávamos nossas histórias.

Berg havia matado seu adversário, mas estava com a perna sangrando. O ferimento parecia profundo.

— Deite-se — ordenei, depois vociferei para Æthelflaed: — Eu disse que você não devia ter vindo!

— Fique quieto — respondeu ela sem dar importância, depois apeou para cuidar do ferimento de Berg.

Capturamos trinta e seis cavalos. Os inimigos deixaram dezesseis mortos em meio às urzes e o dobro disso de feridos. Nós os abandonamos depois de tomar suas armas e cotas de malha. Ragnall poderia cuidar deles ou deixá-los para morrer. De qualquer modo, nós o tínhamos golpeado de novo.

— Ele vai deixar uma guarnição em Eads Byrig? — perguntou Æthelflaed enquanto íamos embora.

Pensei por um momento. Era possível que Ragnall tivesse deixado uma pequena guarnição no alto da colina; porém, quanto mais eu avaliava a ideia, mais ela parecia improvável. Não havia muros para defender uma guarnição e nenhuma perspectiva para ela, a não ser a morte nas mãos dos mércios. Ragnall fora castigado, expulso, derrotado, e qualquer homem deixado em Eads Byrig encontraria o mesmo destino que os guerreiros de Haesten.

— Não — respondi.

— Então eu quero ir até lá — exigiu Æthelflaed.

E assim, enquanto o sol começava a afundar atrás das nuvens que se adensavam no oeste, levei nossos cavaleiros pela encosta, voltando ao antigo forte.

Ragnall deixara homens. Eram uns vinte e sete, feridos demais para serem transportados. Foram privados de cotas de malha e armas e deixados para morrer. Algumas mulheres mais velhas estavam com eles e se ajoelharam, gemendo para nós.

— O que vamos fazer? — perguntou Æthelflaed, pasma com o fedor dos ferimentos.

— Vamos matar os desgraçados. Será um gesto de misericórdia.

As primeiras pesadas gotas de chuva começaram a cair.

— Já houve morte suficiente — argumentou ela, evidentemente se esquecendo de suas exigências amargas de matar mais homens de Ragnall no início da tarde.

Agora, enquanto a chuva ficava mais forte, Æthelflaed caminhou entre os feridos, olhou para os rostos tatuados e para as expressões desesperadas. Um homem estendeu a mão, e ela a segurou, depois olhou para mim.

— Vamos trazer carroças e levá-los a Ceaster.

A cerca fantasma

— E o que a senhora vai fazer com eles quando estiverem curados? — perguntei, mas suspeitei que a maior parte morreria antes mesmo de chegar à cidade.

— Até lá eles terão se convertido ao cristianismo — respondeu Æthelflaed, soltando a mão do ferido.

Xinguei. Ela deu um leve sorriso e pegou meu braço, levando-me para além das cinzas das construções queimadas no alto da colina. Fomos até o barranco onde estivera a paliçada, e Æthelflaed olhou para o norte, para a névoa marcada pela chuva que era a Nortúmbria.

— Vamos para o norte — prometeu ela.

— Amanhã?

— Quando meu irmão estiver preparado. — Ela estava falando de Eduardo, rei de Wessex. Queria a companhia do exército dele antes de rasgar o norte pagão. Æthelflaed apertou meu antebraço através da cota de malha rígida. — E você não vai à Irlanda — disse delicadamente.

— Minha filha... — comecei.

— Stiorra fez uma escolha — interrompeu ela com firmeza. — Optou por abandonar Deus e se casar com um pagão. Ela escolheu! E deve viver com essa escolha.

— E você não salvaria sua própria filha? — perguntei com aspereza.

Æthelflaed não disse nada. Sua filha era muito diferente dela. Ælflaed era volúvel e boba, mas eu gostava bastante da garota.

— Preciso de você aqui — disse Æthelflaed em vez de responder à minha pergunta. — E preciso dos seus homens aqui. — Ela me olhou. — Você não pode ir agora, quando estamos tão perto da vitória.

— Você tem sua vitória — falei, carrancudo. — Ragnall está derrotado.

— Está derrotado aqui, mas será que deixará a Mércia?

Um relâmpago cintilou ao longe, ao norte, e eu me perguntei que presságio seria esse. Não houve nenhum som de trovão em seguida. As nuvens escureciam até se tornarem pretas conforme o crepúsculo se aproximava.

— Ele vai mandar alguns homens a Eoferwic porque não ousa perder aquela cidade — supus. — Mas não todos. Não, Ragnall não vai deixar a Mércia.

206
Guerreiros da tempestade

— Então ele não está derrotado.

Æthelflaed estava certa, claro.

— Ele vai manter a maior parte do exército aqui e procurar saques — falei. — Vai se mover rapidamente, vai queimar, tomar escravos, pilhar. Ragnall precisa recompensar seus homens. Precisa capturar escravos, ouro e animais, de modo que sim, vai penetrar fundo na Mércia. Sua única chance de manter o que resta do exército é recompensar os homens com terra, gado e cativos.

— E é por isso que preciso de você aqui — concluiu ela, ainda segurando meu braço. Não falei nada, mas Æthelflaed sabia que eu pensava em Stiorra. — Você disse que ela está encurralada pelo mar?

— Num braço de mar.

— E você iria trazê-la de volta, se pudesse?

— Claro que iria.

Æthelflaed sorriu.

— Você pode enviar o barco de pesca que usamos para as provisões de Brunanburh.

Ela estava falando de um pequeno barco, com espaço suficiente para talvez dez homens, mas bem-feito e bom para o mar. Pertencera a um mércio teimoso que havia se estabelecido nas terras vazias a oeste de Brunanburh. Tínhamos dito a ele que nórdicos cruzavam regularmente a foz do Mærse para roubar bois e ovelhas, mas ele insistira em que sobreviveria. E sobreviveu durante uma semana inteira. Depois disso, ele e sua família foram mortos ou escravizados, mas por algum motivo os atacantes deixaram seu barco amarrado ao poste na lama do rio, e agora nós o usávamos para mandar suprimentos pesados de Ceaster a Brunanburh. Era muito mais fácil enviar dez barris de cerveja ao forte por mar do que carregá-los numa carroça.

— Envie homens naquele barco — indicou ela. — Eles podem dar a Stiorra e à filha dela uma chance de escapar. — Assenti, mas não falei nada. Dez homens num barquinho? Quando Ragnall tinha deixado barcos-dragão atulhados de marinheiros no Loch Cuan? — Podemos abrir mão de alguns homens — continuou Æthelflaed —, mas, se quisermos capturar e matar Ragnall, você precisa ficar. — Æthelflaed fez uma pausa. — Você pensa como Ragnall, por isso preciso de você aqui para lutar contra ele. Preciso de você.

A cerca fantasma

Minha filha também.

E eu precisava de um comandante de embarcação que conhecesse a Irlanda.

Havíamos mandado batedores seguirem o exército em retirada. E, como eu previra, a força de Ragnall se dividiu em duas partes. A menor seguiu para o norte, presumivelmente na direção de Eoferwic, e a outra, com cerca de setecentos guerreiros, continuou viajando para o leste. No dia seguinte, um dia depois de emboscarmos sua retirada, vimos as primeiras colunas de fumaça manchar o céu distante, o que evidenciava que Ragnall estava queimando propriedades e celeiros no norte da Mércia.

— Precisamos criar empecilhos a ele — declarou Æthelflaed enquanto olhávamos para a fumaça distante.

— Sei o que precisa ser feito — falei com irritação.

— Vou lhe dar duzentos homens para acrescentar aos seus. E quero que você o persiga, incomode, torne a vida dele um inferno.

— Vai ser um inferno — prometi. — Mas preciso de um dia para me preparar.

— Um dia?

— Estarei pronto para partir antes do alvorecer, amanhã — prometi. — Mas preciso de um dia para preparar tudo. Os cavalos estão cansados, as armas, cegas, precisamos carregar nossa comida. E eu tenho de equipar o *Blesian*.

E tudo isso era verdade. O *Blesian*, que significa bênção, era o barco de pesca que os nórdicos deixaram para trás no Mærse, talvez porque achassem que a embarcação era amaldiçoada pela grande cruz de madeira na proa.

— Vou mandar Uhtred à Irlanda — falei a Æthelflaed.

— Ele está em condições de viajar?

— Ele, não! Meu filho mais novo. — Certifiquei-me de que ela ouvisse o ressentimento na minha voz. — O barco precisa de comida, suprimentos.

Æthelflaed franziu a testa.

— Não é uma viagem longa, é?

— Um dia, se o vento estiver bom, dois se estiver calmo, mas ninguém vai para o mar sem provisões. Se forem pegos por uma tempestade, podem ficar uma semana no mar.

Guerreiros da tempestade

Ela tocou meu braço.

— Sinto muito por Stiorra — começou.

— Eu também.

— Mas nosso principal dever é derrotar Ragnall — continuou, com firmeza. — Assim que ele estiver derrotado, você pode ir à Irlanda.

— Pare de se preocupar. Estarei pronto para partir antes do alvorecer, amanhã.

E estava.

Nove

Éramos cento e vinte e dois cavalgando antes do amanhecer, os cascos ruidosos no túnel de pedra do portão norte de Ceaster, onde duas tochas ardiam e soltavam fumaça. Serviçais seguiam com treze cavalos de carga levando escudos, lanças e sacos de pão duro, peixe e toucinho defumado. Íamos para a guerra.

Meu elmo estava pendurado no arção da sela, Bafo de Serpente à cintura. Finan cavalgava à minha direita e Sihtric à esquerda. Atrás de mim, meu porta-estandarte levava a bandeira de Bebbanburg, com a imagem da cabeça de lobo. Seguíamos a estrada romana que nos levava para o norte através do cemitério onde os espectros vigiavam em suas pedras cobertas pelas sombras e nos escuros montes sepulcrais. A estrada fazia uma curva fechada para o leste pouco antes de chegar à margem do Mærse, e foi lá que parei e olhei para trás. Ceaster era uma sombra escura, o topo da muralha delineado pelo brilho fraco das tochas dentro da cidade. Não havia luar, nuvens escondiam as estrelas, e eu achei que ninguém na muralha poderia nos ver.

Os homens de Ragnall estavam em algum lugar longe, ao leste. O alvorecer revelaria grandes colunas de fumaça mostrando onde eles saqueavam e queimavam propriedades opulentas. Esses incêndios tinham se movido cada vez mais para o sul no dia anterior, evidenciando que o exército se afastava dos burhs do norte e seguia em direção a terras menos protegidas.

Essa guerra estava sendo travada a leste de Ceaster. E nós viramos para o oeste.

Fomos para o oeste em direção a Brunanburh, seguindo o caminho isolado por diques, junto à margem sul do rio. A escuridão nos obrigava a ir devagar, mas, à medida que a luz cinzenta da manhã aumentava lentamente atrás de nós, aceleramos o passo. A maré baixava, e o rio gorgolejava conforme se esvaziava, deixando aparecer os bancos de areia. Aves marinhas chilreavam dando as boas-vindas ao amanhecer. Uma raposa atravessou correndo nosso caminho levando na mandíbula uma gaivota com a asa quebrada, e tentei encontrar algum bom presságio nessa visão. O rio tremeluzia como prata fosca, agitado por um vento muito fraco. Eu tinha esperado mais vento, algo próximo de um vendaval, mas o ar estava quase parado.

Então chegamos a Brunanburh, e o forte era uma forma escura. O topo do muro tinha uma borda vermelha mostrando que havia fogueiras acesas no pátio. A trilha virava para a esquerda, seguindo para o portão principal, mas fomos para a direita, em direção ao rio, onde formas escuras se destacavam contra a água prateada. Eram as duas embarcações que Æthelstan e seus companheiros haviam soltado das amarras ao norte de Eads Byrig. A maior se chamava *Sæbroga*, o Terror do Mar, e agora era minha.

Eu tinha escolhido esse nome porque não sabia como os nórdicos a chamavam. Alguns barcos têm um nome gravado numa tábua da proa, mas o *Sæbroga* não tinha. Nem havia um nome rabiscado no mastro. Todos os marinheiros dirão que dá azar trocar o nome de uma embarcação, embora eu tenha feito isso com frequência, mas nunca sem a precaução necessária de mandar uma virgem mijar no porão. Isso evita o azar, portanto me certifiquei de que uma criança mijasse nas pedras de lastro do *Sæbroga*. A embarcação recém-batizada era a maior das duas, uma beldade de cintura ampla, esguia nas linhas longas e com proa alta. Uma grande lâmina de machado entalhada em uma enorme peça de carvalho estava montada na proa, onde a maioria dos barcos pagãos ostentava um dragão, um lobo ou uma águia, e o machado me fez pensar que essa havia sido a embarcação de Ragnall. A lâmina do machado já fora pintada de vermelho-vivo, mas agora a tinta havia desbotado quase inteiramente. O barco tinha bancos para sessenta remadores, uma vela muito bem-tecida e um jogo completo de remos.

— Que Deus nos proteja — comentou Dudda, depois deu um soluço. — Ela é linda.

— É mesmo — concordei.

— Uma boa embarcação — comentou, desenhando uma forma com as mãos — é como uma mulher.

Ele disse isso com bastante seriedade, como se ninguém jamais tivesse pensado a mesma coisa, depois apeou com a graça de um boi desorientado. Grunhiu ao chegar ao chão, então caminhou desajeitadamente pela lama da beira do rio, onde baixou a calça e mijou.

— Uma boa embarcação é como uma mulher — repetiu. Virou-se, ainda mijando portentosamente. — Já viu aquela tal da Ratinha, senhor? A garota Ratinha? Que tem uma marca igual a uma maçã na testa? Aquilo é que é lindeza! Eu poderia comer aquela maçã até o caroço!

Dudda era, ou tinha sido, um comandante que viajava pelo mar da Irlanda desde a infância. Além disso, provavelmente também havia bebido o equivalente àquele mar em cerveja e hidromel, o que o deixara inchado, de rosto vermelho e com os pés pouco firmes, mas naquela manhã estava sóbrio, uma condição pouco natural, e tentando me impressionar com seu conhecimento.

— Precisamos trazê-la para mais perto — disse, balançando vagamente a mão na direção do *Sæbroga*. — Traga-a para mais perto. Senhor, traga-a para mais perto.

A embarcação estava atracada numa das poucas estacas que sobreviveram ao primeiro ataque de Ragnall. Um novo píer estava sendo construído, mas ainda não havia chegado à parte mais funda da água.

— Por que você não nada até lá? — sugeri a Dudda.

— Meu Jesus Cristo em sua cruzinha de madeira — reagiu ele, alarmado. — Eu não nado, senhor! Sou marinheiro! Peixes nadam; eu, não!

De repente, ele se sentou na beira da trilha, cansado do esforço de andar cinco passos. Havíamos procurado um homem que conhecesse o litoral da Irlanda nas tavernas de Ceaster, e Dudda, por mais que parecesse inútil, foi o único que descobrimos.

— Loch Cuan? — engrolara ele quando fiz a pergunta. — Eu poderia encontrar o Loch Cuan com os olhos vendados numa noite escura. Já estive lá uma centena de vezes, senhor.

— Mas você consegue encontrar quando estiver bêbado? — perguntei com agressividade.

213
A cerca fantasma

— Sempre encontrei, senhor — respondeu ele, rindo.

Dois dos meus homens mais jovens estavam tirando as cotas de malha e as botas, preparando-se para vadear até o *Sæbroga*, que puxava a estaca enquanto a maré vazante tentava carregá-lo para o mar. Um deles indicou o forte com a cabeça.

— Cavaleiros, senhor.

Virei-me e vi Osferth se aproximando com quatro companheiros. Agora era ele quem comandava a guarnição de Brunanburh, posto ali por Æthelflaed, sua meia-irmã. Era um dos meus amigos mais antigos, um homem com quem eu tinha compartilhado muitas paredes de escudos. Ele sorriu ao me ver.

— Não esperava vê-lo, senhor!

Eu o encontrara pela última vez alguns dias antes, quando havia cavalgado até Brunanburh para ver os dois barcos. Virei a cabeça para o *Sæbroga*.

— A senhora Æthelflaed quer que aquele ali seja levado para o Dee — falei. — Acha que ele vai estar mais seguro lá.

— É bem seguro aqui! — declarou ele, confiante. — Não vemos uma embarcação pagã há uma semana. Mas, se a senhora Æthelflaed o deseja... — Osferth deixou o pensamento inacabado enquanto olhava para o leste, onde o alvorecer ruborizava o céu com um pálido brilho cor-de-rosa. — O senhor tem um bom dia para a viagem.

— Quer ir conosco? — perguntei, rezando para que recusasse.

Ele sorriu, evidentemente achando divertida a ideia de passar um dia longe de suas tarefas.

— Precisamos terminar o cais.

— Vocês estão progredindo bem! — falei, olhando para onde o resistente píer que era reconstruído atravessava uma área lamacenta à beira d'água.

— Estamos mesmo, embora a parte difícil do trabalho ainda esteja pela frente, mas, com a ajuda de Deus...? — Ele fez o sinal da cruz. Tinha herdado a devoção do pai, além do sentimento de dever. — O senhor vai deixar a embarcação menor aqui? — perguntou, ansioso.

Eu tinha pensado em levar os dois barcos, mas decidi que o *Sæbroga* deveria viajar sozinho.

— A senhora Æthelflaed não disse nada sobre a embarcação menor — respondi.

— Bom! Porque planejo usá-la para cravar as estacas na parte mais funda da água — explicou ele.

Em seguida, ficou observando meus dois homens amarrarem uma comprida corda de cânhamo à proa do *Sæbroga*. Um deles trouxe a corda para o terreno seco enquanto o outro desamarrava o barco da estaca. Em seguida, vinte homens entoaram um cântico entusiasmados enquanto puxavam o *Sæbroga* para a praia.

— Carreguem o barco! — gritou Finan quando a proa alta deslizou na lama.

Dei a Osferth as notícias que tinha enquanto meus homens levavam sacos de provisões para a embarcação. Contei a ele que Ragnall havia fugido para o leste e agora adentrava cada vez mais na Mércia.

— Ele não vai voltar para cá — falei —, pelo menos por um tempo, de modo que talvez a senhora Æthelflaed queira alguns dos seus homens de volta a Ceaster.

Osferth assentiu. Estava observando o carregamento do *Sæbroga* e pareceu perplexo.

— O senhor está levando muitos suprimentos para uma viagem tão curta.

— Nunca se deve se lançar ao mar sem precauções — falei. — Tudo pode parecer calmo nesta manhã, mas isso não quer dizer que uma tempestade não poderia nos lançar para fora do curso ao meio-dia.

— Rezo para que isso não aconteça — disse ele com devoção, acompanhando o último saco ser posto a bordo.

Joguei para Godric uma bolsinha cheia de lascas de prata.

— Você vai levar os cavalos de volta a Ceaster — ordenei.

— Sim, senhor. — Godric hesitou. — Não posso ir com o senhor? Por favor?

— Você vai cuidar dos cavalos — falei com rispidez.

Eu não levaria ninguém a não ser meus companheiros de paredes de escudos. Nenhum serviçal iria, só homens capazes de remar ou usar uma espada. Suspeitei que precisaríamos de todo o espaço possível no *Sæbroga* se quiséssemos tirar os homens de Sigtryggr de seu forte, e, por mais que o enchêssemos, não teríamos espaço suficiente para todos. Esse poderia ser um bom motivo para levar também o barco menor, mas eu temia dividir minha pequena força em duas. Só tínhamos um comandante, só um homem que dizia saber chegar ao Loch Cuan, e, se a embarcação menor perdesse o contato com o *Sæbroga* durante a noite, eu poderia jamais voltar a ver sua tripulação.

— Vejo você esta noite — menti a Godric, por causa de Osferth.

Vadeei até a meia-nau do *Sæbroga* e esperei enquanto o enorme Gerbruht puxava Dudda por cima da amurada. Dudda grunhiu e ofegou, depois desmoronou num banco de remadores como uma foca exausta. Gerbruht riu, estendeu a mão forte e me puxou para a embarcação. Godric também tinha vadeado para perto e me entregou meu elmo, minha espada e meu escudo. Finan já estava ao lado do leme de esparrela.

— Empurrem — falei aos meus homens, e seis deles usaram os remos compridos para forçar o *Sæbroga* para fora do banco de terra e ir para a parte mais funda do rio.

Despedi-me de Osferth gritando. A leste conseguia ver três cavaleiros vindo rapidamente pela trilha de Ceaster. Tarde demais, pensei, tarde demais. Ri, observando meus homens encontrarem seus lugares nos bancos e enfiarem os remos nos toletes. E, quando viramos o machado alto e orgulhoso na direção do mar distante, peguei a esparrela e Finan bateu com o pé no convés.

— Ao meu comando! — gritou ele. — Agora!

E as pás dos remos rasgaram a água, o casco longo avançou, e as aves marinhas se espalharam como retalhos de pano ao vento fraco. Senti a esparrela reagir, senti o tremor de um barco na mão, e senti meu coração se elevar com a música entoada numa embarcação no mar. O rápido refluxo da maré fazia o rio ondular com a luz nova e reluzente do sol. Finan gritava o ritmo das remadas, batendo o pé, e os sessenta homens puxaram os remos com mais força. Senti o barco ganhar vida, pulsando com as pancadas dos remos, o leme resistindo aos meus esforços. Ouvi o som da correnteza ao longo do casco e vi uma esteira se abrir atrás do *Sæbroga*. Os três mensageiros — supus que tinham vindo de Ceaster — haviam alcançado Osferth, e agora ele galopava ao longo da margem, acenando e gritando. Pensei tê-lo ouvido gritar que deveríamos voltar, que tínhamos ordens de voltar, mas o *Sæbroga* se movia rápido para o centro do rio, afastando-se ainda mais da margem. Simplesmente acenei para ele. Osferth me chamava freneticamente, e acenei de novo.

O que Æthelflaed achava que eu faria? Em nome do seu suposto deus misericordioso, o quê? Achava que eu abandonaria minha filha à fome de Ragnall? Que iria deixá-lo matar minha neta para plantar sua própria semente em Stiorra? Ele já havia capado meu filho, e agora iria estuprar minha filha? Jurei que iria ouvi-lo berrar, que iria vê-lo sangrar, que rasgaria sua carne pedaço por pedaço antes de me preocupar com Æthelflaed. Isso era assunto de família. Era vingança.

O *Sæbroga* ergueu a proa para as ondas maiores enquanto saíamos do rio. À minha esquerda ficavam os traiçoeiros bancos de terra nas proximidades de Wirhealum, a terra entre os rios. Num vendaval forte e na maré alta, aqueles baixios formavam um torvelinho de ondas quebrando e espuma sendo soprada pelo vento, um lugar onde barcos naufragavam e os esqueletos de muitas embarcações se destacavam, nítidos e pretos, onde a maré corria pelos baixios agitados. O vento ficava mais forte, porém vinha do oeste, e não precisávamos disso. Diante de nós estava o *Blesian*, a cerca de um quilômetro e meio do litoral.

Meu filho mais novo, cujo nome eu mudara para Uhtred, aguardava na embarcação menor. Ele e seis homens esperaram a noite inteira no barco cheio de barris de cerveja, a única coisa que não poderíamos levar de Ceaster a cavalo. Chegamos ao lado dele, amarramos os dois barcos e depois montamos uma roldana na verga para içar cerveja, mais comida e um feixe de lanças pesadas, colocando-os no *Sæbroga*. Dudda, que observava os barris de cerveja chegarem a bordo, tinha me garantido que a viagem não levaria mais de um dia, talvez um dia e meio, no entanto o mar da Irlanda era famoso por suas tempestades súbitas. Eu carregava cerveja suficiente para uma semana, para o caso de um destino malévolo nos arrastar para mar aberto.

— O que vamos fazer com o *Blesian*? — perguntou meu filho.

Ele parecia animado para alguém que tinha acabado de passar uma noite nervosa mantendo seu barco longe do som das ondas que quebravam num baixio lamacento ali perto.

— Deixe-o aí.

— É uma pena — comentou ele, pensativo. — É um bom barco.

Eu tinha pensado em rebocá-lo e rejeitara imediatamente a ideia. O *Blesian* era pesado e iria reduzir pela metade nossa velocidade.

— Deixe-o aí — repeti.

Puxamos as cordas que o mantinham perto e o deixamos à deriva. O vento acabaria levando-o para os lamaçais de Wirhealum, onde seria golpeado até a morte. Continuamos remando, impelindo o *Sæbroga* para o vento e para as ondas até que Dudda, achando que estávamos suficientemente longe do litoral, fez com que virássemos para noroeste.

— Vamos chegar a Mann se o senhor mantiver esse rumo — avisou ele sentado no convés e encostado na lateral do barco. — O senhor vai abrir um daqueles barris? — E olhou com desejo para a cerveja amarrada à base do mastro.

— Logo mais — respondi.

— Tenha cuidado na ilha — precaveu Dudda, falando de Mann. — O que eles mais gostam de fazer é capturar uma embarcação.

— Vou para o oeste ou para o leste?

— Oeste. — Ele espiou o sol nascente. — Fique como está. Vamos chegar lá. — Em seguida, fechou os olhos.

No meio da manhã o vento mudou de direção e pudemos içar a grande vela do *Sæbroga*. Essa visão me convenceu de que de fato havíamos capturado a embarcação de Ragnall, porque a vela tinha uma grande lâmina de machado vermelha. A vela em si era feita de linho pesado, um tecido caro, de trama apertada e camada dupla. O machado era uma terceira camada, costurada nas outras duas, reforçadas por um padrão entrecruzado de cordas de cânhamo. Puxamos os remos para dentro quando a vela se enfunou e o barco se inclinou, levado pelo vento revigorante que salpicava de branco as cristas das ondas.

— Este barco é uma coisa linda — eu disse a Finan, sentindo a pressão do mar na esparrela.

Ele riu.

— Para o senhor, sim. Mas o senhor adora barcos.

— Eu adoro este barco!

— Já eu fico mais feliz quando posso tocar uma árvore.

Naquela manhã vimos outras duas embarcações, mas ambas fugiram ao verem o grande machado vermelho na nossa vela. Eram barcos de pesca ou de carga e tinham razão em temer um lobo do mar seguindo rápido para o norte com as ondas espumando brancas em suas mandíbulas. Dudda podia ter me alertado sobre os piratas de Mann, mas seria necessário um idiota corajoso para atacar o *Sæbroga* com sua tripulação de guerreiros ferozes. Agora muitos desses guerreiros ferozes dormiam, jogados entre os bancos.

— Então — disse Finan —, seu genro.

— Meu genro.

— O idiota acabou sendo encurralado, certo?

— Foi o que me disseram.

— Com quase quinhentas pessoas?

Fiz que sim com a cabeça.

— Só estava pensando que poderíamos colocar mais quarenta pessoas nesse balde, mas quinhentas?

A proa do *Sæbroga* baixou, fazendo água espirrar no casco. O vento estava ficando mais forte, porém senti que não se tornaria uma tempestade. Inclinei-me sobre o leme para virar a proa ligeiramente para o oeste, sabendo que o vento tentaria nos levar cada vez mais para o leste. Um amontoado de nuvens surgiu à frente da proa, e Dudda achou que elas estavam se acumulando acima da ilha chamada de Mann.

— Mantenha o curso, senhor — recomendou ele. — Mantenha o curso.

— Quinhentas pessoas — lembrou Finan.

Eu ri.

— Já ouviu falar de um homem chamado Orvar Freyrson?

— Nunca. — Ele meneou a cabeça.

— Ragnall o deixou na Irlanda com quatro barcos. Ele já atacou Sigtryggr uma vez e levou uma surra. De modo que agora suspeito que ele esteja satisfeito em garantir que ninguém leve comida para Sigtryggr. Ele está mantendo as outras embarcações longe, esperando fazer com que o forte passe fome e se renda.

— Faz sentido.

— Mas por que Orvar Freyrson precisa de quatro barcos? É ganância. Ele terá de aprender a compartilhar, não é?

Finan sorriu. Ele olhou para trás, mas a terra havia sumido. Estávamos em mar aberto, impulsionados por um vento forte e transformando as ondas verdes em espuma branca. Éramos lobos do mar livres.

— A senhora não vai ficar feliz com o senhor — observou ele.

— Æthelflaed? Deve estar cuspindo feito um gato selvagem, mas é de Eadith que sinto pena.

— Eadith?

— Æthelflaed a odeia. Eadith não vai gostar de ficar sozinha em Ceaster.

— Pobre mulher.

— Mas vamos voltar.

— E o senhor acha que alguma das duas vai perdoá-lo?

— Eadith vai.

— E a senhora Æthelflaed?

— Só preciso levar um presente para ela.

Finan riu da minha resposta.

— Meu Deus, mas terá de ser um tremendo presente! Não parece que ela precise de mais ouro ou joias! Então o que o senhor está pensando em dar?

Sorri.

— Pensei em lhe dar Eoferwic.

— Santa Maria! — exclamou Finan, subitamente alerta. Ele se sentou empertigado e me olhou por um instante. — O senhor está falando sério! E como, em nome de Deus, vai fazer isso?

— Não sei — respondi. Depois gargalhei.

Porque estava no mar e estava feliz.

O tempo piorou naquela tarde. O vento mudou de direção, obrigando-nos a recolher a grande vela e amarrá-la à verga, depois remamos num mar de ondas curtas e altas, lutando contra o vento e a correnteza, enquanto acima de nós as nuvens que vinham do oeste escureciam o céu. A chuva caía nos remadores e pingava do cordame. O *Sæbroga* era uma bela embarcação, elegante e esguia, mas, à medida que o vento aumentava e as ondas ficavam mais curtas, vi que ele tinha o mau hábito de afundar a frente e espalhar água por todo o convés.

— É o machado — expliquei a Finan.

— Machado?

— Da proa! É pesado demais.

Finan estava enrolado na capa, ao meu lado. Ele olhou para a frente.

— É uma peça de madeira enorme, isso é certo.

— Precisamos mover algumas pedras de lastro para a popa — falei.

— Mas não agora!

Finan pareceu alarmado ao pensar em homens molhados lutando com pedras pesadas enquanto o *Sæbroga* se chocava contra as ondas violentas.

Dei um sorriso.

— Agora, não.

Fizemos uma parada em Mann, e mantive a ilha bem a leste enquanto a noite caía. O vento se acalmou com a escuridão e sustentei o *Sæbroga* junto ao litoral da ilha, sem querer continuar a viagem nas trevas da noite. Não que a noite estivesse totalmente escura. Havia brilhos de fogueiras nas encostas distantes da ilha, luzes fracas que nos mantinham seguros permitindo que avaliássemos nossa posição. Deixei meu filho pegar a esparrela e dormi até o alvorecer.

— Agora vamos para o oeste — disse Dudda com os olhos remelentos, à luz cinzenta da manhã. — Bem para o oeste, senhor, e vamos chegar ao Loch Cuan.

— E só Deus sabe o que vamos encontrar lá — acrescentou Finan.

Sigtryggr morto? Minha filha sequestrada? Um forte antigo manchado de sangue? Há ocasiões em que os demônios nos perseguem, fazem com que tenhamos dúvidas, tentando nos convencer de que o destino é a perdição, a não ser que os ouçamos. Estou convencido de que esta nossa terra do meio está atulhada de demônios, demônios vivos, demônios invisíveis, serviçais de Loki, flutuando ao vento para fazer o mal. Lembro-me de como, anos atrás, o querido padre Beocca, meu tutor na infância e velho amigo, me disse que Satã enviava demônios para tentar os bons cristãos.

A cerca fantasma

— Eles tentam nos impedir de realizar o propósito de Deus — dissera, sério. — Sabia que Deus tem um propósito para todos nós, até para você?

Balancei a cabeça. Eu devia ter uns 8 anos e já naquela época achava que meu propósito era aprender a usar uma espada, e não a dominar as monótonas habilidades de ler e escrever.

— Deixe-me ver se você consegue descobrir o propósito de Deus sozinho! — havia exclamado Beocca entusiasmado.

Estávamos sentados numa saliência da rocha de Bebbanburg, observando o mar violento formar espuma ao redor das ilhas Farnea. Ele estivera me obrigando a ler em voz alta um pequeno livro que contava como são Cuthbert tinha vivido numa daquelas rochas solitárias e havia pregado para os papagaios-do-mar e para as focas, mas então Beocca começou a se sacudir para cima e para baixo em sua bunda magricela, como sempre fazia ao ficar empolgado.

— Quero que você pense no que eu digo! E talvez encontre a resposta sozinho! — Sua voz tinha ficado muito séria. — Deus nos fez à Sua imagem. Pense bem!

Lembro-me de ter pensado que isso era muito estranho da parte de Deus, porque Beocca tinha um pé torto, um olho meio fechado e vesgo, o nariz amassado, o cabelo ruivo revolto e uma mão paralítica.

— Então Deus é aleijado? — eu tinha perguntado.

— Claro que não. — Ele havia me dado um tapa com a mão direita, que não era paralisada. — Deus é perfeito! — E me dera outro tapa, com mais força. — Ele é perfeito!

Lembro-me de ter pensado que talvez Deus se parecesse com Eadburga, uma das criadas da cozinha, que tinha me levado para trás da capela da fortaleza e me mostrara os peitos.

— Pense! — instigara o padre Beocca, mas eu só conseguia pensar nos peitos de Eadburga, por isso balancei a cabeça. O padre Beocca havia suspirado. — Deus nos fez à Sua imagem — havia explicado pacientemente —, porque o objetivo da vida é ser como Ele.

— Ser como Ele?

— Perfeito! Devemos aprender a ser bons. A ser homens e mulheres bons!

— E matar crianças? — eu perguntara com seriedade.

Guerreiros da tempestade

Ele havia semicerrado os olhos para mim.

— Você me contou a história! — eu falara, entusiasmado. — Como as duas ursas mataram um monte de garotos! E Deus mandou que elas fizessem isso. Conte de novo!

O padre Beocca tinha ficado sem graça.

— Eu jamais deveria ter lido essa história para você — dissera, arrasado.

— Mas é verdade?

Ele havia assentido, infeliz.

— É verdade, sim. Está na nossa escritura.

— Os garotos foram grosseiros com o profeta?

— Com o profeta Eliseu, sim.

— Chamaram-no de careca, não foi?

— É o que diz a escritura.

— Então Deus mandou duas ursas matarem todos! Como castigo?

— Eram ursas, sim.

— E quarenta garotos morreram?

— Quarenta e duas crianças morreram — confirmara ele, arrasado.

— As ursas despedaçaram as crianças! Eu gosto dessa história!

— Tenho certeza de que Deus queria que as crianças tivessem uma morte rápida — dissera Beocca, sem convencer.

— As escrituras dizem isso?

— Não — tinha admitido ele. — Mas Deus é misericordioso!

— Misericordioso? Ele matou quarenta e duas crianças...

Beocca me dera outro cascudo.

— É hora de lermos mais sobre o abençoado são Cuthbert e sua missão com as focas. Comece do topo da página.

Sorri ao me lembrar disso, enquanto a proa do *Sæbroga* confrontava um mar de coração verde e lançava água por toda a extensão do convés. Eu gostava de Beocca, ele era um homem bom, porém fácil demais de ser provocado. E, na verdade, aquela história no livro santo dos cristãos provava que o deus deles não era muito diferente do meu. Os cristãos fingiam que ele era bom e perfeito, mas era igualmente capaz de perder as estribeiras e trucidar crianças, como qualquer deus de Asgard. Se o objetivo da vida era ser um tirano imprevisível,

A cerca fantasma

assassino, seria fácil ser como deus, mas eu suspeitava que tínhamos um dever diferente: tentar melhorar o mundo. E isso também era confuso. Na época eu acreditava, e ainda acredito, que o mundo seria um lugar melhor se homens e mulheres adorassem Tor, Woden, Freya e Eostre, no entanto eu desembainhava minha espada a favor do deus cristão que trucidava crianças. Mas pelo menos não tinha dúvidas do objetivo desta viagem. Eu navegava para me vingar. Se descobrisse que Sigtryggr tinha sido derrotado e Stiorra capturada, viraríamos o *Sæbroga* para o leste de novo e caçaríamos Ragnall até os confins da terra, onde eu arrancaria as tripas de sua barriga e dançaria em cima de sua espinha.

Lutamos contra o mau tempo o dia inteiro, apontando a proa pesada do *Sæbroga* contra o vento oeste. Eu tinha começado a pensar que os deuses não queriam que eu fizesse essa viagem, mas no fim da tarde eles mandaram um corvo como presságio. O pássaro estava exausto e pousou na pequena plataforma da proa da embarcação onde, durante um tempo, simplesmente ficou encolhido, sofrendo. Olhei para o pássaro, sabendo que ele tinha sido enviado por Odin. Todos os meus homens, até os cristãos, sabiam que aquilo era um presságio, por isso esperamos, enfiando os remos nas ondas ininterruptas, varridos pela água espirrada, que o pássaro revelasse sua mensagem. Ela veio ao crepúsculo, quando o vento diminuiu, as ondas se acomodaram e o litoral irlandês apareceu na lateral de nossa proa. Para mim a costa distante parecia um borrão verde, mas Dudda se envaideceu.

— É ali, senhor! — avisou ele, apontando para uma região um pouquinho à direita da nossa proa. — Aquela é a entrada, logo ali!

Esperei. O corvo saltitou dois passos para um lado, dois passos para o outro. O *Sæbroga* se sacudiu quando uma onda maior passou sob o casco. Nesse momento o corvo se lançou ao ar e, com energia renovada, voou reto como uma lança em direção à costa irlandesa. O presságio era favorável.

Apoiei o peso no leme de esparrela, virando o *Sæbroga* para o norte.

— É ali, senhor! — protestou Dudda enquanto eu virava a embarcação para além do local que ele havia indicado e continuei virando-a. — A entrada, senhor! Ali! Logo depois da ponta de terra. Vamos chegar ao estreito antes do anoitecer, senhor!

— Não vou levar um barco para águas inimigas no crepúsculo — vociferei.

Guerreiros da tempestade

Orvar Freyrson tinha quatro embarcações no Loch Cuan, quatro barcos de guerra tripulados pelos guerreiros de Ragnall. Quando entrasse no braço de mar, eu precisava pegá-lo de surpresa, e não remar para o interior e imediatamente ser obrigado a procurar um lugar seguro para ancorar ou atracar. Dudda me alertara de que o braço de mar era repleto de pedras salientes, ilhas e baixios, portanto não era um local para se chegar quase na escuridão, enquanto barcos inimigos familiarizados com os riscos poderiam espreitar por perto.

— Vamos entrar ao alvorecer — informei a Dudda.

Ele parecia nervoso.

— É melhor esperar a água parada, senhor. Ao alvorecer a maré estará enchendo.

— Orvar Freyrson esperaria por isso? — perguntei. — Que aguardássemos a água parada?

— Sim, senhor. — Dudda pareceu nervoso.

Dei-lhe um tapa no ombro.

— Nunca faça o que o inimigo espera, Dudda. Vamos entrar ao alvorecer. Junto da maré.

Foi uma noite péssima. Estávamos perto de um litoral rochoso, com o céu nublado e o mar revolto. Remamos, sempre para o norte, e fiquei preocupado, achando que algum homem de Orvar poderia reconhecer a proa do *Sæbroga*. Era pouco provável. Tínhamos virado para o norte bem longe da costa e estávamos usando remos, de modo que ninguém em terra poderia ver o machado vermelho muito maior que ficava na grande vela. Mas, se a embarcação tivesse sido reconhecida, Orvar estaria se perguntando por que tínhamos nos afastado em vez de buscar abrigo para a noite.

O vento se agitou na escuridão, soprando-nos para a costa, mas eu tinha doze homens nos remos para nos manter firmes. Eu ficava atento para o caso de escutar o som agourento de ondas se quebrando ou se chocando nas pedras. Às vezes pensava ter ouvido esses barulhos e sentia um acesso de pânico, mas provavelmente era um demônio do mar fazendo truques. Ran, a deusa do mar, que pode ser uma cadela ciumenta e feroz, estava de bom humor naquela noite. O mar reluzia com suas joias, as luzes estranhas que tremelu-

A cerca fantasma

zem na água. Quando um remo mergulhava, o mar se desfazia em milhares de gotas reluzentes que se apagavam devagar. Ran só mandava joias quando se sentia gentil, mas mesmo assim senti medo. Porém, não havia necessidade de ficar nervoso porque, quando o alvorecer irrompeu cinza e lento, ainda estávamos bem distantes da costa.

— Jesus — disse Dudda quando por fim conseguiu identificar o litoral. — Meu Deus do céu. Graças a Deus! — Ele também estivera nervoso, bebendo a noite inteira, e agora espiava, remelento, a linha verde de terra. — Basta ir para o sul, senhor. Basta ir para o sul.

— A que distância?

— Uma hora?

Demorou mais. Não porque Dudda estivesse errado, mas porque dei tempo aos meus homens para que comessem e vestissem as cotas de malha.

— Mantenham os elmos e as armas perto — avisei. — Mas não quero ninguém usando elmo por enquanto. E coloquem capas por cima da cota de malha!

Não podíamos chegar à enseada parecendo prontos para a guerra, e sim como homens cansados de viagem e querendo apenas se juntar aos companheiros. Chamei Vidarr, o norueguês que tinha desertado do exército de Ragnall para ficar com a esposa.

— Você pode falar alguma coisa sobre Orvar Freyrson?

Vidarr franziu a testa.

— É um comandante de Ragnall, senhor, e é bom.

— Bom em quê?

— Bom marinheiro, senhor.

— E também é bom em lutar?

Vidarr deu de ombros.

— Todos somos guerreiros, senhor, mas Orvar está mais velho, está cauteloso.

— Ele conhece você?

— Sim, senhor. Naveguei com ele nas ilhas do norte.

— Então você vai saudá-lo, ou saudar quem nós encontrarmos, entendeu? Diga que fomos mandados para atacar Sigtryggr. E, se você me trair...

Guerreiros da tempestade

— Não vou, senhor!

Fiz uma pausa, olhando para Vidarr.

— Você já esteve no Loch Cuan?

— Sim, senhor.

— Fale sobre ele.

Vidarr contou o que Dudda já havia descrito, que o Loch Cuan era um enorme braço de mar salpicado de rochas e ilhotas, acessado por intermédio de um longo e estreito canal, pelo qual a maré fluía com velocidade espantosa.

— Há bastante água no centro do canal, senhor, mas as beiradas são traiçoeiras.

— E o lugar onde Sigtryggr está preso?

— É quase uma ilha, senhor. A passagem de terra é estreita. Uma parede de dez homens pode bloqueá-la com facilidade.

— Então Orvar atacaria pelo mar?

— Isso também é difícil, senhor. A ponta de terra é cercada por rochas, e o canal até a praia é estreito.

O que explicava por que Orvar estava tentando fazer Sigtryggr passar fome até se render, a não ser, é claro, que já tivesse capturado o forte.

Agora estávamos perto da terra, o suficiente para ver fumaça subindo de fogueiras e ondas se quebrando nas pedras e voltando brancas para o mar cheio de espuma. Um vento leste havia se agitado depois do alvorecer e permitiu que içássemos a vela outra vez. O *Sæbroga* se movia depressa enquanto mergulhava as tábuas de estibordo em direção às ondas rápidas.

— Quando chegarmos, quero navegar direto pelo canal — avisei a Dudda. — Não quero parar e ficar tateando o caminho pelos baixios.

— É mais seguro... — começou ele.

— Dane-se a segurança! — interrompi rispidamente. — Precisamos parecer saber o que estamos fazendo, e não como se estivéssemos nervosos! Ragnall pareceria nervoso?

— Não, senhor.

— Então vamos entrar depressa!

— O senhor pode entrar. Mas, pelo amor de Deus, fique no centro do canal. — Ele hesitou. — O estreito vai quase reto para o norte, senhor. O vento e a maré vão nos carregar, mas as colinas confundem o vento. Não é um lugar para alguém ser pego desprevenido.

Dudda queria dizer que às vezes as colinas bloqueavam o vento completamente ou o desviavam de modo inesperado. E uma mudança dessas levaria o *Sæbroga* de encontro às pedras que evidentemente ladeavam o estreito ou poderia impeli-lo para o redemoinho que Dudda descreveu como "maligno".

— Então vamos usar os remos, além da vela — falei.

— A corrente é de dar medo, senhor — alertou Vidarr.

— Então é melhor irmos rápido. Você sabe onde Orvar mantém seus homens quando eles estão em terra?

— Perto do canal, senhor. Na margem oeste. Há uma baía que oferece abrigo.

— Quero passar direto por ela — eu disse a Dudda. — O mais rápido possível.

— A maré vai ajudar — comentou ele. — Ela está fluindo bem, mas Vidarr está certo. A corrente vai levá-lo como o vento, senhor. Ela corre feito um cervo.

Encontramos um mar revolto ao sul da ponta de terra que protegia a entrada do estreito. Suspeitei que havia rochas não muito abaixo da quilha do *Sæbroga*, porém Dudda não se preocupou.

— É um lugar ruim na maré baixa, senhor, mas bastante seguro na alta. — Agora éramos levados pelo vento, a grande vela com o machado vermelho enfunada, impelindo a proa do *Sæbroga* contra a água revolta. — Antes de voltarmos, quero colocar as pedras de lastro na popa.

— Se sobrevivermos — acrescentou Dudda em voz baixa, depois fez o sinal da cruz.

Viramos para o norte, girando a vela para manter o barco rápido, e o senti ganhando velocidade conforme era levado pela maré. Dava para ver que Dudda estava nervoso, suas mãos se fechavam e abriam enquanto ele olhava para a frente. As ondas pareciam correr para o norte, levantando a popa do *Sæbroga* e a impulsionando adiante. A água formava espuma junto ao casco, ondas se quebravam brancas na proa, e o som do mar batendo nas pedras era incessante.

— Loch Cuan significa lago calmo! — Finan precisou dizer em voz alta, e gargalhou.

— Nós o chamamos de Strangrfjörthr! — gritou Vidarr.

O mar nos levava como se quisesse nos jogar nas grandes pedras dos dois lados da entrada do canal. Essas pedras estavam envoltas em enormes nuvens de borrifos brancos. A esparrela parecia frouxa.

— Remos! — gritei. Precisávamos de velocidade. — Remem com força! — berrei. — Remem como se o diabo estivesse se enfiando no cu de vocês!

Precisávamos de velocidade! Já tínhamos velocidade! A maré e o vento levavam o *Sæbroga* mais depressa do que qualquer barco em que eu já estivera, porém a maior parte dessa velocidade era da correnteza, e precisávamos ser mais rápidos que a água espumante para que o longo leme de esparrela controlasse o casco.

— Remem, seus desgraçados — gritei. — Remem!

— Meu Deus! — murmurou Finan.

Meu filho gritou. Ele estava rindo, segurando a lateral do barco. As ondas se quebravam, cobrindo de água os remadores que arfavam. Íamos rapidamente para um caldeirão de pedras e ondas revoltas.

— Quando tiver passado pela entrada — gritava Dudda —, o senhor vai ver uma ilha! Vá para o leste dela!

— Fica mais calmo lá dentro?

— Fica pior!

Gargalhei. O vento ficava mais forte, fazendo meu cabelo cobrir meus olhos. E de repente estávamos na entrada, nas mandíbulas feitas de rochas e espuma levada pelo vento. Vi a ilha e virei para estibordo, mas a esparrela estava frouxa. A corrente estava mais forte que nunca, levando-nos na direção das rochas adiante.

— Remem! — gritei. — Remem!

Forcei o leme de esparrela, e o *Sæbroga* reagiu lentamente. Então as colinas se tornaram um quebra-vento, e a vela enorme se sacudiu descontroladamente, mas continuamos avançando para o interior. À direita e à esquerda havia torvelinhos onde a água recuava e se quebrava em rochas escondidas, onde aves brancas guinchavam para nós. As ondas não nos impulsionavam mais à frente, porém a correnteza nos acelerava pelo canal estreito.

— Remem! — gritei para os meus homens suados. — Remem!

A cerca fantasma

As colinas verdes nas duas margens pareciam calmas demais. O dia prometia ser agradável. O céu estava azul com apenas algumas nuvens brancas esgarçadas. Ovelhas pastavam numa campina verdejante.

— Feliz por estar em casa? — gritei para Finan.

— Se algum dia eu voltar para casa! — disse ele com ar soturno.

Eu nunca tinha visto um canal tão cheio de pedras nem tão traiçoeiro, mas, se ficássemos no centro, onde a correnteza era mais forte, permaneceríamos em águas profundas. Outros barcos encontraram seu fim ali, suas carcaças pretas se destacando nitidamente por baixo da corrente rápida. Dudda nos guiou, apontando para o redemoinho que agitava a superfície da água.

— Aquilo pode matar alguém — avisou ele. — Tão certo quanto a água é molhada. Já vi aquela coisa arrancar o fundo de um barco bom, senhor! Ele afundou feito uma pedra. — O redemoinho estava à nossa direita e continuamos em frente, deixando-o para trás, em segurança.

— O porto, senhor! — gritou Vidarr, e apontou para onde dois mastros podiam ser vistos acima de um pequeno promontório.

— Remem! — gritei.

Aquele era o ponto mais estreito do canal, e a correnteza nos levava numa velocidade estonteante. Uma rajada de vento enfunou a vela, aumentando nossa velocidade; passamos pelo promontório, e vi as cabanas acima de uma praia de cascalho e pouco mais de dez homens de pé no litoral rochoso. Eles acenaram, então retribuí o aceno.

— Orvar tem quatro embarcações, não é? — perguntei a Vidarr.

— Quatro, senhor.

Então dois provavelmente estavam à nossa frente, em algum lugar na parte principal da enseada, que não ficava muito adiante, depois de uma ilha baixa coberta de capim.

— Não vá para perto da ilha, senhor — recomendou Dudda. — Há pedras por todo lado.

Então de repente, e de forma espantosa, o *Sæbroga* chegou a águas calmas. Num momento ele estava nas garras de um mar furioso, no outro flutuava placidamente como um cisne num lago pintalgado de sol. A vela que se sacudira freneticamente agora enfunava de maneira uniforme, o casco reduziu a velocidade, e meus homens relaxaram sobre os remos enquanto seguíamos suavemente.

— Bem-vindo ao Loch Cuan — disse Finan com um sorriso de lado.

Senti a tensão desaparecer dos braços. Eu não tinha percebido que estava segurando a esparrela com tanta força. Então me curvei e peguei a caneca de cerveja da mão de Dudda e bebi tudo.

— O senhor ainda não está em segurança — avisou ele, rindo.

— Não?

— Pedras salientes! Recifes! Esse lugar pode despedaçar o seu casco! É melhor pôr um homem na proa, senhor. Parece bem calmo, mas é cheio de pedras no fundo!

E cheio de inimigos. Os homens que nos viram não nos seguiram porque deviam pensar que tínhamos sido enviados por Ragnall, e ficaram contentes em esperar até descobrir o que vínhamos fazer. O grande machado na proa e o gigantesco na vela os lograram, e eu confiava nesses símbolos cor de sangue para enganar as outras embarcações que esperavam em algum lugar adiante.

E assim remamos para um porto seguro. Raras vezes vi um lugar tão bonito ou tão luxuriante. Era uma lagoa de água salgada salpicada de ilhas com focas nas praias, peixes sob os remos e mais pássaros do que um deus poderia contar. As colinas eram suaves, o capim, abundante, e as margens, repletas de armadilhas para peixes. Ninguém passaria fome ali. Os remos mergulharam lentamente, e o *Sæbroga* deslizou pela água mansa praticamente sem se agitar. Nossa esteira se alargava com suavidade, fazendo patos, gansos e gaivotas, que flutuavam, balançar.

Havia uns poucos barcos de pesca rudimentares sendo impelidos por varas ou remos, nenhum com mais de três homens, e todos saíram rapidamente do nosso caminho. Berg, que tinha se recusado a permanecer em Ceaster apesar da perna ferida, ficou de pé na proa com um dos braços apoiados na lâmina do machado, observando a água. A todo momento eu olhava de relance para trás, tentando ver se algum dos dois barcos que tínhamos visto no estreito seria posto na água e nos seguiria, mas seus mastros permaneceram imóveis. Uma vaca mugiu na margem. Uma mulher com xale, catando mariscos, acompanhou nossa passagem. Acenei, mas ela ignorou o gesto.

A cerca fantasma

— E onde está Sigtryggr? — perguntei a Vidarr.

— Na margem oeste, senhor.

Ele não se lembrava exatamente de onde, mas havia uma mancha de fumaça no lado oeste do lago, por isso remamos em direção àquele sinal distante. Fomos devagar, cautelosos com as pedras na água. Berg fazia sinais com a mão para nos guiar, e mesmo assim os remos de estibordo rasparam em pedras duas vezes. O vento fraco parou, desenfunando a vela, mas a mantive pendurada como sinal de que este era o barco de Ragnall.

— Ali — disse Finan, apontando.

Ele vira um mastro do outro lado de uma ilha baixa. Orvar, eu sabia, tinha duas embarcações no braço de mar, e supus que uma estivesse ao norte de Sigtryggr e a outra ao sul. Evidentemente não conseguiram invadir o forte, de modo que agora sua tarefa era impedir que qualquer embarcação pequena levasse comida para a guarnição sitiada. Prendi Bafo de Serpente na cintura, depois a cobri com uma capa de lã marrom e áspera.

— Quero você ao meu lado, Vidarr — falei. — E meu nome é Ranulf Godricson.

— Ranulf Godricson — repetiu ele.

— Dinamarquês — expliquei.

— Ranulf Godricson — disse Vidarr outra vez.

Entreguei o leme de esparrela a Dudda que, mesmo meio tonto de cerveja, era um condutor muito competente.

— Quando chegarmos àquele barco — falei, indicando com um gesto de cabeça o mastro distante —, quero passar ao lado dele. Se nos impedirem, teremos de quebrar alguns dos seus remos, mas não muitos, porque vamos precisar deles. Emparelhe nossa proa com a dele.

— Proa com proa — confirmou Dudda.

Mandei Finan com vinte homens para a proa do *Sæbroga*, onde eles se agacharam ou se deitaram. Ninguém usava elmo, nossas cotas de malha estavam cobertas por capas, e os escudos tinham sido deixados no convés. Para um olhar casual, não estávamos preparados para um combate.

A embarcação distante tinha nos visto. Ela saiu de trás da pequena ilha, e vi a luz do sol reluzir em seus remos enquanto as pás subiam molhadas. Uma ondulação branca surgiu em sua proa quando se virou para nós. Um dragão ou uma águia, era difícil dizer o que, se destacava na proa.

— É o barco de Orvar — comentou Vidarr.

— Bom.

— O *Hræsvelgr* — explicou ele.

Sorri ao ouvir o nome. Hræsvelgr é a águia que fica no galho mais alto da Yggdrasil, a árvore do mundo. É um pássaro maligno, que vigia deuses e homens, sempre pronto para mergulhar e rasgar com as garras ou o bico. O serviço de Orvar era vigiar Sigtryggr, mas era o *Hræsvelgr* que estava para ser rasgado.

Enrolamos a vela, amarrando-a frouxamente na grande verga.

— Quando eu disser — gritei para os remadores —, movam os remos devagar! Desencontrados! Façam parecer que estão exaustos!

— Estamos exaustos — gritou um deles.

— E, cristãos, escondam as cruzes! — Observei os talismãs serem beijados e depois enfiados sob as cotas de malha. — E, quando atacarmos, vamos rápido! Finan!

— Senhor?

— Quero pelo menos um prisioneiro. Alguém que pareça saber do que está falando.

Continuamos remando, remando devagar, como fariam homens cansados, e então chegamos suficientemente perto para eu ver que a imagem na proa do *Hræsvelgr* era uma águia e que os olhos do pássaro eram pintados de branco e a ponta do bico de vermelho. Havia um homem na proa, presumivelmente atento a pedras submersas, como Berg fazia. Tentei contar os remos e supus que não havia mais de doze de cada lado.

— E lembrem-se — gritei. — Pareçam sonolentos. Queremos surpreendê-los!

Esperei mais dez remadas preguiçosas.

— Recolher os remos!

Os remos subiram desajeitados. Houve um momento de confusão enquanto os cabos compridos eram puxados a bordo e deixados no centro do *Sæbroga*, então o barco se acomodou enquanto nos aproximávamos. Quem comandava a outra embarcação viu o que pretendíamos e também ordenou

A cerca fantasma

recolherem os remos. Era um belo trabalho de náutica, dois grandes barcos deslizando suavemente juntos. Meus homens estavam relaxados nos bancos, mas suas mãos já seguravam os cabos das espadas ou dos machados.

— Saúde-os — ordenei a Vidarr.

— Jarl Orvar! — gritou ele.

Um homem acenou na popa do *Hræsvelgr*.

— Vidarr! — berrou ele. — É você? O jarl está com você?

— O jarl Ranulf está aqui!

O nome podia não significar nada para Orvar, mas ele o ignorou por um momento.

— Por que vocês estão aqui? — gritou.

— Por que o senhor acha?

Orvar cuspiu por cima da amurada.

— Vieram pegar a puta de Sigtryggr? Vão pegá-la!

— O jarl a deseja! — gritei em dinamarquês. — Ele mal pode esperar!

Orvar cuspiu de novo. Ele era um homem corpulento, de barba grisalha, moreno de sol, e estava ao lado do condutor de sua embarcação. O *Hræsvelgr* tinha muito menos homens que o *Sæbroga*, apenas uns cinquenta.

— Ele logo vai ter a puta — gritou enquanto as duas embarcações se aproximavam. — Eles vão passar fome em pouco tempo.

— Como alguém passa fome aqui? — perguntei no instante em que um peixe saltava da água com um brilho de escamas prateadas. — Precisamos atacá-los!

Orvar caminhou entre os bancos de seus remadores, indo até a proa do *Hræsvelgr* para nos ver melhor.

— Quem é você? — perguntou.

— Ranulf Godricson — gritei.

— Nunca ouvi falar — comentou rispidamente.

— Eu ouvi falar de você!

— O jarl o mandou?

— Ele está cansado de esperar — respondi. Não precisava gritar porque agora os barcos estavam separados pelo equivalente a alguns passos, juntando-se lentamente.

Guerreiros da tempestade

— E quantos homens devem morrer para que ele consiga se enfiar no meio das pernas daquela puta? — perguntou Orvar, e nesse momento os dois barcos se tocaram. Meus homens agarraram o conjunto de tábuas superior do convés do *Hræsvelgr* e o puxaram para estibordo do *Sæbroga*.

— Vão! — gritei.

Eu não podia saltar a distância entre os barcos na popa, mas corri para a frente enquanto meus primeiros guerreiros atravessavam mostrando as armas. Finan foi à frente, saltando com a espada empunhada.

Saltando para o massacre.

Os homens da tripulação do *Hræsvelgr* eram bons, corajosos, guerreiros do norte. Mereciam coisa melhor. Não estavam preparados para a batalha. Eles estavam rindo e dando as boas-vindas num momento e morrendo no outro. Poucos tiveram tempo de encontrar uma arma. Meus homens, como cães sentindo cheiro de sangue, avançaram pelo costado do barco e começaram a matar. Estriparam o centro do *Hræsvelgr*, abrindo espaço em sua barriga. Finan levou seus homens para a popa enquanto eu levava os meus para a proa com a águia orgulhosa. A essa altura alguns tripulantes de Orvar tinham pego espadas ou machados, mas nenhum vestia cota de malha. Uma lâmina atingiu minhas costelas, mas não cortou os elos de ferro. Ataquei com Bafo de Serpente, acertando a lateral do pescoço do sujeito com a base da lâmina. Ele caiu, e meu filho o matou com uma estocada de sua espada, Bico de Corvo. Homens recuavam à nossa frente, tropeçando nos bancos, e alguns saltaram na água para não enfrentar nossas armas de guerra. Não vi Orvar, mas escutei um homem berrando:

— Não! Não! Não! Não!

Um rapaz tentou me estocar de cima do convés, mergulhando a espada com as duas mãos na direção da minha cintura. Desviei o golpe com Bafo de Serpente e lhe dei uma cotovelada no rosto, depois pisei no meio de suas pernas.

— Não! Não! — berrava a voz.

O rapaz me chutou, e eu tropecei num rolo de corda rígido e caí esparramado no convés. Dois dos meus homens passaram por cima de mim, me protegendo. Eadger enfiou a ponta da espada na boca do rapaz, depois forçou

A cerca fantasma

até que ela fincasse no convés. Vidarr me deu a mão e me puxou para que eu me levantasse. Alguém ainda gritava:

— Não! Não!

Acertei Bafo de Serpente num homem que se preparava para atacar Eadger com um machado. O sujeito caiu para trás. Eu estava pronto para enfiar minha espada em seu peito quando o machado foi arrancado da mão dele. Vi que Orvar tinha aberto caminho desde a proa e agora estava de pé num banco, acima do sujeito caído.

— Não, não! — berrou Orvar para mim, então percebeu que estava gritando a mensagem errada, porque largou o machado e abriu os braços. — Eu me rendo! Eu me rendo! — Ele me encarava, com desgosto e dor no rosto. — Eu me rendo! — gritou de novo. — Parem de lutar!

— Parem de lutar! — Foi minha vez de gritar. — Parem!

O convés estava escorregadio por causa do sangue. Homens gemiam, homens choravam, homens gemiam enquanto os dois barcos, agora amarrados juntos, se balançavam levemente na água plácida do lago. Um dos homens de Orvar se inclinou sobre a amurada do *Hræsvelgr* e vomitou sangue.

— Parem de lutar! — ecoou Finan.

Orvar continuava me olhando, depois pegou uma espada com um de seus homens, desceu do banco e me entregou o punho da arma.

— Eu me rendo — repetiu. — Eu me rendo, seu desgraçado.

E agora eu tinha dois barcos.

Dez

Uma mancha vermelha coloria a água. Ela foi se afastando, ficou rosada e sumiu lentamente. O convés do *Hræsvelgr* estava cheio de sangue, e o ar fedia a sangue e merda. Havia dezesseis mortos e oito prisioneiros. Os outros integrantes da tripulação de Orvar estavam na água cheia de sangue, agarrados aos remos que flutuavam perto do casco. Puxamos esses homens a bordo, depois revistamos estes e os mortos em busca de moedas, lascas de prata ou qualquer coisa de valor. Empilhamos o saque e as armas capturadas junto ao mastro do *Sæbroga*, perto do qual Orvar estava sentado vendo os primeiros de seus tripulantes mortos serem jogados ao mar, ainda amarrado ao nosso barco.

— Quem é você? — perguntou ele.

— Eu sou o pai da puta.

Orvar se retraiu, então fechou os olhos por um segundo.

— Uhtred de Bebbanburg?

— Sou Uhtred.

Ele gargalhou, o que me surpreendeu, apesar de ser uma risada amarga, desprovida de qualquer divertimento.

— O jarl Ragnall sacrificou um garanhão preto a Tor, pedindo sua morte.

— E como foi a cerimônia?

Orvar meneou a cabeça.

— Deu tudo errado. Foram necessários três golpes de marreta.

— Eu ganhei um garanhão preto não faz muito tempo.

Ele se retraiu de novo, reconhecendo que os deuses haviam me favorecido e que o sacrifício feito por Ragnall fora rejeitado.

— Então os deuses amam você — comentou ele. — Sorte sua.

Orvar tinha mais ou menos a minha idade, o que significava que era velho. Era grisalho, cheio de rugas e severo. Sua barba, grisalha com fios escuros, tinha anéis de marfim entrelaçados. Ele usava argolas de ouro nas orelhas, e tinha uma corrente de ouro grossa com um martelo de ouro que foi arrancada pelo meu filho.

— Você precisava matá-los? — perguntou, olhando para os cadáveres de seus homens flutuando nus na água avermelhada.

— Vocês sitiaram minha filha — respondi com raiva. — Ela e minha neta. O que eu deveria fazer? Beijá-los?

Orvar assentiu, aceitando minha raiva com relutância.

— Mas eram bons rapazes — disse, com uma expressão de desagrado quando outro cadáver foi jogado por cima da amurada do *Hræsvelgr*. — Como você capturou o *Øxtívar*?

— *Øxtívar*?

— A embarcação dele! — Orvar bateu no mastro. — Esta embarcação!

Então esse era o nome do *Sæbroga*, *Øxtívar*. Significava machado dos deuses. Era um bom nome, mas *Sæbroga* era melhor.

— Do mesmo modo como fiz Ragnall correr para longe de Ceaster, vencendo-o em batalha.

Ele franziu a testa para mim como se avaliasse se eu dizia a verdade, depois deu uma de suas gargalhadas sem humor.

— Não tivemos nenhuma notícia do jarl desde que ele foi embora. Ele está vivo?

— Não por muito tempo.

Orvar fez uma expressão de desagrado.

— Nem eu, não é? — E esperou uma resposta, mas não falei nada, por isso simplesmente deu um tapa no mastro. — Ele ama este barco.

— Amava — corrigi. — Mas mantinha muito peso à frente.

Orvar assentiu.

— Sempre mantinha. Mas ele gosta de ver seus remadores ficarem encharcados, acha divertido. Diz que isso os deixa mais fortes. O pai dele era igual.

— E Sigtryggr?

— O que tem ele?

— Gosta de fortalecer a tripulação?

— Não — respondeu Orvar. — Ele é o irmão bom.

Essa resposta me surpreendeu. Não porque achasse Sigtryggr mau, mas porque Orvar servia a Ragnall e a simples lealdade sugeria que ele fosse dar outra resposta.

— O irmão bom?

— As pessoas gostam dele, sempre gostaram. Ele é generoso. Ragnall é cruel e Sigtryggr é generoso. Você deveria saber disso, ele se casou com sua filha!

— Eu gosto dele. E parece que você também.

— Gosto — disse ele simplesmente. — Mas Ragnall tem meu juramento.

— Você teve escolha?

Orvar balançou a cabeça.

— O pai deles ordenou. Alguns de nós fomos jurados a Ragnall, alguns a Sigtryggr. Acho que o jarl Olaf achava que eles dividiriam as terras em paz, mas, assim que ele morreu, os dois passaram a se desentender. — Ele olhou para os corpos que flutuavam. — E aqui estou eu. — Orvar ficou olhando enquanto eu examinava as armas capturadas, sopesando as espadas uma a uma. — E agora você vai me matar?

— Tem alguma ideia melhor? — perguntei, sarcástico.

— Ou você vai me matar ou os irlandeses farão isso — declarou Orvar, soturno.

— Achei que vocês eram aliados.

— Grandes aliados! — observou ele com escárnio. — Eles concordaram em atacar o forte por terra enquanto atacávamos pela praia, mas os desgraçados não apareceram. Perdi vinte e três homens! Os malditos irlandeses disseram que os presságios eram ruins. — Orvar cuspiu. — Acho que sequer pretendiam atacar! Eles simplesmente mentiram.

— E não vão atacar por causa dos feitiços da minha filha?

— Ela os apavora, sem dúvida, mas também acho que eles querem que a gente faça todo o trabalho por eles para que possam chegar e matar os sobreviventes. Depois levar sua filha para... — Ele não terminou a frase. — Nós lutamos e eles ganham — concluiu, mal-humorado. — Os irlandeses não são idiotas.

A cerca fantasma

Olhei para cima, avistando pequenas nuvens brancas navegarem serenas num céu de um azul perfeito. O sol incidia sobre a terra, que reluzia em verde. Vi por que os homens desejavam essa região, mas conhecia Finan havia tempo suficiente para saber que aquele não era um local fácil de se estabelecer.

— Não entendo — falei com Orvar. — Você gosta de Sigtryggr e desconfia dos seus aliados. Por que simplesmente não fez uma trégua com ele? Por que não se junta a Sigtryggr?

Orvar estivera observando a água, mas ergueu o olhar para me encarar.

— Porque Ragnall está com minha mulher como refém.

Estremeci ao ouvir isso.

— Meus filhos também — continuou Orvar. — Ele pegou minha mulher e a mulher de Bjarke.

— Bjarke?

— Bjarke Neilson, comandante do *Nidhogg*.

Ele balançou a cabeça para o norte, e percebi que o *Nidhogg* devia ser o outro barco que bloqueava a fortaleza de Sigtryggr. Isso também significava que a embarcação estava em algum ponto na parte norte do braço de mar. Se Hræsvelgr era a águia empoleirada no topo da árvore da vida, Nidhogg era a serpente enrolada nas raízes, uma criatura vil que mastigava os cadáveres dos homens desonrados. Era um nome estranho para um barco, mas achei que era capaz de causar medo nos inimigos. Orvar franziu a testa.

— Imagino que vá capturá-lo também, não é?

— Claro.

— E não pode se arriscar a deixar que algum de nós avise ao *Nidhogg* com um grito. Pelo menos nos deixe morrer com a espada na mão. — Ele me olhou, implorando. — Peço, senhor, que nos deixe morrer como guerreiros.

Encontrei a melhor espada entre as armas capturadas. Tinha a lâmina longa com um belo punho de marfim esculpido e a cruzeta na forma de dois martelos. Sopesei-a, gostando do equilíbrio.

— Era sua?

— E do meu pai, antes de mim — disse ele, olhando para a arma.

— Então diga: o que você precisa fazer para ter sua família de volta?

— Entregar sua filha a Ragnall, claro. O que mais?

Virei a espada, segurando-a pela lâmina e oferecendo o cabo.
— Então por que não fazemos exatamente isso? — perguntei.
Ele me encarou.
Então expliquei.

Eu precisava de homens. Precisava de um exército. Durante anos, Æthelflaed tinha se recusado a atravessar a fronteira da Nortúmbria, a não ser para castigar os noruegueses ou os dinamarqueses que tivessem roubado gado ou escravos da Mércia. Essas incursões de vingança podiam ser brutais, mas eram apenas incursões, nunca uma invasão. Ela queria garantir primeiro a Mércia, montar uma corrente de burhs ao longo da fronteira norte, mas, ao se recusar a capturar terras da Nortúmbria, também fazia o que o irmão queria.

Eduardo de Wessex havia se demonstrado um rei bom o suficiente. Não era igual ao pai, claro. Ele carecia da inteligência e da determinação de Alfredo em resgatar os saxões e a cristandade dos nórdicos pagãos, mas Eduardo continuou a obra do pai. Tinha levado o exército saxão ocidental para a Ânglia Oriental, onde recuperava terras e construía burhs. A terra governada por Wessex se estendia lentamente para o norte, e os saxões se estabeleciam em propriedades que antes pertenciam a jarls dinamarqueses. Alfredo sonhara com um reino, um reino de cristãos saxões, governado por um rei cristão saxão e falando a língua dos saxões. Alfredo se intitulara rei do povo de língua inglesa, o que não era a mesma coisa que ser rei da Inglaterra, mas esse sonho, o sonho de um reino unido, era realizado lentamente.

Mas torná-lo verdadeiro implicava dominar os noruegueses e os dinamarqueses da Nortúmbria, algo que Æthelflaed relutava em fazer. Ela não temia os riscos, e sim a desaprovação do irmão e da Igreja. Wessex era muito mais rico que a devastada Mércia. A prata saxã ocidental sustentava as tropas de Æthelflaed, e o ouro era derramado nas igrejas da Mércia. E Eduardo não queria que a irmã fosse considerada uma governante maior que ele. Se a Nortúmbria fosse invadida, Eduardo comandaria o exército e ganharia renome, por isso proibia a irmã de invadi-la sozinha. E Æthelflaed, sabendo que dependia do ouro do irmão e, além disso, relutante em ofendê-lo, contentava-se em

A cerca fantasma

recuperar as terras do norte da Mércia. Ela gostava de me dizer que chegaria o dia em que os exércitos combinados da Mércia e de Wessex marchariam triunfantemente até a fronteira da Escócia, e, quando isso acontecesse, haveria um novo reino. Não Wessex, nem Mércia, nem Ânglia Oriental, nem Nortúmbria, e sim Inglaterra.

Tudo isso podia ser verdade, mas para mim era lento demais. Eu estava ficando velho. Tinha dores nos ossos, pelos grisalhos na barba e um sonho velho no coração. Eu queria Bebbanburg. Bebbanburg era minha. Eu era e sou o senhor de Bebbanburg. A fortaleza pertenceu ao meu pai e ao pai dele, e vai pertencer ao meu filho e ao filho dele. E ela fica nas profundezas da Nortúmbria. Para sitiá-la, para tomá-la do meu primo, cujo pai a havia roubado de mim, eu precisava estar na Nortúmbria. Precisava estabelecer um cerco, e não tinha esperança de fazê-lo com uma horda de noruegueses amargos e dinamarqueses vingativos me cercando. Eu já tentara capturar Bebbanburg uma vez, avançando sobre a fortaleza pelo mar, e havia fracassado. Prometi que na próxima vez levaria um exército até lá, e para isso precisaria primeiro capturar as terras em volta da fortaleza, o que implicava derrotar os nórdicos que reinavam naquele território. Eu precisava invadir a Nortúmbria.

E isso queria dizer que eu precisava de um exército.

A ideia me ocorreu quando, despretensiosamente, contei a Finan que meu presente de perdão para Æthelflaed seria Eoferwic, e com isso quis dizer que, de um modo ou de outro, livraria aquela cidade das forças de Ragnall.

Mas agora, de repente, tive uma ideia clara.

Eu precisava de Bebbanburg. Para ganhá-la, precisava derrotar os nórdicos da Nortúmbria, e, para derrotar os nórdicos da Nortúmbria, precisava de um exército.

E, como Æthelflaed não me deixava usar o exército mércio, eu usaria o de Ragnall.

A fortaleza de Sigtryggr era quase uma ilha. Um montículo de terra íngreme salpicado de rochas que se erguia da água do canal, protegido do mar por pedras e ilhotas. A chegada por terra era pior ainda. O único caminho até o monte era uma faixa de terra baixa e estreita que mal tinha espaço para seis homens andarem lado a lado. Mesmo que alguns homens conseguissem atravessar a faixa de terra, eles se depaprariam com uma subida íngreme até o topo do forte de Sigtryggr, a mesma escalada que qualquer atacante vindo do mar encontraria depois da praia estreita. Para chegar a essa praia, primeiro um barco precisava passar por um canal sinuoso que vinha do sul. Assim que as tropas tivessem saltado da proa, seriam confrontadas com penhascos altos e encostas íngremes, acima das quais os defensores esperavam. A ponta de terra era parecida com Bebbanburg, um lugar feito para frustrar qualquer atacante, embora, diferentemente de Bebbanburg, não tivesse paliçada. Não era necessário, bastava a altura das rochas sobre as quais as fogueiras lançavam fumaça no amplo cume verde.

O *Sæbroga* se aproximou do forte pelo sul, seguindo por um caminho delicado entre as saliências de rochedos submersos e pedras escondidas. Gerbruht estava na proa, sondando a água com um remo e gritando quando a pá batia em pedra. Apenas doze homens remavam, porém não havia necessidade de mais porque não ousávamos ir depressa. Só podíamos nos esgueirar por entre os perigos.

A guarnição de Sigtryggr viu um barco atulhado de homens, com armas reluzindo e ostentando o grande machado vermelho de Ragnall na proa. Eles reconheceriam o *Sæbroga* e achariam que o próprio Ragnall viera acabar com eles ou então que havia mandado um dos seus homens de maior confiança. Observei enquanto a guarnição formava uma parede de escudos na encosta e ouvi o som áspero de lâminas batendo em tábuas de salgueiro. O estandarte de Sigtryggr, um machado igual ao do irmão, tremulava no ponto mais alto do morro, e pensei ter visto Stiorra ao lado. Seu marido, com o cabelo loiro brilhando ao sol, passou pela parede de escudos e desceu até a metade do caminho para a praia.

— Venham morrer! — gritou de cima de um dos muitos afloramentos de rocha no promontório. — Venham se juntar aos seus amigos!

Em seguida fez um gesto com a espada empunhada e vi que cabeças humanas tinham sido postas em pedras ao longo da margem. Assim como eu tinha recebido Ragnall com as cabeças decepadas em Eads Byrig, Sigtryggr estava dando as boas-vindas aos visitantes em seu refúgio.

— É uma cerca de cadáveres — comentou Finan.

— O quê?

— As cabeças! Pensamos duas vezes antes de atravessar uma cerca de cadáveres. — Ele fez o sinal da cruz.

— Preciso de mais cabeças! — gritou Sigtryggr. — Tragam as de vocês! Eu peço!

Atrás dele as espadas bateram nos escudos. Nenhum atacante poderia ter esperança de sobreviver a uma investida naquela rocha, a não ser que pudesse trazer um exército para a margem e assim dominar os poucos defensores, e isso seria impossível. Só havia espaço para três ou talvez quatro embarcações na praia, e elas seriam obrigadas a se aproximar em fila por entre as pedras do fundo. Seguimos devagar, e mais de uma vez a proa do *Sæbroga* tocou em rocha e tivemos de recuar e tentar de novo, enquanto Gerbruht gritava instruções.

— Para facilitar — gritou Sigtryggr —, vamos deixar vocês desembarcarem!

Ele ficou parado na pedra ao lado de uma cabeça. Seu cabelo comprido e dourado pendia até abaixo dos ombros, nos quais uma corrente de ouro dava três voltas. Usava cota de malha, mas estava sem elmo e não portava escudo. Empunhava a espada longa na mão direita, a lâmina desnuda. Estava rindo, ansioso por uma batalha que sabia que iria vencer. Lembrei-me do jovem Berg o descrevendo como um senhor da guerra, e, mesmo encurralado e sitiado, Sigtryggr parecia magnífico.

Avancei e falei para Gerbruht me dar espaço, depois subi na pequena plataforma logo abaixo do machado da proa. Usava um elmo simples com as laterais fechadas, e Sigtryggr me confundiu com Orvar.

— Bem-vindo de volta, Orvar! Trouxe mais homens para serem mortos? Não perdeu o suficiente da última vez?

— Eu me pareço com Orvar? — gritei para ele. — Seu idiota meio cego! Seu filho de um bode! Quer que eu arranque seu outro olho?

Ele ficou me encarando.

— Um pai não pode visitar a filha sem ser insultado por um norueguês com cérebro de bosta, um olho só e cu sujo?

Sigtryggr ergueu a mão esquerda, indicando a seus homens que deveriam parar de bater nos escudos. E continuou me encarando. Atrás dele o som das lâminas batendo em salgueiro foi diminuindo lentamente.

Guerreiros da tempestade

Tirei o elmo e o joguei para Gerbruht.

— Essas são as boas-vindas que um sogro amoroso recebe? — perguntei. — Vim de tão longe salvar seu rabo inútil e você me ameaça com insultos débeis? Por que não está me cobrindo de ouro e presentes, seu bosta de sapo caolho e ingrato?

Ele começou a gargalhar, depois dançou. Cabriolou por alguns instantes, em seguida parou e abriu os braços.

— Isso é incrível!

— O que é incrível, seu bosta de bode?

— Que um mero saxão traga um barco em segurança desde a Britânia! A viagem foi muito apavorante?

— Quase tanto quanto enfrentar você em batalha.

— Então o senhor se mijou? — perguntou ele, rindo.

Gargalhei.

— Pegamos emprestado o barco do seu irmão!

— Estou vendo! — Ele embainhou a espada. — Agora vocês estão em segurança! A água é funda até a praia!

— Remem! — gritei aos remadores, e eles puxaram os remos.

O *Sæbroga* avançou pelos últimos metros até raspar a proa no cascalho. Desci da plataforma e passei por cima da amurada a estibordo. Caí no mar, e a água chegava às coxas. Quase perdi o equilíbrio, mas Sigtryggr, que tinha descido de sua pedra, estendeu a mão e me puxou para terra. Ele me abraçou.

Mesmo sem um olho ele ainda era um homem bonito, com cara de falcão, cabelos claros e sorriso fácil, e eu entendia muito bem por que Stiorra tinha vindo da Britânia com ele. Eu estivera procurando um marido para ela, buscando entre os guerreiros da Mércia e de Wessex um homem que pudesse se comparar a ela em inteligência e paixão, mas ela fez a escolha no meu lugar. Ela havia se casado com meu inimigo e agora ele era meu aliado. Fiquei satisfeito em vê-lo, até mesmo surpreso com a onda de satisfação que senti.

— O senhor demorou para vir — disse ele, animado.

— Eu sabia que você não estava encrencado de verdade, então por que deveria ter pressa?

— Porque estávamos ficando sem cerveja, é claro. — Sigtryggr se virou e gritou para cima da encosta rochosa. — Podem guardar as espadas! Esses desgraçados feios são amigos! — Em seguida puxou meu cotovelo. — Venha conhecer sua neta, senhor.

Em vez disso, Stiorra veio até mim, puxando uma criança pela mão. Confesso que senti um nó na garganta. Jamais gostei de crianças pequenas, nem mesmo das minhas, mas amava minha filha e pude ver por que Ragnall iria à guerra por ela. Stiorra havia se tornado uma mulher, graciosa e confiante, e tão parecida com a mãe que doía só de olhar. Ela sorriu enquanto se aproximava, depois fez uma reverência respeitosa.

— Pai.

— Não estou chorando — falei. — Caiu um cisco no meu olho.

Abracei-a, depois a mantive a distância, com o braço estendido. Ela usava um vestido escuro, de linho bem-tramado, sob uma capa de lã tingida de preto. Um martelo de marfim pendia do pescoço e um torque de ouro o envolvia. Usava os cabelos presos no alto da cabeça por um pente de ouro e marfim. Deu um passo atrás, mas somente para puxar a filha.

— Esta é a sua neta — apresentou Stiorra. — Gisela Sigtryggdottir.

— Dá até trabalho dizer isso.

— Ela é que dá um trabalhão.

Olhei para a menina que se parecia com a mãe e a avó. Era morena, com olhos grandes e cabelos pretos e longos. Ela me olhou, muito solene, mas nenhum de nós tinha o que dizer, por isso não falamos nada. Stiorra riu do nosso silêncio desajeitado, depois se virou para cumprimentar Finan. Meus homens estavam firmando o *Sæbroga* em terra, usando cordas compridas para amarrá-lo às pedras.

— Talvez seja bom deixar homens a bordo — alertou Sigtryggr. — Dois barcos do meu irmão estão patrulhando a área. O *Hræsvelgr* e o *Nidhogg*.

— O *Hræsvelgr* já é nosso — falei. — E o *Nidhogg* logo será. Vamos capturar os outros dois também.

— Vocês capturaram o *Hræsvelgr*? — perguntou ele, evidentemente atônito com a notícia.

— Você não viu? — perguntei. Em seguida, olhei para o sul e notei que algumas ilhas deviam ter escondido o encontro do *Sæbroga* com o *Hræsvelgr*.
— Devemos ter cinco embarcações amanhã — falei bruscamente. — Mas com as tripulações deles, a minha e o seu pessoal... Elas vão ficar apinhadas! Embora, se o tempo continuar calmo assim, devamos conseguir viajar em segurança. A não ser que vocês queiram ficar aqui.

Ele ainda estava tentando compreender o que eu dizia.

— As tripulações delas?

— Na verdade são suas — avisei, deliberadamente confundindo-o com uma torrente de boas notícias.

Sigtryggr olhou por cima do meu ombro e eu me virei, vendo que o *Hræsvelgr* tinha acabado de aparecer na ponta de terra. Orvar estava de novo no comando. Olhei e, sem dúvida, um segundo barco vinha atrás.

— Aquele deve ser o *Nidhogg* — falei a Sigtryggr.

— É.

— Orvar Freyrson vai jurar lealdade a você. Presumo que Bjarke também vá, e todos os homens das tripulações deles. Se algum recusar, sugiro que os deixemos em alguma ilha aqui, a não ser que você prefira matá-los.

— Orvar vai jurar lealdade?

— E Bjarke também, acho.

— Se Orvar e Bjarke jurarem — disse Sigtryggr, tentando compreender o significado de tudo que eu dizia —, as tripulações deles também vão. Todos.

— E Orvar acredita que pode convencer os outros dois barcos a fazer o mesmo — expliquei.

— Como o senhor convenceu... — começou ele, depois simplesmente parou, ainda tentando entender de que modo o destino dera uma reviravolta naquela manhã. Ele havia acordado encurralado e sitiado, agora estava comandando uma pequena frota.

— Como? Oferecendo terras a ele, um monte de terras. Terras suas, por acaso, mas achei que você não iria se importar.

— Minhas terras? — perguntou ele, agora totalmente confuso.

— Estou tornando você rei de Eoferwic — expliquei, como se fosse algo que eu fizesse todo dia. — E da Nortúmbria também. Não me agradeça! — Sig-

A cerca fantasma

tryggr não dera nenhum sinal de que agradeceria, só estava me olhando atônito. — Porque haverá condições! Mas, por enquanto, precisamos preparar os barcos para uma viagem. Acho que devemos tirar parte do lastro porque eles vão estar completamente carregados. Disseram que o tempo nesse litoral pode mudar num piscar de olhos, mas agora parece bem calmo, e temos de partir assim que pudermos. E Dudda me disse que deveríamos sair do canal com a água parada, então que tal amanhã de manhã?

— Dudda?

— Meu navegador — respondi. — Dudda geralmente está bêbado, mas isso não parece fazer muita diferença para ele. Amanhã de manhã então?

— Aonde vamos? — perguntou Sigtryggr.

— Para Cair Ligualid.

Ele me olhou com uma expressão vaga. Estava claro que nunca tinha ouvido falar desse lugar.

— E onde fica Cair não sei das quantas?

— Lá — respondi, apontando para o leste. — Um dia de viagem.

— Rei da Nortúmbria? — perguntou Sigtryggr, ainda tentando entender o que eu dizia.

— Se você concordar, faço de você rei da Nortúmbria. Rei de Jorvik, na verdade, mas quem ocupa o trono de Jorvik geralmente se proclama rei da Nortúmbria também. Seu irmão acha que é o rei de lá agora, mas você e eu devemos ser capazes de dar uma sepultura a ele em vez disso. — O *Hræsvelgr* tinha acabado de chegar à praia. Orvar saltou da proa e veio cambaleando desajeitado até o litoral rochoso. — Ou ele vai matar você — falei, olhando para Orvar — ou se ajoelhar diante de você.

Orvar, novamente com sua corrente de ouro e com todos os seus homens com armas, moedas, lascas de prata e talismãs de volta, atravessou o curto trecho de praia. Assentiu embaraçada e respeitosamente para Stiorra e depois olhou nos olhos de Sigtryggr.

— Senhor?

— Você prestou juramento ao meu irmão — observou Sigtryggr rispidamente.

— E seu irmão pegou meus familiares como reféns, coisa que nenhum senhor jurado deveria fazer.

— Verdade.

Sigtryggr olhou para longe enquanto o *Nidhogg* encalhava, a proa raspando no cascalho. O comandante, Bjarke, saltou da proa e ficou parado olhando para ele, que desembainhou a espada longa. A lâmina sibilou ao sair da bainha. Por um instante, Sigtryggr pareceu ameaçar Orvar com a arma, depois a baixou até que a ponta estivesse fincada no cascalho.

— Você sabe o que fazer — avisou a Orvar.

As tripulações do *Hræsvelgr* e do *Nidhogg* observaram enquanto Orvar se ajoelhava e apertava as mãos em volta das de Sigtryggr, que, por sua vez, seguravam o cabo da espada. Orvar respirou fundo, mas antes de fazer o juramento me olhou.

— O senhor promete que minha família vai viver?

— O que prometo — falei com cuidado — é que farei tudo que for possível para garantir que sua família permaneça viva e incólume. — Toquei o martelo no meu pescoço. — E juro isso por Tor e pela vida dos meus familiares.

— E como vai cumprir esse juramento? — indagou Sigtryggr.

— Entregando sua mulher a Ragnall, é claro. Agora deixe o jarl Orvar jurar lealdade a você.

E numa praia, ao lado de um plácido braço de mar, sob um céu azul e branco, os juramentos foram feitos.

Não é difícil ser um senhor, um jarl ou mesmo um rei, mas é difícil ser um líder.

A maioria dos homens deseja seguir, e eles exigem prosperidade de seu líder. Damos anéis, ouro. Damos terra, prata, escravos, mas isso não basta. Eles devem ser liderados. Deixe homens de pé ou sentados por dias e eles se entediam, e homens entediados criam problemas. Eles devem ser surpreendidos e desafiados, devem receber tarefas que acreditam estar acima de sua capacidade. E devem temer. Um líder que não é temido deixará de governar. Mas o medo não basta. Eles também devem amar. Quando um homem é leva-

A cerca fantasma

do a uma parede de escudos, quando um inimigo rosna em desafio, quando as lâminas se chocam nos escudos, quando o solo está para ser encharcado de sangue, quando os corvos voam em círculos aguardando as entranhas dos guerreiros, um homem que ama seu líder vai lutar melhor que um homem que meramente sinta medo dele. Nesse momento somos irmãos, lutamos uns pelos outros, e um homem deve saber que seu líder irá sacrificar a própria vida para salvar qualquer um dos seus comandados.

Aprendi tudo isso com Ragnar, um homem que liderava com júbilo na alma, ainda que também fosse temido. Seu grande inimigo, Kjartan, só sabia liderar pelo medo, e Ragnall também era assim. Os que lideram por meio do medo podem se tornar grandes reis de terras tão extensas que ninguém conheça as fronteiras. Mas também podem ser derrotados, podem ser derrotados por homens que lutem como irmãos.

— Meu irmão me ofereceu a posição de rei das ilhas enquanto ele seria rei da Britânia — disse-me Sigtryggr naquela noite.

— Das ilhas?

— Todas as ilhas do mar, de tudo ao longo da costa.

Ele acenou em direção ao norte. Eu tinha navegado por aquelas águas e sabia que tudo ao norte do mar da Irlanda é um emaranhado de ilhas, rochas e ondas violentas.

— Os escoceses talvez não fossem gostar disso — comentei, achando engraçado. — E os escoceses não passam de encrenca.

Sigtryggr riu.

— Acho que isso ocorreu ao meu irmão. Eu manteria os escoceses longe dele enquanto Ragnall conquistava as terras saxãs. — Ele fez uma pausa, olhando para as fagulhas subirem em redemoinhos pela escuridão. — Eu ficaria com as pedras, as algas, as gaivotas e as cabras, e ele ficaria com o ouro, o trigo e as mulheres.

— Você recusou?

— Eu aceitei.

— Por quê?

Ele me encarou com seu único olho. O outro era uma massa enrugada com cicatrizes profundas.

Guerreiros da tempestade

— Pela família. Pelo que o nosso pai queria. A vida ficou difícil aqui na Irlanda, e é hora de encontrar novas terras. — Sigtryggr deu de ombros. — Além disso, se eu fosse o senhor das ilhas, poderia transformar as rochas em ouro.

— Rochas, algas, gaivotas e cabras?

— E barcos — disse ele com voracidade. Estava pensando em pirataria. — E dizem que existem ilhas além-mar.

— Ouvi essas histórias — falei de modo hesitante.

— Mas pense bem! Novas terras! Esperando para serem ocupadas.

— Não há nada além de fogo e gelo por lá. Eu naveguei pela região uma vez, até onde o gelo brilha e as montanhas cospem fogo.

— Então usamos o fogo para derreter o gelo.

— E para além disso? — perguntei. — Dizem que há outras terras, mas que são assombradas por monstros.

— Então matamos os monstros — argumentou ele, animado.

Sorri diante do seu entusiasmo.

— Então você disse sim ao seu irmão?

— Disse! Eu seria o Rei do Mar e ele seria o rei da Britânia. — Sigtryggr fez uma pausa. — Mas então ele exigiu Stiorra.

Houve silêncio ao redor da fogueira. Stiorra estava prestando atenção, com o rosto comprido sério. Ela atraiu meu olhar e deu um leve sorriso, um sorriso só para mim. Homens se inclinavam atrás do círculo interno, tentando escutar o que era dito e repassando as palavras a quem estava longe demais para ouvir.

— Ele queria Stiorra — falei sem emoção.

— Ele sempre quer reféns — observou Orvar.

Fiz uma careta.

— Deve-se manter as famílias dos inimigos como reféns, não as dos amigos.

— Para Ragnall, todos somos inimigos — interveio Bjarke. Ele era o comandante do *Nidhogg*, um norueguês alto e magro, com a barba longa trançada e o rosto marcado por uma tatuagem de barco em cada bochecha.

— Ele está com sua mulher também? — perguntei.

— Minha mulher, minhas duas filhas e meu filho.

Então Ragnall comandava pelo medo, e só pelo medo. Os homens tinham pavor dele, e deveriam ter mesmo, porque ele era um sujeito assustador, porém um líder que comanda por meio do medo também precisa ter sucesso. Precisa levar seus homens de vitória em vitória porque, no momento em que se mostrar fraco, fica vulnerável, e Ragnall fora derrotado. Eu havia lhe dado uma surra na floresta ao redor de Eads Byrig, tinha-o expulsado das terras próximas de Ceaster, e não era de espantar, pensei, que os homens que ele havia deixado na Irlanda estivessem tão dispostos a trair os juramentos.

E essa era outra questão. Se um homem faz um juramento de lealdade e depois o senhor toma reféns para que este seja cumprido, o juramento é válido? Quando um homem apertava as mãos em volta das minhas, quando dizia as palavras que ligavam seu destino ao meu, ele se tornava um irmão. Pelo jeito Ragnall não confiava em ninguém. Tomava juramentos e reféns. Todo homem era seu inimigo, e um homem não deve lealdade a um inimigo.

Svart, um sujeito enorme que era o segundo em comando de Sigtryggr, resmungou:

— Ele não queria a senhora Stiorra como refém.

— É — concordou Sigtryggr.

— Era para eu ser esposa dele — disse Stiorra. — A quinta.

— Ele lhe disse isso? — perguntei.

— Fulla me contou. Fulla era a primeira esposa dele. E ela me mostrou as cicatrizes que tinha. — Stiorra falava muito calmamente. — Alguma vez o senhor bateu nas suas esposas, pai?

Sorri para ela através das chamas.

— Nesse sentido eu sou fraco. Não.

Ela sorriu para mim.

— Eu me lembro de que o senhor nos dizia que um homem não bate numa mulher. O senhor falava isso com frequência.

— Só um homem fraco bate numa mulher — declarei. Alguns homens que ouviam pareceram desconfortáveis, porém nenhum questionou. — Mas talvez um homem precise ser forte para ter mais de uma esposa, não é? — continuei, olhando para Sigtryggr, que gargalhou.

— Eu não ousaria — disse ele. — Ela iria me matar de pancada.

— Então Ragnall exigiu Stiorra? — instiguei.

— Ele trouxe a frota inteira para pegá-la! Centenas de homens! Disse que era direito dele. Por isso viemos para cá.

— Fugimos para cá — acrescentou Stiorra secamente.

— Tínhamos seis embarcações — explicou Sigtryggr. — E ele, trinta e seis.

— O que aconteceu com as seis?

— Subornamos os irlandeses com elas, trocamos por grãos e cerveja.

— Os mesmos irlandeses que foram pagos para matar você? — perguntei. Sigtryggr confirmou assentindo com a cabeça. — E por que não mataram?

— Porque eles não querem morrer nessas pedras. E por causa da sua filha.

Olhei para ela.

— Por causa da sua feitiçaria?

Stiorra assentiu, depois se levantou, o rosto coberto por sombras projetadas pelas chamas.

— Venha comigo, pai — chamou ela, e vi que os homens de Sigtryggr riam de alguma piada interna. — Pai? — Stiorra sinalizou em direção ao oeste. — De qualquer modo, chegou a hora.

— Hora?

— O senhor vai ver.

Acompanhei-a em direção ao oeste. Ela me deu a mão para me guiar descendo a encosta porque a noite estava escura e o caminho era íngreme. Fomos devagar, os olhos se ajustando ao negrume da noite.

— Sou eu — anunciou ela em voz baixa quando chegamos ao pé da colina.

— Senhora — respondeu uma voz no escuro.

Era evidente que havia sentinelas ao lado do grosseiro muro de pedras construído para barrar a estreita faixa de terra que levava para longe do forte. Agora eu via fogueiras de acampamento ao longe, em terra firme.

— Quantos homens estão em volta daquelas fogueiras? — eu quis saber.

— Centenas — respondeu Stiorra calmamente. — O bastante para nos derrotar, por isso precisamos usar outros métodos para mantê-los longe.

Ela subiu no muro e soltou minha mão. Agora eu mal podia vê-la. Ela usava uma capa preta como a noite, preta como seus cabelos, mas eu a percebia empertigada e alta, virada para o inimigo distante.

E então começou a cantar.

Ou melhor, ela murmurava e gemia, a voz fantasmagórica subindo e descendo, gritando na escuridão e às vezes parando para ganir feito uma raposa no cio. Então parava e havia silêncio na noite, a não ser pelo sussurro do vento sobre a terra. E recomeçava, ganindo de novo, latidos curtos e agudos que lançava para o oeste antes de deixar a voz se tornar um grito desesperado que lentamente, lentamente se dissolvia num gemido e depois em nada.

E então, como se em resposta, houve um clarão no horizonte do oeste. Não eram os golpes nítidos dos raios de Tor, nem os riscos serrilhados de raiva que rasgavam o céu, e sim lençóis tremeluzentes de relâmpagos silenciosos de verão. Surgiam, distantes e luminosos, depois sumiam, deixando a escuridão de novo e uma imobilidade que parecia ter um tom ameaçador. Houve um último clarão de luz distante, e vi os crânios brancos da cerca da morte arrumados ao longo do muro onde Stiorra estava.

— Pronto, pai. — Ela estendeu a mão. — Eles estão amaldiçoados de novo.

Peguei sua mão e a ajudei a descer do muro.

— Amaldiçoados?

— Eles acham que eu sou uma feiticeira.

— E é?

— Eles têm medo de mim. Eu chamo os espíritos dos mortos para assombrá-los e eles sabem que falo com os deuses.

— Achei que eles fossem cristãos.

— São, mas temem os deuses mais antigos, e eu os mantenho com medo. — Stiorra fez uma pausa, olhando para o escuro. — Há alguma coisa diferente aqui na Irlanda — comentou, parecendo perplexa. — Como se a magia antiga ainda se grudasse à terra. Dá para sentir.

— Eu não sinto.

Ela sorriu. Vi o branco de seus dentes.

— Aprendi a ler as varetas de runas. Fulla me ensinou.

Eu lhe dera as varetas de runas que sua mãe usava, as varas finas e polidas que, ao serem lançadas, criavam padrões complexos que supostamente revelavam o futuro.

— Elas falam com você?

— Elas disseram que o senhor viria e que Ragnall vai morrer. Disseram uma terceira coisa... — Stiorra parou abruptamente.

— Uma terceira coisa?

— Não. — Ela balançou a cabeça. — Às vezes elas são difíceis de interpretar — disse sem dar importância, pegando meu braço e me conduzindo de volta à fogueira no alto do morro. — De manhã os feiticeiros cristãos vão tentar desfazer minha magia. Vão fracassar.

— Feiticeiros cristãos?

— Padres — explicou ela desdenhosamente.

— E as varetas de runas disseram que seu irmão mais velho seria castrado? Ela parou e me olhou na escuridão.

— Castrado?

— Ele quase morreu.

— Não! Não!

— Brida fez isso.

— Brida?

— Uma cadela do inferno que se juntou a Ragnall — falei com amargura.

— Não! — protestou ela de novo. — Mas Uhtred estava aqui! Ele foi procurar Ragnall em paz!

— Agora ele se chama padre Oswald.

— Essa tal de Brida é uma feiticeira? — perguntou Stiorra com ferocidade.

— Ela acha que sim, afirma isso.

Stiorra deu um suspiro de alívio.

— E essa foi a terceira coisa que as varetas de runas disseram, pai, que uma feiticeira deve morrer.

— As varetas de runas disseram isso?

— Deve ser ela — declarou Stiorra em tom vingativo. Obviamente temera que as varetas tivessem previsto sua própria morte. — Será ela.

E eu a acompanhei de volta à fogueira.

De manhã, três sacerdotes irlandeses se aproximaram da estreita faixa de terra onde estavam os crânios em cima do baixo muro de pedras. Eles pararam

A cerca fantasma

a pelo menos cinquenta passos dos crânios, ergueram as mãos e entoaram orações. Um deles, um homem de cabelos revoltos, dançou em círculos enquanto cantava.

— O que eles esperam fazer? — perguntei.

— Estão rezando para que Deus destrua os crânios — respondeu Finan. E fez o sinal da cruz.

— Eles realmente têm medo desses crânios — comentei, pasmo.

— O senhor não teria?

— Não passam de crânios.

— São mortos! — retrucou ele com ferocidade. — O senhor não sabia disso quando colocou as cabeças em volta de Eads Byrig?

— Eu só queria apavorar Ragnall.

— O senhor lhe deu uma cerca fantasma. Não é de se espantar que ele tenha saído de lá. E essa aqui? — Finan indicou o morro abaixo com a cabeça, na direção de onde Stiorra havia arrumado os crânios virados para a terra. — Essa cerca fantasma tem poder!

— Poder?

— Deixe-me mostrar. — Finan me levou pelo alto da colina até um buraco cercado de pedras. Não era grande, devia ter meio metro quadrado, mas cada centímetro tinha sido atulhado de ossos. — Deus sabe há quanto tempo eles estão aqui. Estavam cobertos por aquela saliência de rocha.

Ele apontou para uma pedra que fora tirada de cima do buraco. A superfície tinha uma cruz riscada, agora cheia de líquen. Os ossos foram separados, de modo que todos os ossos amarelados das pernas estavam juntos, e as costelas, empilhadas cuidadosamente. Havia pélvis, falanges, ossos de braços, mas nenhum crânio.

— Acho que os crânios formavam a camada de cima — disse Finan.

— Quem eram eles? — Curvei-me para olhar para o interior do buraco.

— Monges, provavelmente. Talvez tenham sido mortos quando os primeiros norugueses chegaram. — Ele se virou e olhou para o oeste. — E aqueles pobres coitados morrem de medo deles. É um exército de mortos, dos próprios mortos deles! Os irlandeses vão querer mais ouro antes de atravessar essa cerca fantasma.

Guerreiros da tempestade

— Mais ouro?

Finan deu um leve sorriso.

— Ragnall deu ouro aos Uí Néills para que capturassem Stiorra. Mas, se eles tiverem de lutar com os mortos, e não só com os vivos, vão querer muito mais do que o ouro que ele lhes deu até agora.

— Mortos não lutam.

Finan desprezou o comentário.

— Vocês, saxões! Às vezes acho que não sabem de nada! Não, os mortos não lutam, mas se vingam! Quer que seu leite azede no úbere? Quer que suas plantações morram? Que seu gado tenha tremedeira? Que suas crianças adoeçam?

Eu conseguia ouvir os padres irlandeses dando ganidos, e me perguntei se o ar estaria cheio de espíritos invisíveis travando uma batalha de magia. Esse pensamento me fez tocar o martelo pendurado no pescoço, depois me esqueci dos fantasmas quando meu filho gritou de baixo do morro:

— Pai! Os barcos!

Vi que as últimas duas embarcações vinham do sul, o que significava que Orvar tinha convencido suas tripulações a trair Ragnall. Agora eu tinha uma frota e o início de um exército.

— Precisamos resgatar a família de Orvar — falei.

— Fizemos essa promessa — concordou Finan.

— Ragnall não deve tê-los deixado com os cavaleiros — supus. — Ninguém quer mulheres e crianças atrasando um exército quando se está fazendo incursões em território hostil.

— Mas deve tê-las mantido em segurança — comentou Finan.

O que significava que estavam em Eoferwic, pensei. A cidade era a base de Ragnall, sua fortaleza. Sabíamos que ele tinha mandado parte do exército de volta para lá, presumivelmente para sustentar a muralha romana enquanto o restante de seus homens devastava a Mércia.

— Esperemos que eles não estejam em Dunholm — falei.

A fortaleza de Brida era formidável, empoleirada em seu penhasco acima do rio.

— Seria um lugar terrível de capturar — observou Finan.

A cerca fantasma

— Eles devem estar em Eoferwic — falei, rezando para estar certo.

E era em Eoferwic que toda a minha história havia começado, pensei. Era onde meu pai tinha morrido. Onde eu me tornara senhor de Bebbanburg. Onde havia conhecido Ragnar e aprendido sobre os deuses antigos.

E era hora de voltar.

Terceira parte

A guerra dos irmãos

Onze

Eu havia suportado viagens dignas de um pesadelo. Já fui escravo, puxando um remo pesado em mares violentos, gelando sob os borrifos de água, lutando contra ondas e vento, conduzindo um barco para um litoral rochoso e com águas congeladas. Já quase tinha desejado que o mar nos levasse. Gemíamos de medo e frio.

Isso era pior.

Eu estivera a bordo do *Heahengel*, de Alfredo, quando a frota de Guthrum havia morrido numa tempestade súbita que castigou o mar no litoral de Wessex. O vento uivava, as ondas eram demônios brancos, mastros caíram na água, velas foram rasgadas até se tornarem farrapos que se debatiam ao vento, e os grandes barcos afundaram um após o outro. Os gritos dos que se afogavam me acompanharam durante dias.

Mas isso era pior.

Era pior apesar de o mar estar calmo, as ondas, plácidas, e o vento fraco soprar suave do oeste. Não avistamos inimigos. Atravessamos o mar como se fosse um laguinho de patos, mas cada momento da viagem foi aterrador.

Partimos da enseada na maré alta, quando a corrente violenta que jorrava pelo estreito estava soturna e parada. Agora tínhamos cinco barcos. Todas as tripulações de Ragnall no Loch Cuan haviam jurado lealdade a Sigtryggr, mas isso significava que levávamos suas famílias e todo o povo de Sigtryggr, além dos guerreiros. Barcos que não se destinavam a suportar mais de setenta tripulantes estavam com quase duzentas pessoas a bordo. Seguiam baixos na água, as pequenas ondas atravessando constantemente as tábuas superiores do costado, de modo que quem não estava remando precisava jogar a água fora. Tínhamos lançado parte das pedras de lastro ao mar, mas isso tornava a proa perigosamente pesada, e assim os barcos se balançavam de forma assustadora sempre que um vento errante vinha do norte ou do sul. E até mesmo as menores ondas de través ameaçavam nos afundar. Arrastávamo-nos naquele mar suave, mas nem por um instante me senti livre do perigo. Mesmo na pior tempestade os homens podem remar, podem lutar contra os deuses, mas aqueles cinco barcos frágeis num mar calmo pareciam tão vulneráveis. Os piores momentos foram à noite. Parou de ventar completamente, o que poderia ter sido nossa salvação, mas no escuro não conseguíamos ver as ondas pequenas, só senti-las passando pelos costados. Remamos vagarosa e constantemente pela escuridão, e martelamos os ouvidos dos deuses com orações. Permanecíamos atentos aos sons dos remos, fazendo força para ficar perto das outras embarcações, e continuávamos rezando a todos os deuses conhecidos.

Eles devem ter ouvido, porque no dia seguinte os cinco barcos chegaram em segurança à costa da Britânia. Havia névoa na praia, densa o suficiente para amortalhar as pontas de terra ao norte e ao sul, de modo que Dudda franziu a testa, perplexo.

— Sabe Deus onde estamos — admitiu por fim.

— Onde quer que seja, vamos desembarcar — avisei. E assim remamos direto para a praia onde ondas pequenas quebravam e o som da quilha raspando na areia foi o mais doce que já ouvi.

— Meu Jesus! — exclamou Finan. Ele havia saltado em terra e caiu de joelhos. Fez o sinal da cruz. — Rezo a Deus para nunca mais ver outra embarcação.

— Só reze para não estarmos em Strath Clota.

Tudo que eu sabia era que, remando para o leste, tínhamos atravessado o mar até onde a Nortúmbria fazia fronteira com a Escócia e que o litoral da Escócia era habitado por selvagens que chamavam seu território de Strath Clota. Era uma região selvagem, um lugar de guerreiros ferozes, fortalezas austeras e escaramuças implacáveis. Tínhamos homens mais que suficientes para abrir caminho em direção ao sul, caso tivéssemos desembarcado em solo escocês. No entanto, eu não queria ser perseguido por guerreiros tribais com cabelos desgrenhados ansiando por vingança, saque e escravos.

Olhei fixamente para a névoa, vendo capim em dunas e as encostas suaves de um morro mais além, e pensei que era assim que meu ancestral devia ter se sentido ao trazer seu barco pelo mar do Norte e desembarcar numa praia estranha da Britânia, sem saber onde estava e que perigos o aguardavam. Seu nome era Ida. Ida, o Portador do Fogo, e foi ele quem tomou o grande penhasco ao lado do mar cinzento onde Bebbanburg seria construída. E seus homens, como os que agora desembarcavam das cinco embarcações, devem ter vadeado pelas ondas pequenas para levar suas armas a uma terra estranha, devem ter olhado para o interior imaginando que inimigos estariam à espera. Eles tinham derrotado esses inimigos, e a terra que os guerreiros de Ida conquistaram era agora nossa. Os inimigos de Ida, o Portador do Fogo, foram expulsos de seus pastos e vales, caçados até Gales, até a Escócia ou até Cornwalum, e a terra que eles deixaram para trás era nossa, a terra que queríamos que um dia fosse chamada de Inglaterra.

Sigtryggr saltou para a praia.

— Bem-vindo ao seu reino, senhor — falei. — Pelo menos espero que seja o seu reino.

Ele olhou para as dunas onde crescia um capim pálido.

— Isto é a Nortúmbria?

— Espero que sim.

Sigtryggr riu.

— Por que não seu reino, senhor?

Confesso que eu me sentira tentado. Ser rei da Nortúmbria? Ser senhor das terras que um dia foram o reino da minha família? Porque minha família havia sido uma família de reis. Os descendentes de Ida, o Portador do Fogo, foram os líderes da Bernícia, um reino que abarcava a Nortúmbria e o sul da Escócia, e foi um rei da Bernícia que construiu Bebbanburg em sua rocha junto ao mar. Por um momento, parado naquela praia amortalhada de névoa junto às ondas que se quebravam lentamente, imaginei uma coroa na minha cabeça e depois pensei em Alfredo.

Jamais havia gostado dele, assim como ele não gostava de mim, mas eu não era idiota a ponto de pensar que ele fora um mau rei. Alfredo tinha sido um bom rei, mas sua posição implicava apenas dever e responsabilidade, e

A guerra dos irmãos

essas coisas pesaram nele, marcando seu rosto com rugas e seus joelhos com calos de tanto rezar. Minha tentação vinha de uma visão infantil do que era ocupar um trono, como se, sendo rei, eu pudesse fazer o que quisesse. E por algum motivo tive uma visão da Ratinha, a jovem da noite em Ceaster, e devo ter sorrido. Sigtryggr confundiu o sorriso com uma aceitação de sua sugestão.

— O senhor deveria ser o rei — declarou ele.

— Não — respondi com firmeza, e por um instante me senti tentado a contar a verdade, mas não podia torná-lo rei da Nortúmbria e dizer, no mesmo instante, que seu reino estava condenado.

Não se pode saber o futuro. Talvez algumas pessoas, como minha filha, saibam ler as varetas de runas e encontrar profecias em seu emaranhado. E outras, como aquela bruxa maldita na caverna que um dia havia previsto minha vida, talvez possam receber sonhos dos deuses, mas para a maioria de nós o futuro é uma névoa, e só vemos até onde a névoa permite. Porém, eu tinha certeza de que a Nortúmbria estava condenada. Ao norte ficava a Escócia, e o povo daquela terra é louco, selvagem e orgulhoso. Estamos destinados a lutar contra eles, provavelmente para sempre, mas eu não tinha vontade de levar um exército para suas colinas severas. Permanecer nos vales da Escócia significava sofrer emboscadas, e marchar nas partes altas significava passar fome. Os escoceses podiam ficar com suas terras, e, se pensassem em tomar as nossas, iríamos matá-los como sempre fizemos, assim como eles nos matavam se invadíssemos suas colinas.

E ao sul da Nortúmbria estavam os saxões, e eles tinham um sonho, o sonho de Alfredo, o sonho ao qual eu servira durante quase a vida inteira, e esse sonho era unir os reinos onde os saxões viviam e torná-los um só. A Nortúmbria era a última parte desse sonho. E Æthelflaed queria passionalmente que esse sonho se realizasse. Violei muitos juramentos na vida, mas jamais violei um juramento feito a Æthelflaed. Eu tornaria Sigtryggr rei, mas a condição era que ele vivesse em paz com a Mércia de Æthelflaed. Eu iria torná-lo rei para destruir seu irmão e me dar uma chance de atacar Bebbanburg, e iria torná-lo rei ao mesmo tempo que plantava as sementes da destruição de seu reino. Porque, apesar de ele ter de jurar que viveria em paz com a Mércia, eu não poderia nem exigiria que Æthelflaed vivesse em paz com ele. A

Nortúmbria de Sigtryggr ficaria encurralada entre a selvageria do norte e as ambições do sul.

Não falei nada disso a Sigtryggr. Em vez disso, passei o braço em volta de seu ombro e andei com ele até o alto de uma duna, de onde observamos homens e mulheres desembarcando. A névoa se dissipava, e ao longo de toda a praia pude ver armas e escudos sendo transportados através das ondas baixas. Crianças, livres dos barcos apinhados, corriam pela areia gritando e dando cambalhotas.

— Vamos marchar sob seu estandarte — falei.

— O machado vermelho.

— Porque os homens vão achar que você serve ao seu irmão.

— E vamos a Jorvik.

— A Eoferwic, sim.

Ele franziu a testa, pensando. Uma brisa marinha tinha começado a soprar, agitando seu cabelo loiro. Sigtryggr olhou para os barcos, e eu soube que ele lamentava abandoná-los, mas não havia opção. Um menino subiu na duna e olhou boquiaberto para Sigtryggr. Rosnei para ele, e o garotinho pareceu aterrorizado e saiu correndo.

— O senhor não gosta de crianças? — perguntou Sigtryggr, achando engraçado.

— Odeio. Desgraçadinhos barulhentos.

Ele gargalhou.

— Sua filha diz que o senhor foi um bom pai.

— É porque ela quase nunca me via.

Senti uma pontada de angústia. Eu tivera sorte com meus filhos. Stiorra era uma mulher que qualquer homem teria orgulho de chamar de filha, e Uhtred, que estava carregando lanças pelos baixios e rindo com os companheiros, era um homem ótimo e um bom guerreiro. Mas meu mais velho? Meu filho capado? Era o mais inteligente dos três, e talvez o melhor deles, no entanto jamais seríamos amigos.

— Meu pai nunca gostou de mim — falei.

— Nem o meu — disse Sigtryggr. — Pelo menos até eu me tornar adulto.

— Ele se virou e olhou para o interior. — E o que fazemos agora?

A guerra dos irmãos

— Vamos descobrir onde estamos. Com sorte, estamos perto de Cair Ligualid, por isso vamos primeiro para lá buscar acomodações para as famílias. Depois marchamos para Eoferwic.

— A que distância fica isso?

— Sem cavalos? Vamos levar uma semana.

— O lugar é defensável?

— Tem boas muralhas, mas fica num terreno plano. Precisa de uma guarnição enorme.

Ele assentiu.

— E se meu irmão estiver lá?

— Teremos uma luta pela frente, mas isso iria acontecer de qualquer modo. Você não estará em segurança até que ele morra.

Eu duvidava que Ragnall tivesse retornado a Eoferwic. Apesar de sua derrota em Eads Byrig, ele ainda possuía um grande exército e precisava oferecer saques aos homens. Suspeitei que ele ainda estivesse devastando a Mércia mas também imaginei que tivesse enviado uma força a Eoferwic para manter a cidade até seu retorno. Também suspeitei que eu poderia estar errado. Marchávamos às cegas, mas pelo menos nossos barcos tinham chegado à Nortúmbria. Soube disso porque, no fim daquela manhã, quando a névoa se dissipou completamente, fui até um morro ali perto e do alto dele vi fumaça subindo de uma cidade de tamanho considerável ao norte. Só podia ser Cair Ligualid, pois não havia nenhum outro povoamento grande em Cumbraland.

Cumbraland era a parte da Nortúmbria a oeste das montanhas. Sempre fora um lugar selvagem e sem lei. Os reis que comandavam Eoferwic podiam dizer que comandavam Cumbraland, mas poucos viajariam até lá sem um grande exército, e um número ainda menor veria qualquer vantagem em realizar essa jornada. Era uma região de morros e lagos, vales profundos e florestas ainda mais profundas. Os dinamarqueses e os noruegueses se estabeleceram ali, construindo propriedades protegidas por paliçadas resistentes, mas não era uma terra para se enriquecer. Havia ovelhas e cabras, alguns campos de cevada precários e inimigos por toda parte. Os antigos habitantes, pequenos e morenos, ainda viviam nos altos vales onde adoravam deuses esquecidos, e sempre havia escoceses atravessando o rio Hedene para roubar gado e escravos. Cair Ligualid guardava esse rio, e nem mesmo essa cidade existiria se não fosse pelos romanos que a construíram, fortificaram e deixaram uma grande igreja no centro.

Podia ter sido uma fortaleza amedrontadora, tão formidável quanto Ceaster ou Eoferwic, mas o tempo não fora gentil com ela. Parte dos muros de pedra havia caído, a maior parte das construções romanas desmoronara. Restava apenas um conjunto confuso de cabanas de madeira com tetos de palha coberta de musgo. A igreja continuava de pé, mas quase todas as paredes tinham caído e sido substituídas por madeira, e o antigo telhado de cerâmica se fora havia muito. Mas eu adorava essa igreja porque foi nela que vi Gisela pela primeira vez. Senti a pontada da perda quando chegamos a Cair Ligualid e lancei um olhar para Stiorra, tão parecida com a mãe.

Ainda havia monges na cidade, mas a princípio achei que fossem mendigos ou vagabundos com mantos estranhos. O tecido marrom estava remendado, as bainhas, esgarçadas; somente as tonsuras e as pesadas cruzes de madeira revelavam que aqueles poucos homens eram monges. O mais velho, que tinha uma barba rala chegando quase à cintura, veio nos receber.

— Quem são vocês? — perguntou. — O que querem? Quando vão embora?

— Quem é você? — retruquei.

— Sou o abade Hengist — disse ele num tom que sugeria que eu deveria reconhecer o nome.

— Quem governa aqui?

— Deus Todo-Poderoso.

— Ele é o jarl?

— Ele é o poderoso jarl de toda a terra e tudo que há nela. Ele é o jarl da criação!

— Então por que ele não consertou os muros daqui?

O abade Hengist franziu a testa, sem saber o que responder.

— Quem é você?

— O homem que vai arrancar suas tripas pelo cu se você não me disser quem governa Cair Ligualid — respondi em tom agradável.

— Eu! — exclamou Hengist, recuando.

A guerra dos irmãos

— Bom! — falei rapidamente. — Vamos ficar aqui por duas noites. Amanhã vamos ajudar a consertar sua muralha. Não creio que vocês tenham comida para todos nós, mas vão nos dar cerveja. Vamos deixar mulheres e crianças aqui, sob sua proteção, e você vai alimentá-las até mandarmos buscá-las.

O abade Hengist ficou boquiaberto diante da multidão que tinha entrado em sua cidade.

— Não posso alimentar tantos...

— Você é cristão?

— Claro!

— Acredita em milagres? — perguntei, e ele assentiu. — Então é melhor pegar seus cinco pães e dois peixes e rezar para que seu maldito deus forneça o resto. Vou deixar alguns guerreiros aqui. Eles também precisam de alimento.

— Não podemos...

— Podem, sim — vociferei. Fui até ele e o segurei pelo manto sujo, pegando um bocado da barba branca junto. — Você vai alimentá-los, homenzinho horrível, e vai protegê-los. — Sacudi-o enquanto falava. — E, se eu descobrir que falta uma criança ou que há uma criança com fome quando mandar buscá-las, vou arrancar a carne magricela dos seus ossos e dar de comer aos cães. Vocês têm armadilhas de peixes? Têm grãos para semear? Têm animais de criação? — Esperei até que ele assentisse respondendo a cada pergunta. — Então você vai alimentá-los! — Sacudi-o de novo, depois o soltei. Ele cambaleou e caiu de bunda. — Pronto — eu disse com alegria. — Está combinado. — Esperei que ele ficasse de pé. — Também precisamos de madeira para consertar a muralha.

— Não há nenhuma! — gemeu ele.

Eu tinha visto poucas árvores perto da cidade, e essas poucas eram mirradas e encurvadas pelo vento, não serviam para preencher as brechas na muralha antiga.

— Não tem madeira? — questionei. — E seu mosteiro é feito de quê?

O abade me encarou por um instante.

— Madeira — sussurrou por fim.

— Pronto! — exclamei, animado. — Você tem uma resposta para todos os nossos problemas!

Eu não tinha como levar mulheres e crianças para Eoferwic. As mulheres podiam marchar tão bem quanto os homens, mas as crianças nos retardariam. Além disso, não levávamos comida, de modo que tudo que comíamos na viagem precisava ser comprado, roubado ou surrupiado. Assim, quanto menos bocas tivéssemos para alimentar, melhor. Podíamos chegar famintos a Eoferwic, mas eu tinha certeza de que, assim que estivéssemos lá, encontraríamos armazéns repletos de grãos, carne defumada e peixe.

Mas antes de marcharmos precisávamos manter protegidas as famílias que deixaríamos para trás. Os homens lutam de boa vontade, mas precisam saber que suas mulheres e seus filhos estão em segurança, por isso passamos um dia reformando as falhas na muralha de Cair Ligualid com peças de madeira grossa arrancadas do mosteiro. Só havia sete monges e dois meninos morando em construções capazes de abrigar setenta pessoas, e os caibros e as colunas serviam para fazer uma paliçada resistente. Para defender a muralha deixamos trinta e seis guerreiros, na maioria os mais velhos ou feridos. Eles não tinham esperança de resistir a um ataque em grande escala feito por uma horda de guerreiros de Strath Clota, mas era pouco provável que uma investida dessas ocorresse. Os bandos escoceses raramente tinham mais de quarenta ou cinquenta homens, todos guerreiros malignos montados em cavalos pequenos, mas eles não atravessavam o rio para morrer diante de muralhas romanas. Vinham roubar escravos nos campos e gado nos pastos elevados, e os poucos homens que deixamos, aliados às pessoas do local, deveriam ser mais que suficientes para deter um ataque à cidade. Só para garantir, levantamos uma pedra na igreja e encontramos uma antiga cripta cheia de ossos, da qual tiramos sessenta e três crânios que colocamos ao redor da fortificação da cidade, com seus olhos vazios virados para fora. O abade Hengist questionou isso.

— Eles são monges, senhor — disse, nervoso.
— Quer que um inimigo estupre seus dois noviços? — perguntei.
— Que Deus nos ajude, não!
— É uma cerca fantasma. Os mortos vão proteger os vivos.

Vestida de preto, Stiorra entoou encantamentos estranhos para cada um dos sessenta e três guardiões, depois pintou nas testas um símbolo que não significava nada para mim. Era só uma espiral de fuligem úmida, mas Hengist a viu, ouviu o canto e temeu uma magia pagã poderosa demais para sua frágil fé. Quase senti pena, porque o sujeito tentava manter sua religião viva num lugar de paganismo. As fazendas mais próximas pertenciam a noruegueses que adoravam Tor e Odin, que sacrificavam animais aos deuses antigos e não sentiam amor pelo redentor pregado de Hengist.

— Estou surpreso por eles não terem matado você — falei.

— Os pagãos? — O abade deu de ombros. — Alguns quiseram, mas o jarl mais poderoso daqui é Geir. — Ele virou a cabeça para o sul, indicando onde ficava a terra de Geir. — E a mulher dele estava doente, prestes a morrer, senhor. Ele a trouxe para cá e ordenou que usássemos nosso Deus para salvá-la. E, em sua grande misericórdia, Ele o fez. — Hengist fez o sinal da cruz.

— O que vocês fizeram? Rezaram?

— Claro, senhor, mas também espetamos as nádegas dela com uma flecha de santa Bega.

— Vocês espetaram a bunda dela? — perguntei, atônito.

Ele fez que sim com a cabeça.

— Santa Bega defendeu a terra de seu convento com um arco, senhor, mas não mirava para matar. Só para espantar os malfeitores. Ela sempre dizia que Deus mirava suas flechas, e temos sorte de possuir uma delas.

— Deus acertou na bunda dos desgraçados?

— Sim, senhor.

— E agora vocês vivem sob a proteção de Geir?

— Vivemos, senhor, graças à bendita santa Bega e suas flechas sagradas.

— E onde está Geir?

— Juntou-se a Ragnall, senhor.

— E que notícias você tem de Ragnall ou Geir?

— Nenhuma, senhor.

Eu não esperava que houvesse. Cumbraland era uma região remota, porém era significativo que Geir tivesse achado que valia a pena atravessar as colinas e se juntar às forças de Ragnall.

— Por que ele se juntou ao jarl Ragnall? — perguntei ao monge.

Hengist estremeceu, e sua mão se sacudiu como se ele fosse fazer o sinal da cruz.

— Ele ficou com medo, senhor! — O abade me encarou, nervoso. — O jarl Ragnall mandou dizer que mataria todos os homens daqui se eles não marchassem para se juntar a ele. — O monge fez o sinal da cruz e fechou momentaneamente os olhos. — Todos foram, senhor! Todos os donos de terras que tinham armas. Eles temem Ragnall. E ouvi dizer que o jarl Ragnall odeia os cristãos!

— Odeia, sim.

— Que Deus nos proteja — sussurrou ele.

Então Ragnall comandava puramente por meio do medo, e isso funcionaria enquanto tivesse sucesso. Senti uma pontada de culpa ao pensar no que suas forças estariam fazendo na Mércia. Estariam trucidando, queimando e destruindo tudo e todos que não estivessem protegidos por um burh, mas Æthelflaed deveria ter investido contra o norte. Ela estava defendendo a Mércia quando deveria atacar a Nortúmbria. Ninguém livra seu lar de uma praga de vespas batendo nelas uma a uma, e sim encontrando o ninho e o queimando. Eu era descendente de Ida, o Portador do Fogo, e, assim como ele havia trazido o fogo do outro lado do mar, eu levaria chamas pelas colinas.

Partimos na manhã seguinte.

Era uma viagem difícil por um terreno difícil. Tínhamos encontrado três pôneis e uma mula perto de Cair Ligualid, mas nenhum cavalo. Stiorra, com sua filha, montava num dos pôneis, mas o restante de nós viajava a pé e levava a própria cota de malha, as armas, a comida e os escudos. Bebíamos em riachos das montanhas, matávamos ovelhas para jantar e assávamos suas costeletas em fogueiras miseráveis feitas com samambaias e urzes. Todos estávamos acostumados a ir para a guerra a cavalo ou remando, e nossas botas não eram feitas para aquela viagem. No segundo dia as trilhas pedregosas ameaçavam rasgar os calçados, então ordenei que os homens fossem descalços e os poupassem para a batalha. Isso nos retardou, pois eles mancavam e tropeçavam. Não havia estradas romanas convenientes mostrando o caminho, apenas trilhas de cabras, morros altos e vento do norte trazendo chuva em rajadas violentas. Não houve abrigo nas duas primeiras noites e tivemos pouca comida, mas no terceiro dia descemos um vale fértil onde uma propriedade rica oferecia calor. Uma mulher e dois serviçais idosos nos viram chegar. Éramos mais de trezentos e cinquenta, todos carregando armas, e a mulher deixou o portão de sua paliçada escancarado para mostrar que não oferecia resistência. Era grisalha, com as costas eretas e olhos azuis, senhora de um salão, dois celeiros e um barracão de madeira podre para o gado.

— Meu marido não está aqui — disse ao nos receber.
— Foi se juntar a Ragnall? — perguntei.
— O jarl Ragnall, sim. — Ela pareceu desaprovar.
— Com quantos homens?
— Dezesseis. E quem são vocês?
— Homens convocados pelo jarl Ragnall — respondi, evasivo.
— Ouvi dizer que ele precisa de mais homens — comentou ela com desprezo.
— Senhora — perguntei intrigado com seu tom de voz —, o que a senhora ouviu?
— Njall vai lhe contar. Imagino que vocês vão roubar minhas coisas, não é?
— Pagarei por tudo que pegarmos.
— O que, ainda assim, vai nos deixar com fome. Não posso alimentar meu povo com suas lascas de prata.

Njall era um dos dezesseis guerreiros que foram para o sul se juntar ao exército de Ragnall. Ele tinha perdido a mão direita em Eads Byrig e retornado a esse vale solitário onde cuidava de algumas poucas plantações esparsas. Chegou ao salão naquela noite. Era um homem soturno, de barba ruiva, o cotoco do braço coberto por uma bandagem, e tinha uma esposa magra e ressentida. A maioria dos meus homens comia no celeiro maior, jantando três porcos e dois cabritos abatidos, mas Lifa, a senhora da propriedade na ausência do marido, insistiu que alguns de nós nos juntássemos a ela no salão, onde serviu uma refeição de carne, cevada, pão e cerveja.

— Temos um harpista — disse ela —, mas ele foi para o sul com meu marido.
— E não vai voltar — observou Njall.
— Foi morto — explicou Lifa. — Que tipo de inimigo mata harpistas?

— Eu estava lá — contou Njall, carrancudo. — Eu o vi levar uma lança nas costas.

— Então conte sua história, Njall — ordenou a anfitriã imperiosamente. — Diga a esses homens que tipo de inimigo eles vão enfrentar.

— Uhtred — disse Njall rispidamente.

— Ouvi falar dele — observei.

Njall me olhou ressentido.

— Mas não lutou contra ele.

— Verdade. — Servi cerveja para Njall. — E o que aconteceu?

— Ele é auxiliado por uma bruxa — respondeu Njall, tocando o martelo no pescoço. — Uma feiticeira.

— Não ouvi falar disso.

— A feiticeira da Mércia. Chama-se Æthelflaed.

— Æthelflaed é uma bruxa? — perguntou Finan.

— De que outro modo ela pode comandar a Mércia? — questionou Njall, ressentido. — Você acha que uma mulher pode governar, a não ser que use feitiçaria?

— E o que aconteceu? — perguntou Sigtryggr.

Nós o instigamos a contar. Ele disse que Ragnall tinha nos encurralado em Ceaster, embora não se lembrasse do nome da cidade, só que era um lugar com muros de pedra, que presumiu terem sido construídos pelos espíritos que trabalhavam para Æthelflaed.

— Mesmo assim eles estavam encurralados na cidade — contou. — E o jarl disse que iria mantê-los lá até capturar o restante da Mércia. Mas a bruxa mandou uma tempestade, e Uhtred cavalgou o vento da manhã.

— Cavalgou o vento?

— Ele chegou junto da tempestade. Era uma horda, mas ele comandava. Uhtred tem uma espada de fogo e um escudo de gelo. Veio junto do trovão.

— E o jarl Ragnall? — perguntei.

Njall deu de ombros.

— Ele vive. Ainda tem um exército, mas Uhtred também tem.

Njall não sabia de muita coisa porque, capturado em Eads Byrig, tinha sido um dos homens que soltamos depois de decepar a mão. Contou que havia caminhado até sua casa, mas depois acrescentou outra novidade.

A guerra dos irmãos

— Até onde sei, o jarl pode estar morto. Mas ele planejava atacar a Mércia até que a feiticeira dele fizesse sua magia.

— A feiticeira dele?

Njall tocou seu martelo de novo.

— Como é possível lutar contra uma feiticeira? Com outra feiticeira, é claro. O jarl encontrou uma poderosa! Uma bruxa velha, e ela está fazendo mortos.

Apenas o encarei por um momento.

— Está fazendo mortos?

— Eu viajei para o norte com ela — comentou Njall, apertando o martelo —, e ela me explicou.

— Explicou o quê? — perguntou Sigtryggr.

— Os cristãos adoram os mortos — respondeu ele. — E o ídolo das igrejas deles é um homem morto, e eles guardam pedaços de mortos em caixas de prata.

— Já vi esse tipo de coisa — declarei.

— Relíquias — explicou Finan.

— E eles falam com os pedaços de mortos — continuou Njall. — E os mortos falam com o deus deles. — Ele olhou ao redor, temendo que ninguém acreditasse. — É como eles fazem! — insistiu. — É como se comunicam com o deus deles!

— Faz sentido — disse Sigtryggr cautelosamente, olhando para mim.

Assenti com a cabeça.

— Para os vivos é difícil falar com os deuses.

— Mas não para os cristãos — insistiu Njall. — É por isso que eles vencem! É por isso que a bruxa deles é tão poderosa! O deus deles ouve os mortos.

Finan, o único cristão à mesa, deu um sorriso torto.

— Talvez os cristãos vençam porque têm Uhtred, não é?

— E por que eles têm Uhtred? — indagou Njall enfaticamente. — Os homens dizem que ele adora nossos deuses, mas luta pelo deus cristão. A bruxa o enfeitiçou!

— É verdade — concordou Finan com um pouco de entusiasmo demais, e quase o chutei por baixo da mesa.

Guerreiros da tempestade

— Deve ser um deus solitário — observou Lifa, nossa anfitriã, pensativa. — Nossos deuses têm companhia. Festejam juntos, lutam juntos, mas o deles? Não tem ninguém.

— Por isso ele escuta os mortos — comentou Sigtryggr.

— Mas só os mortos cristãos — insistiu Njall.

— Mas o que a bruxa do jarl Ragnall — quase falei o nome de Brida, mas evitei no último instante — faz para mudar isso?

— Ela vai mandar uma mensagem ao deus deles.

— Uma mensagem?

— Ela diz que vai mandar ao deus cristão uma hoste de mortos. Eles devem lhe dizer que acabe com o poder da bruxa da Mércia, caso contrário a feiticeira de Ragnall vai matar todos os cristãos da Britânia.

Quase gargalhei. Só Brida seria louca a ponto de ameaçar um deus! E então estremeci. Ela queria mandar vários mensageiros? E onde os encontraria? Tinham de ser cristãos, caso contrário seu deus pregado não iria ouvi-los, e em muitas partes da Nortúmbria mosteiros e conventos foram queimados, e seus monges e freiras, mortos ou mandados para o exílio. Mas havia um lugar onde a Igreja ainda florescia. Um lugar onde ela encontraria cristãos suficientes para enviar gritando à outra vida com uma mensagem desafiadora ao deus pregado.

Brida tinha ido para Eoferwic.

E nós também íamos para lá.

Eu dissera a Sigtryggr que Eoferwic ficava num terreno plano, e era verdade, mas esse terreno plano se erguia ligeiramente acima do restante da planície onde estava a cidade. Além do mais, ficava entre a junção de dois rios, e esse simples fato a tornava difícil de ser atacada. Os muros faziam com que isso fosse quase impossível, porque tinham o dobro da altura da muralha de Ceaster. Quando meu pai comandou um ataque à cidade, havia grandes brechas nos muros, mas essas brechas eram iscas para uma armadilha, e ele morreu assim. Agora as brechas estavam preenchidas, a nova alvenaria parecia muito mais leve que a antiga. A bandeira do machado vermelho-sangue de Ragnall pendia na muralha e tremulava preguiçosamente num mastro alto acima do portão sul.

Éramos um bando desorganizado, a maioria ainda a pé, apesar de termos roubado ou comprado pouco mais de dez cavalos enquanto íamos da propriedade de Lifa para os morros. A maioria estava descalça, cansada e coberta de poeira. Cerca de trinta homens tinham ficado para trás, mas o restante carregava as cotas de malha, as armas e os escudos deles. Agora, enquanto nos aproximávamos da cidade, erguíamos o estandarte de Sigtryggr, idêntico ao do irmão, e fizemos Orvar e seus homens montarem nos garanhões. Stiorra, vestida de branco, montava numa pequena égua preta com a filha à frente. Parecia vigiada por Finan e dois noruegueses de Orvar que cavalgavam um de cada lado. Sigtryggr e eu andávamos em meio à massa de homens que seguia os cavaleiros em direção ao portão da cidade.

A muralha era alta e construída em cima de uma elevação de terra.

— Foi aqui que seu avô morreu — contei ao meu filho —, e onde fui capturado pelos dinamarqueses. — Apontei para um dos trechos de alvenaria mais clara e nova. — Seu avô comandou um ataque bem ali. Eu pensei que tínhamos vencido! Havia uma brecha na muralha, e ele passou por cima do monte de pedras e entrou na cidade.

— O que aconteceu?

— Tinham construído um muro novo por trás. Era uma armadilha, e assim que nosso exército entrou eles atacaram e mataram todo mundo.

Uhtred olhou para a frente, notando as torres da igreja encimadas por cruzes.

— Mas, se é uma cidade dinamarquesa há tanto tempo, por que ainda é cristã?

— Alguns dinamarqueses se converteram. Seu tio, por exemplo.

— Meu tio?

— Irmão da sua mãe.

— Por quê?

Dei de ombros.

— Ele reinou aqui. A maior parte do povo dele era de saxões, saxões cristãos. Seu tio queria que os homens lutassem por ele, por isso mudou de re-

Guerreiros da tempestade

ligião. Não creio que tenha sido um cristão muito bom, mas isso foi conveniente.

— Há muitos cristãos dinamarqueses aqui — comentou Sigtryggr. Ele parecia mal-humorado. — Eles se casam com jovem saxãs e se convertem.

— Por quê? — perguntou meu filho de novo.

— A paz, a calma e um belo par de peitos convencem a maioria dos homens a mudar de religião — respondeu Sigtryggr.

— Missionários — disse Finan, alegre. — Deixe-me ver seus missionários!

O portão da cidade se abriu. Nossos primeiros cavaleiros ainda estavam a duzentos passos de distância, mas a visão do grande estandarte de Sigtryggr havia tranquilizado os guardas. Apenas dois cavaleiros galoparam para nos encontrar, e Orvar, que fingia ser o líder do nosso pequeno exército, ergueu a mão para pararmos enquanto eles se aproximavam. Eu me esgueirei à frente para ouvir.

— Orvar! — saudou um dos cavaleiros que se aproximavam, reconhecendo-o.

— Eu trouxe a garota para o jarl — explicou Orvar, apontando um polegar para Stiorra. Ela estava ereta na sela, as mãos envolvendo Gisela num gesto de proteção.

— Fez bem! — Um dos cavaleiros passou entre os homens de Orvar para olhar para Stiorra. — E o marido dela?

— Está alimentando os peixes na Irlanda.

— Morto?

— Cortado em pedacinhos — respondeu Orvar.

— Deixando uma bela viúva.

O homem riu e estendeu a mão enluvada para erguer o queixo de Stiorra. Sigtryggr rosnou ao meu lado e eu pus a mão em seu braço, advertindo-o. Eu fizera com que ele usasse um elmo com as laterais fechadas, escondendo o rosto. Além disso, uma cota de malha velha, não portava braceletes nem ouro. Era um homem que passava despercebido. O cavaleiro que tinha vindo da cidade deu um sorriso maldoso para Stiorra.

— Ah, é muito bonita. Quando o jarl acabar com você, querida, vou lhe dar um presente que você não vai esquecer.

Stiorra cuspiu no rosto dele. O homem virou a mão imediatamente para lhe dar um tapa, mas Finan, que montava num dos nossos poucos cavalos, segurou o pulso dele.

— Qual é o seu nome? — perguntou, parecendo amistoso.

— Brynkætil — respondeu o sujeito, carrancudo.

— Encoste a mão nela, Brynkætil, e dou seus bagos para ela comer. — Finan sorriu. — De presente.

— Basta! — Orvar instigou seu cavalo a ficar entre os dois homens. — O jarl está aqui?

— O jarl está estuprando a Mércia — respondeu Brynkætil, ainda furioso.

— Mas a cadela velha está aqui. — Ele lançou um olhar superficial ao restante de nós e evidentemente não ficou impressionado com o que viu.

— A cadela velha? — perguntou Orvar.

— Ela se chama Brida de Dunholm — explicou ele rispidamente. — Vocês vão conhecê-la. É só me seguir. — Ele virou a cabeça na direção do portão.

E assim, depois de tantos anos, eu retornava a Eoferwic. Havia conhecido a cidade na infância, tinha-a visitado com frequência quando jovem, mas o destino me levou a Wessex; e Eoferwic ficava ao norte distante. Era a segunda cidade mais importante da Britânia, pelo menos se uma cidade fosse julgada pelo tamanho e pela riqueza, embora, na verdade, Eoferwic fosse um lugar pobre se comparado a Lundene, que se tornava mais populosa, mais rica e mais suja a cada ano. Porém, Eoferwic tinha sua fortuna, trazida pelas ricas terras agrícolas que a cercavam e pelos barcos que subiam pelos rios até serem impedidos por uma ponte. Uma ponte romana, é claro. A maior parte de Eoferwic tinha sido construída pelos romanos, inclusive a grande muralha que cercava a cidade.

Atravessei o túnel do portão e cheguei a uma rua de casas com escadas! Lundene também tinha construções assim, e elas sempre me espantam. Casas com um andar empilhado no outro! Lembrei-me de que Ragnar tinha uma casa em Eoferwic com duas escadas, e seu filho Rorik e eu costumávamos correr e correr, subindo por uma escada e descendo pela outra, gritando e gargalhando à frente de um bando de cães que latia numa perseguição louca para lugar nenhum, até que Ragnar nos encurralava, dava tapas nos nossos ouvidos e nos mandava incomodar outra pessoa.

A maioria das casas tinha lojas que davam na rua, e, enquanto seguíamos Orvar e seus cavaleiros, vi que elas estavam cheias de mercadorias. Vi objetos de couro, cerâmica, tecidos, facas e um ourives com dois guerreiros vestidos com cota de malha protegendo seu estoque; porém, ainda que as mercadorias fossem fartas, as ruas estavam estranhamente vazias. A cidade tinha um ar pesado. Um mendigo se afastou rapidamente de nós, escondendo-se num beco. Uma mulher nos espiou de um andar superior e fechou os postigos. Passamos por duas igrejas, mas nenhuma tinha uma porta aberta, o que sugeria que os cristãos da cidade estavam com medo. E não era de espantar, se Brida governava o local. Ela, que odiava cristãos, viera a um dos dois únicos lugares da Britânia com um arcebispo. Contwaraburg era o outro. Um arcebispo é importante para os cristãos, ele conhece mais feitiçaria que os sacerdotes comuns, mais até que os bispos, e tem mais autoridade. Conheci vários arcebispos ao longo dos anos, e não houve um único em quem eu confiaria para administrar uma barraca de feira vendendo cenouras. Todos são astutos, de duas caras e vingativos. Æthelflaed, claro, acreditava que eram os homens mais santos. Se Plegmund, arcebispo de Contwaraburg, peidasse, ela entoava amém.

Finan devia estar pensando mais ou menos o mesmo, porque se virou na sela.

— O que aconteceu com o arcebispo daqui? — perguntou a Brynkætil.

— O velho? — Ele gargalhou. — Nós o queimamos vivo. Nunca ouvi um homem berrar tanto!

O palácio no centro de Eoferwic devia ter sido o lugar de onde um senhor romano governava o norte. Tinha decaído com o passar dos anos, mas que grandes construções deixadas pelos romanos não viraram ruínas? O lugar se tornara o palácio dos reis da Nortúmbria. Lembrei-me de ter visto o rei Osbert, o último saxão a governar sem apoio dinamarquês, sendo trucidado por dinamarqueses bêbados no grande salão. Sua barriga foi aberta e as entranhas se derramaram. Deixaram que os cães comessem seu intestino enquanto ainda estava vivo, mas os animais deram uma mordida e foram repelidos pelo gosto.

— Deve ter sido algo que ele comeu — dissera-me o cego Ravn quando eu lhe descrevi a cena —, ou então os cachorros simplesmente não gostam do sabor dos saxões.

O rei Osbert morreu chorando e gritando.

A guerra dos irmãos

Havia um espaço aberto diante do palácio. Quando eu era criança, seis enormes colunas romanas ficavam ali. Nunca descobri o propósito delas, mas, quando saímos da sombra escura da rua, vi que só restavam quatro, como grandes marcos na borda da área. E ouvi meu filho ofegar.

Não foram as altas colunas esculpidas que provocaram isso, nem a fachada de pedras claras do palácio com suas estátuas romanas, nem mesmo o tamanho da igreja construída num dos lados do espaço aberto. Em vez disso, ele ficou chocado com o que enchia a grande praça. Eram cruzes. E em cada cruz um corpo nu.

— Cristãos! — exclamou Brynkætil numa explicação rápida.

— Brida governa aqui? — perguntei a ele.

— Quem pergunta?

— Um homem que merece resposta — vociferou Orvar.

— Ela governa em nome de Ragnall — respondeu Brynkætil, carrancudo.

— Vai ser um prazer conhecê-la — falei. Ele simplesmente zombou disso.

— Ela é bonita?

— Depende do quanto você estiver desesperado — respondeu Brynkætil, achando divertido. — Ela é velha, seca e maligna feito um gato selvagem. — Ele olhou para mim. — Ideal para um velho como você. Seria melhor eu dizer a ela que vocês estão a caminho para que possa se preparar. — O sujeito esporeou o cavalo em direção ao palácio.

— Meu Deus — disse Finan, fazendo o sinal da cruz e olhando para as crucificações.

Havia trinta e quatro cruzes e trinta e quatro corpos nus, tanto de homens quanto de mulheres. Alguns tiveram as mãos arrancadas, com o sangue ressecado e preto nos pulsos, e percebi que Brida — tinha de ser Brida — havia tentado pregá-los pelas mãos às traves horizontais, no entanto elas não conseguiram sustentar o peso e os corpos devem ter caído. Agora, os trinta e quatro estavam amarrados às cruzes com tiras de couro, embora todos também tivessem as mãos e os pés pregados. Uma jovem permanecia viva, mas estava quase morrendo. Mexia-se e gemia. Então era assim que Brida mandava uma mensagem ao deus cristão? Que idiota, pensei. Eu podia compartilhar sua aversão pelo deus cristão solitário e vingativo, mas nunca neguei seu poder. E que homem ou mulher cospe na cara de um deus?

Guerreiros da tempestade

Fui para o lado do cavalo de Stiorra.

— Está preparada para isso?

— Estou, pai.

— Vou ficar perto. Sigtryggr também.

— Não seja reconhecido! — disse ela.

Eu estava com um elmo igual ao usado por Sigtryggr, e fechei as placas laterais, escondendo o rosto. Como ele, não usava nenhum dos meus adereços opulentos. Para um olhar casual, ambos parecíamos guerreiros inferiores, homens capazes de preencher uma parede de escudos, mas que jamais teriam enchido a bolsa com saques. Orvar era o mais bem-vestido de nós, e por enquanto fingia ser nosso líder.

— Nada de armas no salão! — gritou um homem enquanto nos aproximávamos do palácio. — Nada de armas!

Isso era costumeiro. Nenhum governante deixava que homens entrassem armados num salão, a não ser seus guardas pessoais que fossem dignos de confiança com uma espada. Assim, ostensivamente deixamos de lado lanças e espadas, jogando-as numa pilha que ficaria sob a guarda de nossos guerreiros. Pus Bafo de Serpente no chão, mas isso não me deixou desarmado. Eu usava uma capa marrom tecida em casa, longa o suficiente para esconder Ferrão de Vespa, meu seax.

Todo guerreiro que compõe uma parede de escudos leva duas espadas. A longa, a espada com bainha de prata ou ouro e que carrega um nome nobre, é aquela que valorizamos como um tesouro. A minha era Bafo de Serpente, e até hoje a mantenho por perto, para que, com a ajuda de seu punho, eu seja levado ao Valhala quando a morte vier me buscar. Mas também carregamos uma segunda espada, um seax, que tem uma lâmina curta, larga, menos flexível que a espada longa e menos bonita. Mas, na parede de escudos, quando se sente o fedor do bafo do inimigo e se veem os piolhos na barba dele, um seax é a arma a ser usada. Um homem estoca com um seax. Coloca-o entre os escudos e tenta enfiá-lo nas entranhas do inimigo. Bafo de Serpente era comprida demais para uma parede de escudos, seu alcance era longo demais, e naquele abraço da morte de amantes precisamos de uma espada curta que possa estocar na confusão de homens suados e lutando para matar uns aos outros. Ferrão de Vespa era uma espada assim, sua lâmina forte não era mais

281

A guerra dos irmãos

longa que minha mão e o antebraço, mas, no espaço apertado de uma parede de escudos, ela era mortal.

Escondi-a embainhada às costas, sob a capa, porque, assim que estivéssemos no salão, Ferrão de Vespa seria necessária.

Sigtryggr e eu ficamos para trás com nossos homens, deixando Orvar e suas tripulações irem à frente porque seriam reconhecidos por quaisquer homens de Ragnall que estivessem esperando dentro do palácio. Esses guerreiros não olhariam para quem viesse por último e, mesmo se olhassem, o rosto de Sigtryggr, como o meu, estava escondido por um elmo. Deixei Sihtric e seis homens vigiando nossas armas.

— Você sabe o que fazer? — murmurei para Sihtric.

— Sei, senhor — respondeu ele com ar feroz.

— Faça bem-feito — falei, e então, quando os últimos homens de Orvar entraram no palácio, Sigtryggr e eu fomos atrás.

Eu me lembrava muito bem do salão. Era mais longo que o grande salão de Ceaster e muito mais elegante, ainda que sua beleza tivesse se desbotado à medida que a água penetrava nas paredes, fazendo cair a maior parte das placas de mármore que um dia cobriram os finos tijolos vermelhos. Em outros pontos o reboco havia caído por causa da água, mas restavam trechos com pinturas desbotadas mostrando homens e mulheres envoltos no que pareciam mortalhas. Grandes colunas sustentavam um teto alto. Pardais voavam entre as traves, alguns atravessando buracos nas telhas. Alguns buracos estavam remendados com palha, porém a maioria ficava aberta ao céu e deixava entrar raios de sol. O piso já fora coberto por pequenos ladrilhos, nenhum deles maior que uma unha, com imagens dos deuses romanos, no entanto grande parte desaparecera havia muito, deixando pedras cinza e opacas cobertas por junco seco. Na outra extremidade do salão ficava um tablado de madeira com cerca de um metro de altura, alcançado por alguns degraus. E no tablado ficava um trono coberto por um pano preto. Guerreiros flanqueavam o trono. Deviam ser homens de Brida, porque podiam portar armas no salão, cada um deles segurando uma lança longa de ponta larga. Havia oito guardas no tablado e outros de pé nas laterais do salão cobertas pelas sombras. O trono estava vazio.

A cortesia determinava que devíamos ter sido recebidos com cerveja e bacias d'água para lavar as mãos, porém éramos tantos que eu não esperava que fôssemos todos tratados assim. De qualquer modo, um administrador deveria ter procurado nossos líderes para oferecer as boas-vindas, mas em vez disso um homem magro, todo vestido de preto, veio de uma porta que dava no tablado e bateu com um cajado no piso de madeira. Bateu de novo, franzindo a testa para nós. Tinha o cabelo preto grudado com óleo na cabeça, rosto altivo e barba curta cuidadosamente aparada.

— A senhora de Dunholm logo estará aqui — anunciou quando o salão ficou em silêncio. — Vocês esperarão!

Orvar deu um passo adiante.

— Meus homens precisam de comida e abrigo — falou.

O sujeito magro olhou para Orvar.

— Você é quem chamam de Orvar? — perguntou ele depois de uma longa pausa.

— Sou Orvar Freyrson, e meus homens...

— Precisam de comida, você já disse. — Ele olhou para o restante de nós, com aversão no rosto. — Quando a senhora de Dunholm chegar, vocês irão se ajoelhar. — Ele estremeceu. — São tantos! E fedem! — Ele voltou por onde tinha vindo, e os guardas no tablado trocaram risinhos.

Mais homens entravam no salão, alguns atrás de nós empurrando para abrir caminho, outros usando portas laterais, até que devia haver quase quatrocentos sob o teto alto. Sigtryggr me olhou com curiosidade, mas apenas dei de ombros. Eu não sabia o que estava acontecendo, só que Brynkætil devia ter anunciado nossa chegada e que Brida vinha. Esgueirei-me até os homens na frente, ficando perto de Stiorra, que estava ao lado de Orvar, segurando a mão da filha.

E, assim que cheguei a ela, um tambor soou.

Uma batida, alta e repentina, e os recém-chegados, que nos seguiram até o interior do salão e sabiam o que era esperado deles, se ajoelharam.

E o tambor soou de novo. Uma batida lenta depois da outra. Agourentas, regulares, batidas do coração do destino.

Nós nos ajoelhamos.

Doze

Só os guardas permaneceram de pé.

As batidas continuaram. O tambor estava num cômodo atrás do salão, mas pelo som eu soube que era um dos grandes tubos cobertos com pele de cabra, tão enormes que precisavam ser carregados para a guerra em carroças, motivo pelo qual eram tão raramente ouvidos num campo de batalha. Porém, se estivessem presentes, seu som profundo, capaz de ressoar no peito, conseguia provocar medo no inimigo. As batidas eram lentas, cada uma era um golpe agourento que se esvaía até tudo ficar em silêncio, antes que outra ressoasse, e foram ficando mais vagarosas, de modo que o tempo todo eu achava que o tambor havia parado por completo. Então soava outra batida, e todos olhávamos para o tablado, esperando o surgimento de Brida.

Então o tambor parou de fato, e o silêncio que se seguiu foi mais agourento ainda. Ninguém falava. Estávamos ajoelhados, e senti o terror no salão. Ninguém sequer se mexia, apenas aguardava.

Então houve um sobressalto contido quando uma dobradiça não lubrificada rangeu. A porta que dava no tablado foi empurrada, e olhei, esperando ver Brida, mas em vez disso duas crianças pequenas entraram, ambas meninas e ambas usando vestidos pretos e longos que roçavam no chão. Deviam ter 5 ou 6 anos, com cabelos pretos que chegavam à cintura. Podiam ser gêmeas, talvez fossem, e seu surgimento fez Stiorra ofegar.

Porque as duas meninas tinham sido cegadas.

Levei um instante para perceber que os olhos delas não passavam de poços cicatrizados, vazios; buracos cheios de rugas, de um horror assombroso, em rostos que foram belos. As duas caminharam, hesitantes, sobre o tablado, sem saber para onde se virar, mas o homem magro veio rapidamente atrás delas e usou seu cajado preto para guiá-las. Colocou uma de cada lado do trono, depois ficou de pé atrás, os olhos escuros nos observando, nos desprezando.

Então Brida entrou.

Veio arrastando os pés, murmurando baixinho e com pressa, como se estivesse atrasada. Usava uma enorme capa preta presa no pescoço com um broche de ouro. Parou ao lado do trono coberto de preto e lançou olhares para o salão onde estávamos ajoelhados. Parecia indignada, como se nossa presença fosse um incômodo.

Olhei para ela através do elmo e não pude ver na velha que entrou no salão a jovem que amei. Ela havia salvado minha vida uma vez, conspirara comigo e gargalhara comigo, tinha visto Ragnar morrer comigo. Eu a achava linda, fascinante e cheia de vida. Mas sua beleza tinha azedado em rancor e seu amor em ódio. Agora, Brida olhava para nós, e senti um tremor de apreensão no ambiente. Os guardas se empertigaram mais e evitavam olhar para ela. Encolhi-me, temendo que me reconhecesse mesmo com as laterais do elmo fechadas.

Brida se sentou no trono, que a fez parecer minúscula. Seu rosto era maligno, os olhos brilhantes, e os cabelos ralos estavam brancos. O homem magro moveu uma banqueta cujo som das pernas de madeira raspando no tablado soou inesperadamente alto no salão. Ela pousou os pés na banqueta e pôs uma sacola preta no colo. As duas meninas cegas não se mexeram. O homem magro se curvou junto ao trono e sussurrou no ouvido de Brida. Ela assentiu impacientemente.

— Onarr Gormson — chamou ela com a voz rouca. — Onarr Gormson está aqui?

— Senhora — respondeu um homem no meio do salão.

— Aproxime-se, Onarr Gormson — ordenou ela.

O homem se levantou e foi até o tablado. Ele subiu os degraus e se ajoelhou diante de Brida. Era grande, tinha o rosto cheio de cicatrizes brutais e tatuagens de corvos. Parecia um guerreiro que havia aberto caminho através de paredes de escudos, mas seu nervosismo estava evidente ao baixar a cabeça diante de Brida.

O homem magro estivera sussurrando de novo, e Brida assentiu.

— Onarr Gormson nos trouxe vinte e nove cristãos ontem — anunciou ela. — Vinte e nove! Onde os encontrou, Onarr?

— Num convento, senhora, nas colinas ao norte.

— Estavam escondidos? — Sua voz era um grasnido, áspero como o crocitar de um corvo.

— Estavam escondidos, senhora.

— Você fez bem, Onarr Gormson. Serviu aos deuses e eles vão recompensá-lo. Assim como eu. — Ela mexeu na sacola e pegou uma pequena bolsa tilintando de moedas, que entregou ao homem ajoelhado. — Vamos limpar este reino, vamos limpá-lo do deus falso! — Em seguida acenou, dispensando Onarr, e de repente o fez parar, erguendo a mão que parecia uma garra. — Um convento?

— Sim, senhora.

— São todas mulheres?

— Todas, senhora — respondeu ele. Vi que Onarr não tinha levantado o rosto nenhuma vez para encarar Brida, ele mantivera os olhos voltados para os pequenos pés da velha.

— Se seus homens quiserem as jovens, elas são suas — disse Brida. — O restante vai morrer. — Em seguida, ela o dispensou de novo com um aceno. — Skopti Alsvartson está aqui?

— Senhora! — respondeu outro homem, que também tinha encontrado cristãos, três padres que havia trazido para Eoferwic.

Ele também recebeu uma bolsa com moedas e também não ergueu os olhos enquanto estava ajoelhado aos pés de Brida. Parecia que essa reunião no salão era uma ocorrência cotidiana, uma chance de Brida recompensar os homens que cumpriam suas ordens e encorajar os preguiçosos.

De repente, uma das meninas cegas ofegou e soltou um miado patético. Pensei que Brida ficaria com raiva da interrupção, mas em vez disso ela se inclinou e a menina sussurrou no seu ouvido. Brida se empertigou e nos ofereceu uma expressão desagradável que pretendia ser um sorriso.

— Os deuses falaram! — anunciou. — E disseram que o jarl Ragnall queimou mais três cidades na Mércia! — A segunda criança sussurrou, e Brida

A guerra dos irmãos

escutou de novo. — Ele fez dezenas de cativos. — Ela parecia estar repetindo o que a criança dizia. — E está mandando para o norte os tesouros de dez igrejas. — Um murmúrio de apreciação soou no ambiente, mas fiquei perplexo. Que cidades? Qualquer cidade de tamanho considerável na Mércia era um burh, e desafiava a imaginação acreditar que Ragnall havia capturado três. — A imunda Æthelflaed continua encolhida em Ceaster — continuou Brida —, protegida pelo traidor Uhtred! Eles não durarão muito. — Quase sorri quando ela mencionou meu nome. Então Brida estava inventando as histórias e fingindo que vinham de duas crianças cegas. — O homem que se diz rei de Wessex se retirou para Lundene, e logo o jarl Ragnall vai arrancá-lo daquela cidade. Logo toda a Britânia será nossa!

O homem magro recebeu essa afirmação batendo com o cajado no piso de madeira, e os homens no salão — os que estavam acostumados com esse ritual — responderam batendo com as mãos no chão. Brida sorriu, ou pelo menos mostrou os dentes amarelos numa outra expressão desagradável.

— E me disseram que Orvar Freyrson retornou da Irlanda!

— Retornei! — disse Orvar. Ele parecia nervoso.

— Venha cá, Orvar Freyrson — ordenou Brida.

Ele se levantou e foi até o tablado. Os dois homens que receberam bolsas tinham voltado para a multidão. Orvar se ajoelhou sozinho diante do trono coberto de preto com sua ocupante malévola.

— Você trouxe a garota da Irlanda? — perguntou Brida, sabendo a resposta porque olhava para Stiorra.

— Sim, senhora — sussurrou Orvar.

— E o marido dela?

— Está morto, senhora.

— Morto?

— Morto por nossas espadas, senhora.

— Você me trouxe a cabeça dele?

— Não pensei nisso, senhora.

— Que pena — disse ela, ainda olhando para Stiorra. — Mas você fez bem, Orvar Freyrson. Trouxe Stiorra Uhtredsdottir e sua cria. Cumpriu com a ordem do jarl, seu nome será falado em Asgard, você será amado pelos deuses! Você é abençoado!

Ela lhe deu uma bolsa, muito mais pesada que as duas que já entregara, depois olhou de novo para o meio do salão. Por um momento pensei que seus olhos estavam voltados direto para os meus e senti um tremor de medo, mas seu olhar continuou se movendo.

— Você traz homens, Orvar! — comentou Brida. — Muitos homens!

— Cinco tripulações — murmurou ele. Como os que se ajoelharam antes, Orvar olhava para a banqueta sob os pés dela.

— Você irá levá-los para o jarl Ragnall — ordenou Brida. — Vai partir amanhã e marchar para ajudar na conquista dele. Agora volte ao seu lugar.

Ela o dispensou. Orvar pareceu aliviado em sair do tablado. Ele voltou para o piso de pedra e se ajoelhou ao lado de Stiorra.

Brida se virou no trono.

— Fritjof! — O homem magro foi correndo oferecer um braço à senhora para ajudá-la a se erguer do trono. — Leve-me à garota — ordenou ela.

Não houve nenhum som no grande salão enquanto ela descia do tablado arrastando os pés e se aproximava pelas pedras cobertas de juncos. Sorrindo, Fritjof segurou o braço de Brida até que ela o sacudiu quando estava a cinco passos de Stiorra.

— De pé, garota — ordenou ela.

Stiorra ficou de pé.

— E sua cria também — mandou Brida rispidamente, e Stiorra fez Gisela ficar de pé. — Você irá para o sul com Orvar. Para a sua nova vida com o jarl Ragnall. Você tem sorte, garota, porque ele a escolheu. Se o seu destino estivesse nas minhas mãos... — Ela parou e estremeceu. — Fritjof!

— Senhora — murmurou o homem magro.

— Ela deve ir vestida como uma noiva. Essa capa suja não vai servir. Você vai encontrar roupas adequadas.

— Alguma coisa linda, senhora — disse Fritjof. Ele olhou para Stiorra de cima a baixo. — Linda como a própria senhora.

— Como você saberia? — perguntou Brida em tom maldoso. — Mas encontre para ela algo digno da rainha de toda a Britânia. — Brida quase cuspiu as últimas cinco palavras. — Algo adequado ao jarl. Mas, se desapontar o jarl — ela estava falando de novo com Stiorra —, você vai ser minha, garota, entendeu?

A guerra dos irmãos

— Não! — exclamou Stiorra, não porque fosse verdade, mas porque desejava irritar Brida.

E conseguiu.

— Você ainda não é rainha! — guinchou Brida. — Ainda não é, garota! E, se o jarl Ragnall se cansar, você vai desejar ter sido escrava do pior bordel da Britânia. — Ela estremeceu. — E isso vai acontecer, garota. Vai acontecer! Você é filha do seu pai, e o sangue podre dele vai aparecer em você. — Brida deu uma risada repentina. — Vá para o seu reino, garota, mas saiba que vai acabar sendo minha escrava, e aí vai desejar que sua mãe nunca tivesse aberto as pernas. Agora me dê sua filha.

Stiorra não se mexeu. Simplesmente apertou com mais força a mão de Gisela. Não houve nenhum som no grande salão. Parecia que todos os homens prendiam a respiração.

— Me dê sua filha! — sibilou Brida, falando pausadamente, nitidamente.

— Não — respondeu Stiorra.

Eu estava lenta e cuidadosamente movendo a bainha de Ferrão de Vespa, de modo que minha mão direita pudesse alcançar o cabo. Segurei-o e fiquei imóvel de novo.

— Sua filha tem sorte — declarou Brida, agora quase cantarolando, como se quisesse fazer com que Stiorra obedecesse por meio da sedução. — Seu novo marido não quer sua cria! E você não pode ficar com ela! Mas eu darei a ela uma vida nova, de grande sabedoria. Vou torná-la uma feiticeira! Ela receberá o poder dos deuses! — Brida estendeu a mão, porém Stiorra continuou segurando a filha teimosamente. — Odin sacrificou um olho para adquirir sabedoria. Sua filha terá a mesma sabedoria! Ela verá o futuro!

— Você vai cegá-la? — perguntou Stiorra, horrorizada.

Lentamente, muito lentamente, desembainhei a lâmina curta. A capa preta de Stiorra me escondia de Brida.

— Não vou cegá-la, sua idiota — vociferou Brida —, e sim abrir os olhos dela para os deuses. Entregue-a!

— Não! — disse Stiorra. Segurei Ferrão de Vespa pela lâmina.

— Fritjof! — chamou Brida. — Pegue a criança.

— Devo cegá-la agora? — perguntou Fritjof.

— Cegue-a agora — respondeu Brida.

Fritjof pousou seu cajado no chão e pegou uma sovela numa bolsa presa ao cinto. O instrumento tinha um cabo de madeira grosso com um espeto de metal curto e forte, do tipo usado por artesãos de couro para fazer furos.

— Venha, criança — disse ele, e avançou, estendendo a mão.

Stiorra deu um passo atrás. Ela colocou Gisela às suas costas. Segurei a mão da menina e no mesmo instante passei o cabo de Ferrão de Vespa para a mão de Stiorra. Ainda sem entender o que estava acontecendo, Fritjof se inclinou para tirar a menina de trás de Stiorra e ela estocou com Ferrão de Vespa.

Brida só percebeu algum problema quando Fritjof deu um grito. Ele se encolheu, deixando a sovela cair nas pedras, em seguida colocou a mão entre as pernas e gemeu enquanto o sangue escorria pelas pernas. Empurrei Gisela para trás, no meio dos homens, e me levantei. Homens por todo lado pegavam seaxes ou facas. Sigtryggr abria caminho pela multidão, e Sihtric veio com ele, trazendo Bafo de Serpente.

— Matamos os dois que estavam lá fora, senhor — disse ele ao me entregar a espada.

Fritjof despencou no chão. O golpe de Stiorra tinha resvalado em suas costelas, descido pela barriga e cortado até a virilha, e agora ele gemia de forma patética, as pernas se debatendo por baixo do longo manto. A essa altura todos os meus homens estavam de pé, com espadas ou seaxes empunhados. Um guarda foi idiota e virou a lança. Ele caiu sob uma torrente de golpes de espada. Empurrei Sigtryggr adiante.

— Vá para o tablado — falei. — O trono é seu!

— Não!

O berro foi de Brida. Ela havia passado um instante em choque até entender o que estava acontecendo, para entender que seu grande salão fora invadido por um inimigo em maior número. Olhou de relance para Fritjof e depois se lançou na direção de Stiorra, mas foi apanhada por Sigtryggr, que a empurrou para trás com tanta violência que ela tropeçou nas pedras e caiu de costas, esparramada.

— O tablado! — gritei para Sigtryggr. — Deixe-a!

A guerra dos irmãos

Meus homens, uma vez que agora eu contava os tripulantes de Orvar como parte do meu exército, estavam numa esmagadora maioria. Vi meu filho andando pela lateral do salão, usando a espada para jogar as lanças dos guardas no chão. Sihtric apontava a lâmina de sua espada para o pescoço de Brida, mantendo-a deitada. Ele me olhou interrogativamente, mas meneei a cabeça. Não seria privilégio dele matá-la. Sigtryggr havia chegado ao tablado, onde as duas meninas cegas choravam histericamente. E os guardas em cima da estrutura de madeira, ainda segurando as lanças, acompanhavam em choque o caos abaixo. Sigtryggr parou ao lado do trono e olhou para cada um dos guardas, e uma por uma as lanças baixaram. Ele tirou o pano preto do trono e o jogou de lado; em seguida, chutou a banqueta para longe e se sentou. Estendeu a mão e puxou as duas meninas, segurando-as junto aos joelhos e as acalmando.

— Mantenha a cadela aí — ordenei a Sihtric, depois me juntei a Sigtryggr no tablado. — Deixem as lanças aqui e se juntem aos outros — vociferei para os oito lanceiros que antes vigiavam o trono.

Apontei para o meio do salão, depois esperei enquanto eles obedeciam ao meu comando. Só um dos homens de Brida tentara resistir, e achei que mesmo ele havia erguido a arma mais por pânico que por lealdade. Brida, como Ragnall, comandava por meio do terror, e seu apoio havia desaparecido como névoa sob um sol quente.

Fiquei de pé na beira do tablado.

— Meu nome é Uhtred de Bebbanburg.

— Não! — gritou Brida.

— Faça com que ela se cale — ordenei a Sihtric.

Esperei enquanto ele movia a ponta da espada, e Brida ficou completamente imóvel. Olhei para os homens no salão, os que eu não conhecia, e não vi desafio entre eles.

— Eu lhes apresento seu novo rei, Sigtryggr Ivarson.

Houve silêncio. Senti que muitos apoiadores de Brida ficaram aliviados, mas dizer que Sigtryggr era rei não o tornava o governante, pelo menos enquanto seu irmão vivesse. Cada um dos seguidores de Brida estava pensando a mesma coisa, imaginando qual irmão deveria ser apoiado.

— Eu lhes apresento — repeti, com voz ameaçadora agora — seu novo rei, Sigtryggr Ivarson.

Meus homens gritaram em comemoração e, lentamente, com hesitação, os outros se juntaram ao clamor. Sigtryggr havia tirado o elmo e sorria. Ouviu a aclamação por um momento, depois ergueu a mão pedindo silêncio. Quando o salão ficou quieto, ele disse algo a uma das meninas cegas, mas falou baixo demais para que eu conseguisse ouvir. Curvou-se para ouvir a resposta da menina, e eu voltei a olhar para o salão apinhado de homens nervosos.

— Juramentos serão feitos — eu disse.

— Mas, antes — Sigtryggr ficou de pé —, aquela coisa — ele apontou para o ferido Fritjof — cegou essas meninas e teria cegado minha filha. — Ele foi até a beira do tablado e desembainhou sua espada longa. Ainda sorria. Sigtryggr era alto, impressionante, confiante, um homem que parecia digno de ser rei. — Um homem que cega crianças não é homem — declarou enquanto descia os degraus de pedra. Em seguida foi até Fritjof, que o encarava aterrorizado. — As meninas gritaram? — perguntou. Fritjof, que estava com mais dor que ferido, não respondeu. — Eu fiz uma pergunta: as meninas gritaram quando você as cegou?

— Sim. — A resposta de Fritjof foi um sussurro.

— Então ouçam, meninas! — gritou Sigtryggr. — Escutem bem! Porque esta é a sua vingança. — Ele pôs a ponta da espada no rosto de Fritjof e o sujeito gritou de puro terror.

Sigtryggr fez uma pausa, deixando o grito ecoar no salão, depois sua espada golpeou três vezes. Uma estocada em cada olho, uma terceira no pescoço, e o sangue de Fritjof empoçou no chão até ser diluído por seu mijo. Sigtryggr o observou morrer.

— Mais rápido do que ele merecia — disse amargamente. Em seguida se curvou e limpou a ponta da espada na capa de Fritjof, depois embainhou a lâmina comprida. Pegou seu seax e assentiu para Sihtric, que ainda vigiava Brida. — Deixe-a se levantar.

Sihtric se afastou. Brida hesitou, depois ficou de pé subitamente e saltou para cima de Sigtryggr, como se tentasse arrancar o seax de sua mão, mas ele a manteve a distância com tanta facilidade que soava como desprezo.

A guerra dos irmãos

— Você teria cegado minha filha — falou ele com amargura.

— Eu teria dado sabedoria a ela!

Sigtryggr a segurou com a mão esquerda e ergueu o seax com a direita, mas Stiorra interveio. Tocou o braço direito dele.

— Ela é minha.

Sigtryggr hesitou, depois assentiu.

— Ela é sua — concordou.

— Dê a espada a ela — pediu Stiorra. Ela ainda empunhava Ferrão de Vespa.

— Dar a espada a ela? — questionou Sigtryggr, franzindo a testa.

— Dê a ela — ordenou Stiorra. — Vamos descobrir quem os deuses amam. Uhtredsdottir ou ela.

Sigtryggr estendeu o cabo do seax para Brida.

— Vejamos quem os deuses amam — concordou.

Brida movia os olhos rapidamente, examinando o salão ao redor, procurando um apoio que não existia. Por um instante ignorou o seax oferecido. Subitamente o arrancou da mão de Sigtryggr e tentou cravá-lo na barriga dele, que simplesmente o empurrou de lado, com desprezo, usando a mão direita. Um seax raramente tem o gume afiado. É uma arma feita para furar, e não cortar, e a lâmina não deixou marca na mão de Sigtryggr.

— Ela é sua — disse ele de novo para Stiorra.

E assim morreu minha primeira amante. Não foi uma boa morte porque havia raiva na minha filha. Stiorra herdara a beleza da mãe, parecia muito calma, muito graciosa, mas sob essa aparência adorável existia uma alma de aço. Eu a tinha visto matar um padre certa vez e notara o júbilo em seu rosto, e agora via o júbilo de novo enquanto ela golpeava Brida até a morte. Stiorra poderia ter matado a velha rapidamente, porém escolheu fazer isso devagar, reduzindo-a a um amontoado de gemidos, mijo e sangue, antes de acabar com ela dando uma estocada poderosa na goela.

E assim Sigtryggr Ivarson, Sigtryggr Caolho, tornou-se rei de Jorvik.

A maioria dos homens de Eoferwic havia prestado juramento a Ragnall, mas quase todos se ajoelharam diante de seu irmão, apertaram as mãos dele e de novo senti que estavam aliviados. Os cristãos que tinham sido capturados e estavam presos aguardando o novo massacre de Brida foram soltos.

— Não haverá estupros — falei a Onarr Gormson.

Ele, como quase todos os homens da cidade, tinha se ajoelhado diante de Sigtryggr, ainda que alguns poucos guerreiros se recusassem a abandonar o juramento feito ao seu irmão. Skopti Alsvartson, o homem que encontrara três padres e trouxera para Eoferwic para diversão de Brida, era um deles. Um norueguês teimoso, com cara lupina, experiente em batalha, com o cabelo comprido trançado até a cintura. Comandava trinta e oito homens, sua tripulação, e Ragnall tinha lhe dado terras ao sul da cidade.

— Eu fiz um juramento — disse ele em tom de desafio.

— Ao pai de Ragnall, Olaf.

— E ao filho dele.

— Olaf ordenou que você fizesse o juramento.

— Eu o fiz de bom grado — insistiu ele.

Eu não mataria um homem por se recusar a abandonar seu juramento. Os seguidores de Brida foram liberados de sua obrigação devido à morte dela, e a maioria desses seguidores estava confusa com o destino que havia mudado sua vida tão de repente. Alguns tinham fugido, sem dúvida indo para a austera fortaleza em Dunholm, de onde um dia precisariam ser expulsos com aço, mas a maioria se ajoelhou diante de Sigtryggr. Pouco mais de dez homens nos xingaram por tê-la matado, e esses poucos morreram. Brynkætil, que tentara bater na minha filha e depois me insultara, estava entre esses poucos. Ele ofereceu seu juramento, mas havia feito com que eu me tornasse um inimigo, por isso morreu. Skopti Alsvartson não nos amaldiçoou, não nos desafiou; simplesmente disse que manteria o juramento a Ragnall.

— Portanto faça o que quiser comigo — disse ele rispidamente. — Só me deixe morrer como homem.

— Eu tirei sua espada? — perguntei, e ele balançou a cabeça. — Então fique com ela, mas me faça uma promessa.

Ele me olhou com cautela.

— Que não vai sair da cidade até que eu lhe dê permissão.

— E quando será isso?

A guerra dos irmãos

— Em breve. Muito em breve.

Skopti assentiu.

— E posso me juntar ao jarl Ragnall?

— Você pode fazer o que quiser, mas apenas quando eu deixar que você saia.

Ele pensou por um instante, depois assentiu de novo.

— Eu prometo.

Cuspi na mão e a estendi para ele. Skopti cuspiu na dele, e trocamos um aperto de mãos.

Orvar tinha encontrado sua mulher. Achamos todos os reféns presos no que havia sido um convento, e todos disseram que foram bem-tratados, mas isso não impediu que alguns suspirassem de alívio quando Sigtryggr falou da morte de Brida.

— Quantas de vocês têm maridos servindo com meu irmão? — perguntou Sigtryggr.

Oito mulheres levantaram as mãos. Seus homens estavam longe, ao sul, cavalgando a serviço de Ragnall, atacando e estuprando, roubando e queimando.

— Nós vamos para o sul — avisou Sigtryggr a essas mulheres —, e vocês irão conosco.

— Mas seus filhos devem ficar aqui — insisti. — Eles estarão em segurança.

— Eles estarão em segurança — reforçou Sigtryggr. As oito mulheres protestaram, mas ele interrompeu a indignação delas. — Vocês irão conosco e seus filhos não.

Agora tínhamos mais de setecentos homens, mas, apesar de seus juramentos, não podíamos ter certeza de que todos seriam leais. Muitos, eu sabia, haviam jurado seguir Sigtryggr simplesmente para evitar encrenca, e talvez esses retornassem às suas propriedades na primeira oportunidade. A cidade continuava com medo, apavorada com a vingança de Ragnall ou talvez temerosa de que Brida, uma feiticeira, não estivesse morta de verdade. Por isso desfilamos com seu cadáver pelas ruas. Colocamos o corpo num carrinho de mão com seu estandarte preto se arrastando atrás. Em seguida, o levamos até a margem do rio ao sul da cidade, onde o queimamos. Naquela noite demos um banquete, assando três bois inteiros em grandes fogueiras feitas com as cruzes de Brida. Quatro homens morreram em brigas provocadas pela cerveja, mas esse foi um preço pequeno. A maioria se contentou em ouvir as canções, beber e procurar as putas de Eoferwic.

E, enquanto eles cantavam, bebiam e encontravam prostitutas, eu escrevia uma carta.

Alfredo tinha insistido em que eu aprendesse a ler e escrever. Jamais desejei isso. Quando jovem, eu queria aprender a cavalgar, a usar espada e escudo, porém meus tutores me bateram até que eu conseguisse ler suas tediosas histórias de homens chatos que pregavam sermões às focas, aos papagaios-do--mar e aos salmões. Além disso, eu sabia escrever, mas minhas letras eram garranchos. Naquela noite não tive paciência para escrever com cuidado. Em vez disso, rabisquei-as na página com uma pena de ponta rombuda, mas achei que as palavras estavam legíveis.

Escrevi para Æthelflaed. Contei que estava em Eoferwic, cidade que tinha um novo rei que havia abandonado as ambições da Nortúmbria contra a Mércia e estava pronto para assinar um tratado de paz com ela. Mas primeiro Ragnall precisava ser destruído, e com esse objetivo marcharíamos para o sul dentro de uma semana. "Vou levar quinhentos guerreiros", escrevi, mas esperava que fossem mais. Insisti na ideia de que Ragnall estaria em superioridade numérica, e estaria mesmo, mas não falei que duvidava da lealdade de muitos dos homens dele. Contei que ele comandava jarls cujas esposas foram mantidas como reféns em Eoferwic e que essas mulheres viajariam conosco. Ragnall comandava pelo terror, e eu viraria o terror contra ele mostrando aos seus homens que agora estávamos com suas famílias. Mas não contei nada disso a Æthelflaed. "Eu gostaria", escrevi laboriosamente, "que a senhora acompanhasse a horda de Ragnall enquanto ela marcha na nossa direção, algo que certamente vai fazer, e que nos ajude a destruí-lo mesmo se essa destruição ocorrer na Nortúmbria". Eu sabia que ela ficaria relutante em atravessar a fronteira da Nortúmbria com um exército por causa da insistência de seu irmão para que não invadisse o reino do norte sem ele. Por isso sugeri que ela simplesmente estaria comandando um grande ataque em retaliação aos danos causados na Mércia pelo exército de Ragnall.

Mandei meu filho levar a carta, dizendo que iríamos segui-lo para o sul dentro de três ou quatro dias.

— Vamos marchar até Lindcolne — falei. A partir de lá era preciso escolher uma estrada, uma que seguia para o sul, na direção de Lundene, e outra que se inclinava para o sudoeste, para o centro da Mércia. — Provavelmente vamos pegar a estrada para Ledecestre. — Indiquei a rota que levava ao coração da Mércia.

— E Ragnall vai marchar ao seu encontro — observou meu filho.

— Então diga isso a Æthelflaed! Ou a quem comandar o exército dela. Diga que devem avançar colados nele!

— Se é que o exército saiu de Ceaster — comentou meu filho, duvidando.

— Estamos todos encrencados se ele não saiu de lá — declarei, tocando o martelo.

Dei ao meu filho uma escolta de trinta homens e um dos padres que tínhamos salvado do louco desafio de Brida ao deus cristão. O padre se chamava Wilfa, era um jovem sério cuja sinceridade e aparente devoção achei que impressionariam Æthelflaed.

— Conte a ela sua história — ordenei —, e conte o que aconteceu aqui!

Eu lhe mostrara os corpos que havíamos tirado das cruzes de Brida e vira o horror em seu rosto. Garanti que o padre Wilfa soubesse que tinha sido um exército pagão composto de noruegueses e dinamarqueses que interrompera os massacres.

— E conte à senhora Æthelflaed que Uhtred de Bebbanburg fez tudo isso a serviço dela.

— Vou contar, senhor — avisou o padre Wilfa. Gostei dele. Era respeitoso, mas não subserviente. — Sabe o que aconteceu com o arcebispo Æthelbald, senhor?

— Ele foi queimado vivo.

— Que Deus nos ajude — disse ele, encolhendo-se. — E a catedral foi violada?

— Diga à senhora Æthelflaed que a morte dele foi vingada, que as igrejas estão abertas de novo e que a catedral está sendo limpa. — Brida tinha usado a enorme igreja como estábulo para os cavalos. Havia despedaçado os altares, rasgado os estandartes sagrados e tirado os mortos das sepulturas. — E diga a ela que o rei Sigtryggr prometeu proteger os cristãos.

Era estranho chamá-lo de rei Sigtryggr. Fora descoberto um diadema de bronze dourado no tesouro do palácio, e eu o fiz usá-lo como coroa. Na manhã depois da festa o grande salão se encheu de peticionários, muitos deles homens cujas terras tinham sido tomadas por Ragnall para serem dadas aos seus apoiadores. Eles trouxeram documentos para provar o direito à propriedade, e, como sabia ler, Stiorra se sentou a uma mesa junto ao trono do marido e decifrou os papéis antigos. Um deles fora assinado pelo meu pai, cedendo terras que eu jamais soube que ele possuía. Muitos homens não tinham nenhum documento, apenas a alegação indignada de que seus campos pertenceram aos seus pais, avôs, bisavôs e além, até a alvorada dos tempos.

— O que eu faço? — perguntou Sigtryggr. — Não sei quem está dizendo a verdade!

— Diga que nada será feito até a morte de Ragnall. Depois encontre um padre que saiba ler e mande que ele faça uma lista de todas as reivindicações.

— De que isso vai servir?

— Isso posterga a resposta. Vai lhe dar tempo. E, quando seu irmão estiver morto, você pode convocar um Witan.

— Witan?

— Um conselho. Mande todos os homens que reivindicam terras se reunirem no salão, faça com que um a um eles apresentem as reivindicações e deixe os conselheiros votarem. Eles sabem quem é realmente dono das terras. Conhecem seus vizinhos. Também sabem quais terras pertencem aos homens que apoiam seu irmão, e essas terras são suas, para você distribuir. Mas espere até que seu irmão esteja morto.

Para matá-lo, precisávamos de cavalos. Finan tinha revistado a cidade, mandara homens para o amplo vale do Use e tinha conseguido reunir quatrocentos e sessenta e dois cavalos. Muitos pertenceram aos homens de Brida, mas outros nós compramos usando moedas e lascas de prata do tesouro de Brida. Não eram bons cavalos, não havia nenhum que eu gostaria de montar em batalha, mas iriam nos levar para o sul mais depressa do que nossas pernas, e era só disso que precisávamos. Peguei uns dez entre os piores animais e entreguei a Skopti Alsvartson, que mantivera a promessa de ficar na cidade até que eu lhe desse permissão de partir.

— Pode ir — falei dois dias depois de meu filho ter cavalgado para o sul.

Skopti não era idiota. Sabia que eu o estava usando. Ele iria até a Mércia e contaria a Ragnall o que havia acontecido com Brida e os apoiadores dele em Eoferwic, alertando-o de que estávamos a caminho. Era isso que eu queria. Deliberadamente deixei que Skopti visse os cavalos que tínhamos coletado e até lhe dei tempo para contá-los, para dizer a Ragnall que nosso exército era pequeno, com menos de quinhentos homens. Eu dissera a Æthelflaed que marcharia com mais de quinhentos guerreiros, no entanto essa esperança vinha se reduzindo, e eu sabia que nosso exército seria perigosamente pequeno, mas a força da Mércia compensaria os números.

— Diga a ele que vamos encontrá-lo e matá-lo — falei. — E vamos matar você também, se permanecer fiel a Ragnall.

— Ele tem meu juramento — retrucou Skopti, teimoso.

Ele cavalgou para o sul. A maior parte de seus tripulantes precisou ir a pé, e eles seguiriam Skopti que, eu achava, encontraria Ragnall dentro de três ou quatro dias. Era possível que Ragnall já soubesse o que havia acontecido em Eoferwic, que já soubesse da volta de seu irmão e da morte de Brida. Um fluxo constante de escravos viera para o norte, sempre escoltado pelos guerreiros de Ragnall, e era mais do que possível que fugitivos da cidade tivessem encontrado um grupo desses, que então daria meia-volta para levar a notícia a Ragnall. De um modo ou de outro, ele sabia ou saberia logo. O que faria em relação ao retorno de Sigtryggr? Ele sabia que o exército de Æthelflaed estava a sua procura, ou pelo menos eu esperava que estivesse, e agora Ragnall tinha um novo inimigo vindo do norte.

— Se ele tiver algum bom senso, irá para o leste — comentou Finan. — Vai encontrar embarcações e ir embora.

— Se ele tiver algum bom senso, vai se virar contra Æthelflaed e destruí-la, e depois virá nos destruir. Mas não fará isso — falei.

— Não?

Balancei a cabeça.

— Ele odeia demais o irmão. Vai nos procurar primeiro.

E, dois dias depois de Skopti partir para alertar Ragnall, também viajamos para o sul.

Éramos um exército pequeno. No fim, somente trezentos e oitenta e quatro homens partiram. O restante foi deixado em Eoferwic sob o comando de Orvar. Eu queria levar mais, muito mais, porém tínhamos poucos cavalos e alguns desses eram necessários para carregar os suprimentos. Além disso, Sigtryggr estava preocupado com a possibilidade de que os seguidores de Brida, dos quais um número muito grande havia escapado para o norte imediatamente depois da morte de sua senhora, pudessem reunir ajuda suficiente para atacar a cidade. Eu achava mais provável que esses fugitivos se entrincheirassem atrás das altas muralhas de Dunholm, mas cedi ao desejo de Sigtryggr e deixei uma guarnição substancial em Eoferwic. Afinal, ele era o rei.

Trezentos e oitenta e quatro homens cavalgavam e nove mulheres. Stiorra era uma delas. Como Æthelflaed, ela não admitia ser contrariada, e acho que além disso se sentia cautelosa em relação a ficar para trás com Orvar, que até tão recentemente era vassalo de Ragnall. Eu confiava em Orvar, assim como Sigtryggr, que insistira em que sua filha, minha neta, ficasse na cidade sob a proteção dele. Stiorra não ficou satisfeita, mas concordou. As outras oito mulheres tinham sido reféns de Ragnall, esposas de homens que eram os jarls do Rei do Mar, e agora eram minha arma.

Seguimos a estrada romana em direção ao sul. Ragnall, se havia aprendido alguma coisa sobre a rede de estradas romanas que atravessava a Britânia, iria supor que estávamos indo de Eoferwic para Lindcolne, porque essa rota nos oferecia a jornada mais rápida. Porém, eu duvidava que ele tivesse tido tempo de mover seu exército para bloquear nosso caminho. Na última vez em que eu o vira, muitos dias antes, ele seguia cada vez mais para o sul, para o interior da Mércia. Por isso, eu não esperava ver a fumaça de suas fogueiras até termos passado de Lindcolne e já termos avançado bastante na estrada para Ledecestre, uma cidade mércia que estivera em mãos dinamarquesas durante toda a minha vida. Ledecestre ficava naquela vastidão do norte da Mércia que permanecia fora do domínio saxão, terras que Æthelflaed havia jurado retomar. Assim que estivéssemos ao sul de Ledecestre, iríamos nos aproximar de um território que não era comandado por dinamarqueses nem por saxões, um local de incursões violentas e ruínas, uma terra que ficava entre duas tribos e duas religiões.

Tínhamos batedores à frente. Podíamos ainda estar na Nortúmbria e carregando o próprio estandarte de Ragnall, com o machado vermelho, mas eu ainda tratava o reino como território inimigo. Não acendíamos fogueiras à noite. Em vez disso, procurávamos um local distante da estrada para dormir, comer e descansar os cavalos. Permanecemos a oeste de Lindcolne, mas Sigtryggr e eu atravessamos a ponte romana com doze homens e subimos a colina íngreme até a cidade, onde fomos recebidos por um administrador que usava uma corrente de prata indicativa do cargo. Era idoso, de barba grisalha e havia perdido um braço.

— Perdi o braço lutando contra os saxões ocidentais — disse, empolgado. — Mas o maldito que o arrancou perdeu os dois!

O administrador era um dinamarquês chamado Asmund, cujo senhor era um jarl chamado Steen Stigson.

— Ele se juntou a Ragnall há um mês — disse Asmund. — Vocês vão se juntar a ele também?

— Vamos — respondeu Sigtryggr.

— Mas onde ele está? — perguntei.

— Quem sabe? — Asmund continuava animado. — A última notícia que tivemos foi de que estavam longe, ao sul. O que posso dizer é que o jarl Steen mandou cinquenta cabeças de gado para nós há uma semana, e os condutores de gado disseram que levaram quatro dias de viagem.

— E os mércios?

— Não vi nenhum! Não ouvi nada.

Conversávamos perto de um dos portões que atravessavam a muralha romana, e do alto da fortificação um homem podia enxergar longe, no campo, mas não havia fumaça no céu. A terra parecia pacífica, luxuriante, verde. Era difícil imaginar que exércitos se procuravam mutuamente naquele emaranhado de florestas, pastos e terras cultiváveis.

— Ragnall estava mandando escravos para Eoferwic — falei. Esperávamos encontrar alguns dos homens que estivessem levando escravos da Mércia e descobrir com eles onde Ragnall poderia estar, mas não tínhamos visto nenhum.

— Não vejo ninguém passar há uma semana! Talvez ele esteja reunindo os pobres coitados em Ledecestre, não é? Traga para cá! — As últimas três palavras foram gritadas a uma criada que havia trazido uma bandeja cheia de canecas de cerveja. Asmund pegou duas e nos entregou, depois mandou a garota levar o restante para os nossos homens. — O melhor que podem fazer, senhores, é continuar cavalgando para o sul! — sugeriu Asmund, um tanto entusiasmado demais. — Os senhores vão encontrar alguém!

O entusiasmo me intrigou.

— Você viu Skopti Alsvartson? — perguntei.

— Skopti Alsvartson? — Houve uma breve hesitação. — Não conheço, senhor.

Segurei a cerveja com a mão esquerda e usei a direita para tocar o punho de Bafo de Serpente. Asmund deu um passo apressado para trás. Fingi que só estava ajeitando a espada para ter mais conforto, depois terminei de beber a cerveja e entreguei a caneca à criada.

— Vamos continuar indo para o sul — falei, para o alívio de Asmund.

Ele estivera mentindo. Tinha se saído bem, de modo convincente, mas Skopti Alsvartson devia ter passado por Lindcolne. Skopti, como nós, teria seguido a rota mais rápida para o sul, e isso explicaria por que não havíamos encontrado nenhum homem de Ragnall vindo da direção oposta: eles tinham sido avisados por Skopti. Era possível, é claro, que Skopti e seus homens tivessem passado direto pela cidade, mas era improvável. Eles iriam querer comida e provavelmente tinham exigido cavalos descansados para substituir os pangarés exaustos que eu lhes dera. Olhei nos olhos de Asmund e pensei ter visto nervosismo. Sorri.

— Obrigado pela cerveja.

— De nada, senhor.

— Quantos homens você tem aqui?

— Não o suficiente, senhor.

Ele queria dizer que não eram suficientes para defender a muralha. Lindcolne era um burh, mas suspeitei que a maior parte da guarnição tivesse marchado para o sul com o jarl Steen. Um dia, pensei, homens precisariam morrer naquela muralha romana para criar a Inglaterra.

Dei uma última olhada para o sul, de cima da colina de Lindcolne. Ragnall estava em algum lugar por ali, dava para sentir. E nesse momento ele sabia que Brida tinha morrido, que Eoferwic fora tomada, e desejaria vingança.

Ele vinha para nos matar. Olhei para aquela vastidão de terra rica onde as sombras das nuvens deslizavam sobre bosques e pastos, sobre o verde das novas plantações, sobre pomares e campos, e soube que a morte estava escondida ali. Ragnall vinha para o norte.

Seguimos para o sul.

— Dois dias — falei quando deixamos Lindcolne para trás.

— Dois dias? — perguntou Sigtryggr.

— Ragnall vai nos encontrar em dois dias.

— Com setecentos homens.

— Mais, provavelmente.

Não tínhamos visto sinal do exército de Ragnall saqueando nem de qualquer força mércia. Não houvera manchas de fumaça distantes que mostrassem onde um exército acendia fogueiras. Havia fumaça, claro, sempre há fumaça no céu. As aldeias mantinham aceso o fogo para cozinhar, e havia fornos de carvão nas florestas, mas não uma nuvem de fumaça revelando a existência de um exército. As fogueiras do exército mércio, se é que ele existia, estariam longe, no oeste, e naquela tarde deixamos a estrada romana e seguimos para essa direção. Eu não estava mais marchando para atrair Ragnall à batalha, e sim em busca de ajuda. Precisava dos guerreiros de Æthelflaed.

No fim daquela tarde chegamos a uma clareira na floresta onde havia uma choupana abandonada caindo aos pedaços. Podia ter sido a casa de um lenhador, mas agora mal passava de um grande monte de palha cobrindo um buraco raspado no solo fino da clareira. Passamos uma hora cortando galhos e os empilhando sobre a palha, depois continuamos para o oeste e deixamos dois batedores para trás. Não seguíamos nenhuma estrada, apenas trilhas de gado que levavam sempre para o sol poente. Paramos ao crepúsculo e, olhando para trás, para o leste tomado pela noite, vi o fogo arder subitamente entre as árvores. Os batedores haviam acendido a palha, e as chamas seriam um farol que atrairia nossos inimigos. Minha esperança era de que Ragnall visse a fumaça manchando o céu do alvorecer e cavalgasse para o leste, procurando-nos, enquanto continuávamos cavalgando para o oeste.

A fumaça ainda estava lá na manhã seguinte, cinzenta contra um céu azul. Nós a deixamos longe, para trás, enquanto nos afastávamos do sol nascente. Nossos batedores seguiam bem ao sul do nosso caminho, mas não viram nenhum inimigo. Também não viram amigos, e me lembrei da discussão no grande salão de Ceaster quando eu quis partir contra o inimigo, e todos os presentes, a não ser o bispo Leofstan, argumentaram a favor de permanecer no burh. Será que Æthelflaed tinha feito isso? Meu filho, se havia sobrevivido, já devia tê-la alcançado, mesmo se ela ainda estivesse se abrigando em Ceaster. E será que ela estava com tanta raiva de mim que nos deixaria para morrer naquelas colinas baixas?

— O que estamos fazendo, pai? — perguntou Stiorra.

A resposta sincera? Estamos fugindo. A resposta sincera era que eu estava indo para o oeste, na direção da distante Ceaster, com esperança de encontrar forças mércias.

— Quero atrair Ragnall para o norte — falei. — Para um lugar onde ele será apanhado entre nós e o exército mércio.

Isso também era verdade. Por isso eu tinha levado aqueles homens de Eoferwic para o sul, mas desde Lindcolne eu fora assaltado pelo medo de estarmos sozinhos, de que nenhum mércio perseguiria Ragnall e de que precisaríamos enfrentá-lo sozinhos. Tentei parecer animado.

— Só precisamos evitar Ragnall até sabermos que os mércios estão suficientemente perto para ajudar!

— E os mércios sabem disso?

Essa era uma pergunta adequada, é claro, uma pergunta para a qual eu não tinha uma resposta adequada.

— Se o seu irmão os alcançou, sim.

— E se não tiver alcançado?

— Se ele não tiver alcançado — falei, não mais animado —, você e Sigtryggr devem seguir para o norte o mais rápido possível. Vão salvar sua filha, depois encontrem algum lugar seguro. Atravessem o mar! Simplesmente vão embora!

Minhas últimas palavras foram ditas com raiva, não da minha filha, mas de mim mesmo.

— Meu marido não foge — argumentou Stiorra.

— Então ele é um idiota.

Mas eu era o maior idiota. Tinha martelado conselhos no jovem Æthelstan, dizendo que não fosse cabeça-dura, que usasse o cérebro antes da espada, e agora tinha levado um pequeno exército à desgraça por não pensar direito. Eu havia pensado em me juntar a um exército mércio, que poderíamos encurralar Ragnall entre duas forças, mas era eu quem ficaria encurralado. Sabia que Ragnall vinha. Não podia vê-lo nem sentir seu cheiro, mas sabia. A cada hora crescia a suspeita de que não estávamos sozinhos naquela região aparentemente inocente. O instinto berrava comigo, e eu tinha aprendido a confiar nele. Eu estava sendo perseguido e não havia ajuda disponível. Não se via fumaça de nenhuma fogueira de exército no céu, mas não haveria mesmo. Ragnall iria preferir morrer congelado a revelar sua presença. Ele sabia onde estávamos, e nós não sabíamos onde seu exército marchava. Naquela manhã vimos seus batedores pela primeira vez. Vislumbramos cavaleiros ao longe, e Eadger, meu melhor batedor, levou seis homens para persegui-los, mas foi afastado por uns vinte homens em montarias. Ele só pôde informar que o grupo maior estivera ao sul.

— Não conseguimos passar pelos filhos da mãe, senhor — disse ele. Tinha tentado ver o exército de Ragnall, porém o inimigo o impediu. — Mas eles não podem estar longe, senhor. — E Eadger estava certo.

Pensei em virar para o norte, voltar para Eoferwic na esperança de ser mais rápido que a perseguição de Ragnall, mas, mesmo se chegássemos lá, simplesmente ficaríamos presos na cidade. As forças de Æthelflaed jamais marchariam tão dentro da Nortúmbria para nos ajudar. Não haveria resgate, apenas um ataque contra as muralhas e um massacre implacável nas ruas estreitas.

O que eu havia pensado? Presumira que Æthelflaed enviaria homens para perseguir Ragnall, que em algum lugar próximo do exército dele estaria uma força mércia composta por pelo menos quatrocentos ou quinhentos homens que se juntariam a nós. Eu tinha pensado em deixar Æthelflaed atônita com a captura de Eoferwic, em lhe dar um novo rei da Nortúmbria que tivesse jurado manter a paz com ela e oferecer o estandarte vermelho-sangue de Ragnall como troféu. Eu pensara em dar à Mércia uma nova canção sobre Uhtred, mas, em vez disso, dava uma nova canção aos poetas de Ragnall.

Por isso não contei a verdade a Stiorra: que eu a havia levado à desgraça. Mas ao meio-dia isso com certeza era óbvio para todos os meus homens. Estávamos cavalgando no alto de um morro acima de um amplo vale por onde passava um rio. A corrente de água serpenteava em grandes curvas, correndo silenciosamente para o mar entre campinas com capim denso onde ovelhas pastavam. Era por isso que lutávamos: por essa terra rica. Ainda íamos para o oeste, seguindo os morros acima do rio, mas eu não fazia ideia de onde estávamos. Perguntamos a um pastor, mas ele só soube dizer "lar", como se isso explicasse tudo. Então, pouco depois, enquanto parávamos no alto de uma pequena elevação, vi cavaleiros ao longe, à frente. Eram três.

— Não são nossos — resmungou Finan.

Então os batedores de Ragnall estavam à nossa frente. Estavam a oeste e ao sul de nós, e sem dúvida atrás também. Olhei para o rio. Estávamos ao sul dele. Supus que poderíamos atravessá-lo em algum lugar e ir para o norte, mas nossos cavalos eram ruins. E, se Ragnall estivesse tão perto quanto eu suspeitava agora, iria nos alcançar com facilidade e lutaria conosco num terreno escolhido por ele. Era hora de pôr os pés no chão, por isso mandei Finan e uns vinte homens encontrarem um local que pudéssemos defender. Como uma fera acuada, eu iria me virar contra os perseguidores e escolher um lugar onde pudéssemos atingir o inimigo antes que ele nos dominasse. Um lugar onde morreríamos se os mércios não chegassem, pensei.

— Procure o alto de uma colina — recomendei a Finan, que não precisava desse conselho.

Ele encontrou algo melhor.

— O senhor se lembra daquele lugar onde Eardwulf fez uma armadilha para nós? — perguntou ao voltar.

— Lembro.

A guerra dos irmãos

— É como aquele, só que melhor.

Eardwulf comandara uma rebelião contra Æthelflaed e havia nos encurralado nas ruínas de um velho forte romano construído onde dois rios se encontravam. Tínhamos sobrevivido à armadilha, salvos pela chegada de Æthelflaed, mas agora eu abandonava toda esperança de ser resgatado.

— O rio faz uma curva adiante — disse Finan. — Precisamos atravessá-lo, mas há um vau. E na outra margem há um forte.

Ele estava certo. O lugar que tinha encontrado era o melhor que eu poderia esperar, um local feito para se defender, um lugar, mais uma vez, feito pelos romanos. E, como Alencestre, onde Eardwulf havia nos encurralado, era um lugar onde dois rios se encontravam. Os dois eram fundos demais para que homens os atravessassem a pé, e entre eles ficava um forte de terra romano num terreno mais elevado. O único caminho para lá era pelo vau ao norte, de onde tínhamos vindo, o que significava que Ragnall seria obrigado a marchar em volta do forte e atravessar o vau, e isso demandaria tempo, tempo para um exército mércio vir nos salvar. E, se ninguém viesse em nosso auxílio, tínhamos um forte para defender e um muro de onde matar nossos inimigos.

Estava quase escurecendo quando passamos com nossos cavalos pela entrada norte do forte. Não havia portão, era apenas uma trilha entre os restos do muro de terra que, como os antigos muros em volta de Eads Byrig, decaíram sob a ação da chuva e do tempo. Não havia traços de quaisquer construções romanas no interior do forte, só uma fazenda composta por um salão de madeira escura com uma densa cobertura de palha ao lado de um celeiro e de um abrigo para o gado, mas não se via sinal de gado nem de pessoas, a não ser um velho que morava numa das choupanas do lado de fora do muro. Berg o trouxe a mim.

— Ele diz que esse lugar pertence a um dinamarquês chamado Egill.

— Antes era de um saxão — acrescentou o velho. Ele próprio era saxão. — Hrothwulf! Eu me lembro de Hrothwulf! Era um homem bom.

— Como se chama este lugar? — perguntei.

Ele franziu a testa.

— Fazenda de Hrothwulf, é claro!

— Onde está Hrothwulf?

— Morto e enterrado, senhor, embaixo da terra. Foi para o céu, espero. Mandado por um dinamarquês. — Ele cuspiu. — Eu era só um garoto! Não passava de um garoto. Foi o avô de Egill que o matou. Eu vi! Ele o espetou como se fosse uma cotovia.

— E Egill?

— Foi embora, senhor, levou tudo.

— Partiu hoje — completou Finan. E apontou para um monte de esterco de gado do lado de fora do celeiro. — Uma vaca cagou aquilo hoje de manhã.

Apeei e desembainhei Bafo de Serpente. Finan se juntou a mim, a espada empunhada, e empurramos a porta do salão. Ele estava vazio, a não ser por duas mesas rústicas, alguns bancos, um colchão de palha, uma panela enferrujada, uma foice quebrada e uma pilha de peles puídas e fedorentas. Havia uma lareira de pedra no centro. Agachei-me ao lado e pus a mão perto das cinzas.

— Ainda está quente — falei.

Remexi as cinzas com a ponta de Bafo de Serpente e vi brasas acesas. Então Egill, o dinamarquês, estava em casa havia pouco tempo, mas tinha partido levando seus animais.

— Ele foi avisado — comentei com Sigtryggr quando me juntei a ele perto do muro de terra. — Egill sabia que vínhamos.

E Egill tivera tempo de se organizar e levar seu gado e suas posses, o que significava que devia ter sido avisado com pelo menos meio dia de antecedência. E isso, por sua vez, significava que os batedores de Ragnall deviam estar nos vigiando desde o início da manhã. Olhei para o norte, ao longo da encosta suave entre os dois rios.

— Você deveria levar Stiorra para o norte — recomendei a Sigtryggr.

— E deixar o senhor com seus homens aqui?

— Você deveria ir.

— Eu sou rei aqui — retrucou ele. — Ninguém me expulsa das minhas terras.

O alto do morro ao norte era plano e ele ficava entre os dois rios, que se juntavam logo ao sul do forte. Era em sua maior parte coberto de pasto e descia suavemente, afastando-se de nós antes de subir, com a mesma suavidade, até um bosque denso onde de repente apareceram cavaleiros.

— São nossos batedores — avisou Finan enquanto os homens punham as mãos no cabo das espadas.

Eram seis e cavalgaram juntos pelo pasto. Enquanto se aproximavam vi que dois estavam feridos. Um não estava firme na sela, o outro tinha a cabeça ensanguentada. Os seis vieram em seus cavalos cansados até a entrada do forte.

— Eles estão vindo, senhor — disse Eadger em sua sela. E voltou a cabeça para o sul.

Virei-me, mas a terra do outro lado dos rios estava silenciosa, imóvel, aquecida pelo sol, vazia.

— O que você viu? — perguntou Sigtryggr.

— Há uma fazenda depois daquela floresta. — Eadger apontou para um agrupamento de árvores do outro lado do rio. — Pelo menos cem homens estão lá, e outros estão a caminho. Vindo de todo canto. — Ele fez uma pausa enquanto Folcbald tirava o ferido da sela. — Fomos perseguidos por seis cavaleiros — continuou Eadger. — E Ceadda foi perfurado na barriga por uma lança.

— Mas esvaziamos duas selas — acrescentou o homem com a cabeça cheia de sangue.

— Eles estão bem espalhados, senhor — disse Eadger. — Como se viessem do leste, do oeste e do sul, de toda parte, mas estão vindo.

Por um instante louco, pensei em pegar nossos homens e atacar a vanguarda das forças de Ragnall. Poderíamos atravessar o rio, encontrar os recém-chegados do outro lado da floresta e causar um estrago entre eles antes que o restante do exército chegasse, mas nesse momento Finan resmungou e eu me virei, vendo que um único cavaleiro havia surgido junto à linha das árvores ao norte. O homem montava um cavalo cinza que ele fez parar. Estava nos vigiando. Outros dois homens apareceram, depois seis.

— Estão do outro lado do rio — avisou Finan.

E mais homens ainda apareceram junto à linha das árvores distantes. Eles ficaram parados, observando-nos. Eu me virei e olhei para o sul, e dessa vez vi cavaleiros, fileiras de cavaleiros acompanhando a estrada que vinha para o vau.

— Estão todos aqui — declarei.

Ragnall tinha nos encontrado.

Treze

A PRIMEIRA FOGUEIRA FOI acesa pouco depois do crepúsculo. Iluminou-se em algum lugar no meio das árvores, para além do pasto na colina, as chamas fazendo tremeluzir sombras lúgubres em meio às árvores.

Mais fogueiras foram acesas, uma após a outra, fogueiras que arderam luminosas na floresta ao norte se estendendo entre os rios. Tantas fogueiras que às vezes parecia que todo o cinturão de árvores pegava fogo. Então, nas profundezas da noite iluminada, ouvimos cascos no alto do morro, e vi a sombra de um cavaleiro galopando em nossa direção e depois se afastando.

— Eles querem nos manter acordados — observou Sigtryggr. Um segundo cavaleiro veio em seguida, e no lado sul da colina um inimigo invisível bateu com uma lâmina de espada num escudo.

— Estão nos mantendo acordados — eu disse, depois olhei para Stiorra.
— E por que você não foi para o norte?
— Esqueci.

Egill tinha deixado duas pás no celeiro e as estávamos usando para aprofundar a velha trincheira diante do muro de terra. Não seria uma trincheira funda, mas representaria um pequeno obstáculo para uma parede de escudos que avançasse. Eu não tinha homens suficientes para lutar no campo aberto, por isso formaríamos nossa parede de escudos no que restava da fortificação romana. Os romanos faziam dois tipos de forte. Havia as grandes fortificações como Eoferwic, Lundene ou Ceaster, defendidas por enormes muralhas de pedra, e havia esses fortes no interior, dezenas deles, que mal passavam de uma vala e um barranco encimado por um muro de madeira. Esses fortes menores guardavam travessias de rios e entroncamentos de estradas. Ainda que a madeira deste forte tivesse desaparecido muito tempo atrás, seu barranco de terra, apesar da erosão, ainda era suficientemente íngreme para representar um obstáculo formidável. Ou pelo menos foi o que eu disse a mim mesmo. Os homens de Ragnall teriam de atravessar o fosso, depois subir o barranco até nossos machados, lanças e espadas, e seus mortos e feridos formariam outra barreira para que os homens que vinham nos matar tropeçassem. O ponto mais fraco era a entrada do forte, que não passava de uma trilha plana através do barranco, mas havia espinheiros densos perto da junção dos rios, e meu filho levou vários homens que cortaram arbustos e os trouxeram para fazer uma barricada.

Sigtryggr tinha olhado ao redor do forte antes de o sol se pôr e a escuridão nos amortalhar.

— Seria bom se tivéssemos mais cem homens — comentou, carrancudo.

— Reze para que ele nos ataque diretamente — falei.

— Ele não é idiota.

Tínhamos homens suficientes para defender um muro do forte. Se Ragnall viesse pela trilha que atravessava o pasto e nos atacasse de frente, eu acreditava que poderíamos nos sustentar até o dia do juízo final cristão chegar. Mas, se ele também mandasse homens para alguma lateral do forte, a fim de atacar os muros leste e oeste, estaríamos em tremenda dificuldade. Por sorte, havia um declive no terreno na direção dos rios dos dois lados, mas as encostas não eram impossíveis de serem escaladas, o que significava que eu precisaria de alguns homens nos muros laterais e outros no muro ao sul, caso as forças de Ragnall nos cercassem. A verdade, e eu sabia, era que Ragnall iria nos dominar. Iríamos resistir, mataríamos alguns dos seus melhores guerreiros, mas ao meio-dia todos seríamos cadáveres ou prisioneiros, se Ragnall não cedesse ao meu desejo atacando simplesmente o muro norte.

Ou se os mércios não viessem.

— Temos as reféns — comentou Sigtryggr.

Estávamos no muro norte, olhando para as fogueiras ameaçadoras e ouvindo o som de nossas pás aprofundando o fosso. Outro inimigo cavalgou perto do forte, homem e cavalo delineados pela claridade das fogueiras ardendo na floresta distante.

— Temos as reféns — concordei.

As oito mulheres eram todas esposas de jarls de Ragnall. A mais nova tinha cerca de 14 anos, a mais velha, uns 30. Obviamente, estavam carrancudas e ressentidas. Nós as tínhamos colocado no salão de Egill, vigiadas por quatro homens.

— Do que ele tinha medo? — perguntei a Sigtryggr.

— Medo?

— Por que pegou reféns?

— Deslealdade — respondeu ele simplesmente.

— Um juramento não basta para tornar os homens leais?

— Não para o meu irmão — disse Sigtryggr, depois suspirou. — Há cinco anos, talvez seis, meu pai levou um exército para o sul da Irlanda. As coisas não correram bem, e metade do exército apenas entrou nos barcos e foi embora.

— Isso acontece — falei.

— Se estiver tomando terras, escravos, gado, os homens permanecem leais, mas, quando há dificuldades, eles somem. A resposta de Ragnall são os reféns.

— Deve-se pegar reféns dos inimigos, não do seu próprio lado.

— A não ser que seja o meu irmão.

Sigtryggr estava passando uma pedra pelo gume de sua espada longa. O som era monótono. Olhei para a floresta distante e soube que nossos inimigos também estavam afiando as lâminas. Deviam se sentir confiantes. Eles sabiam que o alvorecer lhes traria batalha, vitória, saque e reputação.

— O que o senhor vai fazer com as reféns? — perguntou Finan.

— Mostrá-las — respondeu Sigtryggr.

— E ameaçá-las? — perguntou Stiorra.

— Elas são uma arma a ser usada — argumentou Sigtryggr, infeliz.

— E vai matá-las? — quis saber Stiorra. Sigtryggr não respondeu. — Se matá-las, vai perder o poder delas.

— A ameaça da morte deve bastar — respondeu Sigtryggr.

— Aqueles homens conhecem você. — Stiorra indicou com a cabeça a direção das fogueiras na floresta. — Eles sabem que você não vai matar as mulheres.

— Talvez tenhamos de matar — falou Sigtryggr, deprimido. — Pelo menos uma.

A guerra dos irmãos

Nenhum de nós falou. Atrás, no forte, homens estavam sentados ao redor de fogueiras. Alguns cantavam, mas as canções não eram alegres. Eram lamentos. Eles sabiam o que os esperava, e eu me perguntei com quantos poderia contar. Tinha confiança nos meus homens e nos de Sigtryggr, mas um quarto dos guerreiros havia sido jurado a Ragnall menos de uma ou duas semanas antes. Como eles iriam lutar? Será que desertariam? Ou o temor da fúria de Ragnall iria convencê-los a lutar com mais vontade ainda por mim?

— Lembra-se de Eardwulf? — perguntou Finan de repente.

Dei um leve sorriso.

— Sei o que você está pensando.

— Eardwulf? — indagou Sigtryggr.

— Era um homem ambicioso — expliquei. — E ele nos encurralou assim. Exatamente assim. E, pouco antes de ele nos trucidar, a senhora Æthelflaed chegou.

— Com um exército?

— Ele pensou que ela possuía um exército. Na verdade, não tinha, mas Eardwulf achou que sim, e nos deixou em paz.

— E amanhã? — perguntou Sigtryggr.

— Deveria haver um exército mércio seguindo Ragnall — respondi.

— Deveria haver — comentou Sigtryggr sem emoção.

Eu ainda tinha esperanças de que esse exército mércio viria. Disse a mim mesmo que ele poderia estar a duas horas de distância, em algum lugar a oeste. Talvez Merewalh o estivesse comandando. Ele seria sensato e não acenderia fogueiras, seria esperto para marchar antes do alvorecer e atacar a retaguarda de Ragnall. Eu precisava me agarrar a essa esperança, ainda que meu instinto me dissesse que era vã. Sem ajuda, eu sabia, estávamos condenados.

— Há outros reféns — disse Finan inesperadamente. Todos olhamos para ele. — As tropas do meu irmão — explicou.

— Você acha que eles não vão lutar? — perguntei.

— Claro que vão lutar. Eles são irlandeses. Mas de manhã, senhor, me empreste seu elmo, seus braceletes e todo o ouro e toda a prata que puder encontrar.

— Eles são mercenários — falei. — Você vai comprá-los?

Finan meneou a cabeça.

— E quero seu melhor cavalo também.

— Pode pegar o que quiser.

— Para fazer o quê? — perguntou Sigtryggr.

E Finan sorriu.

— Feitiçaria. Apenas feitiçaria irlandesa.

Esperamos o alvorecer.

Uma névoa fina recebeu a luz cinzenta da manhã. As fogueiras na floresta distante ficaram desbotadas, mas ainda estavam lá, fracas em meio às árvores nevoentas. Finan tentou contar as fogueiras, mas eram muitas. Todos contávamos. Tínhamos pouco mais de trezentos e oitenta homens em condições de lutar, e o inimigo devia ter um número três vezes maior, talvez quatro. Todos contamos, mas ninguém falou.

Os primeiros cavaleiros vieram logo depois do alvorecer. Eram rapazes do exército de Ragnall e não podiam resistir a nos provocar. Eles saíam do meio das árvores e se aproximavam a meio galope até estarem diante do nosso muro norte, e ali simplesmente esperavam, em geral a trinta ou quarenta passos de distância, desafiando qualquer um de nós a atravessar o fosso e travar um combate homem a homem. Eu dera ordens para que ninguém aceitasse os desafios, e nossa recusa instigou mais rapazes de Ragnall a nos provocar. Seu exército ainda estava escondido nas árvores a pouco menos de um quilômetro de distância, mas ele permitia que seus guerreiros de cabeça quente nos confrontassem.

— Vocês são covardes! — gritou um deles.

— Venham me matar, se tiverem coragem! — exclamou outro, e ficou trotando para lá e para cá à nossa frente.

— Se estão com medo de mim, vou mandar minha irmã lutar com um de vocês.

Estavam se mostrando uns para os outros tanto quanto para nós. Esses insultos sempre fizeram parte da batalha. Leva tempo para os homens formarem uma parede de escudos e mais tempo ainda para reunir a coragem de atacar outra parede, e o ritual de insultos e desafios fazia parte dessa arrumação. Ragnall ainda não tinha revelado seus homens, estava mantendo-os no meio das árvores, mas de vez em quando vislumbrávamos metal por entre as folhas distantes. Ele devia estar arengando com seus líderes, dizendo o que esperava e como eles seriam recompensados. Enquanto isso, seus rapazes vinham zombar de nós.

— Podem vir dois de vocês! — gritou um homem. — Eu mato os dois!

— Cachorrinho — vociferou Sigtryggr.

— Acho que me lembro de você me provocando em Ceaster — falei.

— Eu era jovem e idiota.

— E não mudou.

Ele sorriu. Estava com uma cota de malha que fora polida com areia e vinagre a ponto de refletir a luz do sol. O cinturão da espada era cravejado de botões de ouro. Uma corrente de ouro dava três voltas em seu pescoço, e dela pendia um martelo de ouro. Ele não usava elmo, mas em volta do cabelo loiro ostentava o diadema de bronze dourado que havíamos encontrado em Eoferwic.

— Vou emprestar o cordão a Finan — ofereceu.

Finan arreava um alto garanhão preto. Como Sigtryggr, ele usava uma cota de malha polida e tinha pegado emprestado meu cinturão da espada de couro com intricados rebites de prata. Havia trançado o cabelo e amarrado fitas nele, e os antebraços estavam cobertos por braceletes de guerreiros. A borda de ferro do escudo tivera a ferrugem raspada, e a tinta desbotada nas tábuas de salgueiro também fora raspada para formar uma cruz cristã na madeira limpa. Qualquer feitiçaria que Finan planejava era evidentemente cristã, mas ele não queria me contar qual era. Fiquei observando enquanto ele apertava a barrigueira do garanhão, depois simplesmente se virou, apoiou-se no cavalo plácido e olhou através da passagem bloqueada por espinheiros, até onde seis dos jovens guerreiros de Ragnall ainda nos provocava. O restante tinha se entediado e cavalgado de volta para as árvores distantes, mas aqueles seis levaram os cavalos até a borda do fosso, onde zombavam de nós.

— Vocês estão tão apavorados assim? — perguntou um deles. — Eu luto com dois de uma vez! Não sejam crianças! Venham lutar!

Mais três cavaleiros vieram das árvores ao norte a meio galope, juntando-se aos seis.

— Eu adoraria ir matar alguns deles — disse Sigtryggr rispidamente.

— Não vá.

— Eu não vou. — Ele olhou para os três cavaleiros, que tinham desembainhado as espadas. — Eles não estão ansiosos? — perguntou com escárnio.

— Os jovens sempre estão — falei.

— O senhor era?

— Eu me lembro da minha primeira parede de escudos. E lembro que fiquei apavorado.

Tinha sido contra ladrões de gado de Gales e eu estava tomado pelo terror. Desde então lutei contra os melhores homens que os nórdicos podiam mandar contra nós, choquei escudo com escudo e senti o bafo fedorento do inimigo enquanto o matava, e ainda temia a parede de escudos. Um dia eu morreria numa parede assim. Cairia lutando contra a dor, e uma lâmina inimiga arrancaria minha vida. Talvez fosse hoje, pensei, provavelmente seria hoje. Toquei o martelo.

— O que eles estão fazendo? — perguntou Sigtryggr.

Ele não olhava para mim, e sim para os três cavaleiros que se aproximavam esporeando os garanhões a pleno galope e agora atacavam os homens que nos insultavam. Estes se viraram, sem saber o que estava acontecendo, e sua hesitação foi sua ruína. Os três recém-chegados derrubaram do cavalo um dos oponentes, o do centro se chocou com o cavalo de seu inimigo e o derrubou, depois se virou para outro homem e o estocou com a espada. Vi a lâmina longa atravessar a cota de malha, vi o norueguês se curvar sobre a lâmina, vi sua espada cair na grama, depois vi seu atacante passar galopando e quase ser arrancado da sela porque a lâmina da espada estava presa nas tripas do agonizante. O cavaleiro foi puxado para trás porque a lâmina tinha ficado presa, mas conseguiu soltá-la. Ele virou o cavalo rapidamente e acertou a espada na espinha do homem ferido. Um dos seis que zombaram de nós corria ao longo do morro e os outros cinco estavam mortos ou feridos. Nenhum continuava montado.

Os três se viraram para nós, e vi que seu líder era meu filho, Uhtred, que riu para mim enquanto trotava na direção da cerca de espinhos que barrava a entrada do forte. Puxamos uma parte da cerca deixando que os três passassem,

A guerra dos irmãos

e eles foram recebidos com gritos de comemoração. Vi que meu filho usava um grande amuleto, um martelo de ferro pendurado no pescoço. Segurei seu cavalo enquanto ele apeava, depois o abracei.

— Você fingiu ser dinamarquês? — perguntei, tocando seu martelo.

— Fingi! E ninguém questionou! Chegamos ontem à noite.

Seus dois companheiros eram dinamarqueses que tinham prestado juramento a mim. Eles riram, orgulhosos do que haviam acabado de fazer. Tirei duas argolas do braço e dei uma a cada dinamarquês.

— Vocês poderiam ter ficado com Ragnall — falei —, mas não ficaram.

— Somos jurados ao senhor — disse um deles.

— E o senhor ainda não nos levou à derrota — observou o outro, e senti uma pontada de culpa, porque sem dúvida eles tinham galopado para a morte ao atravessar o amplo pasto.

— Foi fácil encontrar vocês — explicou meu filho. — Os nórdicos estão vindo em enxames, feito abelhas atraídas pelo mel.

— Quantos? — perguntou Sigtryggr.

— Muitos — respondeu meu filho, sério.

— E o exército mércio? — perguntei.

Uhtred balançou a cabeça.

— Que exército mércio?

Xinguei e voltei a olhar para o pasto, agora vazio, a não ser por três cadáveres e dois homens mancando que andavam cambaleando de volta às árvores.

— A senhora Æthelflaed não perseguiu Ragnall?

— A senhora Æthelflaed o perseguiu — respondeu meu filho. — Mas depois voltou a Ceaster para o enterro do bispo Leofstan.

— Ela fez o quê? — perguntei, boquiaberto.

— Leofstan morreu — explicou Uhtred. — Num minuto estava vivo e no outro estava morto. Disseram que estava celebrando a missa quando aconteceu. Ele deu um grito de dor e caiu.

— Não!

Fiquei surpreso com o sofrimento que senti. Eu odiara Leofstan quando ele havia chegado à cidade, tão humilde que achei que estivesse fingindo, mas passei a gostar dele, até mesmo a admirá-lo.

— Era um homem bom — declarei.

— Era, sim.

— E Æthelflaed levou o exército de volta para o enterro?

Meu filho meneou a cabeça, depois parou para pegar um copo d'água com Berg.

— Obrigado — disse ele a Berg. — Ela voltou com alguns homens e os padres de sempre — explicou depois de beber —, mas deixou Cynlæf comandando o exército.

Cynlæf era seu favorito, o homem escolhido para se casar com sua filha.

— E Cynlæf? — perguntei amargamente.

— A última coisa que ouvi era que ele estava bem ao sul de Ledecestre, recusando-se a levar tropas para a Nortúmbria.

— Desgraçado — falei.

— Nós fomos a Ceaster e imploramos a ela.

— E?

— Ela mandou uma ordem para que Cynlæf marchasse ao encontro do senhor, mas ele provavelmente só vai recebê-la hoje.

— E está a um dia de marcha.

— Pelo menos um — corrigiu meu filho. — Por isso temos de vencer esses desgraçados sozinhos. — Ele riu, depois me deixou atônito mais uma vez ao se virar e olhar para Finan. — Ei, irlandês!

Finan pareceu surpreso ao ser chamado assim, mas não se ofendeu.

— Senhor Uhtred? — respondeu, afável.

Uhtred ria feito louco.

— Você me deve dois xelins.

— Devo?

— Você disse que a mulher do bispo devia se parecer com um sapo, lembra?

Finan assentiu.

— Lembro.

— Ela não se parece. Portanto você me deve dois xelins.

Finan fungou.

— Só tenho a sua palavra, senhor! E o que sua palavra vale? O senhor achou que aquela criada da taverna em Gleawecestre era linda, e a cara dela era igual ao traseiro de um bezerro. Nem Gerbruht quis tocar nela, e eu já o vi fornicar com coisas que um cachorro nem iria farejar!

— Ah, a irmã Gomer é linda — reforçou meu filho. — Pergunte ao meu pai.

— A mim? — questionei. — Como eu iria saber?

— Porque a irmã Gomer tem uma marca de nascença em forma de maçã, pai. Bem aqui. — E ele encostou um dedo enluvado na testa.

Fiquei sem palavras. Apenas o encarei. Até me esqueci de Ragnall por um momento, pensando somente naquele corpo delicioso dentro do alpendre cheio de feno.

— E então? — perguntou Finan.

— Você deve dois xelins ao meu filho — falei, e comecei a gargalhar.

E Ragnall veio para a batalha.

Eu me lembrava de como Ragnall tinha comandado seus homens ao sair do meio das árvores em Ceaster, quando se vingou das cabeças ao redor dos restos do forte em Eads Byrig. Ele havia trazido seus guerreiros de dentro da floresta numa fileira, de modo que todos apareceram ao mesmo tempo, e agora fez o mesmo. Num momento as árvores distantes estavam claras com a luz de uma manhã banhada de sol, as folhas verdes pacíficas, e então eles vieram. Fileiras de homens a pé, homens com escudos, homens com armas, uma parede de escudos destinada a nos causar assombro. E causou.

Uma parede de escudos é algo terrível. É uma parede feita de madeira, ferro e aço, com apenas um propósito: matar.

E essa parede de escudos era enorme, feita de escudos redondos pintados, estendendo-se por todo o topo plano do morro. Acima dela estavam os estandartes de jarls, chefes tribais e reis que vieram nos matar. No centro, claro, ficava o machado vermelho de Ragnall, mas era flanqueado por quarenta ou cinquenta outros estandartes com corvos, águias, lobos, serpentes e criaturas que ninguém jamais tinha visto, a não ser em pesadelos. Os guerreiros que seguiam esses estandartes saíram da floresta e pararam. Em seguida, começaram a bater os escudos uns nos outros, um trovão constante. Contei-os da melhor forma que pude e achei que seriam pelo menos mil homens. Os flancos da parede estavam nas encostas do morro, o que sugeria que eles envolveriam a grande muralha do forte e atacariam por três lados. Meus homens estavam nos muros. Eles também podiam contar, e ficaram em silêncio, observando a enorme força de Ragnall, ouvindo o estrondo dos escudos.

Ragnall ainda não estava pronto para atacar. Ele deixava que seus homens nos vissem, que percebessem como éramos poucos. Os guerreiros que batiam com os escudos veriam o muro do forte e, em cima, uma parede de escudos muito menor que a deles. Veriam que tínhamos apenas dois estandartes, o da cabeça de lobo e o do machado vermelho, e Ragnall queria que eles soubessem como essa vitória seria fácil. Eu o vi montando num cavalo preto atrás de sua parede e gritando com seus homens. Estava garantindo a vitória e prometendo nossa morte. Ragnall os estava enchendo de confiança, e, eu sabia, faltava pouco para que viesse nos insultar. Ele nos ofereceria uma chance de rendição e, quando recusássemos, traria sua parede de escudos.

Mas, antes que Ragnall pudesse se mexer, Finan cavalgou em direção ao inimigo.

Cavalgou sozinho, lentamente, o cavalo erguendo as patas no pasto luxuriante. Homem e cavalo eram magníficos, cobertos de ouro, reluzentes de prata. Ele levava a grossa corrente de ouro de Sigtryggr no pescoço, mas tinha retirado o martelo, e usava meu elmo com o lobo de prata agachado no alto da cabeça, no qual havia amarrado tiras de pano preto que imitavam a cauda de cavalo no elmo do irmão. E foi para o irmão que cavalgou, em direção ao estandarte da embarcação escura num mar vermelho-sangue. Ele estava à direita da linha de Ragnall, na borda do platô. Os irlandeses levavam outros estandartes enfeitados com a cruz cristã, o mesmo símbolo que Finan havia riscado no escudo, que estava pendurado no lado esquerdo do corpo, acima da bainha reluzente em que carregava Ladra de Almas, uma espada que havia tirado de um norueguês em batalha. Ladra de Almas era mais leve que a maioria das espadas, porém seu tamanho era equivalente às outras, uma lâmina que eu temia que pudesse ser quebrada com facilidade pelas espadas mais pesadas, que a maioria de nós usava. No entanto, Finan, que dera o nome a ela, adorava Ladra de Almas.

Dois homens saíram das fileiras de Ragnall para desafiar Finan. Seus cavalos deviam ter sido mantidos logo atrás da parede de escudos, e presumi que Ragnall lhes dera permissão de lutar. Ouvi seu exército comemorar enquanto os dois cavalgavam. Eu não tinha dúvida de que já haviam passado por muitas batalhas, de que eram habilidosos com uma espada e terríveis em combate. E Ragnall e seus homens deviam ter presumido que Finan aceitaria o desafio de um ou de outro, mas em vez disso ele passou pelos dois. Eles o seguiram, provocando, mas nenhum atacou. Isso também fazia parte do ritual de combate. Finan cavalgara sozinho e escolheria seu adversário. Continuou cavalgando, lenta e decididamente, até encarar os irlandeses sob seus estandartes.

E falou com eles.

Eu estava longe demais para ouvir qualquer coisa, e, mesmo se estivesse ao seu lado, não teria entendido a língua. Os dois homens de Ragnall, talvez ao perceber que o desafio era de um irlandês para seus conterrâneos, afastaram-se, e Finan continuou falando.

Deve tê-los provocado. E em seus pensamentos deveria haver uma jovem linda como um sonho, uma jovem morena dos Ó Domhnaills, uma jovem pela qual valia desafiar o destino, uma jovem para amar e adorar, e que fora arrastada pela lama para ser brinquedo do irmão, uma jovem que tinha assombrado Finan em todos os longos anos desde que havia morrido.

E um homem se destacou das fileiras irlandesas.

Não era Conall. A parede de escudos inimiga estava muito longe, mas até eu pude ver que esse homem era bem maior que Conall, maior que Finan também. Era um brutamontes, corpulento em sua cota de malha, carregando um escudo maior que qualquer outro na parede e empunhando uma espada que parecia feita para um deus, não para um homem, uma espada pesada como um machado de guerra, uma espada para trucidar. E Finan deslizou de sua sela.

Dois exércitos observavam.

Finan jogou seu escudo longe, e eu me lembrei do dia distante, tanto tempo atrás, em que havia enfrentado Steapa em combate homem a homem. Isso foi antes de nos tornarmos amigos, e ninguém achava que eu teria alguma chance. Na época, ele era conhecido como Steapa Snotor, Steapa, o Inteligente, o que era uma piada cruel porque ele não era o mais inteligente dos homens, porém era leal, sensato e impossível de ser vencido em batalha. Como o homem que caminhava na direção de Finan, era enorme e extremamente forte, levava a morte aos oponentes, e eu havia lutado com ele, supostamente até a morte. E um de nós teria morrido naquele dia se os dinamarqueses não tivessem atravessado a fronteira naquela mesma manhã. E, quando lutara com Steapa, eu havia começado jogando longe o escudo e até tirando a cota de malha. Steapa tinha me observado sem expressão. Ele sabia o que eu estava fazendo. Eu estava ficando mais leve. Não seria atrapalhado pelo peso, seria rápido e dançaria em volta do homem maior, como um cachorro hábil provocando um touro.

Finan manteve a cota de malha, mas jogou o escudo longe, depois apenas esperou.

E assistimos ao grandalhão atacar usando o escudo para derrubar Finan, e o que aconteceu em seguida foi tão rápido que nenhum de nós teve certeza do que viu. Eu estava longe, longe demais para enxergar com clareza, mas as duas figuras se aproximaram, vi o grandalhão usar o escudo para derrubar Finan e, achando que o havia acertado, começou a se virar com a espada enorme erguida para matar. E então simplesmente caiu.

Tudo foi rápido, rápido demais, porém eu nunca havia conhecido um homem mais rápido que Finan. Ele não era grande — na verdade, parecia magricela —, mas era rápido. Podia usar Ladra de Almas porque raramente precisava aparar um golpe, ele conseguia se esquivar com facilidade do ataque. Eu treinava combate com Finan com frequência, e raramente vencia sua guarda. O grandalhão — presumi que fosse o campeão de Conall — tombou de joelhos, e Finan passou Ladra de Almas pelo seu pescoço, e a luta chegou ao fim. Durou menos de dez segundos, e Finan fizera parecer fácil demais. O estrondo dos escudos distantes parou.

E Finan falou de novo com seus conterrâneos. Nunca soube o que ele disse, mas o vi ir até a parede de escudos e caminhar ao alcance das espadas e das lanças. Lá, falou com o irmão. Pude ver que era o irmão dele porque o elmo de Conall reluzia mais que os outros e estava diretamente embaixo do estandarte vermelho-sangue. Os irmãos ficaram cara a cara. Eu me lembrava do ódio entre eles em Ceaster, e o mesmo ódio devia estar ali, porém Conall não se mexeu. Tinha visto seu campeão morrer e não queria acompanhá-lo ao inferno.

Finan deu um passo para trás.

Dois exércitos observavam.

Finan virou as costas para o irmão e começou a andar na direção do cavalo.

E Conall atacou.

Ficamos boquiabertos. Acho que todo homem no campo que viu aquilo ficou boquiaberto. Conall atacou, a espada na direção da espinha de Finan, e Finan se virou.

Ladra de Almas reluziu. Não ouvi o choque das lâminas, só vi a espada de Conall subir rapidamente ao ser defletida, Ladra de Almas cortar o rosto de Conall e depois Finan dar as costas e se afastar caminhando outra vez. Ninguém que observava comentou. Todos viram Conall recuar com sangue no rosto, e viram Finan se afastar. E Conall atacou de novo. Desta vez tentou dar uma estocada na nuca de Finan, que se abaixou, virou-se outra vez e bateu com o cabo de Ladra de Almas no rosto do irmão. Conall cambaleou, então tropeçou e caiu sentado pesadamente.

Finan foi até ele. Ignorou a espada do irmão e simplesmente apontou Ladra de Almas para o pescoço de Conall. Esperei ver a estocada e o jorro súbito de sangue; porém, em vez disso, Finan manteve a lâmina perto da garganta do irmão e falou com os homens dele. Conall tentou levantar sua espada, mas Finan a chutou para o lado com desprezo. Depois se curvou e, usando a mão esquerda, agarrou o elmo do irmão.

Tirou-o.

Continuou parado junto ao irmão. Agora, com desprezo ainda maior, embainhou Ladra de Almas. Tirou meu elmo e o substituiu pelo do irmão, com o rabo de cavalo e o diadema real. Rei Finan.

Depois simplesmente se afastou e, pegando seu escudo no capim, voltou a montar na sela. Tinha humilhado o irmão e agora cavalgava com o garanhão ao longo de toda a linha de Ragnall. Não se apressou. Desafiava os homens a vir enfrentá-lo e nenhum aceitou. Havia escárnio na cavalgada. O rabo de cavalo do elmo balançava às suas costas quando ele por fim instigou o garanhão a meio galope e voltou para nós.

Chegou à cerca de espinhos e jogou meu elmo para mim.

— Agora os homens de Conall não lutarão contra nós — foi só o que disse. Com isso restavam apenas uns mil guerreiros que lutariam.

Déramos um problema a Ragnall, e Finan o havia piorado. Ragnall precisava acreditar que poderia nos derrotar, mas sabia que pagaria um preço caro pela vitória. O forte romano era antigo, mas seus muros eram íngremes, e os homens que subissem aquelas encostas curtas ficariam vulneráveis. Ele tinha homens demais e nós tínhamos de menos, mas um número grande dos guerreiros de Ragnall morreria para nos matar. É por isso que as batalhas com paredes de escudos demoram a começar. Os homens precisam reunir coragem para encarar o horror. Os fossos do forte não eram um obstáculo significativo, porém havíamos cravado estacas curtas neles durante a noite, e a visão de homens que avançam atrás de escudos é bastante limitada e eles podem tropeçar, especialmente se forem empurrados pela fileira de trás. E um homem que cai na parede de escudos pode se considerar morto. Na colina de Æsc, há muitos anos, eu vira um vitorioso exército dinamarquês ser derrotado por um fosso que Alfredo defendia. As fileiras de trás empurraram a parede de escudos, e as da frente tropeçaram no fosso, onde foram mortas pelos guerreiros saxões ocidentais até que o vermelho transbordasse do fosso. Por isso os homens de Ragnall relutavam em avançar, e ficaram mais relutantes pelo mau presságio da humilhação de Conall. Agora a tarefa de Ragnall era inflamá-los, enchê-los de raiva, além de cerveja. Dá para sentir o cheiro de cerveja no bafo do inimigo na parede de escudos. Nós não tínhamos bebida. Iríamos lutar sóbrios.

O sol estava na metade do caminho para o zênite quando Ragnall veio nos insultar. Isso também fazia parte do padrão da batalha. Primeiro os jovens idiotas desafiam o inimigo ao combate homem a homem, depois são proferidos discursos para fazer com que os homens sintam sede de sangue, e por fim o inimigo é insultado.

— Vermes! — gritou Ragnall para nós. — Bostas de porco! Querem morrer aqui? — Meus homens batiam as lâminas dos seaxes nos escudos, fazendo a música da morte abafar suas palavras. — Me mande meu irmãozinho e vocês podem viver! — gritou Ragnall.

Ragnall vestia cota de malha e elmo para a batalha. Montava seu garanhão preto, e, como arma, carregava um machado enorme. Doze homens o acompanhavam, guerreiros sérios em cavalos grandes, os rostos misteriosos por causa dos elmos fechados. Eles inspecionavam o fosso e o muro, preparando-se para alertar seus homens quanto às dificuldades que encontrariam. Dois cavalgaram em direção à cerca de espinhos e só se afastaram quando uma lança acertou o chão entre seus cavalos. Um deles segurou o cabo da lança que ainda tremia e a levou embora.

— Nós devastamos a Mércia! — gritou Ragnall. — Arrasamos fazendas, fizemos cativos, tiramos o gado dos campos! A bruxa velha que se diz comandante da Mércia está escondida atrás de muros de pedra! Seu reino é nosso, e eu tenho a terra dela para distribuir! Querem terras boas, terras ricas? Venham a mim!

Em vez de insultar, ele tentava nos subornar. Atrás, no lado oposto do pasto amplo no alto da colina, vi os odres de cerveja sendo passados entre os inimigos. Escudos repousavam no chão, com a borda superior apoiada nas pernas dos homens, e lanças eram seguradas de pé, com as pontas reluzindo ao sol. Havia uma massa dessas pontas de lança abaixo do estandarte de Ragnall no centro de sua linha, e isso me dizia que ele planejava usar lanças longas para despedaçar o centro da nossa linha. Era o que eu teria feito. Ragnall devia ter reunido seus maiores homens ali, os mais violentos, os que adoravam matar e alardeavam as viúvas que tinham feito. Ele soltaria esses homens na entrada do forte e viria atrás, numa torrente de guerreiros com espadas para destruir nossa parede e nos matar como ratos encurralados.

Ragnall se cansou de gritar. Não tínhamos respondido, e o choque das lâminas nos escudos não havia cessado. E, além disso, seus homens viram os obstáculos que tínhamos à espera e não precisavam ver mais nada. Depois de cuspir na nossa direção e gritar que tínhamos escolhido a morte, Ragnall cavalgou de volta aos seus homens, que, vendo-o chegar, pegaram os escudos, que foram erguidos e sobrepostos. Os lanceiros abriram caminho para que Ragnall e seus companheiros atravessassem a parede, depois os escudos se fecharam de novo. Vi Ragnall apear, vi-o passar pela fila da frente. Eles estavam vindo.

Mas primeiro Sigtryggr cavalgou.

Cavalgou com oito guerreiros e as oito reféns. As mãos das mulheres estavam amarradas diante do corpo, e seus cavalos eram puxados pelos oito homens. Ragnall devia saber que as tínhamos capturado quando tomamos Eoferwic, mas para ele seria uma surpresa vê-las ali. Uma surpresa e um choque. E os oito homens cujas mulheres eram nossas cativas? Lembrei-me das palavras de Orvar, de que os homens gostavam de Sigtryggr, mas temiam Ragnall. E agora Sigtryggr, resplandecente em sua cota de malha e com o diadema de rei em volta do elmo, cavalgou até eles. E atrás vinham as reféns, cada uma escoltada por um homem com a espada desembainhada. E os homens de Ragnall devem ter pensado que veriam sangue, e ouvi um murmúrio de raiva subindo no lado oposto da pastagem.

Sigtryggr parou na metade do caminho entre os dois exércitos. As mulheres estavam alinhadas, cada uma sob a ameaça de uma arma. A mensagem era óbvia. Se Ragnall atacasse, as mulheres morreriam, mas estava igualmente claro que, se Sigtryggr matasse as reféns, meramente provocaria um ataque.

— Ele deveria trazê-las de volta para cá — sugeriu Finan.

— Por quê?

— Ele não pode matar essas mulheres lá! Se elas estiverem escondidas no salão, o inimigo não vai saber o que está acontecendo com elas.

Em vez disso, Sigtryggr ergueu o braço direito sinalizando para seus oito homens, depois baixou-o rapidamente.

— Agora! — gritou.

As oito espadas foram usadas para cortar as amarras que haviam prendido frouxamente os pulsos das mulheres.

— Vão — disse Sigtryggr a elas. — Vão encontrar seus maridos, vão.

As mulheres hesitaram por um momento, depois instigaram os cavalos desajeitadamente a avançar na direção da linha de Ragnall, que ficara abruptamente em silêncio quando Sigtryggr, em vez de matá-las, soltou-as. Uma mulher, incapaz de controlar o cavalo nervoso, desceu da sela e correu na direção do estandarte do marido. Vi dois homens virem da outra direção, correndo para se encontrar com as esposas. E Ragnall, ao perceber que havia perdido o poder sobre alguns homens que desejava que o temessem, também percebeu que precisava atacar agora. Eu o vi se virar e gritar, vi quando ele chamou sua parede de escudos. Trombetas soaram, estandartes foram erguidos, pontas de lanças baixaram para o ataque e homens começaram a avançar. Gritavam empolgados.

Mas nem todos.

A parede de escudos começou a avançar. Os homens do centro, os que eu mais temia, vinham convictos, e dos dois lados outros guerreiros também estavam a caminho, mas nos flancos havia hesitação. Os irlandeses não se mexeram, e os contingentes ao lado deles também permaneceram imóveis. Outros homens ficaram parados. Vi um deles abraçar a esposa, e seus seguidores também não se moveram. Talvez metade da linha de Ragnall marchasse em nossa direção, a outra metade havia parado de temê-lo.

Sigtryggr cavalgava de volta para nós, mas parou ao ouvir as trombetas ruidosas. Virou seu cavalo e viu que metade da parede de escudos do irmão relutava em atacar. Cavaleiros galopavam atrás dos escudos de Ragnall, gritando para os homens relutantes avançarem. Os irlandeses nem tinham pegado os escudos, eles permaneceram teimosamente imóveis. Víamos um exército indeciso, um exército que havia perdido a confiança. Os homens cujas mulheres tinham sido devolvidas avaliavam sua lealdade, e podíamos ver isso em sua hesitação.

Sigtryggr se virou e olhou para mim.

— Senhor Uhtred! — gritou ele. Sua voz tinha um tom de urgência. — Senhor Uhtred! — gritou de novo.

— Eu sei!

Ele gargalhou. Meu genro adorava a guerra. Era um guerreiro nato, um senhor da guerra, um norueguês, e tinha visto o que eu vi. Se um homem comanda pelo medo, ele precisa ter vitórias. Precisa manter os seguidores dóceis mostrando que não pode ser derrotado, que seu destino é obter vitórias e riquezas. Wyrd bið ful aræd. O destino é inexorável. Um homem que comanda pelo medo não pode se dar ao luxo de um único revés, e a libertação das reféns por parte de Sigtryggr havia afrouxado os laços do medo. Mas os homens que hesitavam não titubeariam por muito tempo. Se vissem os lanceiros de Ragnall abrir caminho com violência pela cerca de espinheiros e pela entrada do forte, se vissem homens passando por cima do muro como um enxame, se vissem os machados golpeando nossos escudos no topo do muro, iriam se juntar à batalha. Os homens querem estar do lado vitorioso. Em pouco tempo só veriam os guerreiros de Ragnall esmagando e flanqueando nossas defesas, e temeriam que a vitória dele provocasse sua vingança contra os que ficaram para trás.

O que Sigtryggr e eu tínhamos visto era que eles não deveriam ter esse vislumbre de vitória. Não podíamos defender o forte apesar de ele ser feito para isso, porque os homens de Ragnall que avançavam ainda eram mais que suficientes para nos dominar, e a visão desses homens abrindo caminho para o forte traria o restante do seu exército para a batalha.

Assim, precisávamos dar ao restante do exército de Ragnall um vislumbre da derrota de seu senhor.

Precisávamos lhes oferecer esperança.

Precisávamos sair do refúgio.

Precisávamos atacar.

— Avancem! — gritei. — Avancem e matem!

— Jesus Cristo — disse Finan ao meu lado.

Os homens hesitaram por um instante, não por relutarem a atacar, mas por terem sido surpreendidos. Durante a noite inteira os tínhamos preparado para defender o forte, e agora iríamos sair para levar as armas ao inimigo. Pulei do muro para o fosso.

— Venham! — berrei. — Vamos matá-los!

Homens chutaram a cerca de espinhos para o lado. Outros desceram pelo muro do forte e atravessaram o fosso, formando de novo a parede de escudos do outro lado.

— Continuem avançando! — bradei. — Continuem e matem!

Sigtryggr e seus cavaleiros se espalharam, saindo do nosso caminho. Avançamos pelo topo plano do morro, ainda batendo as lâminas nos escudos. O inimigo havia parado, atônito.

Os homens precisam de um grito de guerra. Eu não podia pedir que gritassem pela Mércia, porque a maior parte da minha força não era de mércios, era de noruegueses. Eu poderia ter gritado o nome de Sigtryggr e sem dúvida todos ecoariam isso, porque lutávamos pelo trono dele, mas algum impulso me fez dar um grito diferente.

— Pela Ratinha! — berrei. — Pela melhor puta da Britânia! Pela Ratinha!

Houve uma pausa, então meus homens começaram a gargalhar.

— Pela Ratinha! — gritaram.

Um inimigo vendo os atacantes gargalharem? É melhor que todos os insultos. Um homem que gargalha ao seguir para a batalha é um homem confiante, e um homem confiante é um terror para os inimigos.

— Pela puta! — gritei. — Pela Ratinha!

E o grito se espalhou pelas fileiras enquanto homens que nunca tinham ouvido falar da Ratinha descobriam que ela era uma puta e das boas. Eles adoraram a ideia. Agora todos gargalhavam e gritavam seu nome. Eles gritavam por uma puta enquanto seguiam para o abraço da morte.

— Ratinha! Ratinha! Ratinha!

— É melhor que ela os recompense — comentou Finan seriamente.

— Ela vai recompensar! — gritou meu filho, do meu outro lado.

Ragnall gritava para seus lanceiros avançarem, mas eles observavam Sigtryggr, que se afastara com seus cavaleiros para a direita deles. Estava gritando para os homens que não tinham se juntado ao ataque, homens que agora se demoravam atrás da parede de escudos de Ragnall. Ele os encorajava a se voltar contra o irmão.

— Matem! — gritei, e acelerei o passo.

Precisávamos chegar ao inimigo antes que os retardatários decidissem que estávamos condenados. Os homens adoram ficar do lado vitorioso, por isso precisávamos vencer!

— Mais rápido! — gritei. — Pela puta!

Guerreiros da tempestade

Trinta passos, vinte, e já é possível ver os homens que vão tentar matá-lo, as pontas de suas lanças. O instinto nos diz que devemos parar, ajeitar os escudos. Nós nos encolhemos tentando nos afastar da batalha, o medo crava suas garras em nós, o tempo parece se imobilizar, há silêncio apesar de mil homens gritarem, e, nesse momento, quando o terror devasta o coração como um animal encurralado, é preciso se lançar ao horror.

Porque o inimigo sente a mesma coisa.

E você veio para matá-lo. Você é a fera dos seus pesadelos. O homem na minha direção tinha se agachado ligeiramente, a lança nivelada e o escudo alto. Sabia que ele ergueria ou baixaria a lança quando eu chegasse mais perto, e queria que ele a levantasse, por isso deliberadamente deixei o escudo baixar, cobrindo minhas pernas. Não pensei nisso. Eu sabia o que iria acontecer. Tinha travado batalhas demais. E de fato a ponta da lança veio por cima, mirando meu peito ou o pescoço enquanto ele se firmava. Ergui o escudo de modo que a lança resvalou nele e subiu, então nos chocamos.

O choque das paredes de escudos, o barulho súbito, as pancadas de madeira, aço, homens dando seus gritos de guerra. Enfiei Ferrão de Vespa na fresta entre dois escudos, e o homem atrás de mim havia enganchado o escudo do inimigo com seu machado e o estava puxando. O sujeito lutava para recolher a lança enquanto eu cravava o seax em suas costelas, de baixo para cima. Senti a espada romper os elos da cota de malha, cortar o couro por baixo e raspar em osso. Torci a lâmina e a puxei enquanto uma espada acertava meu escudo com um golpe que ressoou nos meus ouvidos. Finan protegia minha direita com seu seax também estocando. Meu oponente soltou a lança, era uma arma longa demais para a parede de escudos. Destinava-se a romper outra parede, e era quase inútil como defesa. Ele tentou desembainhar seu seax, mas, antes que a lâmina saísse da bainha, passei Ferrão de Vespa em seu rosto com tatuagens de corvos. A espada curta deixou um ferimento aberto do qual escorria sangue, cegando-o e deixando vermelha sua barba curta. Outra estocada, esta na direção da garganta; ele caiu, e o homem na fileira de trás atacou por cima do corpo que tombava com um golpe de espada que fez meu escudo virar e acertou o braço do meu filho. Quase tropecei no homem caído, que ainda tentava estocar com o seax.

— Mate-o! — gritei ao homem atrás de mim.

A guerra dos irmãos

Forcei meu escudo de encontro ao sujeito da espada, que rosnou, tentando estocar de novo. Meu escudo acertou o corpo dele. Dei um golpe com Ferrão de Vespa, abrindo sua coxa da virilha ao joelho. Uma lâmina acertou meu elmo. Um machado passou por cima, e eu me abaixei rapidamente, levantando o escudo. O machado rachou a borda de ferro, despedaçou a madeira de salgueiro e fez com que meu escudo se inclinasse por cima da minha cabeça. Vi que a coxa dele sangrava e estoquei de novo, desta vez para cima, com um golpe cruel que fez o sujeito gritar e o tirou da luta. Finan rasgou a bochecha do sujeito do machado usando o seax e golpeou de novo, tentando acertar os olhos. Gerbruht, atrás de mim, agarrou o machado com firmeza e o usou contra o inimigo. Ele pensou que eu estava ferido, porque me agachei, e gritou de raiva ao passar por mim e usar a enorme arma com toda a sua força descomunal. Uma espada cortou a parte de cima de seu peito, mas o golpe não teve força e se desviou enquanto o machado de Gerbruht rachava um elmo e um crânio ao meio. Houve uma nuvem de sangue quando pedaços de miolos bateram no meu elmo. Levantei-me, protegendo Gerbruht com meu escudo. Meu filho avançava do meu lado esquerdo, pisando no rosto de um inimigo. Tínhamos derrubado as duas fileiras da frente de Ragnall, e os homens de trás recuavam, tentando escapar dos nossos escudos pintados de sangue, das nossas lâminas molhadas, do nosso amor pelo massacre.

E ouvi outro choque, gritos, e mesmo sem poder ver o que acontecia senti o tremor à esquerda e soube que outros homens se juntaram à luta.

— Pela puta! — gritei. — Pela puta!

Era um grito insano! Mas agora tínhamos alcançado o júbilo da batalha, a canção da matança. Folcbald tinha vindo à esquerda do meu filho. Ele era tão forte quanto Gerbruht e empunhava um machado de cabo curto com uma lâmina enorme. Folcbald o enganchava nos escudos inimigos e os baixava, o que permitia que meu filho estocasse por cima da defesa. Uma lança deslizou por baixo do meu escudo, acertando as tiras de ferro da minha bota. Pisei na ponta da lança, enfiei Ferrão de Vespa entre dois escudos e a senti picar. Eu entoava uma canção sem palavras. Finan dava estocadas rápidas e curtas com seu seax entre os escudos, cortando os antebraços dos inimigos com a lâmina até que as armas caíssem, e então enfiava a lâmina de baixo para cima, na direção das costelas. Folcbald havia abandonado seu escudo despedaçado e golpeava com o machado, gritando um desafio frísio, usando a lâmina pesada para atravessar elmos e crânios, fazendo uma pilha de inimigos ensanguentados e gritando para os homens virem e serem mortos. Em algum lugar à frente, não muito longe, vi o estandarte de Ragnall. Gritei por ele.

— Ragnall! Seu desgraçado! Ragnall! Seu pedacinho de bosta! Venha morrer, seu desgraçado! Pela puta!

Ah, a loucura da batalha! Nós a tememos e a celebramos, os poetas cantam sobre ela, e, quando ela domina o sangue como fogo, é uma loucura real. É um júbilo! Todo o terror é varrido para longe, um homem sente que pode viver para sempre, vê o inimigo recuar e sabe que ele próprio é invencível, que até os deuses se afastariam de sua espada e de seu escudo coberto de sangue. E eu continuava berrando aquela canção louca, a canção da batalha e do massacre, o som que suprimia os gritos dos agonizantes e dos feridos. É o medo, claro, que alimenta a loucura da batalha, a liberação do medo em forma de selvageria. A vitória na parede de escudos é obtida sendo mais selvagem que o inimigo, transformando a selvageria que o adversário sente em medo.

Eu queria matar Ragnall, mas não o via. Só conseguia ver bordas de escudos, rostos barbudos, lâminas, homens berrando, um homem cuspindo dentes da boca cheia de sangue, um garoto gritando pela mãe, outro no chão chorando e tremendo convulsivamente. Um ferido gemia e rolava no capim; achei que ele estava tentando erguer um seax para me matar e enfiei Ferrão de Vespa em sua garganta. O jato de sangue quente acertou meu rosto. Empurrei a lâmina, xingando o homem, depois a puxei ao ver um sujeito baixo vir pela minha direita. Girei a lâmina e acertei o sujeito, que tombou e gritou:

— Pai!

Era um menino, não um homem.

— Pai!

O segundo grito era do meu filho, que me puxava para trás. O menino que chorava e tremia berrava histericamente, tentando respirar, o rosto coberto de sangue. Eu o colocara no chão. Não sabia. Só tinha visto um movimento na direita e golpeei, ele não devia ter mais de 9 anos, talvez 10, e eu quase havia decepado seu braço esquerdo.

333

A guerra dos irmãos

— Acabou — avisou meu filho, segurando meu braço. — Acabou.

Não havia acabado por completo. Escudos ainda se chocavam com escudos, as armas ainda cortavam e estocavam, mas os próprios homens de Ragnall se voltaram contra ele. Os irlandeses entraram na luta, porém do nosso lado. Entoavam seu som de batalha, um grito agudo, enquanto destroçavam o restante dos guerreiros de Ragnall. Os homens cujas mulheres tínhamos libertado também se voltaram contra Ragnall, e dos seus mil guerreiros restavam alguns poucos, talvez uns duzentos, mas estavam cercados.

— Basta! — gritou Sigtryggr. — Basta!

Sigtryggr havia encontrado um cavalo em algum lugar e montou nele. Empunhava sua espada coberta de sangue enquanto gritava aos homens que se esforçavam para matar seu irmão.

— Basta! Deixem-nos viver!

Seu irmão estava no centro dos homens que lutavam por ele, os homens em menor número e cercados que agora baixaram as armas enquanto a batalha acabava.

— Cuide daquele garoto — eu disse ao meu filho. O menino estava agachado em cima do pai morto, chorando histericamente. Exatamente como eu em Eoferwic, pensei, quantos anos atrás? Olhei para Finan. — Quantos anos nós temos?

— Muitos, senhor. — Havia sangue em seu rosto. Sua barba grisalha tinha sangue escorrendo.

— Você está machucado? — perguntei, e ele meneou a cabeça. Ainda usava o elmo do irmão, com o diadema de ouro amassado por um golpe de espada. — Você vai para casa?

— Para casa? — Finan pareceu estranhar minha pergunta.

— Para a Irlanda. — Olhei para o diadema. — Rei Finan.

Ele sorriu.

— Estou em casa, senhor.

— E seu irmão?

Finan deu de ombros.

— Terá de viver para sempre com a vergonha deste dia. Ele está acabado. Além disso — ele fez o sinal da cruz —, não se deve matar o próprio irmão.

Guerreiros da tempestade

Sigtryggr matou o próprio irmão. Deixou viver os homens que se renderam, e depois, enquanto esses homens abandonavam Ragnall, lutou com ele. Foi uma luta justa. Não a vi, mas Sigtryggr saiu dela com um corte de espada na altura do quadril e com uma costela quebrada.

— Ele lutou bem — disse, animado —, mas eu lutei melhor.

Olhei para os homens no pasto. Centenas de homens.

— Agora são todos seus — falei.

— Meus — concordou ele.

— Você deveria retornar a Eoferwic. Distribua terras, mas se certifique de ter homens suficientes para proteger as muralhas da cidade. Quatro homens a cada cinco passos. Alguns podem ser açougueiros, padeiros, artesãos de couro, trabalhadores braçais, mas salpique junto seus guerreiros. E capture Dunholm.

— Farei isso. — Ele me olhou, riu, e nos abraçamos. — Obrigado.

— Pelo quê?

— Por tornar sua filha rainha.

Na manhã seguinte, levei meus homens. Tínhamos perdido dezesseis na batalha, apenas dezesseis, embora outros quarenta estivessem feridos demais para se mover. Abracei minha filha e depois fiz uma reverência a ela, porque Stiorra era mesmo uma rainha. Sigtryggr tentou me dar sua grande corrente de ouro, mas recusei.

— Tenho ouro suficiente — respondi. — E agora você é o doador de ouro. Seja generoso.

E partimos.

Encontrei Æthelflaed seis dias depois, no grande salão de Ceaster. Cynlæf estava lá, assim como Merewalh, Osferth e o jovem príncipe Æthelstan. Os guerreiros da Mércia também estavam, os homens que não tinham perseguido Ragnall ao norte de Ledecestre. Ceolnoth e Ceolberht acompanhavam seus parceiros sacerdotes. Meu outro filho, o padre Oswald, também estava lá, perto da viúva do bispo Leofstan, irmã Gomer, a Ratinha, como se a protegesse. Ela sorriu para mim, mas seu sorriso desapareceu quando a encarei furioso.

Eu não havia limpado minha cota de malha. A chuva tinha lavado a maior parte do sangue, mas os rasgos causados nos elos por lâminas continuavam ali, e o couro embaixo estava manchado de sangue. Meu elmo tinha um talho na lateral por causa de um golpe de machado que nem senti no calor da batalha, mas agora minha cabeça latejava com uma dor constante. Entrei com passos firmes no salão com meu filho Uhtred, Finan e Rorik. Este era o nome do garoto que eu havia ferido na batalha, e ele tinha o mesmo nome do filho de Ragnar, meu amigo de infância. O braço de Rorik estava se recuperando. Na verdade, estava curado a ponto de ele segurar um grande escrínio de bronze com imagens de santos nas laterais e uma representação de Cristo em sua glória na tampa. Era um bom menino, de cabelos claros e olhos azuis, rosto com traços fortes e travessos. Não conhecera a mãe, e eu havia matado seu pai.

— Esse é Rorik — apresentei a Æthelflaed e aos outros. — E para mim ele é como um filho.

Toquei o amuleto do martelo dourado no pescoço de Rorik. Havia pertencido ao pai dele, assim como a espada que pendia, grande demais, em sua cintura fina.

— Rorik é o que vocês chamam de pagão, e vai permanecer pagão.

Olhei para os integrantes da Igreja, e só o padre Oswald me encarou. Ele assentiu.

— Eu tenho uma filha — falei, olhando de novo para Æthelflaed sentada na cadeira que servia de trono em Ceaster —, e agora ela é rainha da Nortúmbria. O marido dela é o rei. Ele jurou não atacar a Mércia. Também vai ceder à senhora algumas terras mércias que atualmente estão sob domínio dinamarquês como gesto de amizade e vai fazer um tratado com a senhora.

— Obrigada, senhor Uhtred — disse Æthelflaed. Era impossível saber o que ela estava pensando, mas me encarou por um momento antes de se virar para o menino ao meu lado. — E bem-vindo, Rorik.

— Pareceu melhor, senhora, colocar um pagão amigável no trono da Nortúmbria porque, pelo jeito, os homens da Mércia são covardes demais para entrar naquele território. — Eu estava olhando para Cynlæf. — Até mesmo para perseguir os inimigos.

Guerreiros da tempestade

Cynlæf ficou irritado.

— Eu... — começou ele, e hesitou.

— Você o quê? — desafiei.

Ele olhou para Æthelflaed em busca de ajuda, mas não a obteve.

— Eu fui aconselhado — declarou ele por fim, debilmente.

— Por um padre? — perguntei, olhando para Ceolnoth.

— Recebemos ordem de não entrar na Nortúmbria! — protestou Cynlæf.

— Vocês vão aprender com o senhor Uhtred — interveio Æthelflaed, ainda me olhando, apesar de falar com Cynlæf — que há momentos em que é preciso desobedecer às ordens. — Ela se virou para ele e sua voz saiu gélida. — Você tomou a decisão errada.

— Mas isso não teve importância — falei, olhando para o padre Ceolnoth —, porque Tor e Woden atenderam às minhas preces.

Æthelflaed deu um levíssimo sorriso.

— Vai comer conosco esta noite, senhor Uhtred?

— E vou partir amanhã — respondi —, com meus homens e suas famílias. — Olhei para a lateral do salão, onde Eadith estava nas sombras. — E com você também — falei, e ela assentiu.

— Amanhã? Você vai partir? — perguntou Æthelflaed, surpresa e indignada.

— Com sua licença, senhora, sim.

— Para onde?

— Para o norte, senhora, para o norte.

— O norte? — Ela franziu a testa.

— Mas, antes de partir, tenho um presente para a senhora.

— Onde no norte?

— Tenho negócios no norte, senhora — respondi, e em seguida toquei no ombro de Rorik. — Vá, garoto, ponha aos pés dela.

O menino deu a volta na lareira com o pesado escrínio de bronze, depois se ajoelhou e deixou o fardo, com um som metálico, ao pé do trono de Æthelflaed. Em seguida, recuou para o meu lado, com a grande espada se arrastando nos juncos meio podres no piso do salão.

— Eu planejava lhe dar Eoferwic, senhora, mas em vez disso entreguei a cidade a Sigtryggr. Este presente é um substituto.

Ela sabia o que estava na caixa antes mesmo de abri-la, mas estalou os dedos e um serviçal veio correndo das sombras, ajoelhou-se e ergueu a tampa pesada. Homens se inclinaram para ver o que havia dentro e ouvi alguns padres sibilando de repulsa, mas Æthelflaed apenas sorriu. A cabeça ensanguentada de Ragnall fazia uma careta para ela dentro do escrínio.

— Obrigada, senhor Uhtred — disse ela calmamente. — O presente é muito generoso.

— E é o que a senhora queria.

— É.

— Então, com sua permissão, senhora — fiz uma reverência —, meu trabalho está feito e devo descansar.

Ela assentiu. Chamei Eadith e fui para a porta do grande salão.

— Senhor Uhtred! — chamou Æthelflaed, e eu me virei. — Que negócios o senhor tem no norte?

Hesitei, depois disse a verdade:

— Sou o senhor de Bebbanburg, senhora.

E sou. Tenho pergaminhos antigos dizendo que Uhtred, filho de Uhtred, é o legítimo e único proprietário das terras cuidadosamente marcadas por pedras e diques, carvalhos e freixos, pântanos e mar. São terras castigadas pelas ondas, não cultivadas sob o céu impelido pelo vento, e me foram roubadas.

Eu tinha negócios no norte.

Nota histórica

Houve brevemente um Bispado de Chester no século XI, mas a sé propriamente dita só foi estabelecida em 1541, de modo que Leofstan, como sua diocese, é totalmente fictício. Na verdade, confesso que boa parte de *Guerreiros da tempestade* é ficção, uma narrativa trançada sobre um profundo alicerce de verdade.

A história subjacente a todos os romances sobre Uhtred é a narrativa da criação da Inglaterra, e talvez o mais notável sobre essa história é como ela é pouco conhecida. Quando a saga de Uhtred começou, antes do reino de Alfredo, o Grande, não existia um lugar chamado Inglaterra. Desde que os romanos saíram da região no início do século V d.C., a Britânia fora dividida em muitos reinos pequenos. No tempo de Alfredo, a terra que iria se tornar a Inglaterra estava dividida em quatro: Wessex, Mércia, Ânglia Oriental e Nortúmbria. Os dinamarqueses tinham capturado a Ânglia Oriental e a Nortúmbria, além de dominar a maior parte do norte da Mércia. Num determinado momento, parecia que os dinamarqueses também dominariam Wessex, e o grande feito de Alfredo foi salvar esse último reino saxão do domínio deles. A história dos anos seguintes é a de como os ingleses retomaram gradualmente suas terras, seguindo aos poucos para o norte, a partir de Wessex, no sul. Æthelflaed, filha de Alfredo, era governante da Mércia e iria libertar boa parte do norte do domínio dinamarquês. Foi sob o governo de Æthelflaed que Ceaster, ou Chester, foi trazida de volta ao controle saxão, e ela construiu burhs em Brunanburh e em Eads Byrig, ainda que este último só fosse ocupado por um breve período.

As fortalezas de Ceaster, Brunanburh e Eads Byrig fizeram mais que defender a Mércia das incursões da Nortúmbria governada pelos dinamarqueses.

Os noruegueses tinham ocupado boa parte do litoral leste da Irlanda, e nos primeiros anos do século X elas sofriam sérias pressões por parte dos reis irlandeses. Muitos abandonaram suas propriedades na Irlanda e procuraram terras na Britânia, e os fortes de Æthelflaed guardavam os rios contra a invasão. Os fugitivos desembarcaram mais ao norte, principalmente na Cúmbria, e Sigtryggr foi um deles. De fato, ele se tornou rei em Eoferwic.

Os leitores que, como eu, suportaram demasiadas horas tediosas na escola dominical podem se lembrar de que Gomer foi a prostituta com quem o profeta Oseias se casou. A história das duas ursas que mataram as quarenta e duas crianças por ordem de Deus pode ser encontrada em 2 Reis, capítulo 2.

A história da criação da Inglaterra é um banho de sangue. Eventualmente nórdicos (dinamarqueses e noruegueses) passam a se casar com saxões, mas, enquanto os dois lados competirem pela propriedade da terra, a guerra continuará. Uhtred marchou de Wessex, no sul, para as fronteiras ao norte da Mércia. E precisa ir mais longe, por isso marchará de novo.

A criação da Inglaterra

O pano de fundo da história de Uhtred

Os romances sobre Uhtred tratam da criação da Inglaterra. Alguns países, como os Estados Unidos, têm uma data de nascimento, uma data que marca definitivamente o início de sua existência, mas as origens da Inglaterra são muito mais turvas, estão perdidas em algum lugar do que chamamos aleatoriamente de Idade das Trevas. O mesmo vale para Gales, Escócia, Irlanda e, de fato, muitos outros Estados europeus.

O início da história inglesa como é contado em muitas escolas é a invasão normanda de 1066. A Inglaterra, é claro, já existia nesse tempo, mas presta-se pouca atenção à Inglaterra pré-normanda, além de observar que Júlio César veio, viu e venceu (na verdade ele veio, viu e foi embora) e que o rei Alfredo não era bom assando bolos. Os vikings são aventureiros românticos e assassinos com chifres nos elmos (aparentemente uma invenção de figurinistas de óperas no século XIX) que vinham em barcos com cabeças de dragão para estuprar e saquear, mas a verdadeira relevância deles para a criação da Inglaterra raramente é contada, quanto mais entendida. No entanto, a presença dos vikings na história do nascimento da Inglaterra deveria nos dizer que ela foi uma aventura extraordinária, com sangue, heróis e batalhas. É a história de Uhtred.

Chamo Uhtred constantemente de saxão, o que irrita os puristas porque era mais provável que ele fosse um anglo, porém, ao chamar de saxãs todas as tribos que falavam a língua angla, busco a simplicidade em narrar a história. Os anglos e os saxões são as duas tribos germânicas que invadiram a Britânia nos séculos V e VI, e elas não estavam sozinhas; também havia jutos, frísios e francos atravessando o mar do Norte para encontrar terras na Britânia. A oportunidade para essa invasão germânica veio quando os romanos abandonaram a Britânia, deixando-a praticamente indefesa. Os saxões vinham ameaçando até mesmo antes de os romanos saírem, razão pela qual os romanos construíram fortes ao longo da costa leste da Britânia, os "Fortes do Litoral Saxão", como são chamados. Mas, assim que as legiões partiram, as tribos germânicas vieram em números cada vez maiores.

Falando superficialmente, os anglos se estabeleceram no norte do que se tornaria a Inglaterra, e os saxões, no sul, o que reflete suas origens. Os anglos e os jutos vieram do que é hoje a Dinamarca, e os saxões, os francos e os frísios, do que são agora as regiões costeiras da Alemanha e da Holanda. Podiam ser tribos distintas, mas compartilhavam uma língua comum (com nítidas diferenças regionais) e uma religião pagã. Invadiram um território cristão e empurraram os nativos para as margens: as terras baixas da Escócia, a Cornualha, Gales e a Bretanha, do outro lado do mar. Foi uma invasão muito bem-sucedida. Em duzentos anos a terra que viria a ser chamada de Inglaterra era habitada quase exclusivamente pelas tribos germânicas que falavam um idioma que elas próprias chamavam de "língua angla". Casaram-se com os britânicos e mantiveram alguns nomes deste povo, motivo pelo qual há tantos rios Avon na Inglaterra; "afon" era a palavra nativa para rio e presume-se que, quando os recém-chegados perguntavam como um determinado rio se chamava, eram informados de que "é um rio!", e assim ele se tornava o rio Rio. Lundene é outro nome que provavelmente tem origem britânica, mas a cidade que os invasores descobriram na margem norte do Tâmisa fora construída pelos romanos.

Os nativos britânicos tinham sido incapazes de montar uma resistência organizada contra os invasores que, assim que ocuparam a terra, a dividiram em reinos que brigavam e viviam em guerra uns com os outros. Um desses reinos era a Bernícia, um nome perdido há muito nas névoas do tempo. Ela abarcava boa parte do nordeste da Inglaterra e do sul da Escócia, e é importante para Uhtred porque seus ancestrais já foram reis da Bernícia. Ele remonta sua linhagem a Ida, o Portador do Fogo, um dos invasores originais, que estabeleceu seu reino no que agora é Northumberland. Foi lá, naquele litoral ermo, que Ida descobriu a grande rocha onde hoje fica o castelo de Bamburgh. Quase certamente havia um forte na rocha, um forte que Ida capturou e reconstruiu, e ao qual seu neto, Æthelfrith, deu o nome de sua rainha, Bebba. Assim, o forte na rocha inexpugnável se tornou Bebbanburg, nome que com o passar dos séculos foi mudado para Bamburgh. Æthelfrith foi um notável monarca da Bernícia. Bede, o antigo historiador da Igreja, registra que ele "atacou violentamente os britânicos mais que todos os grandes homens ingleses", mas eventualmente foi morto em batalha e seu reino foi absorvido pela Nortúmbria. Uhtred é seu descendente. No século IX, os descendentes de Ida perderam seu reino da Bernícia, mas se agarraram a Bebbanburg e às terras ao redor. São uma presença formidável no norte.

Os saxões tomaram terras dos britânicos nativos e as mantiveram, mas não foi um processo pacífico. Eles sofreram pelo menos uma grande derrota (monte Badon) mas também obtiveram vitórias notáveis, como a batalha de Catraeth (atual Caterick), tema de um famoso poema galês, *Y Gododdin*.

> Homens foram a Catraeth com um grito de guerra,
> Em cavalos velozes, armaduras e escudos fortes,
> Lanças erguidas e com pontas afiadas
> E cotas de malha e espadas reluzentes.

O poema, que pode ter sido composto já no século VII, fala de uma derrota galesa para os saxões. É interessante notar que, o exército galês que marchou contra o que agora é Yorkshire veio do sul da Escócia, uma lembrança de que os britânicos nativos haviam sido expulsos para lá pelos invasores saxões. Com o tempo, esses colonos galeses assumiriam uma nova identidade escocesa, mas, quando marcharam para o desastre, ainda falavam galês e se consideravam britânicos. Apesar de narrar uma derrota, o poema é heroico, e nisso se parece com a poesia do povo que os derrotou. A poesia anglo-saxã é rica em guerras e batalhas, refletindo os tempos em que viveram nossos ancestrais.

> Então ele atacou com o escudo, fazendo o cabo da lança se partir,
> E a ponta da lança se despedaçou ao responder com um golpe,
> O guerreiro ficou furioso, ele perfurou

O orgulhoso viking que lhe causara o ferimento.
Era um lutador experiente, tentou atravessar com a lança
O pescoço do guerreiro, sua mão guiando,
Então perfuraria de modo letal a vida de seu inimigo.

Este é um fragmento do poema chamado "Batalha de Maldon", um combate travado muito depois de Catraeth. De novo ele descreve uma derrota, desta vez quando Brythnoth, um líder saxão da Ânglia Oriental, é derrotado por uma força de vikings que subira pelo rio Blackwater em Essex. Esse poema, e muitos outros semelhantes, são lembranças de que a Inglaterra foi forjada por guerras, não somente a guerra original contra os britânicos nativos mas também uma luta nova e terrível contra os invasores que chamamos de vikings.

Porque no século IX um novo fluxo de pessoas tentava capturar os reinos saxões. Em muitos sentidos eles eram bastante semelhantes aos antigos invasores germânicos. Na verdade, alguns vinham das mesmas terras originalmente habitadas pelos anglos e pelos jutos. Outros vinham de regiões ao norte, onde hoje ficam a Suécia e a Noruega. Conhecemos todos como vikings, e seu papel na história da Inglaterra é fundamental. No século IX, os antigos invasores saxões, agora habitantes dos quatro reinos saxões da Britânia, foram (em grande parte) convertidos ao cristianismo. Mas os novos inimigos ainda se mantêm ligados à religião antiga, adoram Tor, Woden e os outros grandes deuses do panteão germânico, de modo que os horrores da guerra territorial se somam à fúria do conflito religioso. Um monge, copiando um manuscrito, escreveu uma oração na margem: "Da fúria dos nórdicos, bom Senhor, livrai-nos." Os ataques dos vikings eram violentos e, durante um tempo, foram tremendamente bem-sucedidos.

A terra que os vikings atacavam tinha se estabelecido em quatro reinos. No norte ficava a Nortúmbria, abaixo da qual estava a Mércia (mais ou menos as Midlands inglesas atuais). A Ânglia Oriental ficava a leste, e ao sul do Tâmisa era Wessex. A história de Uhtred começa com O *último reino*, que é Wessex, e eu o chamei de "último" reino porque era o último reino saxão. Os outros tinham caído perante os vikings, principalmente dinamarqueses, que haviam capturado a Nortúmbria, a Ânglia Oriental e boa parte da Mércia. Depois eles invadiram Wessex, impelindo o rei Alfredo ao seu refúgio nos pântanos de Somerset. E é a partir dessas terras encharcadas que se inicia a contraofensiva saxã. A história da criação da Inglaterra é na verdade uma narrativa de como os saxões reivindicam seus reinos perdidos, começando no sul e seguindo inexoravelmente para o norte até que, em 937 d.C., um exército saxão ocidental sob o comando de Æthelstan, neto do rei Alfredo, derrota um exército combinado de vikings, escoceses e irlandeses em Brunanburh. Naturalmente um poema foi composto em seguida:

> Então Æthelstan, rei, líder de líderes...
> Golpeou em batalha com gume de espada
> Em Brunanburh. Rompeu a parede de escudos,
> Despedaçou escudos com espadas...
> Esmagou o povo odiado,
> Escoceses e guerreiros do mar tombaram.
> O campo se inundou de sangue.
> Ali estavam dezenas de homens mortos por lâminas.
> Saxões ocidentais avançaram do alvorecer à noite,
> Os guerreiros montados perseguiram os inimigos
> Os fugitivos foram trucidados por trás
> Com espadas recém-afiadas.

O resultado de Brunanburh foi o reconhecimento, por parte dos povos saxões, de que Æthelstan estava à frente deles, e assim, por fim, um rei comandava um povo nas terras onde a língua angla era falada. "Englaland", como era chamado, havia nascido.* A sobrevivência do novo reino seria uma luta difícil. O norte demorou a ser assimilado, seria perdido de novo para os nórdicos, depois recuperado, e durante um tempo reis dinamarque-

---

* Ao longo das *Crônicas saxônicas*, por vezes os personagens mencionam o reino da Inglaterra. No entanto, referem-se à "Englaland", que não tem uma tradução consagrada para o português, portanto optou-se por utilizar "Inglaterra" na edição brasileira. (N. do E.)

ses governariam toda a Inglaterra e então, claro, os normandos viriam, mas o feito de Æthelstan fora unir os quatro reinos, reivindicar o território saxão perdido e estabelecer o que damos como ponto pacífico: um reino chamado Inglaterra.

O novo reino não era puramente um território saxão, nem mesmo um reino anglo-saxão-juto-frísio. A língua que seus cidadãos falavam era, ou iria se tornar, inglesa, mas sofria uma tremenda influência dos nórdicos. Pensamos nos vikings como invasores, homens violentos trazendo terror em seus barcos longos com cabeças de feras, mas, como os saxões antes deles, também eram colonizadores e deixaram sua marca na Inglaterra e na língua inglesa. O norte e o leste da Inglaterra estão cheios de nomes de lugares dados pelos colonos vikings; qualquer cidade cujo nome termine em "by", como Grimsby, é um povoado viking. "Thorpe", "toft" e "thwaite" são outros elementos encontrados somente em nomes de cidades do norte e do leste, evidências de povoados vikings. Esses colonos se casaram com saxões e adotaram a religião saxã. Adotaram também a língua, mas introduziram muitas palavras escandinavas que ainda usamos. Os bolos queimados do rei Alfredo podem ter contido "eyren", mas, graças aos nórdicos, nós, os ingleses, os chamamos de "eggs" (ovos). "Slaughter" (matança), "sky" (céu), "window" (janela), "anger" (raiva), "husband" (marido), "freckle" (sarda), "leg" (perna), "trust" (confiança), "dazzle" (ofuscar, fascinar); a lista poderia continuar para sempre, toda feita de palavras doadas aos ingleses pelos colonos escandinavos.

Agora essa língua se espalhou pelo mundo, mas é extraordinário pensar que em 878 d.C. o domínio saxão da Britânia quase terminou. Esse foi o ano em que o rei Alfredo foi obrigado a se refugiar nas planícies de Somerset por causa de uma invasão dinamarquesa. Se ele tivesse sido derrotado, se não tivesse levado seu exército à vitória em Ethandun, é provável que o último reino, Wessex, tivesse caído perante os dinamarqueses. Não haveria uma Inglaterra. O destino, como Uhtred gosta de dizer, é inexorável, e a história da criação da Inglaterra é uma narrativa de homens e mulheres lutando contra o destino inexorável para criar sua pátria. "Wyrd bið ful aræd!", escreveu um poeta saxão no século X, usando o inglês que Uhtred conheceria.

> Wyrd bið ful aræd!
> Swa cwæð eardstapa,
> earfeþa gemyndig,
> wraþra wælsleahta,
> winemæga hryre.

"O destino é inexorável! Assim falou o que pisa na terra (o andarilho), consciente das dificuldades, das chacinas selvagens e da queda dos familiares." Chacinas e dificuldades; essa é a história da criação da Inglaterra.

O pano de fundo da história de Uhtred

Este livro foi composto na tipografia
ITC Serif Std, em corpo 9,5/16,1, e impresso em
papel off-white no Sistema Digital Instant Duplex
da Divisão Gráfica da Distribuidora Record.